부상기행

통신사 사행록 번역총서 13

부상기행

정후교 지음

장진엽 옮김

扶桑紀行

보고사
BOGOSA

머리말

같은 시간, 같은 장소에 가더라도 저마다 다른 경험을 하고 다른 기억을 가지고 돌아온다. 또, 같은 경험을 했다 하더라도 그 사람이 누구인지에 따라 그 경험을 기억하는 방식, 그 의미에 대한 해석도 달라진다. 한편 서로 다른 기억과 해석의 밑바탕에는 동시대의 사람들이 공유하는 가치관이 깔려 있고, 때로는 시대를 거슬러 올라가 과거의 사람과 지금의 사람이 한 곳에서 만나기도 한다. 개별적인 경험들이 보편적인 경험들의 반복으로 나타나기도 하고, 반대로 한 개인의 특수한 경험이 뒷날의 여행자들에게 또 하나의 공식으로 받아들여지기도 한다. 여행기를 읽음으로써 우리는 여행지 자체에 대한 지식을 얻게 되기도 하지만, 다양한 사람들의 경험과 기억의 교차점이 솟아나는 지점에 맞닥뜨리고 그 의미를 음미하면서 특별한 재미를 느끼곤 한다.

조선후기 일본 통신사행의 기록인 사행록은 공통된 장소에 대한 다양한 인물들의 축적된 경험과 기억의 기록이다. 유사한 성격의 기록물인 연행록 자료의 방대한 규모에 비해 현전하는 사행록은 50종이 채 되지 않는다. 여행의 횟수에서 차이가 나기 때문이다. 이 때문에 한 편 한 편의 사행록을 빠뜨림 없이 세심하게 읽고 분석할 필요가 있다. 『부상기행』은 1986년 하우봉 교수님에 의해 국내에 소개되었는데, 그 이후로 본격적인 연구가 이루어진 적은 없었다. 국내 소장 자료가 아니었으므로 연구자 개인이 입수하기 어려웠기 때문이다. 본 역서의 저본은

구지현 교수님이 2008년 게이오대 방문연구원으로 계실 때에 교토대를 방문하여 어렵사리 복사해 오신 것이다. 이 자리를 빌려 감사를 표한다.

현전 사행록 가운데 자제군관의 사행록은 홍경해의 『수사일록』과 정후교의 『부상기행』 두 종이 있다. 『열하일기』의 저자 박지원 역시 자제군관 신분이었다. 이들은 공식 직함을 띤 인물들과 달리 어느 정도 자유로운 처지에서 여행을 즐길 수 있었고, 이에 따라 그 견문의 내용이나 그것을 바라보는 관점도 달랐다. 같은 시기 사행록인 신유한의 『해유록』 및 홍치중의 『수사일록』과 비교해 볼 때 이러한 차이가 분명하게 나타난다. 또, 똑같이 자제군관이라 하더라도 홍경해는 정사의 아들이었고 정후교는 위항시인이었다. 사행한 시기 역시 약 30년의 차이가 있다. 이번 『부상기행』의 번역, 소개가 사행록 연구에 다양한 분석의 자료를 제공해 줄 것으로 기대한다.

마침 올해가 1719년 기해사행으로부터 딱 300년이 되는 해이다. 사행록 연구 자료로서뿐 아니라 300년 전의 일본이 어떤 모습이었는지, 그리고 300년 전의 조선 시인이 일본을 어떻게 바라보았는지를 보여주는 한 편의 재미있는 여행기로 읽혔으면 하는 바람이다.

2019. 3. 17.

역자 씀

차례

머리말 · 5

일러두기 · 8

해제 · 9

동사록(東槎錄)

정막비 부상기행 상(鄭幕裨扶桑紀行上)

6월 ······ 22

7월 ······ 41

8월 ······ 49

9월 ······ 67

10월 ······ 94

11월 ······ 102

12월 ······ 109

1720년 정월 ······ 114

동사록(東槎錄)

정막비 부상기행 하(鄭幕裨扶桑紀行下)

······ 121

【원문】 鄭幕裨扶桑紀行上 ······ 209

【원문】 鄭幕裨扶桑紀行下 ······ 245

【영인】 鄭幕裨扶桑紀行 ······ 422

일러두기

1. 일본 교토대학(京都大學) 소장 필사본(東洋史 BXI-G4-1 朝)을 저본으로 하여 번역하였다. 영인본의 저본도 동일하다. 권수제는 '정막비부상기행(鄭幕裨扶桑紀行)'인데, 총서의 다른 사행록과 통일하기 위해 『부상기행』이라는 제목으로 출판한다.

2. 번역문, 원문(교감), 영인본 순서로 편집하였다.

3. 가능하면 일본의 인명이나 지명, 용어는 일본어 발음으로 표기하였다. 단, 시(詩)의 본문에 사용된 일본 지명과 인명은 한국어 음으로 표기하였다. 일본어 발음은 한국학진흥사업 성과포탈(http://waks.aks.ac.kr)에서 제공하는 『조선시대 대일외교 용어사전』(http://waks.aks.ac.kr/rsh/?rshID=AKS-2012-EBZ-2101)을 참조하여 표기하였다. 인물·장소·통신사 관련 정보에 대한 각주 역시 모두 이 사이트를 참조하여 작성하였다.

4. 원문의 표점은 한국고전번역원 표점 지침에 따라 입력하였다.

5. 본문에서 한자를 병기할 때에는 '한글(한자)' 형식으로 표기한다. 일본어 표기 역시 같은 형식으로 한다.
   예) 원역(員役), 에도(江戶)

6. 인명, 지명 및 기타 한자 병기가 필요한 단어는 그 단어가 처음 나올 때에만 한자를 병기하되, 본문 내용의 이해를 위해 병기가 필요할 경우에는 거듭 병기하였다.

해제*

1 기본 서지

『부상기행(扶桑紀行)』은 1719년 기해통신사에 부사(副使) 황선(黃璿, 1682~1728)의 자제군관으로 수행했던 정후교(鄭后僑·鄭後僑)의 사행록이다. 2권 1책 71장의 필사본으로 표제는 '東槎錄 數'이고 권수제는 '鄭幕裨扶桑紀行'이다. 상권에는 기행일기가, 하권에는 기행시문이 수록되어 있다.

이 책은 일본 교토대학(京都大學) 소장 『동사록(東槎錄)』(BXI/g/4-1/朝)의 제6책에 해당한다. 『동사록』은 김현문(金顯門)의 『동사록(東槎錄)』(1711), 홍치중(洪致中)의 『해사일록(海槎日錄)』(1719), 조명채(曺命采)의 『일본일기(日本日記)』(1748) 및 정후교의 『부상기행』을 묶어놓은 총서 형태의 필사본 자료이다. 각 책의 표지 왼편 상단에는 '東槎錄'이라는 표제와 함께 禮·樂·射·御·書·數로 책수 표시가 되어 있으며, 오른편 상단에 해당 기록의 저자와 권수를 명시한 제목이 제시되어 있다. 『부상기행』의 표지에는 '東槎錄 數', 그리고 '鄭幕裨錄'이라고 적혀 있다. 총서의 제목인 '동사록'은 제1책인 김현문의 사행록 제목을 전체 자료의 제목으로 포괄한 것으로 보인다.

---

* 본 해제는 장진엽, 「扶桑紀行의 특징과 鄭后僑의 일본 인식」, 『남명학연구』 제61집, 경남문화연구소, 2019.3.을 바탕으로 작성되었음.

2 저자 및 저술배경

저자 정후교(1675~1755)는 본관은 하동(河東), 자는 혜경(惠卿), 호는 국당(菊塘)이다. 당시 홍세태(洪世泰), 정래교(鄭來僑)와 나란히 거론되던 위항시인으로서, 김창흡(金昌翕), 신정하(申靖夏), 이병연(李秉淵) 등 당대 노론 계열 문사들과 주로 교유하였다. 그의 생애는 황경원(黃景源, 1709~1787)이 쓴 묘지명을 통해 대강 짐작이 가능하다. 당대 문인들과 교유한 정황은 이들의 문집에 남아 있는 기록들을 통해 단편적으로 확인할 수 있다. 또, 윤행임(尹行恁, 1762~1802)의 『방시한집(方是閒集)』에 정후교의 어렸을 때 일화가 실려 있다. 이경민(李慶民)의 『희조일사(熙朝軼事)』(1866)에도 같은 이야기가 수록되어 있다. 또, 『풍요속선(風謠續選)』(1797년)에 그의 시가 한 수 실려 있다.

김창흡은 정후교의 시에 대하여 "당시(唐詩)가 끊어진 지 이미 오래되었는데 정군이 사물을 묘사할 때의 교묘함은 미칠 수가 없다. 그가 문장을 지을 때에는 글을 조직하는 것을 좋아하지 않으나 여유가 작작하여 갈고 다듬은 흔적이 없다."[1]고 평하였다고 한다. 그러나 문집이 남아 있지 않기 때문에 실제 작품세계를 파악할 수는 없다. 『부상기행』과 필담창화집 수록 시를 제외하면 『풍요속선』에 수록된 〈홍순거가 무주태수를 따라 묘향산으로 유람가는 것을 전송하며[送洪舜擧隨撫州太守游妙香山]〉 한 수가 유일하게 남아 있는 작품이다. 이 시 앞에 "후교는 자가 혜경, 호가 국당이다. 재주가 뛰어나고 풍모가 고아하여 고시

---

1 三淵金文康公嘗歎曰: "唐詩絕已久矣, 而鄭君描物之妙, 不可及也. 其爲文不喜組織, 而紆餘無穿鑿痕也."(황경원, 「국당정군묘지명병서(菊塘鄭君墓誌銘并序)」, 『강한집(江漢集)』 권18, 한국고전종합DB)

언(高時彦)과 정래교가 받들어 높였다. 원고가 일실되어 전하지 않고, 겨우 한 수가 남아 있다."[2]라는 설명이 붙어 있다.

황경원의 묘지명에 의하면 정후교는 정인지(鄭麟趾)의 후손으로, 증조 해선(海善)은 부사맹(副司猛)이었으며 조부 준(俊)은 예빈시 주부에 기용되었고 아버지 태건(泰建)은 행부호군(行副護軍)이었다고 한다. 어머니는 김해 김씨로, 직장(直長) 종신(宗信)의 딸이라고 하였다.[3] 또, 정후교의 부인은 밀양 박씨 통덕랑 대번(大蕃)의 딸이었으며, 아들 둘과 딸 둘이 있었다고 한다.[4] 이로 볼 때 정후교는 이른바 한미한 가문 출신으로 무반직이나 말단 관리에 나아갈 수 있는 정도의 지위였던 것으로 보인다. 서얼 집안이었을 가능성도 있다. 그 자신도 운봉천총(雲峰千摠)과 같은 무관직을 맡았다. 정인지의 후손이었다고는 하지만 정후교 당대에 와서는 다른 중인들과 함께 '위항인(委巷人)'으로 인식되었다. 신정하는 "시로 이름난 위항의 선비 중 나를 종유하는 자로 세 사람이 있는데 창랑(滄浪) 홍도장(洪道長), 정혜경(鄭惠卿), 정윤경(鄭潤卿)이다."[5]라고 하였다. 또, 후대의 자료이기는 하지만 『풍요속선』(1797년)에 정후교의 시가 수록되었다는 것은 중인들이 그를 자신들과 동류로 여겼음을 의미한다.

---

2 後僑, 字惠卿, 號菊堂. 高才雅度, 爲高時彦鄭來僑所推重. 藁佚無傳, 僅存一首.(『풍요속선』 권2, 국립중앙도서관 소장본)

3 惠莊王時, 有諱麟趾, 位至議政府領議政, 謚曰文成, 君之幾世祖也. 曾祖諱海善, 副司猛, 贈軍資監正. 祖諱俊, 起禮賓寺主簿, 贈工曹參議. 父諱泰建, 行副護軍, 贈漢城府左尹兼五衛都摠府副摠管. 母贈貞夫人金海金氏, 直長宗信女也.

4 配貞夫人密陽朴氏, 通德郎大蕃之女也. 先君三十三年而沒, 享年四十六, 今年八月十三日, 祔于君墓. 生子二人、女二人. 男德涵、德濂, 女長適全聖澤, 次適金淳.

5 委巷士之以詩名世而從吾遊者有三人焉, 曰滄浪洪道長、鄭惠卿、鄭潤卿."(신정하, 「증정생래교서(贈鄭生來僑序)」, 『서암집(恕菴集)』 권10, 한국고전종합DB)

이어 묘지명은 정후교가 부사 황선을 수행하여 기해통신사에 참가한 일을 말하였는데, 시를 빨리 써서 일본인들이 감탄하며 다투어 목판에 새겨 전하였다고 하였다.[6] 황선은 1727년에 경상감사로 부임하였는데, 이때에도 정후교가 그를 수행하였다. 이듬해 봄 영남지방에 난이 일어나 흉흉할 때 황선의 곁을 지켰으며, 얼마 후 황선이 작고한 후에 상여와 함께 돌아왔다고 한다. 1728년 영남지방의 난은 이인좌(李麟佐)의 난이 있었을 때 거창에서 정희량(鄭希亮)이 들고 일어난 것을 가리킨다. 이듬해 정후교는 첨지중추부사에 제수되었는데, 이때의 공로를 인정받아서였을 것이다.[7] 이후 나이가 들어 칩거하며 독서에 몰두하였는데 영조가 가선대부로 승진시키고 곧이어 동지중추부사를 제수하고 3대를 추은(推恩)하였으며, 여든이 되자 또 가의대부에 가자(加資)하였다고 한다.[8]

묘지명을 통해 알 수 있는 정후교의 생애는 이상과 같다. 그 외 『영조실록』에서 "운봉의 천총 정후교"가 정희량의 난을 막는 데 공을 세운 것에 대해 언급한 부분[9]이 있는데, 이것은 앞서 언급했듯이 황선의 막하에서 활동한 시기의 기록이다. 『승정원일기』에서도 정후교에 관한 언급을 몇 군데 발견할 수 있다. 1723년에는 한량(閑良)이었으며(2월 10일) 1725년에 경덕가위장(慶德假衛將)을 제수 받았다.(4월 10일) 1729년

6 忠簡洪公致中使日本, 以忠烈黃公爲之副, 君從行. 倭人擁馬乞詩牋, 君揮筆, 迅若風雨, 觀者嘖嘖不已, 爭相板刻傳翫焉.

7 及忠烈公觀察嶺南, 君又從. 明年春, 嶺南亂作, 人心洶懼, 君須臾不離左右, 未幾公卒于營中. 君於是從喪而歸. 又明年, 以嶺南勞拜僉知中樞府事.

8 年已高, 杜門謝客, 讀書不倦. 上入耆社, 陞嘉善, 未幾拜同知中樞府事, 推恩三世, 以年八十又加嘉義.

9 『영조실록(英祖實錄)』 권16, 영조 4년(1728), 3월 28일(무인).

에는 운봉초포장절충(雲峯勦捕將折衝)으로 나온다.(4월 6일) 1748년에는 동지중추부사(同知中樞府事)가 되었으나(3월 21일) 나이가 많고 병이 있다 하여 사직을 청하였다.(3월 29일) 정후교의 생애와 관직 이력에 대한 정보는 대략 이 정도이다.

기해통신사는 1719년(숙종 45) 도쿠가와 요시무네(德川吉宗)의 습직(襲職)을 축하하는 사절로서 파견된 통신사이다. 정사 홍치중, 부사 황선, 종사관 이명언(李明彦)의 삼사(三使)를 갖추었으며 제술관은 신유한이었고 정사·부사·종사관 서기는 각각 강백(姜栢)·성몽량(成夢良)·장응두(張應斗)가 맡았다. 1719년 4월 11일 한양을 출발하여[10] 5월 2일 부산에 도착했고, 바람을 기다렸다가 6월 20일 쓰시마(對馬島)를 향해 출발했다. 9월 27일 에도(江戶)에 도착하여 10월 1일 전명(傳命)하였고, 15일에 에도를 떠나 12월 20일 다시 쓰시마에 다다랐다. 부산에 도착한 것은 이듬해 1월 6일이다.

정후교는 이 사행에 부사 황선의 자제군관으로 참가하였다. 『부상기행』의 표지에 적힌 부제 '鄭幕裨錄', 그리고 권수제인 '鄭幕裨扶桑紀行'에서 '幕裨'라는 표현은 그가 裨將, 즉 군관의 직함을 띠고 있었음을 보여준다. 사행을 따라가기 위해 군관직을 받은 것이다. 정후교의 이후 행적을 보면 무관으로 활동한 경력이 있기는 하지만 이 사행에서 군직을 수행한 것은 아니다. 1682년 임술사행 이후로 통신사 시문 교류가 활발해졌으며, 시를 잘 짓는 인물들을 선발하여 사행단에 포함시켰다. 정후교 역시 시재를 인정받아 선발에 든 것으로 생각된다. 정후

---

10 『부상기행』에는 19일에 사조(辭朝)했다고 되어 있는데, 서기와 군관은 따로 사조의 예가 없었으므로 그날 한양을 출발했기에 그렇게 말한 듯하다. 아니면 오기일 가능성도 있다. 『부상기행』은 후대의 필사본으로서 오자나 탈자가 종종 발견된다.

교는 제술관 및 서기들과 함께 일본인과의 시문창화를 담당하였으며, 『상한창화훈지집(桑韓唱和壎篪集)』, 『신양산인한관창화고(信陽山人韓館倡和稿)』, 『조선인대시집(朝鮮人對詩集)』에 그가 일본인과 주고받은 시문이 수록되어 전한다.

3 구성 및 내용

『부상기행』은 상권은 기행일기, 하권은 시문으로 구성되어 있다. 상권 일기는 1718년 기해통신사 파견이 결정되고 저자가 막비로 여기에 참가하게 된 사실을 밝히는 것으로 시작된다. 그 다음 4월 19일 사조하고 5월 2일 부산에 도착하였으며, 바람을 기다리며 시간을 지체하다가 6월 20일 비로소 출발하였다고 하였다. 부산에 도착하기까지의 국내 여정은 생략하고 1719년 6월 20일 부산을 출발한 이후부터 본격적인 일기가 시작된다. 일기는 1720년 1월 6일 다시 부산으로 돌아온 날까지 이어진다. 일기가 없는 날도 있으며, 특히 귀로의 뱃길에서는 며칠간의 여정을 한꺼번에 정리하여 써둔 부분들도 있다. 쓰시마, 오사카(大阪), 에도와 같이 여러 날을 머문 곳에서도 그동안 있었던 일을 종합하여 날짜 표시 없이 뭉뚱그려 기록해 두었다.

국내 여정에 대한 기록은 시문으로 대신하였다. 하권은 한강에서 출발할 때의 감회를 쓴 시로 시작된다. 한강-양재역-용인-죽산-충원-연풍-안동-의성-영천-경주-부산을 지나며 각 곳의 풍광을 읊기도 하고 지나오는 길에 본 누정의 편액에 차운하기도 하였다. 안동, 의성, 영천에서는 각각 영호루(暎湖樓), 문소루(聞韶樓), 환벽정(環碧亭)에 들러 시를 지었다. 부산에서는 〈부산가 10수(釜山歌十首)〉를 지어 그곳의 풍물을 읊었다. 이어서 일본에서 지은 시가 나오는데, 국내 기행시와 마찬가지로 여정에 따라 시를 수록하였다. 지나온 곳의 경치를 읊은 시와 일본인 및 동료 사행원들과 주고받은 시가 함께 실려 있으며, 상대의 차운(次韻)이나 원운(原韻)을 나란히 수록한 것들도 있다. 전체 201수 가운데 다른 사람의 시는 14수이다. 정후교의 작품은 131제 187수가 실려 있으며, 그 가운데 성몽량의 〈사연일(賜宴日)〉에 차운한 33운의 장시를 제외하면 대부분 절구나 율시이다.

한편 『부상기행』은 일기와 시문만으로 구성되어 있고 별도의 문견록은 포함되어 있지 않다. 대신 일기 중간 중간에 약간의 견문이 섞여 있으며, 일기 마지막 부분에서 "도로에서 보고들은 것을 대강 기록한다."고 하며 일본의 기원과 자연, 경제, 물산, 정치, 풍속 등에 대해 간략히 기술하고 이에 대한 저자의 평을 제시하고 있다.[11] 분량이 많지 않으며 체계적인 문견록은 아니므로 일기 뒤에 덧붙인 것이다. 길지 않은 기록이지만 일기 중간에 나오는 견문과 함께 저자의 일본 인식을 살펴보는 데에는 요긴하게 활용할 수 있다.

『부상기행』의 가장 큰 특징은 마치 유기(遊記)와 같이 여행 체험을 실감나게 전달하고 있다는 것이다. 즉, 지식 전달 위주의 글이라기보다는 체험과 감상 위주의 기행문적 성격이 두드러지는 글이라고 할 수 있다. 같은 시기 사행록 중 홍경해의 『해사일록』이 사행의 공식 일정과 예식 절차 위주로 서술하고 있는 것과 신유한의 『해유록』이 서사적 필치로 다양한 사건들을 전달하고 있는 것과는 구별된다. 이러한 점은 통신사 연구에서 『부상기행』의 사료로서의 중요성을 다소 떨어뜨리는

---

11 본서 116~119쪽.

요인이 되기도 한다. 기해사행 시기 통신사의 외교 활동이나 양측 간의 충돌 등에 대해 거의 언급하고 있지 않기 때문이다. 그러나 한편으로 그의 사행록은 풍광 묘사에 주력함으로써 문예적 성격의 기행문으로서는 여타의 사행록과 구별되는 독자적인 성취를 이룩하고 있다.

『부상기행』의 또 하나의 내용상 특징은 일본 문인들과의 만남의 현장을 생생하게 전달하고 있다는 것이다. 현전하는 전체 사행록 가운데 필담 교류의 기록을 풍부하게 담고 있는 자료는 그리 많지 않다. 전체 사행록 45종 가운데 일본 문인과의 교류가 활발해진 1682년 이후의 사행록은 27종인데, 이 가운데 필담 교류에 대한 구체적인 기록을 남기고 있는 책은 신유한의 『해유록』, 홍경해(洪景海)의 『수사일록(隨槎日錄)』, 남옥(南玉)의 『일관기(日觀記)』, 원중거(元重擧)의 『승사록(乘槎錄)』 정도이다. 『부상기행』은 분량 면에서 이들 사행록을 따라가지 못하므로 필담 관련 기록 역시 양적으로는 이 자료들을 능가할 수 없다. 그러나 만남의 현장을 실감나게 재현하고 있다는 점에서 이를 『부상기행』의 특징 중 하나로 꼽기에는 충분하며, 특히 기해사행 시기 교류의 특징을 확인할 수 있다는 점에서 주목할 가치가 있다. 필담창화 현장을 묘사한 아래 기록이 대표적이다.

> 처음 바다를 건너왔을 때 우삼동(雨森東: 아메노모리 호슈)이 늘 말했었다.
>
> “에도에 십학사(十學士)가 있는데 관백의 경악(經幄)에 나아가는 신하들입니다. 문장과 문학이 보통 사람들보다 훨씬 뛰어나서 그 재주를 실로 맞설 당해낼 수가 없습니다.”
>
> 관소에 머무는 동안 왜 통사가 달려와 전하길, 십학사가 동한(東韓)

> 의 문사를 뵙기를 청한다고 하였다. 나와 신(申: 신유한), 성(成: 성몽량) 여러 사람이 나아가 맞이하고 여러 서리들이 인도하여 서로 읍하고 마주 앉았다. 모두가 얼굴이 희고 깨끗하며 청수하고 고아하여 훌륭한 선비들임을 알 수 있었다. 마침내 벼루를 내어와 필담을 하고 성명과 관직을 통하였다. 몇 마디가 끝나자 십학사가 먼저 자신들이 지은 시를 써서 보였다. 우리들이 바로 그 시에 화운하니, 십학사가 또 삼칠률(三七律)을 쓰거나 절구를 써서 주어서 우리들도 다시 화답하였다. 이렇게 한 것이 다섯 번이었다. 피차가 손에서 붓을 멈추지 않고 나는 듯이 휘갈겨 잠깐 사이에 채색종이 수백 조각이 자리 사이에 어지러이 널렸다. 백전(白戰)이 바야흐로 무르익어 양쪽 다 물러설 뜻이 없었다. 이때 좌우에서 보는 자들이 눈을 휘둥그레 뜨고 놀라지 않는 이가 없었다. 우리들이 그들의 필봉을 꺾을 방법을 의논하여 창화할 때에 따로 어려운 운을 생각해 내어 한 수 내보였다. 십학사가 고민하더니 비로소 머뭇거리는 기색이 있었다. 날이 이미 늦어서 웃으며 일어섰다.[12]

일본 문사들과의 창화시를 다량 수록한 것도 『부상기행』의 독특한 점이다. 하권에 수록된 정후교의 시 131제 187수 가운데 74수가 일본 문인에게 증정한 시이다. 또, 하권에는 다른 사람의 차운이나 원운을 14수 수록했는데, 여기에서 11수가 일본 문인이 쓴 것이다. 마쓰우라 가쇼(松浦霞沼), 아메노모리 호슈(雨森芳洲), 하야시 호코(林鳳岡), 하야시 류코(林榴岡), 하야시 가쿠켄(林確軒), 류간(龍岩), 요시다 소코(吉田素行), 도쿠리키 유린(德力有隣), 고미야마 게이켄(小宮山桂軒), 호슈(鳳湫), 수계(須溪)의 시가 각 1편씩 수록되어 있다. 대개 정후교가 쓴 차운시 아래 원운을 수록한 것인데, 아메노모리 호슈의 경우 자신이 쓴 시

12 『부상기행』 권상, 9월 29일(무술). 본서 92~93쪽.

에 대한 호슈의 차운을 수록하였다. 각 인물들에게 받은 시편 가운데 한 수 씩을 선정하여 원시와 차운시를 실은 것이다. 이들의 원운은 한 수씩만 수록하였지만 자신이 쓴 시는 수량에 관계없이 수록하였다. 마쓰우라 가쇼에게 보낸 시는 5수, 아메노모리 호슈에게 보낸 시는 13수이다.(1수는 두 사람에게 함께 증정한 시) 가쇼와 호슈는 통신사의 관반으로서 사행 기간 내내 조선 문인들과 교유하였으므로 다른 이들에 비해 창화한 시편이 많았던 것이다.

또, 오사카의 시인 가라카네 바이쇼(唐金梅所, 1675~1739)에게 써준 〈수유당8영(垂裕堂八詠)〉과 〈수유당12영(垂裕堂十二詠)〉도 주목을 요한다. 바이쇼는 상인 출신의 시인으로, 1711년 및 1719년 통신사와 교류한 인물이다. 스이유도(垂裕堂)는 바이쇼의 당호인데, 1711년 제술관 이현(李礥)을 비롯한 여러 조선 문사들이 수유당의 경치로 시를 지어주었다면서 이번 통신사에게도 같은 요청을 했다. 그래서 신유한, 성몽량, 정후교 등이 모두 수유당 8영과 12영을 지어주었다고 하였다. 일본 문사들에게 지어준 제영시는 필담창화집에서도 그 전문을 찾아보기가 어려운데, 이 점에서 위 작품은 양국 시문창화의 실제를 보여주는 구체적인 사례라고 할 수 있다.

4 가치

첫째, 기해통신사의 활동 및 문화교류 연구에 중요한 자료로 활용될 수 있다. 『부상기행』이 처음 국내에 소개된 것은 하우봉의 연구를 통해서이다. 이 논문에서는 『부상기행』의 체제와 특징에 대해 간략히 설명하고 "子弟軍官의 使行錄답게 실무적인 기사는 적은 대신 일본의 풍경

묘사와 풍속소개 등 紀行錄的 性格이 많은 내용이다. 특히 여행중 雨森芳洲·松浦允任·林信篤·信充·信智 등 日本人 文士와의 對話와 唱和詩 등이 자세하게 기술되어 있어 通信使行의 文化交流 硏究에 큰 도움을 줄 수 있는 史料的 價値가 높은 자료이다."[13]라고 그 의의를 제시하였다. 그동안 기행통신사 관련 연구는 신유한의 『해유록』을 중심으로 이루어져 왔으나, 나중에 발견된 홍치중의 『해사일록』 및 정후교의 『부상기행』, 그리고 김흡(金潝)의 『부상록(扶桑錄)』에 대한 연구를 통해 보완될 필요가 있다.

둘째, 조선후기 지식인들의 대외인식에 관한 흥미로운 사례를 제공하는 자료이다. 『부상기행』에는 일본의 법도와 국력에 대해 특별히 긍정적인 인식이 나타난다. 또, 감성적인 공감을 토대로 일본인의 성품과 습속에 대해 재평가하고 있는 부분도 주목된다. 정후교는 일본인들의 장점으로 의(義)를 위해 자신을 희생하거나 윗사람을 친히 여기고 존장을 위해 목숨을 바치기도 함을 언급하였다. 여타의 사행록에서는 목숨을 경시하는 일본인들의 성품으로 인용되던 사례가 그에게는 충의의 소산으로 여겨졌던 것이다. 그리고 화이론적 사고의 변용을 통해 새로운 일본 인식에 도달하고 있음도 발견된다. 정후교는 오랑캐 일본이 '잘 다스려지는' 이유에 대해 해명하는 과정에서 그들이 서불이 남긴 전적을 통해 선왕의 유풍을 배울 수 있었을 것이라는 견해를 제시한다. 이는 중국을 배우지 않고서는 자립할 수 없다는 화이론적 사고를 바탕에 깔고 있으나, 이를 변용하여 일본이라는 나라가 고대 선왕의

13 하우봉(1986), 「새로 발견된 日本使行錄들 -《海行摠載》의 보충과 관련하여-」, 『역사학보』 제112집, 역사학회, 92쪽.

법도를 이어받아 나라다운 나라가 되었다는 새로운 관념을 창출하고 있다는 점에서 눈여겨볼 만한 부분이다.

셋째, 그동안 알려지지 않았던 정후교의 문학세계를 보여주는 자료이다. 정후교는 당대에 시인으로서 널리 인정받았던 인물이지만 문집이 남아 있지 않아 작품의 실상을 알기는 어려웠다. 김창흡의 평에 의거하여 애써 꾸미지 않은 자연스러운 음조를 추구한 시인이었다는 것을 알 수 있을 뿐이다. 이 점에서 『부상기행』은 정후교의 작품세계를 확인하게 해주는 중요한 저작이라고 할 수 있다. 다만 하권의 사행시는 대체로 즉석에서 창화한 시를 편집한 것으로, 평소의 실력을 십분 발휘하지 못한 작품인 듯하다. 그의 장처(長處)가 산문이 아니라 시였다는 점을 고려한다면 다소 아쉬운 부분이라고 하겠다.

동사록(東槎錄)

정막비 부상기행 상

鄭幕裨扶桑紀行上

숙종 45년 무술(1718), 일본국 관백(關白)[1] 미나모토노 요시무네(源吉宗)[2]가 새로 자리를 이어받아 통신(通信)을 청했다. 이에 호조참의(戶曹參議) 홍공(洪公) 치중(致中)[3]을 정사(正使)로, 시강원보덕(侍講院輔德) 황공(黃公) 선(璿)[4]을 부사로, 홍문관교리(弘文館校理) 이공(李公) 명언

---

1 관백(關白) : 일본 에도시대 막부의 최고 권력자인 쇼군(將軍). 조선에서는 도요토미 히데요시(豐臣秀吉)가 관백에 오르고 난 이후 '관백'을 일본의 최고 통치자라는 의미로 사용하였다. 조선후기에는 막부(幕府)의 정이대장군(征夷大將軍)을 '일본국왕' 또는 '관백'이라고 부르는 것이 일반적이었다. 관백은 이른바 교린외교체제(交隣外交體制)에서 조선 국왕의 상대역이 되었다.

2 미나모토노 요시무네(源吉宗) : 에도막부의 8대 쇼군 도쿠가와 요시무네(德川吉宗, 1684~1751, 재위 1716~1745). 도쿠가와 이에야쓰(德川家康)의 증손자로 기이번(紀伊藩)의 번주였는데, 제7대 쇼군인 이에쓰구(家繼)가 어린 나이로 서거하면서 직계가 끊기자 그가 대신 쇼군을 이어받게 된다. '도쿠가와 막부 중흥의 선조(德川幕府中興の祖)'로 평가받는다.

3 홍공(洪公) 치중(致中) : 홍치중(洪致中, 1667~1732). 본관은 남양(南陽), 자는 사능(士能), 호는 북곡(北谷). 1699년 사마시에 합격하고 1706년 정시 문과에 병과로 급제했다. 1712년 북평사(北評使)로 차출되어 백두산정계비를 세우는 데 참여하기도 했으며, 1719년 통신사 정사로 일본에 다녀왔다. 영조 즉위 후 예조판서와 병조·형조 판서, 좌의정을 거쳐 영의정까지 올랐다. 1719년 사행 기록인 『해사일록(海槎日錄)』을 남겼다.

4 황공(黃公) 선(璿) : 황선(黃璿, 1682~1728). 본관은 장수(長水), 자는 성재(聖在), 호는 노정(鷺汀). 1710년 진사시에 합격하고 그해 증광 문과에 병과로 급제하였다. 1719년 통신

(明彦)[5]을 종사관(從事官)으로 가도록 명하시고 문사와 무사를 뽑아서 막좌(幕佐)를 갖추었는데, 내가 재주도 없이 선발에 들게 되었다. 그리하여 이듬해 4월 19일 사조(辭朝)[6]하고 5월 2일 부산에 도착했다. 객관에서 바람을 기다리며 머무는데 두 달이나 흘러 모두가 지체되는 것을 걱정하였다.

6월

19일[경신][7]

왜인이 와서 오늘 저녁에 동풍이 불 조짐이 약간 있으니 내일 날이 밝으면 바다를 건널 수 있을 것이라고 말했다. 일행이 밤에 일어나 여장을 꾸리고 모두 배에 싣고서 기다렸다.

사 부사로 일본에 다녀왔다.

5 이공(李公) 명언(明彦) : 이명언(李明彦, 1674~?). 본관은 한산(韓山), 자는 계통(季通), 호는 태호(太湖). 1699년 식년 진사시에 합격하고 1712년 정시 문과에 급제하여 정랑(正郎), 의주부윤, 사헌부 대사헌(大司憲) 등을 지냈다. 1719년 통신사 종사관으로 일본에 다녀왔다.

6 사조(辭朝) : 관직에 임명된 사람이 부임에 앞서 임금에게 하직 인사를 하는 것, 혹은 사신의 직임을 맡아 외국에 나가기 전에 조정에 들어가 임금에게 하직 인사를 하는 것을 뜻한다.

7 저본의 날짜 표시에 간지만 적혀 있는 날도 있고 일자와 간지가 함께 적혀 있는 날도 있다. 간지만 적혀 있을 경우 역자가 해당 일자를 확인하여 기입하였다. 간지와 날짜 모두 빠져 있을 경우 신유한의 『해유록(海遊錄)』과 홍치중의 『해사일록(海槎日錄)』을 참조하여 보충하였다.

20일[신유]

닭이 울자 동풍이 차츰 강해져서 삼사(三使)[8]가 차례대로 출발했다. 식파정(息波亭)에 다다르니 해가 이미 바다 위로 떠서 위아래 붉은빛이 만 리에 넘실거리고 대선(大船) 여섯 척이 선창(船艙)에 대어 있었다. 삼사가 종자를 이끌고 배에 오르고 고각(鼓角)을 울리며 돛을 달았다.

이때 전송하러 온 이들이 언덕 위에 빽빽이 서 있었는데 안타까워하며 헤어지기 어려워하는 표정들이었다. 부산 첨사(僉使)와 개운포(開雲浦), 두모포(豆毛浦) 만호(萬戶)가 전선(戰船)을 타고 대양 어귀까지 전송하러 왔다가 돌아갔다. 호행대차왜(護行大差倭)[9] 원의(源儀)가 채함(彩艦)을 타고 앞에서 이끌었다. 금도왜(禁徒倭)[10] 두 사람과 사공왜(沙工倭) 두 사람, 종왜(從倭) 두 사람이 우리 배에 타러 왔다. 사신들은 타루(舵樓)의 교의(校椅)에 앉았고 왜인들이 차례로 타루 아래에서 재배(再拜)를 했다.

처음 떠날 때는 바람이 약해서 노를 저어 나아갔다. 절영도(絶影島)[11]를 지나 대양으로 나오니 풍력이 점점 약해지고 배가 매우 빨랐는데, 파도가 거세지 않아 사람들이 모두 편안하고 뱃멀미를 하는 자도 적었

---

8 삼사(三使) : 통신사행의 정사(正使), 부사(副使), 종사관(從事官)을 총칭하는 말이다.

9 호행대차왜(護行大差倭) : 쓰시마의 정기사절인 연례송사(年例送使)와는 별도로 에도 막부의 쇼군, 또는 그 명을 받은 쓰시마도주가 파견한 임시사절로, 예조참의에게 보내는 서계(書契)를 지참했다. '차왜'는 주어진 임무에 따라 대차왜(大差倭), 별차왜(別差倭), 재판차왜(裁判差倭), 심상차왜(尋常差倭), 표차왜(漂差倭), 예송사(例送使) 등의 구별이 있었다.

10 금도왜(禁徒倭) : 왜관 내에서 그곳에 거주하는 일본인들을 단속하고 교간(交奸)이나 도둑질을 못하도록 치안을 담당한 쓰시마 관리이다. 모두 22명으로 1년마다 교체했다. 일본에서는 요코메(横目), 메츠케(目付)라고 하였다.

11 절영도(絶影島) : 부산 앞바다에 있는 현재의 영도(影島)의 옛 이름이다.

다. 선창(船窓)에 기대 바라보니 동남쪽의 물과 하늘이 한데 섞여 끝이 없고 서쪽으로는 몇 점 봉우리가 구름 사이에서 아른아른 숨었다 보였다 한다. 뱃사공이 "우리나라 거제의 산입니다."라고 하였다.

잠시 후에 사공에게 물었다.

"물마루[水宗][12]는 어디에 있소?"

사공이 대답했다.

"물마루는 이미 지났습니다."

전에 듣기로 물마루는 매우 험해서 그 높이가 기와집의 등마루 같아 건너기 매우 어렵다고 하여 자못 걱정이 되었다. 지금 물마루를 건너면서는 어째서 그 험함을 알지 못하였던가. 혹 바람이 순하고 파도가 고요해서 그러했는가? 아니면 물마루의 험함이 옛날과 지금의 차이가 있었던 것인가? 만약 물마루를 지날 때에 그것을 알았다면 반드시 마음이 동하고 놀라 겁먹었을 터인데, 그런 생각을 하지 않았기 때문에 그 험함을 깨닫지 못했던 것일 뿐이리라. 사상(使相)이 절구 두 수를 지어 보이셔서, 받들어 차운하였다.

저물녘에 또 소선(小船) 열 척이 와서 맞이하였다. 예선(曳船)이 앞에서 인도하였는데 배의 수미(首尾)에 각각 등 두 개를 높이 달고 '정(正)' 자를 써서 정사선임을 표시하고 '부(副)' 자를 써서 부사선임을 표시하였다. 다른 배들도 이렇게 해서 서로 놓치지 않을 수 있었다.

초저녁에 사스우라(佐須浦)[13]에 배를 대었는데, 여기가 곧 쓰시마 서

---

12 물마루[水宗] : 바다와 하늘이 맞닿은 것처럼 멀리 보이는 수평선의 두두룩한 부분.

13 사스우라(佐須浦) : 현재의 쓰시마시(對馬市) 가미아가타초(上縣町) 사스나(佐須奈)에 속한다. 조선 측 사료에는 좌수(佐須)·좌수포(佐須浦)·좌수나(佐須奈)·좌수나포(佐須奈浦)·사사포(沙沙浦)라고도 하였다. 쓰시마의 서북에 위치하고 있어 부산포와 가장 가까운

북쪽 모퉁이의 사사천(沙沙川)이다. 도주가 봉행을 보내 안부를 물었다. 포구에 봉우리가 우뚝 솟아 있고 양쪽 물가 사이는 백여 보 정도인데, 그 위에 소나무와 대나무가 울창하고 민가(民家) 수백 호가 있다. 바위 기슭에 별관이 있는데 여러 왜인들이 사신 행차를 인도하여 여기에서 멈췄다. 여러 배들이 수풀 사이에 닻을 매었다. 밤이 깊어 사람 소리는 들리지 않고 다만 등불이 높았다 낮았다하는 것만 보였다.

이날 480리를 갔다.

21일[임술]

사스우라에 머물렀다. 나와 제술관(製述官)[14] 신유한(申維翰)[15], 서기(書記)[16] 성몽량(成夢良)[17]·장응두(張應斗)[18]·강백(姜柏)[19], 양의(良醫)[20]

곳이므로 통신사의 최초 입항지(入港地) 가운데 하나가 되었다.

14 제술관(製述官) : 통신사행 때 전례문(典禮文) 등을 지어 바치는 임시 벼슬로서 문장이 뛰어난 사람 중에서 선발하였다. 정사가 타고 가는 제일선(第一船)에 배속되었다. 통신사 파견 초기에는 학관(學官)·이문학관(吏文學官)·독축관(讀祝官) 등으로 불렸으며, 1682년 사행 때부터 제술관이라는 명칭을 사용하였다. 처음에 학관에서 독축관으로 명칭이 바뀐 것은 일광산치제(日光山致祭) 때에 축문을 읽는 역할을 맡았기 때문이다. 일광산치제 폐지 이후 제술관으로 명칭이 바뀌면서 일본인과의 필담창화(筆談唱和)를 주로 담당하였다. 제술관을 맡은 인물로는 1682년 사행의 성완(成琬), 1711년 사행의 이현(李礥), 1719년 사행의 신유한(申維翰), 1748년 사행의 박경행(朴敬行), 1763년 사행의 남옥(南玉), 1811년 사행의 이현상(李顯相)이 있다.

15 신유한(申維翰, 1681~1752) : 본관은 영해(寧海), 자는 주백(周伯), 호는 청천(青泉). 1705년 진사시에 합격하고 1713년 증광문과에 병과로 급제하였다. 1719년 통신사 제술관으로 일본에 다녀왔으며 벼슬은 봉상시 첨정에 이르렀다. 문장으로 이름이 났으며, 특히 시에 걸작이 많고 사(詞)에도 능하였다. 1719년 사행 기록으로 『해유록(海遊錄)』을 남겼으며, 문집으로 『청천집(青泉集)』이 있다.

16 서기(書記) : 사행 중 삼사를 도와 문부(文簿) 기록을 담당하는 한편 일본 문사들과의 필담과 창화를 맡은 수행원을 지칭한다. 정사서기(正使書記)·부사서기(副使書記)·종사관서기(從事官書記)의 3인으로, 각각 정사·부사·종사관에게 배속되었다. 주로 문필로 명망이 있는 서얼 문사들 가운데서 차출하였다.

권도(權道)[21]가 한 집에서 같이 묵으며 등불을 켜고 시를 지었다. 무늬 옷을 입은 왜인 몇 명이 곁에서 찻물을 따라 주었다.

아침에 일어나 관소에서 삼사를 뵈었다. 당상에는 백문석(白紋席)을 깔았는데 이름을 '다담(多淡)'이라고 하였다. 난간으로 주위를 두르고 사이사이에 붉은 모포를 깔았다. 삼나무 판자로 지붕을 덮었는데 물고기 비늘과 같다. 백토로 담장을 쌓고 그 안에 매화, 동백, 귤, 유자, 포도, 맥문동(麥門冬), 사간(射干) 같은 것들을 심고 밖에는 종려를 심었는데 높이가 몇 길은 된다. 고송(古松), 오죽(烏竹), 단목(檀木)이 주위를 둘러 그늘이 빽빽하다. 검은 옷을 입고 몽치 모양으로 상투를 튼[22]

---

17 성몽량(成夢良, 1673~?) : 본관은 창녕(昌寧), 자는 여필(汝弼), 호는 소헌(嘯軒)·장소헌(長嘯軒). 1702년 식년 진사시에 합격하였다. 1719년에 통신사 부사 서기로 일본에 다녀왔다.

18 장응두(張應斗, 1670~1729) : 자는 필문(弼文), 호는 국계(菊溪)·단오산인(丹五散人). 1713년 진사시에 합격하였다. 1719년 통신사의 종사관 서기로 일본에 다녀왔다.

19 강백(姜柏, 1690~1777) : 본관은 진주(晉州), 자는 자청(子靑), 호는 우곡(愚谷). 일본에서 사용한 호는 경목(耕牧)·경목자(耕牧子)이다. 강홍중(姜弘重)의 증손이다. 15세에 승보시(陞補試)에 합격, 1714년 사마시에 1등, 1727년 정시 문과에 장원급제하고 승문원 박사·성균관 전적·호분위 부사맹(虎賁衛副詞猛) 등을 지냈다. 시에 능하였으며 문집으로 『우곡집(愚谷集)』 6권이 전한다. 1719년 통신사 정사 서기로 일본에 다녀왔으며, 이때 『해사록(海槎錄)』을 남겼다고 하나 확인되지 않는다.

20 양의(良醫) : 통신사행의 한 직임으로 의술이 뛰어난 의원이라는 뜻이다. 통신사행에 의원이 포함된 것은 1607년 회답겸쇄환사 때부터로, 이때에는 전의감(典醫監)과 혜민서(惠民署)에서 각각 1명을 차출하여 총2명을 파견하였다. 그런데 일본 측에서 통신사 수행 의원의 증원을 요청하여 1682년부터는 양의 직이 신설되었고, 이후 사행에는 양의를 포함하여 도합 3인의 의원 파견이 정례화되었다.

21 권도(權道, 1710~?) : 조선후기의 의원. 자는 대원(大原), 호는 비목(卑牧)·비목재(卑牧齋). 부사과(副司果)를 지냈다. 1719년 통신사에 양의(良醫)로서 일본 사행에 참여하였다. 저본에는 이름이 '導'로 표기되어 있다.

22 몽치 ~ 튼 : 원문은 추계(椎髻)이다. '추계'는 몽치(방망이) 모양으로 머리를 틀어 올리는 것으로, 오랑캐의 머리 모양을 가리킨다.

종왜 십여 인이 좌우의 대청 앞에 깃 달린 창을 줄지어 꽂고 마주보고 무릎을 꿇고서 사람들을 금하고 있다.

어제는 어두워서 항구 안의 산이 어떤지 몰랐다. 이날 둘러보니 산이 동쪽에서 뻗어 와서 사면을 빙 둘러싸고 있는데 푸른 봉우리가 우뚝 솟아 가파르고, 종종 벼랑과 골짜기가 트여 있는데 물줄기가 합한 곳에 못물이 맑고 깨끗하다. 물가에는 천장(千章) 대목(大木)이 있어 푸른빛이 무성한데, 하늘하늘한 그림자가 물에 비쳐 때때로 바람이 불어오면 용이 꿈틀거리는 듯하니 또한 기이한 경치이다. 항구의 동쪽 조금 깊은 곳에 거룻배를 타고 거슬러 올라갈 수 있다면 그 가운데 볼 만한 것이 있을 터인데 금령 때문에 가보지 못하였다. 굽이진 언덕에 초가집 서너 채, 혹 일고여덟 채가 바위 숲 사이에 비스듬히 기대고 있는데, 지붕을 엮은 풀이 두터워서 한 길이 넘으니 우리나라에서 이엉을 덮는 방식과 달랐다.

이날 비선으로 장문(狀聞)[23]하였다.

23일[갑자]

흐렸다가 갰다가 함. 대차왜(大差倭)가 와서 말했다.

"저녁엔 마땅히 순풍이 불 것입니다."

여러 배들이 아침을 급히 먹고서 기다렸다. 오후에 과연 동남풍이 불어서 닻을 풀고 포구를 나왔다. 사공들이 다 같이 뱃노래를 불렀다. 각 배마다 왜선 열 척이 앞에서 끌었다. 얼마 후 구름이 걷히고 멀리

---

23 장문(狀聞) : 외방에 나가 있는 사신이 서장(書狀)으로 임금에게 아뢰는 것, 또는 그 서장을 이른다.

절영도가 보였다. 술(戌)·해(亥)[24] 사이로 거제(巨濟)와 기장(機張) 일대의 여러 산이 하늘가에 모습을 드러내니, 배에 탄 사람들이 이를 보고 문득 고향을 떠올렸다.

완월포(翫月浦)를 지나 와니우라(鰐浦)[25]에 이르자 물속에 큰 바위가 줄줄이 박혀 있는데 물위로 나와 있기도 하고 물 아래 숨어있기도 하며 십여 리를 걸쳐 가로놓여 있고 성난 파도와 세찬 물살이 겁에 질리게 만든다. 사공이 말했다.

"옛날 한천석(韓天錫)이 여기를 지나가다 풍파를 만나 파선하여 모두 익사했습니다."[26]

호행하는 왜선이 좌우로 벌여 서고, 여섯 척[27]이 돛을 내린 채 천천히 그 가운데를 따라 나아갔다. 파도가 반대쪽에서 부딪쳐 와서 크고 작은 배들이 물결 가운데 나왔다 잠겼다 하며 조심조심하며 40리를 위태롭게 나아갔다.

날이 이미 늦어서 풍기포(豊崎浦)[28]에 들어가 배를 대었다. 포구 안의

---

24 술(戌)·해(亥) : 24방위의 술방(戌方)과 해방(亥方). 술방은 서북방에서 남쪽 방향으로 15° 각도 안의 방위, 해방은 마찬가지로 서북방에서 북쪽 방향으로 15° 각도 안의 방위이다.

25 와니우라(鰐浦) : 통신사의 최초 입항지 가운데 하나로, 현재의 쓰시마시 가미쓰시마마치(上對馬町)에 속하는 곳이다.

26 옛날 ~ 익사했습니다 : 1703년 2월에 위문행(慰問行) 역관사(譯官使) 선박이 와니우라로 들어가던 중 암초에 좌초되어 침몰되는 사건이 일어났다. 이 사고로 정사 한천석(韓天錫)과 부사 박세양(朴世亮) 등 108명 전원이 익사하였다.

27 여섯 척 : 통신사가 일본에 갈 때 정사와 부사, 종사관 일행이 여섯 척 배에 각각 나누어 탔다. 정사·부사·종사관의 3사단(使團)으로 구성된 통신사 일행은 3선단(船團)으로 편성하였다. 제1선에는 국서(國書)를 받드는 정사를 비롯하여 그 수행원인 군관·상통사·제술관에서부터 격군까지 타고, 제2선에는 부사와 그 수행원, 제3선에는 종사관과 그 수행원들이 탔다. 각 기선에는 복선(卜船) 1척씩이 부속되었는데 복선에는 사행에 필요한 짐들을 나누어 실었다. 복선에는 당상역관 각 2인 및 일행의 원역이 나누어 승선하였다.

28 풍기포(豊崎浦) : 도요우라(豊浦)를 가리킨다. 현재 쓰시마시 가미쓰시마마치(上對馬

양쪽 언덕에 일고여덟 채의 초가집이 있고, 암벽이 빙 둘러있는데 물과 나무 사이로 석양빛이 은은히 내리비치고 있다. 언덕 아래에 배를 대었다. 정사와 종사관은 벼랑 가에 내려와 앉았고 부사는 신기(神氣)가 편치 않아 홀로 배 위에 있었다. 대차왜가 술과 배[梨]를 내어왔다. 이에 일행 모두가 귤나무 숲에 모여서 관현을 연주하고 소동들이 돌아가며 일어나 춤을 추었다.

언덕 위에 빽빽이 서서 구경하는 남녀가 매우 많았다. 여자들이 입은 옷은 남자와 구별이 없어서 모두 한 벌의 긴 옷을 입고 저고리와 치마가 없으며, 남자의 상투처럼 머리를 묶고 상투 앞에는 대모(玳瑁) 빗을 꽂았다. 시집 간 여자는 이를 물들이고 처녀나 과부는 물들이지 않는다. 전에 듣기로는 왜녀들은 젖가슴을 매우 비밀스럽게 보호하여 남에게 보여주지 않는다고 하였는데, 지금 보니 어떤 이는 더위를 식히려고 옷깃을 열어 가슴을 풀어헤치고 어떤 이는 어린애를 안고서 젖을 내어 먹이기도 한다. 또 듣기로 왜인들은 몸집이 작고 날카롭다고 하였는데 체구가 장대한 자들 역시 많았다. 전하는 말을 믿기 어렵다는 것이 이러한 것이다.

언덕을 덮은 나무들이 물가에 그늘을 드리우고 있는데 모두 귤, 유자, 삼나무, 황죽(篁竹), 동백 같은 종류이다. 바위 아래에는 작은 사당이 있는데 오가는 배들이 용신(龍神)에게 기도하는 곳이다. 수십 보를 나아가면 골짜기의 형세가 조금 넓어지는데 위에 선전(仙田)이 있고 콩, 대두, 차조, 촉규화, 낭탕(莨菪)을 심었다. 때로 들개가 짖는 소리가 깊은 골짜기에서 들려오기에 왜인에게 물어보았다.

町) 도요(豊)이다. 조선에서는 풍기(豊崎)·풍기포(豊崎浦)·풍기현(豊崎縣) 등으로도 썼다.

"이 사이에 또 시골집들이 있소?"

"북쪽으로 꺾으면 비탈길이 나옵니다. 거기에 인가가 십여 집 있는데 경치가 자못 그윽하지요."

날이 저물어 배 위에서 묵었다.

24일[을축]

맑음. 산에서 닭 우는 소리를 듣고 배를 띄웠다. 달과 별이 맑고 깨끗하며 풍랑이 일지 않았다. 배에 누워 있노라니 노 젓는 소리만 들려올 뿐이다. 뜸을 걷고 하늘과 물을 바라보니 흐릿하게 분간이 가지 않아 황홀히 꿈속 같았다. 40리를 가서 니시도마리우라(西泊浦)[29]에 다다랐다. 붉은 해가 바다구름 가운데서 꿈틀거리기 시작하자 물새 수십 마리가 놀라서 모래톱에서 물결을 쳐내며 요란하게 소리를 낸다.

이때 부사가 아픈 것이 낫지 않아서 더 가기 힘들어 이 포구에 배를 대었다. 동, 서, 북 세 면에 푸른 절벽이 우뚝우뚝 서서 빙 둘러 있고 그 아래로 깨끗한 호수가 구불구불 몇 리나 흐르고 있어 위는 그림 병풍이요 아래는 거울이었다. 좌우에 촌가가 있어 대 사립과 솔 처마가 수풀 사이에 미주하고 있다. 구경 온 시골 여인들은 모두 거룻배에 타고 있다. 항구를 가득 채운 배들이 노를 저어 나아가는데 그 빠르기가 날아가는 듯하다.

문득 공중에서 석경(石磬) 소리가 들려왔다. 오래된 절이 하나 있는데 이끼 낀 바위 사이에 지은 것이다. 산이 몹시 높고 험하여 돌로 층층

29 니시도마리우라(西泊浦) : 현재의 쓰시마시 가미쓰시마마치(上對馬町) 니시도마리(西泊)를 가리킨다. 가미쓰시마의 동북 해안에 위치해 있다. 조선후기 12차례의 통신사행 중 1617·1624년을 제외하고 매번 사행 때마다 조선 사행이 묵어 간 곳이다.

사다리를 쌓아서 오르게 해놓았다. 십여 칸 당우(堂宇)가 무척 맑고 산뜻하다. 벽에 족자 하나가 걸려있는데 신묘(辛卯, 1711년) 통신사행의 종사관 남강(南崗) 이공(李公) 방언(邦彦)[30]의 시와 글씨였다. 시는 이러하다.

절간에서 아득히 남쪽 바다 굽어보니　　禪樓迢遞俯南溟
푸른 대와 종려나무가 온 뜰을 덮었네.　　翠竹靑棕蔭一庭
스님과 흰 구름 한가로이 함께 살며　　僧與白雲閑共住
향불 사를 때에 법화경을 읽는구나.　　焚香時讀法華經

그 사람은 이미 세상을 떠났는데 필적이 완연한 것을 보니 해외의 이국에서 서글픈 마음이 든다. 삼사가 차운하였고 나와 여러 동료들 또한 차운했다.

절 서쪽 작은 암자에 금불을 모시고 있는데 불상이 매우 예스러웠다. 중이 말하길 불상이 만들어진 것이 천 년이 넘었다고 하였다. 다쿠젠(琢全)이라는 중이 있었는데 꽤 문자를 알았다. 입고 있는 치의(緇衣)는 심의(深衣) 모양이다. 종이와 벼루를 가지고 와서 시를 구하기에 절구 두 수를 써서 주었다.

절 뜰의 동편에는 잣나무로 병풍을 이루었고, 서편에는 못을 만들어

---

30 이공(李公) 방언(邦彦) : 1675~? 본관은 전주(全州), 자는 미백(美伯), 호는 남강(南岡). 1696년 식년시에 진사로 합격하고, 1702년 식년시 을과에 장원 급제하였다. 사간원(司諫院) 정언(正言)·세자시강원(世子侍講院) 설서(說書)·홍문과 교리(校理)·지제교(知製敎)·경연시독관(經筵侍讀官) 등을 역임하였다. 1711년 정사 조태억(趙泰億), 부사 임수간(任守幹)과 함께 통신사 종사관으로 일본에 다녀왔다.

연꽃을 심었다. 섬돌 위에는 모란과 작약, 국화, 맨드라미를 심고 섬돌 아래에는 종려와 작은 귤나무, 동백, 고월(皐月), 남천(南天), 목서(木犀), 대나무, 앵두나무를 심었다. 그들이 '앵(櫻)'이라고 하는 것은 앵도(櫻桃)가 아니라 우리나라의 우목(友木)이다. 절의 종에 글자가 적혀 있는데 "풍기향(豊崎鄕) 서박포(西泊浦) 해악산(海岳山) 서복사(西福寺)"라고 하였다.

이날 저녁에 왜인들이 배, 복숭아, 능금, 수박 등을 대접하였다.

25일[병인]

잠시 비가 왔다가 개었다가 함. 정오 가까이에 배를 출발시켰다. 대양 가운데 이르러 바람이 거슬러서 불었다. 긴우라(琴浦)[31]이다.

26일[정묘]

맑음. 동틀 무렵에 북을 울리며 배를 출발시켰다. 포구를 나서자마자 아침 해가 바다를 비추었다. 구름이 모두 걷혀 동남쪽 바다와 하늘이 아득히 끝이 없어 바라보니 눈이 어질어질하다. 서쪽 쓰시마의 산록이 구불구불 끊이지 않는다. 사스우라에서 후추(府中)[32]까지 200여 리

---

31 긴우라(琴浦) : 현재의 쓰시마시 가미쓰시마마치(上對馬町琴) 긴(琴)에 속하는 곳으로, 가미쓰시마 동쪽 해안에 위치해 있다. 1624년 통신사행 때 긴우라 젠코지(善光寺)에서 묵었고, 1719년과 1763년 사행 때에는 긴우라 선상에서 묵었다.

32 후추(府中) : 쓰시마후추(對馬府中). 현재의 나가사키현(長崎縣) 쓰시마시(對馬市) 이즈하라마치(嚴原町)에 속하는 행정구역 안을 가리킨다. 에도시대 이전에는 쓰시마국의 부(府)가 있는 곳이라 하여 고쿠후(國府)라고 불렀는데, 에도시대에 들어와 1국(國) 1성(城)의 죠카정(城下町)으로서 후추라고 불리게 되었다. 메이지유신 직후 이즈하라(嚴原)로 개칭되었다. 에도시대에 나가사키와 함께 대외무역항의 역할을 한 곳이기도 하다. 조선후기 12차례의 통신사행이 모두 이곳에 묵었다. 여기서 도주초연(島主招宴)을 베풀거나

가 모두 산을 따라서 가는 길이다. 오른편은 산, 왼편은 바다인데 그 광경은 이루 다 형용할 수가 없다.

저물녘에 포구에 도착했는데, 이른바 선두항(船頭港)[33]이다. 양쪽 산이 날개 펼친 봉황처럼 둘러서 있고 가운데는 열려서 호수를 이루고 있다. 조금 깊이 들어가면 산기슭이 나오는데 좌우가 오이씨처럼 갈라져 있고 곳곳에 골짜기가 있어 모두 맑은 못을 이루고 있다. 못가는 푸른 벼랑으로 둘러싸여 있는데 마치 연꽃이 녹색 수면 위에 다투어 솟아 있는 것 같다. 또 높이 솟아서 구부러져 있는 나무들이 많은데, 푸른 깃털처럼 생긴 잎이 그림자를 드리워 못 속의 바위를 쓸고 있다. 나와 여러 동료들이 돌아다니며 완상하고 있는데, 문득 못의 북쪽에서 거룻배가 오는 것이 보였다. 배 안에는 아가씨들이 열 명쯤 타고 있는데 앉거나 서서 우리나라 사람들을 보고 손가락으로 가리키면서 웃고 있다. 사람 사는 마을이 멀지 않음을 알 수 있는데, 바위와 숲에 가려서 보이지 않았다.

대숲 사이로 오래된 사당이 있는데 돌을 다듬어 문을 만들어 놓았다. 옛날 임진년(1592)에 다이라노 히데요시(平秀吉)[34]가 병사를 일으켜 쳐

망궐례(望闕禮)를 지내기도 했다.

33 선두항(船頭港) : 후나코시우라(船越浦)를 가리킨다. 현재 쓰시마시(對馬市) 미쓰시마마치(美津島町) 고후나코시(小船越)에 속하는 곳으로, 나카쓰시마(中對馬) 동쪽 해안에 위치한다. 조선에서는 선월(船越)·소선월(小船越)·선여관(船餘串)·후나고시(後羅古施)·선두(船頭)·선두항(船頭港)·선두포(船頭浦)라고도 썼다. 1607·1617·1624·1655·1719년 통신사행 때 이곳에 배를 정박하였으며, 선상 또는 바이린지(梅林寺)에서 묵었다.

34 다이라노 히데요시(平秀吉) : 일본 센코쿠(戰國) 시대와 아즈치모모야마(安土桃山) 시대의 정치가이자 무장(武將)이었던 도요토미 히데요시(豊臣秀吉, 1537~1598)를 가리킨다. 임진왜란을 일으킨 장본인으로, 조선에서는 풍신수길(豊臣秀吉)·평수길(平秀吉)·풍적(豊賊)·평적(平賊) 등으로 지칭했다.

들어올 때 이 산 아래에 이르러 풍랑이 크게 일어났다. 히데요시가 그래도 계속 나아가려고 하자 한 사공이 나와서 말했다.

"풍랑이 매우 나빠서 대양까지 배를 저을 수가 없습니다. 저기 북쪽 언덕 아래로 배 한 척이 겨우 지날 만하니 그쪽을 통해서 가면 바다에 이를 수 있습니다."

히데요시가 크게 노하여 그것을 헛소리라고 여기고 그의 목을 베어서 매달았다. 끝내 배를 저어 대양으로 나갔다가 풍파에 부딪쳐 익사한 자가 매우 많았다. 패배하고 돌아갈 때가 되어서야 비로소 항해에 법도가 있다는 것을 깨닫고는 함부로 그를 죽인 것을 후회하고는 사당을 세워 제사를 지냈다고 한다.

이날 밤은 배에서 잤다. 뜸에 기대어 앉아 있노라니 모든 움직임이 다 고요해지고 오직 하늘과 바다만이 보였다. 사방을 에워싼 별빛이 물에 비쳐 객수를 금할 길이 없어서 마침내 절구 두 편을 지어 회포를 부쳤다. 삼사가 모두 차운했다.

27일[무진]

맑음. 꼭두새벽에 차왜가 떠나기를 청하여서 여섯 배가 차례로 닻을 올렸다. 바람이 약하고 파도가 고요해서 뱃길이 무척 안온했다. 여기부터 오직 동남쪽의 대양만이 보이고 서북쪽은 쓰시마의 산줄기에 막혀서 고국산천이 보이지 않아 울적함이 더했다. 20리를 가서 가모세우라(鴨瀨)[35]를 지났다. 서쪽 가를 바라보니 석벽과 가파른 바위가 불쑥

---

35 가모세우라(鴨瀨) : 현재의 쓰시마시 미츠시마마치(美津島町) 가모이세(鴨居瀨)이다. 나카쓰시마(中對馬) 동쪽 해안에 위치한다. 조선에서는 압뢰(鴨瀨)·압뢰(鴨賴)·주길탄(住吉灘)이라고도 썼으며, 음차하여 가모세(加毛世)라고 표기하기도 했다.

솟아 있고 가운데 큰 굴이 있는데 그 너비가 수십 척은 되었다. 그 속으로 조수가 들어갔다 나왔다 하는데 그 소리가 굉장했다. 뱃사공이 말했다.

"옛날 늙은 용이 구멍 속에 잠겨 있었는데 어느 날 저녁 뇌우가 몰아치더니 용이 날아가 버렸습니다. 그 구멍엔 아직도 용이 움켜잡은 흔적이 그대로 있답니다."

문득 앞쪽 바다를 보니 소선 두 척이 중선 한 척을 끌고 다가오고 있었다. 격군 90인이 모두 검은 옷을 입고 노를 젓는데 배가 가는 것이 나는 듯했다. 위에는 청포(靑布) 장막을 설치하고 사방에 노란색과 붉은색의 휘장을 둘렀다. 배 안에 한 사람이 흑칠삼우관(黑漆三隅冠)을 쓰고서 선창에 기대어 두 손을 내리고 무릎을 꿇고 앉아 있다. 이 사람이 곧 에도(江戶)[36]에서 보낸 호행재판(護行裁判)인데, 소왜(小倭)를 시켜 수역을 부르고는 "도주(島主)가 지금 나오고 계십니다."라고 하였다.

잠시 후에 화방(畫舫) 한 척이 대양 어귀를 나오고 있는 것이 멀리 보였다. 배에 층루를 쌓고 사면에 오색의 비단 휘장을 둘렀다. 그 위에는 붉은색 차일이 있고 또 붉은색 일산을 펼쳐 놓았다. 누 위에 주홍색 교의(校椅)를 설치하고 의자 위에는 성성이 모포를 깔았는데, 거기에 도주가 앉아 있었다. 머리에 작은 오건(烏巾)을 썼는데, 그 모양이 앞은 모나고 뒤가 뾰족하며 금실로 장식하였는데 제도가 매우 괴이했다. 좌

---

36 에도(江戶) : 현재 일본의 수도인 도쿄(東京)의 옛 명칭으로 특별히 고쿄(皇居)를 중심으로 한 도쿄 특별구 중심부를 지칭한다. 현재의 도쿄도(東京都) 치요다구(千代田區) 치요다(千代田)에 위치하였으며, 동무(東武)·동도(東都)·무주(武州)·무성(武城)·강관(江關)·강릉(江陵)이라고 쓰기도 했다. 도쿠가와 막부의 에도성(江戶城)이 있던 곳으로, 1617·1811년을 제외한 조선후기 통신사행 모두 이곳까지 가서 쇼군에게 국서를 전달하였다.

우에서 모시고 선 자들 역시 오건을 쓰고 장검과 단검을 차고 있었다. 그 배가 점차 가까워져 수십 보 정도 거리가 되자 도주가 의자에서 내려오고 종왜 한 사람이 배 곁에 서서 부채를 흔들어 보였다. 삼사 또한 의자에서 내려와 마주보고 두 번 읍하고 양쪽 모두 다시 의자에 앉았다. 잠시 후 도주는 뒤로 처지고 일고여덟 척의 채선(彩船)이 좌우에서 호행하였다. 또, 이테이안(以酊庵) 장로(長老)[37]라는 자가 있었는데, 채방(彩舫)을 타고 맞이하러 나와 도주와 마찬가지로 서로 읍했다. 그 배는 장막을 설치하지 않고 다만 붉은색 일산만 펼쳐 놓았다. 몸에는 치의(緇衣)를 걸치고 붉은색 비단으로 된 가사(袈裟)를 덧입었다. 머리에는 아무것도 쓰지 않았으며 종자들은 모두 중이었다.

도주는 다이라노 미치노부(平方誠)[38]인데, 형인 다이라노 요시미쓰(平義方)[39]가 죽고 그의 아들 이와마루(巖丸)[40]가 나이가 어려 요시노부

---

37 이테이안(以酊庵) 장로(長老) : 이테이안(以酊菴)은 대조선외교를 담당하던 게이테쓰 겐소(景轍玄蘇)가 1580년 쓰시마에 건립한 절의 이름이다. 1635년 국서개작사건(國書改作事件, 柳川一件)으로 겐소의 후계자인 기하쿠 겐포(規伯玄方)가 유배된 후, 에도막부에서는 그를 대신해 도후쿠지(東福寺)의 교쿠호 고린(玉峰光璘)을 이테이안에 파견하여 문서 업무를 담당하게 하였다. 이후로 막부에서는 교토고잔(京都五山)의 선승 가운데서 한문에 뛰어난 인물들을 조센슈분쇼쿠(朝鮮修文職)로 임명하여 이테이안에 파견하였다. 이들이 곧 1년(나중에는 2년)마다 교체되는 이테이안 윤번승, 곧 이테이안 장로로서, 외교문서의 작성과 통신사절의 응접, 쓰시마의 대조선 업무 규찰 등을 담당하였으며 통신사를 호행하며 조선 문사들과 시문을 주고받기도 하였다.

38 다이라노 미치노부(平方誠) : 쓰시마의 제6대 번주 소 요시노부(宗義誠, 1692~1730)를 가리킨다. 제3대 번주 소 요시자네(宗義眞)의 일곱 번째 아들로, 1718년 형인 제5대 번주 소 요시미쓰(宗義方)가 사망하자 제6대 번주가 되었다. 미치노부(方誠)는 초명으로, 번주가 되면서 요시노부로 개명했다.

39 다이라노 요시미쓰(平義方) : 제5대 쓰시마번주 소 요시미쓰(宗義方, 1684~1718)를 가리킨다.

40 이와마루(巖丸) : 문맥상 제8대 쓰시마번주 소 요시유키(宗義如, 1716~1752)를 가리키는 것으로 보인다.

가 대신하고 이와마루가 자라기를 기다려 자리를 물려줄 것이라고 한다. 장로는 법명이 쇼탄(性湛)[41]인데, 관백이 파견하여 쓰시마를 규찰하는 자이다. 지위는 도주와 같으며 옛날 군국(郡國)의 수상(守相) 같은 것이다.

저물녘에 선창에 도착했다. 돌을 쌓아 주변을 에워싸고 호수를 끌어와 구불구불하게 만든 것으로, 우리 배 여섯 척이 차례로 여기에 배를 대었다. 모여서 구경하는 남녀가 물가에 가득 찼는데 혹 우산을 펴기도 했고 그림부채로 해를 가리기도 했다. 좌우의 인가가 거리에 줄지어 있는데, 땅이 좁아서 산 어귀나 바위틈에 새둥지처럼 지은 것이 많다. 위아래 판잣집 사이로 기와집에 석회로 외벽을 칠한 것이 있는데, 이것은 모두 창고로서 석회가 능히 화재를 막을 수 있기 때문이다. 혹 말하길 벽을 칠한 것은 모두 창가(娼家)라고 한다.

일행이 선창으로 내려가자 원역(員役) 등이 국서를 받들고 앞서 갔다. 삼사가 수레에 타고 그 뒤를 따르고, 창과 방패와 조총을 든 왜인들이 앞뒤로 옹위했다. 관소에 이르니 세이잔지(西山寺)[42]이다. 이미 저녁이 되어 식사가 나왔다. 먼저 몇 그릇의 찬이 나오고 그 다음에 절인

---

41 쇼탄(性湛) : 저본에는 '性甚'으로 되어 있으나, 오자로 보아 수정하였다. 이 시기 이테이안 장로인 겟신 쇼탄(月心性湛, ?~?)을 가리킨다. 이름은 쇼탄(性湛), 자는 겟신(月心), 호는 가타케(可竹). 교토 덴류지(天龍寺) 신주인(眞乘院)의 자사사문(紫賜沙門)이었다. 1708년 4월부터 1710년 4월까지 이테이안의 제45번 윤번승으로서 대조선 외교업무를 수행하였고, 이후 1718년 5월부터 1720년 5월까지 제50번 윤번승으로 재임하였다. 쇼탄이 1719년 통신사와 나눈 시와 필담이 『성사답향(星槎答響)』 및 『성사여향(星槎餘響)』, 『상한훈지집(桑韓塤篪集)』에 실려 전한다.

42 세이잔지(西山寺) : 현재의 나가사키현 쓰시마시 이즈하라마치고쿠부(嚴原町國分)에 위치한 임제종(臨濟宗) 사원. 에도시대에 조선과의 외교를 담당했던 외교승이 기거했던 곳이며, 1643·1711·1719·1748·1763년 통신사행이 묵었던 곳이다.

생선, 그 다음에 생선국이 나오고 이어서 상화(霜花 : 쌍화. 만두 종류)와 범과(范果) 같은 것들이 나왔는데, 모두 붉게 옻칠을 한 사발과 소반을 썼다. 용모가 아름다운 소동들에게 나르게 하는데 벼슬하는 집 아이들이라고 한다. 절이 높은 대(臺) 위에 있어서 해문(海門)이 내려다보였다. 여러 배들이 항구 안에 늘어서서 머리와 꼬리가 이어져 있는데 밤이 되자 배 위에 모두 등롱을 걸어놓았다. 또 대양 어귀에 등불 빛이 한 일 자로 펼쳐져서 밤이 다하도록 꺼지지 않는다. 이것들은 파수 왜선이다. 밤에는 난간 끝에 녹색 깁으로 된 장막을 쳐서 모기를 막는다.

이날 70리를 갔다.

28일[기사]

맑음. 쓰시마에 머물렀다. 이날 부산에서 비선(飛船)이 왔는데 행중에 집에서 보낸 편지가 있었다. 해질 무렵에 절 뒤편의 작은 언덕을 올랐더니, 동남쪽으로 바다에 임해 있어 이키노시마(一岐島)[43]와 은려도(隱驢島)와 곧바로 마주보고 있다. 구름이 걷히고 하늘이 맑아 몇 점의 푸른 봉우리가 선명히 보였다. 은려도는 지쿠젠주(筑前州)[44]로, 600리 거리인데[45] 바라보면 먼 것 같지 않으니, 안계를 가리는 것이 없어서

---

43 이키노시마(一岐島) : 현재의 이키시(壱岐市)로, 규슈(九州) 북방 현해탄(玄海灘)에 접해 있고, 후쿠오카현(福岡県)과 쓰시마의 중간에 위치하고 있는 섬이다. 쓰시마와 함께 규슈 본토와 한반도를 연결하는 해상 교통의 중계지 역할을 했던 지역이다. 조선후기 통신사행 중 1811년을 제외하고 사행 때마다 이키노시마의 가자모토우라(風本浦·勝本浦)의 류구지(龍宮寺)와 다옥(茶屋)에서 묵었다.

44 지쿠젠주(筑前州) : 현재의 후쿠오카현(福岡県) 북서부에 있던 지쿠젠국(筑前國)을 가리킨다. 지쿠고국(筑後國)과 합칭하여 쓰쿠시국(筑紫國), 혹은 축주(筑州)라고도 하였다. 통신사의 기착지인 아이노시마(藍島)·지노시마(地島) 등이 지쿠젠국의 관할 지역이었다.

45 은려도는 ~ 거리인데 : 쓰시마에서 600리 거리라는 뜻이다. 『해유록』에 이에 관한

이다. 대개 쓰시마는 남북으로 250리, 동서로 30리인데 벼랑이나 자갈 땅이 많고 평탄한 곳은 별로 없다. 그 풍속은 밭 갈기나 누에치기에 종사하지 않고 이익을 좇아서 먹고 산다. 강한 자는 우리나라와 교역하여 동쪽으로 여러 섬을 장악해 이익을 취하여 부유하기가 수천 금에 이르며, 약한 자는 물고기를 잡고 나물을 캐어 생계를 잇는다. 그 성품이 간사하고 변덕스러우며 다른 섬의 왜인들보다도 부박하다.

29일[경오]

봉행왜(奉行倭)[46] 네 사람이 뵙기를 청하여 삼사가 정청(正廳)에 나가 앉았다. 네 사람은 차고 있던 장검을 풀어 종왜에게 주고 단검만을 차고는 신을 벗고 맨발로 당에 올라 기둥 안쪽에 섰다. 삼사가 일어나자 네 사람은 몸을 숙여 두 번 절하였고, 삼사는 한 번 손을 올려 답하였다. 또 재판왜(裁判倭) 둘이 뵈러 왔는데 역시 몸을 숙여 두 번 절하였고, 삼사는 자리에 앉아서 손만 들었다.

얼마 후에 도주가 현교(懸轎)를 타고 왔다. 앞에는 건장한 왜인 열 명이 있었는데 다섯은 홍색 모전(毛氈)으로 만든 총의(銃衣)를 입고 문

언급이 있다. "쓰시마에 있을 때 멀리 동남쪽 바다를 바라보니 주먹만한 섬이 있는데, 이키와 마주서서 버티고 있는 것 같았다. 어떤 곳이냐고 물어보니 왜인이 은려도라고 말해주었다. 땅이 넓고 사람이 많으며, 지쿠젠주 소관이다. 쓰시마에서 동쪽 물길로 6백리 거리라고 한다.[在馬島時, 遙望東南海上, 有島如拳, 似與壹岐對峙. 問是何地, 倭言是名䮍驢島. 地廣人衆, 爲筑前州所管, 而在馬島東水路六百餘里云.]"

46 봉행왜(奉行倭) : 봉행(奉行)을 맡은 왜인. 봉행은 막부 직할지 소구역(小區域), 또는 사사(寺社)의 영유지의 행정과 사법을 담당하기 위해서 배치한 관직으로 집정(執政) 다음가는 관원이다. 한편 각 지방의 영주도 막부의 체제와 유사하게 영내 통치를 위한 관직을 두었는데, 그들 또한 자기들의 영지를 나누어 각 소지역의 행정과 사법을 담당하는 봉행직을 두었다. 이 부분에 나오는 봉행은 쓰시마의 도주가 임명한 봉행으로, 후자에 해당한다.

밖 길가에 꿇어앉았으며, 다섯은 녹색 모전으로 만든 총의를 입고 문 안쪽에 꿇어앉았다. 섬돌 가에는 백모(白旄) 둘, 취우보(翠羽葆) 하나, 또 창 종류가 차례대로 서 있고 한 사람이 붉은색 일산을 들고 있었다. 도주가 문 밖에 도착하여 마찬가지로 검 하나를 풀었는데, 그 나라 풍속에 윗사람을 뵐 때의 예라고 한다. 도주는 손에는 나무로 된 홀(笏)을 쥐고 오건(烏巾)을 썼다. 그 모양이 매우 괴이하니, 한쪽 끝을 아래로 드리웠는데 길이가 2척은 되었다. 검은 깁으로 만든 큰 소매에 녹색 비단으로 만든 바지를 입었는데, 바지가 길어 수삼 척이 땅에 끌린다. 차고 있는 검은 황금으로 장식했다. 도주가 기둥 안쪽으로 들어오니 삼사가 일어나서 서로 읍하고 삼중석(三重席)[47]에 마주 앉았다. 봉행 세 사람이 기둥 안쪽에 무릎을 꿇고 앉았고, 재판 두 사람이 기둥 바깥에 무릎을 꿇고 앉았다. 종왜 여덟 명은 도주의 뒤에 꿇어 엎드렸다.

이테이안 장로가 왔는데 그 예는 도주와 같았다. 또 세이잔(西山) 장로라는 자가 왔는데, 장로는 두 번 읍하고 삼사는 한 번 손을 들었다. 이테이안은 자주색 깁으로 된 장삼(長衫)과 황색 가사(袈裟)를 입었고 세이잔은 흙빛 장삼과 담황색 가사를 입었다. 종왜 여덟 명은 모두 가사를 입었고 맨발이었다. 이데이안은 쇼탄의 별호이다. 인삼치를 세 차례 돌리고 헤어졌다.

30일[신미]

새벽에 비 오고 저녁에 갬. 도주가 제술관과 수역, 마상재(馬上才)[48]

47 삼중석(三重席) : 세 겹으로 겹쳐 깔아 놓은 좌석. 극진한 예(禮)로 대접할 때 쓴다.

48 마상재(馬上才) : 달리는 말 위에서 여러 가지 기예를 부리는 무예. 본래는 말 타는 기술을 익히기 위한 군사훈련 종목이었다. 마희(馬戲)·곡마(曲馬)·말광대·마재(馬才)라

를 보기를 청하니, 오랜 관례이다. 거리에 임시 누대를 몇 곳 세우고 도주와 여러 봉행왜들이 누대에 올라가서 마상재를 구경했는데 다들 훌륭하다고 칭찬했다고 한다.

7월

1일[임신]

이날 절의 뜰에서 망궐례(望闕禮)[49]를 행했다. 하늘이 아직 밝지 않았는데 가랑비가 흩뿌렸다. 삼사는 금관과 옥패를 갖추고 여러 비장들은 융의를 입고 활과 칼을 찼다. 원역들도 관디(冠帶)를 착용했다. 여창(臚唱)[50]을 시켜 배례(拜禮)를 행하였다. 비록 외딴 바다 바깥에 있으나 북극을 바라보니 절로 그리운 마음이 생긴다. 시를 지어 기록해 두었다.

2일[계유]

우삼동(雨森東)[51]이란 자가 있는데 호는 호슈(芳洲)라고 하며 쓰시마

고도 하였다. 1636년 통신사 파견 때에 도쿠가와 이에미쓰(德川家光)가 쓰시마도주를 통해 마상재 파견을 요청하여, 이때 처음으로 말 3필과 마상재무예단이 파견되었다. 이후로 전례로 굳어졌다. 일본에서 공연된 마상재 종목으로는 마상립(馬上立)·마상좌우칠보(馬上左右七步)·마상도립(馬上倒立)·마상도타(馬上倒拖, 또는 마상도예(馬上倒曳))·등리장신(鐙裏藏身, 또는 마협은신(馬脇隱身))·마의상앙와(馬醫上仰臥)·쌍기마(雙騎馬) 등이 있다. 마상재는 일본에서 큰 인기를 끌었으며, 이것을 모방해 다이헤이본류(大坪本流)라는 승마기예의 유파가 만들어지기도 하였다.

49 망궐례(望闕禮) : 지방관아나 외직에 나간 관원이 명절이나 왕·왕비의 생일, 음력 초하루와 보름에 전패(殿牌)에 대고 절을 올리는 의식.

50 여창(臚唱) : 의식의 순서를 불러주는 사람.

의 문사이다. 우리나라 말을 잘하고 또 중국어[漢語]에도 능통하며 문재가 넉넉하다. 도주의 기실(記室)로 있으면서 신묘사행(1711) 때부터 우리나라 문인들을 응대했던 자이다. 이날, 문인 다이라 시엔(平子淵)과 아들 겐인(顯允), 도쿠인(德允), 겐인(權允)을 데리고 왔는데 각자 시한 수씩을 가지고 왔다. 겐인(顯允)은 나이가 스물하나이고 도쿠인은 열일곱, 겐인(權允)은 열넷이다. 모두 얼굴이 하얗고 깨끗하여 사랑스러웠다. 차운하여 보냈다.

3일[갑술]

맑음. 이날 도주가 후추(府中)에서 하선연(下船宴)을 차려주었으니, 오랜 관례이다. 오후에 삼사는 공복을 갖춰 입고 가마를 타고, 비장과 원역부터 선장과 훈도와 노비들까지 모두 왜의 말을 탔다. 털총이·월따말과 공골말·가라말에 안장·등자·재갈·언치를 갖추고 금은으로 새겨 도금하고 추종(騶從)이 곁에서 이끈다.[52] 앞에는 깃발이 벌려 있고 군악

51 우삼동(雨森東) : 아메노모리 호슈(雨森芳洲, 1668~1755). 본성(本姓)은 다치바나(橘), 씨(氏)는 아메노모리(雨森), 이름은 도시요시(俊良)·노부키요(誠淸), 자는 하쿠요(伯陽), 호는 호슈(芳洲)·쇼케이도(尙絅堂)·깃쇼(橘窓), 통칭은 도고로(東五郎). 조선에서는 '우삼동(雨森東)'이라는 이름으로 알려졌다. 기노시타 준안(木下順庵)의 문하에서 주자학을 공부하였으며 아라이 하쿠세키(新井白石)·무로 규소(室鳩巢) 등과 함께 목문오선생(木門五先生)으로 칭해졌다. 한문, 조선어, 중국어에 능통했으며, 조선 무역의 중개 역할을 하던 쓰시마번에서 외교 담당 문관으로 활약하였다. 1711년 신묘사행을 호행하였고, 1719년 기해사행 때에도 조선 문사들과 긴밀히 교류하였다. 일본 최초로 조선어 교과서인 『교린수지(交隣須知)』를 집필하였으며, 전문 통역관으로서 통역양성학교를 설립하였다. 또, 『교린제성(交隣提醒)』을 지어 성신외교(誠信外交)의 중요성을 강조하였다. 에도시대 대조선외교의 실무자로서 양국 우호의 증진에 기여한 인물로 평가받고 있다.

52 털총이 ~ 이끈다 : 원문은 "騏騮騧驪, 鞍鐙軨韉, 鏤鎏金銀, 翼以騶從."이다. 『시경(詩經)』 진풍(秦風) 〈소융(小戎)〉에서 "털총이·월따말이 가운데 있고 공골말·가라말이 곁말이니 용을 그린 방패를 합해 싣고 고리가 있는 속고삐를 도금하였도다.[騏騮是中, 騧驪是

을 연주하며 도로를 따라갔다. 동쪽으로 가다가 꺾어서 북으로 갔다. 구경하는 왜인 남녀가 산과 같고 분칠한 담장과 옻칠한 문이 좌우에 우뚝하다. 누각에 동산이 딸려 있는데 동산 가운데 아름다운 나무들이 어우러져 있다.

후추에 이르러 비장과 원역은 대문 밖에서 말을 내리고 삼사는 중문에서 가마를 내렸다. 봉행 네 사람이 문 안에 서서 맞이하여 읍하고 삼사는 손을 들어 답했다. 네 사람이 좌우로 나누어 앞에서 인도하고 도주가 기둥 밖으로 나와 맞이하여 읍했다. 중청에 이르러 삼사는 서쪽을 향해 서고 도주는 동쪽을 향해 서서 두 번 읍했다. 또 이테이안과도 서로 읍했다. 예가 끝나자 동서로 교의에 앉고, 잔칫상이 나오고 삼작(三酌)을 행했다. 빈주(賓主)가 모두 사복으로 갈아입고 나오자 도주가 사람을 시켜 삼사에게 들어오기를 청하였다. 도주가 공복을 벗고 머리에는 아무것도 쓰지 않으니 보통 왜인과 다름이 없었다. 마주보고 한 번 읍하고 앉았다.

또 사연(私宴)을 차려주었다. 은으로 장식한 소반 위에 유리와 금은으로 된 접시들이 놓여있는데 연꽃 모양으로 조각한 것이 십여 개였다. 좌우에 푸른색으로 그림을 그린 화분을 두고 온갖 색깔의 조화를 꽂아 두었는데, 마름꽃, 모란, 황자(黃紫), 매화, 월계 같은 것들이 기묘하여 진짜인지 가짜인지 분간이 되지 않았다. 해가 저물어 촛불을 밝히고 아홉 잔을 돌렸는데, 한 순배마다 꽃을 바꾸어 내왔다. 등촉 아래 불빛이 눈을 어지럽게 하였고 음식은 사치스러웠으나 먹을 만한 것은 없었다. 사방 벽을 금벽(金碧)으로 칠했는데 종려와 소나무, 대나무를 많이

驂, 龍盾之合, 鋈以觼軜.]"라고 한 데서 온 표현이다.

그렸다.

4일[을해]

가랑비. 왜인이 황색과 백색 두 종류의 국화를 보내주었다. 꽃 모양은 우리나라의 학령(鶴翎 : 국화의 한 종류)과 비슷한데 크기는 갑절이나 된다. 유월에 꽃을 피우다니 기이하다. 또 죽통에 꽂은 난초를 바쳤는데 잎은 창포와 비슷하고 꽃 색은 황백색인데 작았다. 가까이에서는 향기가 나지 않는데, 바람이 불 때마다 맑은 향이 일어나 문밖에서도 맡을 수 있다.

초7일[무인]

흐렸다 맑았다 함. 배에서 칠석날 밤을 맞았다. 바다 빛이 아득히 푸른데다 가느다란 구름으로 뒤덮여 있어 바라보면 훌쩍 은하수에 뗏목을 띄운 듯한 느낌이 들게 한다.

왜인이 당오동(唐梧桐)을 바쳤다. 꽃 하나에 잎 하나가 달려 있는데 그 잎은 둥글고 커서 우리나라의 오동보다도 큰데 색은 짙은 청색이고 아직 빗기운을 띠고 있었다. 꽃은 선명한 붉은색인데, 꽃망울이 작아 백일홍과 비슷하다. 월령(月令)에 이르길 "3월에 오동이 비로소 꽃을 피운다."고 하였는데 7월에 꽃이 피다니 기이하다. 다만 이 오동은 당가(唐家)의 유종(遺種)인데, 지금 천하가 모두 오랑캐의 영역이 되었고 해외로 뿌리를 옮겨왔건만 이곳 또한 오랑캐 땅이라 제자리가 아닌 곳에 몸을 맡긴 것이 오래되었으니 탄식을 이길 수 없다. 절구 한 편을 짓고 삼사 또한 차운했다.

10일[신사]

맑음. 여러 동료들과 함께 죠라쿠산(常樂山) 가이간지(海岸寺)에 올라갔다. 작은 봉우리가 꿈틀꿈틀 서려 있고 세이잔지 서쪽에 관음당(觀音堂)이 우뚝 서 있는데 수풀이 사방을 울창하게 에워싸고 있다. 좌우에 금불이 앉아 있고 벽에는 옛 그림이 있다. 시왕(十王)과 금강신(金剛神)을 그렸는데 그 사납기가 꼭 진짜 같다. 당의 북쪽으로 몇 걸음 가면 또 큰 집이 있는데 난간과 기둥, 서까래에 옻칠을 해서 영롱하다. 뜰 앞에 있는 것은 노송, 장미, 은행, 철쭉, 남천(南天)[53]이요, 그밖에 또 진목(眞木)과 영초(靈草)로 이름을 알 수 없는 것들이 많았다.

호를 소쿠요(速譽)라고 하는 선사가 있는데 나이는 5, 60이 되어 보이고 눈썹이 예스럽고 수척하다. 손님이 온 것을 보고 합장하고 절하며 맞아주었다. 차, 과자, 술, 면을 내왔는데 매우 정결했다. 비장 양봉명(楊鳳鳴)은 국수 아홉 그릇을 능히 해치웠다. 선사가 소동을 시켜 붓과 벼루를 받들게 하여 시를 구하기에, 각각 율시와 절구를 지어서 주었다.

남쪽으로 이키노시마와 아이노시마(藍島)가 바라다 보이고 몇 점의 푸른 산이 바다 가운데 떠 있으니 또한 기이하였다. 서쪽 물가 위아래로 십여 집의 울타리가 이어져 있는데 중간에 웅대한 집이 있고 문 앞의 큰 나무에 예닐곱 척의 어선이 묶여 있다. 물어보니 "고래잡이가 사는 곳입니다. 고기잡이를 잘해서 큰 고래를 보면 반드시 포획하는데, 여러 나라에서 몰려와 그 기름을 사가서 번번이 천금을 벌어들이지요. 이 때문에 섬에서 부호가 되었습니다."라고 하였다.

---

53 남천(南天) : 남천촉(南天燭), 혹은 남천죽(南天竹)이라고도 한다. 매자나무과에 속하는 상록 관목으로, 초여름에 흰색의 꽃이 피고 늦가을부터 겨울까지 붉은색이나 흰색의 둥근 열매가 열린다. 중국이 원산지이며 조선과 일본에서 관상용으로 심었다.

저녁에 쇼시쓰(松瑟), 도로(桃浪), 가쇼(霞沼)[54]라는 호로 칭하는 문사 세 사람이 만나기를 청하였다. 모두 자기들이 지어온 시를 가지고 와서 꺼내 보이며 화답을 구하였다. 가쇼가 가장 민첩하고 재주가 많았으며 그 시 또한 고아(古雅)하였다.

16일[정해] 가을 7월 기망(旣望 : 열엿새 날)

여러 동료들과 의논하여 거문고 하나와 피리 하나를 배에 싣고 가이간지를 찾았다. 이때 둥그런 밝은 달이 푸른 바다 가운데로 떠오르고 금물결이 아득히 끝이 없어 위아래로 환한 빛이 혼연히 유리계(琉璃界)를 이루었다. 악공에게 곡을 연주하게 하고 여러 사람들이 마주앉아 어지러이 술을 마셨다. 나와 성몽량 여필이 함께 높은 소리로 〈적벽부(赤壁賦)〉를 읊었다. 배 곁으로 큰 물고기가 뛰어 오르고 물새가 울면서 날아갔다. 잠깐 만에 서쪽 바위에 닿아 배를 대었는데 그 위로 소나무, 대나무가 너울너울 그늘을 드리우고 있었다. 내가 취하여 뱃전에 기대어 잠이 들려고 하는데 문득 고래를 탄 신선과 뗏목 탄 신선이 나타나 크게 소리를 쳤다.

"봉래의 모임이 늦어가는군. 어찌 오래 머무시오?"

깜짝 놀라 일어나서 눈을 바로 뜨고 보니 두 신선은 곧 선전관(宣傳

---

54 가쇼(霞沼) : 마쓰우라 가쇼(松浦霞沼, 1676~1728). 이름은 마사타다(允任), 자는 데이쿄(禎卿), 호는 가쇼(霞沼), 통칭은 기에몬(儀右衛門). 하리마(播磨) 출신의 유학자이다. 기노시타 준안(木下順庵)의 문하에 있었으며, 시문에 뛰어나 목문십철(木門十哲)의 한 명으로 꼽힌다. 1703년 쓰시마에 부임하여 대조선외교 관련 일을 담당하였으며, 아메노모리 호슈와 함께 1711·1719년 통신사를 접대하였다. 1725년 번의 지시로 조일 외교 자료집인 『조선통교대기(朝鮮通交大紀)』를 편찬하였고, 이어서 『분류기사대강(分類紀事大綱)』을 엮었다. 그 외 저서로 『하소시집(霞沼詩集)』이 있다. 1719년 사행의 문사들과 주고받은 시가 『상한창수집(桑韓唱酬集)』과 『상한성사답향(桑韓星槎答響)』 등에 수록되어 있다.

官) 구칙(具侙)과 진사 강백(姜栢)이었다. 술을 싣고 따라와서 나를 이끌고 일어나 마침내 함께 껄껄 웃고서 잔을 씻고 다시 밤이슬 사이에서 술을 따랐다. 모르겠구나, 신신이 나인가, 내가 신선인가.

19일[경인]

동풍. 도주가 순풍이 부니 배를 출발시켜야 한다고 전하여서, 북을 쳐서 이에 응하였다. 한 번 북을 울리고 행장을 싣고, 두 번 북을 울리고 배를 띄우고, 이어서 세 번 북을 울리고 닻을 들어올렸다. 동틀 무렵에 도주의 배가 앞장서고 다른 배들이 차례대로 뒤따랐다. 모두 쌍돛을 걸었다. 이때 호행하는 왜선이 바다를 뒤덮었는데, 바다 복판에 이르러 바람이 점차 거세지고 파도가 높아져 은으로 지은 집 같고 앞뒤로 이어진 배들이 나왔다 잠겼다 내려갔다 올라갔다 하였다. 배에 탄 사람들 중 뱃멀미를 하는 이들이 많았다. 배에서 몇 걸음 되는 곳에 문득 큰 물체가 나타나 입으로 거품을 뿜는데 마치 비가 흩뿌리듯 수삼 길이나 되었다. 이윽고 그 등성마루를 드러내는데 배 두 척을 이어놓은 크기이다. 사라졌다가 나타나기를 여러 차례 하였다. 사공이 말했다.

"고래가 놀고 있는 것입니다."

또, 한 자[尺]가 넘는 뿔 두 개가 달린 것이 바다 사이로 솟구쳐 나왔다. 이는 뿔이 달린 큰 물고기인데 북소리에 놀라서 피해 숨는 것이다. 배에서 수십 보 바깥에 또 그 뿔이 나와 물 위에서 떠가고 있다.

이키노시마가 가까워지자 여러 왜선들이 와서 맞아주었다. 물이 얕아서 큰 배가 나아가기 어려워 거룻배 스물두 척을 가로놓아 묶어서 다리를 만들고 그 위에 삼나무 판자를 깔고 좌우로 대나무 난간을 이어 놓았다. 사행이 군악을 연주하며 그 다리를 통해 배에서 내렸다. 구경하는 남녀들이 양쪽 언덕에 무리를 이루고 있다. 부인들은 푸른색, 붉은색의 옷을 많이 입었고 혹 대삿갓을 쓴 자도 있는데 이들은 먼 지역에서 양식을 싸들고 온 사람들이라고 한다. 산세가 평평하여 그 가운데 밭이 많으며 흙은 질퍽하다. 기장과 벼가 다투어 녹색 이삭을 피워내고 있다. 바다를 건넌 후 처음으로 농사짓는 것을 보니 기뻤다.

이 섬은 이키노시마라고 하는데 마쓰우라(松浦) 히젠주(肥前州) 태수 미나모토노 노부아쓰(源篤信)가 다스리는 곳이다. 읍치(邑治)는 히라도시마(平戶島)에 있다고 한다. 쓰시마에서 여기까지 480리인데, 아직 정오가 되지 않았는데 도착했으니 배가 매우 빨랐음을 알 수 있다.

24일[을미]

비바람이 크게 몰아침. 파도가 산처럼 높고 흰 거품이 공중에 질편하며 선창 입구에서 배들이 절로 방아를 찧고 있다. 정사선의 난간이 부사선에 부딪쳐 꺾이고 여러 배들의 기둥과 돛대와 깃발도 태반이 부러지고 깨졌다. 언덕 머리의 집들 중에도 무너져 물속으로 고꾸라진 것이 많았다. 정원의 나무들도 뿌리가 뽑힌 것이 한 무더기였다. 사공이 모두 내려가 물결 사이로 헤임쳐 가서 백 길 정도를 끌어내어 언덕 가 말뚝에 닻을 매어놓고 잠깐 동안에 문득 뽑아냈다. 이때 관소에서 멀리 바라보니 풍랑이 번드쳐서 섬 전체가 지탱하기 어려울 것 같았다. 왜인이 말하였다.

"동지부터 210일 내에는 반드시 악풍이 불어서 행선일이 진실로 걱정스러웠습니다. 다행히 이 섬은 풍파에 익숙하지만, 만약 쓰시마나 아이노시마에 있었거나 혹 바다 가운데 있었다면 배 한 척이라도 어찌 온전하길 바랐겠습니까. 이 또한 신이 사행을 도운 것입니다."

해질 무렵에 비로소 비바람이 그쳤다. 며칠 후에 아이노시마에서 온 사람이 배가 부서진 것이 십여 척이고 물에 빠져 죽은 자가 칠십여 인이라고 했다.

이 섬에는 천여 호 정도가 있는데 섬사람이 쓰시마 사람을 보면 모두가 문득 겁을 집어먹는다. 이는 쓰시마 사람이 국명(國命)으로 사행을 호행한다고 하여 그 위엄을 빙자해 섬 안에 들어와서 머물 곳을 가려 뽑는다고 하며 민가에 윽박지르고 다니기 때문이다. 젊은 미인을 보면 일부러 그 남편을 쫓아내고 간음하며 처녀나 과부는 마음대로 범하는데, 섬에서 두려워하여 감히 말하지 못한다.

8월

2일[신축]

서풍에 돛을 올렸다. 동쪽으로 200여 리 되는 쪽 곳곳에 섬이 있는데, 요시지마(葭島)니 가타시마(金島) 하는 섬이 모두 아스라이 물결 사이에 있다. 갑자기 수백 마리 새 무리가 날아오른다. 노 젓는 소리를 듣고 놀라서 구름처럼 새하얀 날개를 퍼덕이며 표표히 공중으로 솟구쳐 날아간다. 수십 보 아래 물속에 잠겨 있다가 배가 가까이 가면 또 날아오르는데, 물어보니 새가 아니라 물고기라고 한다. 며칠 후 지공(支供)한 물고기 종류 중에 그 모양이 제비 같은데 양 날개가 조금 길고 배와 등에 흰 비늘이 있는 것이 있었는데, 이것이 접때 본 날아다니는 물고기였다.

또 수십 리를 가서 동쪽을 바라보니 봉우리 하나가 바다 가운데 우뚝

서 있다. 그 모양이 지붕처럼 둥근데 이름은 함계(咸界)이다. 여기에 이르러 해가 지고 바람이 약해져서 노 젓기를 재촉해 나아갔다. 맞닿은 배들이 물결 속에 흔들려 꼭 별들이 오르내리는 것 같았다. 아득한 바다 기운 가운데 무수한 등불이 양쪽 언덕에 나뉘어 높았다 낮았다 하는 것이 보였다. 사람 소리와 개 짖는 소리가 시끌시끌하니 아이노시마에 가까운 것을 알겠다. 해시(亥時 : 저녁 9-11시) 초에 배에서 내려 관소에 이르렀다. 천여 칸 건물을 새로 지었는데, 대청과 담벼락을 모두 백토로 칠하고 청죽(青竹)을 키워 울타리로 삼고 종려 노끈으로 묶어놓았다.

이날 350리를 갔다.

4일[계묘]

비바람이 크게 몰아침. 파도가 출렁거리며 솟구쳐 배 위의 난간이 서로 부딪쳐 깨지고 닻줄이 끊어진 것도 있었다. 배에 탄 사람들이 반드시 죽을 것이라고 걱정하고 두려워했다. 수영을 잘하는 이가 있어 물결 속으로 들어가 닻줄을 끌고 나왔다. 또, 섬 안의 종려 노끈을 모아서 언덕 가에 묶고서 수백 명이 사력을 다해 지탱해서 빠져나올 수 있었다. 비바람이 쳤는데 금세 그쳤다.

7일[병오]

맑음. 나와 신유한 주백, 성몽량 여필, 장응두 필문, 강백 자청이 지팡이를 짚고 서쪽 벼랑에 올랐다. 섬 안을 내려다보니 인가 천여 호가 귤나무와 유자나무 사이에 흩어져 있고, 굽이진 언덕에는 밭두둑이 펼쳐져 있는데 곳곳에 왜인 여자가 낫을 들고 벼를 베고 있다. 서쪽으로 고국을 바라보니 운해가 하늘에 맞닿아 있어 아득히 보이는 것이 없다. 다만 이키(一岐)와 가로(葭蘆)만이 물결 사이로 점점이 보일 뿐이다. 정남쪽으로 여러 산들이 나란히 서 있어 일대(一帶)가 푸릇푸릇하니, 지쿠젠주이다. 물가에 암석이 우뚝 서 있는데 배 부분에 큰 굴이 뚫려 있어 그 모습이 성문과 같다. 아카마가세키(赤間關)[55]에서 오는 배들이 모두 그 굴을 따라 그 옆으로 지나간다고 한다. 다같이 풀을 깔고 앉아 운을 불러 오언율시를 지었다. 저물 무렵 관소로 돌아오니, 긴잔(琴山)과 바이호(梅峰)[56]라는 사인(士人)이 만나보기를 청하였다.

11일[경술]

날이 밝을 무렵 남풍에 배를 띄웠다. 동북쪽을 향해 가면서 곤부오시마(昆布大島)·곤부코지마(昆布小島)와 가쿠시마(勝島), 지노시마(地島)[57]를 지났다. 배가 빠르게 지나가 여러 섬의 경물을 모두 기억할 수 없고 산기슭의 마을과 밭들이 눈앞에 흘러가는 것만 보일 뿐이다. 또 67리

55 아카마가세키(赤間關) : 현재의 야마구치현(山口縣) 시모노세키시(下關市)로, 나가토국(長門國)에 속했던 곳이다. 세토나이카이(瀨戶內海)의 서단(西端)에 위치한 해관(海關)이다. 세키바칸(赤馬關), 혹은 약칭으로 바칸(馬關)으로도 일컬었다. 조선후기 12차례의 통신사행 중 1811년을 제외한 모든 사행 때에 통신사가 이곳에 묵었다. 관소는 아미다지(阿彌陀寺)였으며, 여기에 안토쿠천황(安德天皇)의 사당이 있었다.

56 긴잔(琴山)과 바이호(梅峰) : 구시다 긴잔(櫛田琴山, 1675~1742)과 후루노 바이호(古野梅峰, 1674~1740). 두 사람 모두 지쿠젠국(筑前國) 후쿠오카번(福岡藩) 번사(藩士)로, 1719년 통신사의 접대를 위해 아이노시마(藍島)에 파견된 문사이다. 바이호는 가이바라 에키켄(貝原益軒)과 하야시 호코(林鳳岡)에게, 긴잔은 가이바라 에키켄의 고제(高弟)였던 쓰루하라 규코(鶴原九皐)에게 배운 인물이다. 두 사람이 신유한 등과 나눈 필담과 창화시가 『남도창화집(藍島唱和集)』에 수록되어 있다.

57 지노시마(地島) : 현재의 후쿠오카현(福岡縣) 북부 무나카타시(宗像市)의 일부로, 에도시대에는 지쿠젠국(筑前國)에 속했던 지역이다. 오시마(大島)의 동쪽에 위치한 섬으로 일명 이쓰쿠시마(慈島)이다.

를 가니 역풍이 크게 불어서, 앞에서 인도하는 왜선들이 먼저 키를 돌렸고 우리 배도 따라갔다. 바람이 비스듬하게 불어서 돛대가 기울고 배 안의 항아리와 광주리들이 모두 한쪽으로 굴러가더니, 잠깐 사이에 엎어져서 위태로운 지경이 되어 조심조심하며 겨우 지나갔다. 해질 무렵 지노시마에 가까워가는데 천지가 온통 검게 물들어 앞뒤를 분간할 수 없게 되었다. 뱃머리에서 불화살을 쏘아 서로 응하여 이것으로 여러 배들이 항구를 찾을 수 있었다.

이날 밤 삼사는 지노시마에 내려 사이코지(西光寺)에 묵었다. 산의 서쪽 어귀에 기와집 한 칸이 있는데 네 벽에 모두 창을 뚫어 내다볼 수 있게 되어 있다. 해가 지면 처마 끝에 등을 걸어서 오가는 배들이 멀리 바라볼 수 있게 해주는 곳으로, 등롱대(燈籠坮)라고 부른다. 여러 섬들이 모두 그러했다. 바닷가 마을의 울타리 사이에 귤나무, 대나무, 동백꽃이 자라고 있다. 섬돌 가에 소철(蘇鐵)이라는 나무가 있는데 길이가 세 자쯤 되고 몸체도 커서 몇 자나 된다. 시들어 죽으려고 할 때 쇠못을 꽂아두면 살아나므로 그런 이름이 붙은 것이다. 지노시마는 일명 이쓰쿠시마(慈島)이다.

18일[무오]

서풍이 약하게 불었다. 날이 밝을 무렵 도주가 배 위에서 북을 쳐서 행장을 재촉했다. 지노시마에서 5리 정도 되는 곳 남쪽 언덕에 큰 마을이 있으니 긴메이무라(金鳴村)이다. 마을에서 동쪽으로 수십 보를 가면 벼랑 하나가 바다에 들어서 있는데 이름이 가네사키(鍾崎)이다. 곶 위에 신사(神社)가 있고, 그 아래 큰 종이 묻혀 있는데 어느 시대 물건인지는 알 수 없다. 예전에 지쿠젠주 태수가 침수군(沈水軍) 수백 명을 시켜 꺼내려다가 종 끈이 떨어져 끌어내지 못했는데, 그 종이 때때로 저절로 울린다고 한다.

얼마 뒤 이쓰쿠시마를 돌아보니 바다 가운데 떨어져 있어 한 개의 작은 항아리 같이 아득하였다. 작은 섬 세 개를 지났는데 이름이 삼백도(三白島)이다. 섬 동쪽으로 5리쯤에 또 섬 두 개가 있는데 이름이 대모자(大毛子), 소모자(小毛子)이다. 또 십여 리를 지나니 물가에 언덕이 들쭉날쭉 솟아 있는데 남쪽의 산기슭 하나가 조금 평평하고 널찍하여 여염집이 천 호 정도 있다. 용마루가 크고 아름다우며 수풀이 울창한데 그 가운데 5층의 높은 층집이 있다. 하얗게 칠해 빛나는 모습이 반공에 우뚝 솟아 있어 배에서 바라보니 자못 장대하였다. 바닷가에 이러한 경치 좋은 누대가 있으니, 아마도 봉래의 은 누대나 금 대궐이 이러한 종류가 아니겠는가.

물가를 따라 성을 쌓고 성 한쪽 귀퉁이에 수문을 설치해서 흰 돌로 무지개다리를 만들고, 다리 아래에는 다섯 개의 석문을 만들어 배가 지나가게 해놓았다. 이곳이 곧 지쿠젠주에 속한 고쿠라(小倉)로, 그 성의 이름은 모지성(文字城)[58]이다. 모지성을 지나니 앞에 큰 배 5, 6백 척이 맞닿아 늘어서서 돛대가 바다를 뒤덮고 있으니, 곧 나가토주(長門州)[59]의 영호선(迎護船)들이다. 여기부터 동쪽으로 바다를 끼고 수십 리

58 모지성(文字城) : 현재의 후쿠오카현(福岡縣) 기타규슈시(北九州市) 모지구(門司區)에 있던 산성인 모지성(門司城)을 가리킨다. 1600년 부젠국(豊前國) 소속이 되면서 수축되었으나 1617년 폐성이 되었고, 1892년 시모노세키(下關)에 일본 해군이 요새를 만들면서 거의 파괴되어 현재 일부 석단만 남아있는 상태이다.

59 나가토주(長門州) : 현재의 야마구치현(山口縣) 서부 지역에 있던 나가토국(長門國)을 가리킨다. 조슈(長州)라고도 하였다. 나가토국은 바다를 사이에 두고 한반도와 마주보는 위치에 있으므로 외교 및 방위와 관련하여 기타규슈(北九州)만큼 중시되었다. 통신사행의

를 가는데, 소나무와 대나무가 벼랑 문을 끼고 있고 밭두둑과 어촌이 둘러싼 가운데 큰 집이 있다. 분칠한 담이 높다랗게 에워싸고 있는데, 천석꾼 부호의 과부가 사는 곳이라고 한다.

아카마가세키까지 십 리쯤 못 간 곳에 돌기둥 하나가 있는데 높이가 두 길 남짓 된다. 히데요시가 배를 타고 가다가 암초에 걸려 그 사공의 머리를 베었는데, 후세 사람들이 표석을 세워 그를 기린 것이다. 언덕 위에 흙더미가 있는데 높이가 한 길 남짓이며, 큰 소나무로 주위를 둘러놓았다. 이름이 백마총(白馬塚)인데, 떠도는 말로는 신라 때 왜병과 전투 중에 왜인이 화의를 청하여 백마를 잡아 맹약을 했다고 한다.

해질녘 아카마가세키에 배를 대었다. 언덕 위 판잣집 천여 호가 모두 산을 등지고 물을 마주하여 사립문이 물 위에 그림자를 드리우고 있으며 좌우의 소나무, 대나무가 위로 벼랑까지 이어져 있다. 사행의 관소는 마을의 뒤쪽에 있는데 대청 안에 황금 그림병풍과 자주 비단 휘장을 설치하였고 처마 끝에는 녹색 깁으로 만든 모기장을 걸었으며 바깥 난간에는 붉은색 모포를 깔고 동척(銅尺)으로 눌러두었다. 집이 거의 5, 6백 칸이 되는데 모두 삼나무 판으로 덮어서 비가 올 때면 그 소리가 요란하다.

20일[경신]

가랑비가 내렸다가 저녁에 갬. 뜸을 걷으니 비스듬한 빛이 물가에 두루 퍼져 있고 금빛 물결이 넘실거리는데, 하늘가에 문득 몇 층의 누

기착지였던 미나미도마리(南泊), 아카마가세키(赤間關), 모토야마(長門元山) 등이 모두 나가토국 관할이었다.

각이 나타났다. 그 높이가 열 길 남짓인데 윤흥(輪興)이 장려하고 금벽(金碧)이 휘황하며 창과 문 종류로 갖추지 않은 것이 없다. 눈을 휘둥그레 뜨고 놀라서 바라보는데 도무지 어떻게 된 것인지 알 수가 없다. 잠시 후에 순식간에 사라져버리고 문득 층층 봉우리와 겹겹 골짜기가 나타나는데, 아름답고 기이하여 이루 다 말할 수 없어 더욱 황홀하다. 그 산들이 다시 변해서 언덕이 되는데 구름이 끊기고 노을이 어슴푸레하게 흩어진다. 일찍이 듣기를 천해(天海)의 기(氣)가 다른 모습으로 변환(變幻)하는 것을 신루(蜃樓)라고 하니, 이것이 과연 신기(蜃氣) 때문에 그러한 것인가? 아니면 천해의 기가 태허(太虛)에 그득하여 오르내리고 날아오르며 자리를 잡지 못해서 그러한 것인가? 누대와 봉우리의 아름다움이 잠깐 사이에 나타났다 사라졌다 하여 바라보면 아찔하니, 진실로 헤아리기 어려운 조화이다.

아! 천고의 세상을 돌아보건대 조시(朝市)와 누대의 번화함과 사치함은 산릉(山陵)[60] 같은 것일 뿐이어서 아침저녁 사이에 닳아 없어져 모두 황무지가 되어 풀만 무성해지지 않는 것이 없다. 지나치는 것에 상심하게 되니, 순식간에 옮겨가 버리는 것이 신기루와 견주어 무엇이 더 나으리오. 나도 모르는 새 길게 탄식하였다.

21일[신유]

흐림. 동료 관원들이 와서 말하였다.

“오늘 왜인들이 물고기를 잡으러 가는데 가서 보지 않겠는가?”

소왜를 앞장세워 서쪽 기슭으로 갔다. 이때 건장한 왜인 열몇 명이

---

60 산릉(山陵) : 산악(山岳), 또는 제왕이나 황후의 무덤을 가리킨다.

거룻배 오륙 척을 저어서 가운데 항구로 나가는데 마치 나는 듯하였다. 긴 그물을 펼치니 거의 수백 보가 된다. 그 사이에 여러 왜인들이 삿대를 저어 물결을 가로질러 들어 올리니, 큰 물고기 작은 물고기가 공중으로 튀어 올라 비늘에 햇빛이 반사되어 항구가 온통 번쩍번쩍하니 또한 뛰어난 구경거리였다. 연안에 배를 대고 잡은 것을 산더미같이 쌓아 놓았는데, 조금 큰 놈은 광어, 상어, 농어, 잉어이고, 도미, 갈치, 숭어가 많다. 이름을 알 수 없는 작은 물고기가 또 셀 수가 없이 많다. 그 가운데 큰 고기 한 마리가 있는데 머리는 단지[甕] 같고 몸집이 소보다 크며 눈에는 붉은 빛이 돈다. 지느러미를 펄떡거리는데 노한 얼굴에 돼지 울음소리를 내니 자못 경악스럽다. 이름이 고등어(高登魚)라고 한다. 잘라서 시장에다 파는데 그 값이 금값에 해당한다고 한다. 바위에 흩어져 앉아 있는데 왜인들이 생선회와 제백(諸白)[61]을 가져와서 권하였다.

저물녘에 오솔길을 따라 북쪽으로 꺾어 가는데 홀연 큰 소나무 아래에 한 노파와 흰 장삼 입은 중이 앉아 있는 것이 보이고, 곁에는 대광주리와 고로(篝筀)가 있었다. 젊은 미인 둘이 소나무에 기대섰는데, 한 명은 그림부채를 쥐고 한 명은 유리병을 들고 있었다. 어린아이 하나가 갈대에 물고기를 꿰어 그 앞을 달려가니 부채를 든 이가 비틀비틀 좇아간다. 뭐라고 재잘거리는데 무슨 말인지 알 수는 없었다.

[62]아침에 산 누각에 앉아서 북창을 열고서 섬돌 가의 매화와 대나무

---

61 제백(諸白) : 일본의 술 이름이다. 신유한의 『해유록』에 "술은 제백(諸白)을 상품으로 삼는데, 백미와 누룩을 가지고 백미밥에 섞어 만드는 것이므로 제백이라 한다."는 설명이 나온다.

62 이 부분은 저본에서 행을 바꾸어 썼는데, 홍치중의 『해사일록』을 통해 21일 일기에

를 감상했다. 소왜가 호슈와 가쇼가 왔다고 전했다. 이윽고 시사(詩士) 대여섯이 만나기를 청하였는데 모두 소매에서 시 쓴 종이를 꺼내 보이기에 바로 차운하여 답하였다. 이들은 모두 나가토주의 사인(士人)이다.

저녁에 여러 동료들과 안토쿠천황(安德天皇)[63]의 사당과 아미다지(阿彌陀寺)를 보러 갔다. 사당에는 안토쿠왕후의 소상이 있고 건물이 장려하였으나 공간이 비좁았다. 아미다지는 조금 높고 뚫린 곳에 있어 해문(海門)이 내려다 보이는데, 뜰에는 소철과 매화 가지가 시렁을 이루고 있다. 큰 누각이 백여 칸 이어져 있고 장막과 찻상이 설치되어 있으니, 중·하관이 묵는 곳이다. 남쪽으로 돌아서 마을 안으로 지나가는데 곳곳에서 아가씨들이 문을 열고 구경하며 수군거렸다. 집들이 나란히 늘어서서 그 사이에 일 보의 빈터도 없고, 집 뒤쪽 약간 넓은 공터에 박, 연, 파, 해바라기, 신채(莀菜)를 심어놓았다.

이날 저녁 나가토 태수가 떡과 주과(酒果)를 대접했다. 아카마가세키는 간사이도(關西道)의 한 도회이다. 시속에서는 생선 젓갈, 구리와 철을 교역하며 땅에서 청색과 적색의 벼룻돌이 나오는데 여러 나라에서 모두 보배로 여겨 다투어 값을 쳐서 구한다.

이어지는 내용임을 알 수 있다. 『해사일록』 8월 21일자 기사에 "나가토주(長門州)의 봉행이 삼색(三色) 과일 한 그릇, 몇 종류의 찬미(饌味), 및 양품주(兩品酒) 각 한 병을 올렸다. [長門州奉行呈三色果一器、數種饌味及兩品酒各一小壺.]"는 기록이 있다.

63 안토쿠천황(安德天皇) : 1178~1185. 일본의 제81대 천황으로 재위 기간은 지쇼(治承) 4년(1180)~주에이(壽永) 4년(1185)이며, 이름은 도키히토(言仁)이다. 관백 미나모토노 요리토모(源賴朝)가 권력을 좌지우지하자 대신(大臣) 다이라노 스케모리(平資盛)가 그를 없애려다가 실패하였는데, 이때 안토쿠천황이 8세의 어린 나이로 시모노세키까지 쫓겨 왔다가 조고(祖姑)의 등에 업혀 앞바다에 빠져 죽었다고 한다.

24일[갑자]

순풍이 불어 나아갈 만했다. 해가 점점 높아지는데 도주가 출발하려 하지 않았다. 봉행왜 무리가 일부러 꾸물거리면서 지공하는 이들에게서 뇌물을 받으려고 했기 때문이다. 정사가 역관에게 그 이유를 캐묻게 하니 도주가 비로소 가기를 청하여 드디어 닻을 풀고 동쪽을 향해 나아갔다.

여기서부터 해문(海門)이 점점 멀어지면서 호수가 좌우에 구불구불 펼쳐져 있고 푸른 산이 끊이지 않았으며, 곳곳에 장송(長松)과 기이한 절벽이 서너 채 촌가와 어우러져 위아래로 뒤섞여 있다. 밭두둑에는 메밀꽃이 눈처럼 피어 있고 그 사이로 누런 벼가 자라고 있다. 호수와 바다의 절승지에 전원의 정취까지 더해져 그 경치가 한결 빼어나다. 산을 끼고 십여 리를 가자 호수의 형세가 점차 넓어져 다시 바다가 된다. 멀리 남쪽과 북쪽을 바라보니 산이 겹겹이 솟아 4, 50리에 이른다. 북쪽에 야트막한 산이 하나 있는데 원숭이산[猿山][64]이라고 부른다. 전에 들으니 산 아래에 배를 대면 밤에 원숭이 소리가 들리는데 그 소리가 매우 처량하고도 맑다고 한다. 지금은 수목이 없이 반질반질하여 사방에 조수의 울음소리가 들리지 않으니 옛날과 지금이 어찌 이토록 다른가.

낮에 북쪽 물가에 검은 물체가 갑자기 나타났다. 돼지 같기도 하고 개 같기도 한 것 한 떼가 물 위를 스쳐 달려가는데 번개같이 지나가버려 무엇인지 알 수가 없었다. 또 동쪽으로 십여 리 지나니 구미사키(九

---

64 원숭이산[猿山] : 모토야마(元山)를 가리킨다. 현재의 야마구치현(山口縣) 산요오노다시(山陽小野田市)에 있으며, 현재는 나가토모토야마(長門本山)로 불린다. 신유한의 『해유록』에 의하면 '猿山'은 '元山'의 와전이다.

尾崎)라는 곳이 나왔다. 마을에 사는 왜의 백성들이 거룻배에 땔감, 물, 생선, 채소를 가져와 바쳤는데 물만 받고 나머지는 받지 않았다. 또 십 리 정도 동쪽으로 가서 남쪽 바다를 바라보니 바다 가운데 히메시마(姬島)라는 곳이 있는데 여기가 분고주(豊後州)이다. 원숭이산부터 80리를 가서 날이 어두워진 뒤에 미타지리(三田尻)에 다다랐다. 선창의 물이 얕아서 들어가 배를 댈 수가 없었다. 여러 배들이 모두 포구에 정박했다. 올려다보니 마을의 불빛이 수풀 사이에 흐릿하게 빛나는데 어두컴컴한 밤이라 몇 집이나 되는 마을인지 알 수 없었다.

25일[을축]

새벽에 왜선이 북을 울리며 차례로 포구를 나섰다. 엷은 은하에 성긴 별이 은은히 빛나고 언덕과 촌락이 희미하여 보이지 않는데 다만 닭울음소리와 개 짖는 소리가 운무 사이로 들려올 뿐이다. 십 리쯤 가니 동쪽 하늘이 비로소 밝아오고 아침 해가 떠오르려 한다. 나오기 전에 만 길의 붉은 구름이 하늘과 바다 사이를 비추며 빛나더니, 비로소 비단 장막이 깔리고 구름이 무성히 피어오르며 몽롱하게 태양을 감싼다. 또 십 리쯤 가니 작은 섬과 외딴 절벽이 종종 대양 가운데 솟아있어 혹은 배 같고 혹은 일산 같고 혹은 거북이나 자라 같아서 기이한 형상을 이루 다 형언할 수 없다. 저녁 무렵 서풍이 불어 일시에 돛을 올리니 뱃길이 자못 경쾌했다. 이날 180리를 갔다.

저물 무렵에 가미노세키(上關)[65]에 도착했다. 남쪽과 북쪽에 벼랑과

---

65 가미노세키(上關) : 현재의 야마구치현(山口縣) 구마게군(熊毛郡) 가미노세키초(上關町)이다. 에도시대 스오국(周防國)에 속하였고, 가마도세키(竈門關)라고도 하였다. 가미노세키항(上關港)은 통신사가 기항, 상륙한 것 외에도 상선(商船), 운송선 등으로 번창하

언덕이 꿈틀꿈틀 돌며 감싸고 있고 그 위에 여염집이 물을 사이에 두고 바라보고 있다. 사행은 북쪽 언덕에 머물렀다. 관사 뒤에 작은 봉우리가 우뚝 솟아있고 그 아래에 높은 누대가 하나 있는데, 이름이 산칸루(山關樓)이다. 그 서쪽으로 또 한두 개의 정자가 소나무와 대나무 사이로 은은히 드러나 보인다. 해가 져서 올라가 보지는 못했다.

호슈가 만나러 왔다. 열댓 장의 종이를 가지고 와서 보여주었는데, 가미노세키의 열두 살 여자아이가 쓴 것이었다. 초서와 해서가 모두 기묘했다. 여자아이의 성은 아와야(粟屋), 이름은 분란(文蘭), 자는 시케이(斯馨)로, 벼슬하는 집 딸이었다. 나와 성여필 등이 모두 시를 지어주었다. 가미노세키는 그 땅은 나가토에 속하는데, 일공은 스오주(周防州)[66]에서 온 것이다. 밤에 배에서 자는데 때때로 석경(石磬) 소리가 댕댕 울리니, 절이 멀리 있지 않음을 알겠다.

26일[병인]

서풍. 날이 밝아올 무렵에 선창에서 수백 보쯤 걸어 나오니 두 봉우리 사이에 좌우로 절벽이 곧게 서서 마주해 있고 소나무, 삼나무, 유자나무, 등자나무가 무성하게 그늘을 드리우고 있다. 배가 그 사이를 다니니 문과 같은 모양이다. 봉우리 위에 누대가 하나 있는데 망을 보는 등대이다.

였다. 조선후기 통신사행 가운데 1811년을 제외한 나머지 사행 때 모두 이곳에서 묵었다.

66 스오주(周防州) : 현재의 야마구치현(山口縣) 동부 지역에 있던 스오노국(周防國). 호슈(防州)라고도 한다. 통신사의 기착지였던 무코우라(向浦), 미타지리(三田尻), 가사도세키(笠戶關), 미시구치우라(西口浦), 무로쓰미(室積), 가미노세키(上關) 등이 모두 이 지방에 속한다.

여기서 북쪽으로 5, 60리를 갔다. 서쪽을 바라보니 산세가 가파르고 깊숙한데 산 아래 큰 마을이 있다. 거의 천여 호가 되는데, 하얗게 칠한 담벼락이 푸른 나무그늘 사이로 영롱하게 빛나고 있다. 이곳이 하실(賀室)로, 분고주의 작은 고을이다. 낮에 작은 배가 따라 와서 물고기와 채소를 바치니, 곧 하실의 관인들이 주는 것이다. 십 리 정도 가니 또 작은 배가 와서 물고기와 채소, 갓[笠]을 주는데 호인(胡人)들이다.

여기에서 북쪽으로 푸른 산을 보면서 갔다. 날이 이미 저물어 가는데 가마가리(鎌刈)[67]까지는 아직도 3, 40리가 남았다고 했다. 서둘러 노를 저어갔지만 십 리를 못 가서 밤빛이 짙어져 문득 서로 놓치고 말았다. 수백 척의 배에서 등불이 어지러이 흩어져 동서를 분간할 수가 없었다. 부사선에서 먼저 불화살을 쏘고 잠시 후에 일선(一船)과 삼선(三船)도 모두 불화살을 쏘아 응답하여 두 배가 멀리 떨어져 있지 않음을 그제야 알았다. 간신히 거슬러 올라가니 밤이 이미 깊었다. 물가를 바라보니 등불 빛이 화성(火城) 같이 이어져 위아래가 온통 붉은 색이니, 선창이 다만 몇 리 거리에 있음을 알 수 있다. 쉽게 배를 댈 것 같았는데 바야흐로 조수가 밀려와 파도가 사나워져 격군들이 힘을 다해 배를 저었는데도 나아가지 못하고 그대로 물위에서 배를 멈추었다. 이때 삼선이 수력 때문에 몇 백 보 뒤로 떠밀려갔고, 부복선(副卜船)[68]이 얕은 물에

---

67 가마가리(鎌刈) : 현재의 히로시마현(廣島縣) 구레시(吳市) 시모가마가리초(下蒲刈町) 시모지마(下島)이다. 에도시대에는 아키국(安藝國)에 속하였다. 통신사 사행록에서는 포예(蒲刈)·포기(蒲碕)도 썼으며, 음차하여 가망가리(加亡加里)로 표기하기도 했다. 조선후기 12차례 통신사행 가운데 1617·1811년을 제외하고 모두 이곳에 묵었다.

68 부복선(副卜船) : 복선(卜船)은 짐을 실어 나르는 배로, 통신사행의 복선은 총 3척이었다. 각각에 복물(卜物)을 나누어 실었으며, 당하역관(堂下譯官)이 각각 2원(員)씩 타고 원역(員役)이 나누어 승선하였다. 복선 3척에 각각 통사왜(通事倭) 2인, 금도왜(禁徒倭) 2인,

걸려 움직일 수 없게 되었다. 모든 격군들이 허둥대며 소리를 치고 오랫동안 애를 써서 겨우 빼낼 수 있었다. 이날 밤 모든 배들이 각각 그 자리에 정박하고 수세를 살폈는데, 모두 겁을 내며 불안해했다.

닭이 울고 나서 조수가 비로소 빠져나가 여러 배들이 일시에 뱃노래를 부르며 선창의 등불 아래로 나아가 배를 대었다. 잠시 후 날이 밝아 타루(柁樓)에 기대어 멀리 바라보니 푸른 봉우리가 우뚝 솟아 있고 종려, 대, 귤, 유자, 오동, 은행나무 등이 산과 언덕을 뒤덮고 있다. 물가에는 여염집이 이어져 있는데 분칠한 담장과 대나무 문에 녹색 물결이 비치고 있다. 물가에 각(閣)이 둘 있는데 제도가 광대하니, 곧 풍랑이 칠 때 배를 넣어두는 곳이라고 한다.

배에서 아침을 먹고 뭍으로 내려왔다. 돌을 쌓아 층대(層臺)를 만들고 판자 다리를 이어 수문을 만든 것이 모두 세 곳으로, 좌우에 흰 대나무 난간을 설치해 놓았다. 수문에서 관소까지 백여 보 되는 길에 모두 흰 자리를 설치하고 그 위에 성성이 모포를 펼쳐 놓았다. 호숫가에 건물 하나가 있는데 매우 정교하고 아름다웠다. 분칠한 담으로 둘러싸여 있고 담 아래에는 노송과 벽오동 네다섯 그루가 있다. 또 귤나무 한 그루가 있는데 금빙울 같은 열매가 주렁주렁 매달려 있다. 소왜를 시켜 따오게 하였는데 맛이 매우 달고 향긋했다. 당상에 왜인 일고여덟 명이 있는데 우리를 보고서 기쁘게 웃으며 맞이하고는 차를 내어왔다. 또 붓과 벼루를 내어와 성명을 써서 보여주었는데 모두 여기에서 사(士)로 이름난 이들이었다. 즉석에서 오언율시와 칠언절구를 써서 각각 한 수

사공왜(沙工倭) 2명, 하왜(下倭) 2명이 동승하여 호행한다. 부복선은 이복선(二卜船), 즉 부사 소관의 복선을 가리킨다. 일복선은 정사 소관, 삼복선은 종사관 소관이다.

씩 주었다. 사람들이 손을 들어 올려 감사를 표했다.

28일[무진][69]

날이 밝기 전에 배를 띄웠다. 산이 어둔 물을 에워싸고 있어 방위를 분간하기 어려웠다. 겨우 항구를 나와 올려다보니 조각달이 비로소 산 머리에서 돋아나 이제야 동서를 분변할 수 있게 되었다. 서풍이 점차 급해져 여러 배들이 모두 쌍돛을 매다니, 배가 가는 것이 매우 빨랐다. 십 리 정도 갔을까, 바다 안개가 걷히지 않았는데 햇빛이 위로 뿜어 나와 한 줄기 긴 구름이 하늘에 걸쳐 반은 누렇고 반은 붉어서 꼭 요지(瑤池)의 선녀들이 다투어 연꽃 천만 줄기를 쥐려는 모습 같고, 또 무수한 황금 보살이 여래보탑을 옹위하고 있는 모습 같았다. 그 경치가 기이하여 이루 다 말할 수가 없다. 또 5, 60리를 가니 돌벼랑 둘이 있는데, 그 모양이 둥글둥글하고 물결 가운데 불쑥 솟아 우뚝하게 마주하고 있으며 머리에는 소나무 한 그루씩을 이고 있으니 또한 기이하였다.

사시(巳時 : 오전 9-11시)에 악풍(惡風)이 갑자기 불어와 돛대가 부러지려 하고 배가 기울어서 사람들이 모두 벌벌 떨며 낯빛이 바뀌었다. 잠시 후 바람이 가라앉았다. 또 3, 40리를 가니 서북쪽 언덕에 인가가 빽빽한데, 다카시마(高島)라고 하였다. 또 수십 리를 가서 삼전미(三田美)를 지났는데 촌락이 매우 성하고 논밭도 아름다웠다. 또 20리를 가니 성가퀴가 구불구불 이어지고 몇 층의 초루가 바다에 꽂혀 서 있는 것이 대여섯 되었는데, 이름은 미하라(三原)이며 아키주(安藝州) 소속

69 28일[무진] : 저본의 간지는 정묘(丁卯)이다. 『해유록』과 『해사일록』을 참조하여 수정하였다.

군이다. 지나온 길에서 험한 급류와 얕은 여울에 울퉁불퉁한 바위가 있는 곳이면 한두 척의 왜선이 지키고 있고 물위에 소나무를 세워 표시를 해놓았다.

또 10리를 가니 호항(湖港)이 조금 넓어지고 북쪽의 푸른 벼랑이 우뚝하게 바다 입구에 들어서 있는데, 돌부리가 엉켜 있고 그 위에 돌을 쌓아 높은 누각을 지어 놓았다. 배가 그 아래를 지날 때 바라보니 아스라이 높은 하늘에 있는데, 처마 끝에 걸어놓은 두 종류의 풍경이 살랑살랑 소리를 내고 있다. 절의 이름은 반다이지(盤臺寺)이다. 사상이 쌀섬[米石]과 약과(藥果)를 미리 왜선에 보내어 승도에게 주게 하였다. 배가 지날 때 늙은 중 대여섯 명이 가사를 입고 돌부리에 늘어서서 배안을 바라보고 머리를 숙여 절하며 사례하였다.

저녁 때 도모노우라(韜浦)[70]에 도착했다. 사신 행렬은 선창에 내려 후쿠젠지(福禪寺)[71]에 묵었다. 이 절은 산등성이에 있어서 동남쪽이 내려다보인다. 바닷물이 바로 동으로 흘러가고 여러 산들이 웅대하게 우뚝 서서 공중에 걸려 있는데, 이들은 해외의 여러 나라들이다. 가까이에 서너 개의 섬이 수중에 벌여 서서 아름답고 은은하게 마주하고 있다. 장삿배와 고기잡이배들의 왕래가 끊이지 않았으며, 경치가 아름다워

70 도모노우라(韜浦) : 현재의 히로시마현(廣島縣) 후쿠야마시(福山市) 도모초(鞆町)에 위치한다. 에도시대에는 빈고국(備後國)에 속하였다. 조선후기 12차례 통신사행 가운데 1811년을 제외하고 모두 이곳에 묵었다.

71 후쿠젠지(福禪寺) : 원문은 '福善寺'인데, 오자로 보아 수정하였다. 후쿠젠지는 현재의 히로시마현(廣島縣) 후쿠야마시(福山市) 도모초(鞆町)에 있는 사원으로, 이 절의 객전(客殿)인 다이초루(對潮樓)가 통신사절을 위한 영빈관으로 사용되었다. 1711년 통신부사 이방언(李邦彦)이 다이초루의 조망을 "일동제일형승(日東第一形勝)"이라고 칭송하였으며, 그 친필 현액이 지금까지도 걸려 있다. 다이초루(對潮樓)라는 이름은 1748년 정사 홍계희(洪啟禧)가 지은 것이며, 편액은 그의 아들 홍경해(洪景海)가 쓴 것이다.

지나온 곳들과 비교하면 제일이라고 할 만했다. 선창에서 절문까지 몇 리 길 가운데 골목이 있는데 좌우의 여염집들이 모두 이층집이다. 문밖에는 붉은 실로 짠 대나무 발을 드리웠고 집집마다 채등(彩燈)을 걸어 놓아 해가 지면 등불 그림자가 이어져 거리가 대낮같이 밝다. 도모노우라는 남쪽으로 나가사키(長崎), 사쓰마(薩摩)의 여러 나라와 통하고 북으로는 산인(山陰), 산요(山陽)의 여러 나라를 끌어와 금은과 보석, 피혁을 거래하니, 또한 하나의 도회이다. 그러므로 주민 중에 대상(大商)이 많다.

아카마가세키 동쪽부터는 대접하는 것이 조금 달랐으니 그 주현(州縣)의 물산이 다르기 때문이다. 반찬이 4, 50종류나 되는데 대략 말하면 육류로는 돼지, 사슴, 고라니, 토끼, 꿩, 닭, 오리, 메추라기, 세가락메추라기, 해산물로는 방어, 연어, 복어, 갈치, 전복, 대합, 게, 자라, 채소와 과일류로는 무[蘿葍], 배추, 아욱, 오이, 곤(壼), 마[薯蕷], 토란[蹲鴟], 은행[鴨脚], 향(薌), 여뀌, 겨자, 부추, 지이(芝栭), 마름, 호두, 감, 귤, 복숭아, 매화, 배, 밤이 있고 또 제백과 맑은술, 젓갈, 식초가 있었다. 또 이름을 알 수 없는 것들도 있었다. 간혹 쇠고기를 쓰기도 하지만 거의 드문데, 이는 그 풍속에 소를 죽이지 않기 때문이다.

[72]조금 남쪽에 엔푸쿠지(圓福寺)라는 곳이 있다. 수백 길의 암벽이 손바닥처럼 솟아 있는데, 돌부리를 깎아 돌계단을 만들고 계단 좌우로 나무 난간을 설치해 두었다. 돌계단을 따라 정상에 오르니 자못 넓고 평평하다. 높은 누대가 있는데 창문과 난간이 매우 정묘(精妙)했다. 뜰

72 이 부분은 저본에서 행을 바꾸어 썼으나, 도모노우라에 머문 것이 하루이기 때문에 28일의 기록으로 볼 수 있다.

의 앞뒤로 기이한 꽃과 나무를 심고 두충(杜沖)을 엮어 울타리로 삼아 푸른빛이 뜰에 가득하다. 삼면이 바다를 굽어보고 북으로는 산봉우리에 기대어 경치가 후쿠젠지와 백중을 겨루는데, 지세가 높고 상쾌하여 안계의 광활함은 훨씬 나았다. 비록 동정호(洞庭湖)와 악양루(岳陽樓)를 보진 못하였으나 그 장관은 생각건대 반드시 이보다 낫진 못할 것이다. 오랫동안 서성이다 칠언절구를 입으로 불러 지어 기록해 두었다.

29일[기사]

맑음. 해 뜰 때에 여러 배들이 돛을 걸고 동쪽으로 내려갔다. 바람이 거세어 배가 나는 듯이 나아가니, 좌우로 모래섬과 안개 낀 숲들이 나타났다 잠깐 만에 사라진다. 100리 정도를 가니 양쪽 언덕 위로 큰 마을이 있고 밭두둑이 가로세로로 펼쳐져 있는데 이곳을 시모쓰(下津)[73]라 이른다. 배가 시모쓰를 지나는데 작은 배가 와서 당과(糖果)와 김을 바쳤다. 이는 비젠주(備前州)[74] 태수가 보낸 것이다. 편지에 이르길, "일본 비젠주 종4위 시종 미나모토노 쓰구마사(源繼政)가 조선국 사신 모공(某公)의 비단 돛 아래에 공경스럽게 바칩니다."라고 하였다.

이때 파도가 평평해 배가 편안해져 타루에 높이 앉아 경력(經歷) 홍덕망(洪德望), 선전관(宣傳官) 원필규(元弼揆)와 함께 주사위놀이를 하거나 바둑을 두며 단란하게 담소하느라고 배가 가는 것도 모를 정도였

---

73 시모쓰(下津) : 현재의 가이난시(海南市) 서부 지역이다. 에도시대에는 비젠국(備前國)에 속했으며, 회선항(廻船港)으로 번영하였다. 해구(海口)의 요충(要衝)으로 관소는 없지만 교대하는 참(站)이 있어 통신사행이 가끔 머물렀던 곳이다.

74 비젠주(備前州) : 현재의 오카야마현(岡山縣) 동남부 지역에 있던 비젠국(備前國)을 가리킨다. 빗추국(備中國), 빈고국(備後國)과 합쳐 빗슈(備州)라고도 한다. 통신사의 기착지였던 히비(日比), 우시마도(牛窓) 등이 이 지방에 속한다.

다. 잠깐 사이에 서너 개의 뾰족한 섬을 지나갔다. 남쪽을 보니 십 리 정도 되는 곳에 나무가 울창하고 산을 등지고 들이 펼쳐졌으며 분칠한 성가퀴가 저녁 햇살 속에 빛나고 있었다. 몇 층의 포루(砲樓)가 수풀 위로 높다랗다. 인가는 그 수를 알지 못하겠으니 큰 도회지임을 상상할 만하다. 물어보니 읍의 이름은 마루카메(丸龜)인데, 사누키주(讚岐州) 태수가 사는 곳이라고 한다.

해질녘에 북쪽 언덕을 바라보고 포구에 배를 댔는데 이름이 히비우라(日比浦)이다. 이때 부복선이 얕은 여울의 튀어나온 돌에 걸려서 거의 뒤집힐 뻔했다. 여러 왜선이 일제히 구하러 가서 복물(卜物)을 내려 옮겨 겨우 온전할 수 있었다. 사경(四更) 쯤에 조수를 타고 들어왔다. 모든 배의 사람들이 만나서 축하하였다.

9월

1일[경오]

닭이 울 때에 삼사가 각각 뱃머리에 장막을 설치하고 호창(呼唱)을 하며 망궐례를 거행했다. 성여필이 평소에 천문에 밝아서 배에 서서 별을 바라보며 멀리 물 동쪽의 한 별을 가리키며 말했다.

"이것은 수성(水星)인데, 단문(端門)[75]의 오른편에 있으니 우리나라 경내에서는 보지 못하는 별이지."

---

75 단문(端門) : 태미원(太微垣)에 속하는 별 이름이다. 태미원은 사자좌(獅子座)의 서쪽 끝부분의 10성(星)에 해당하는 별자리로, 천자의 궁정(宮廷)이나 오제(五帝)의 자리 등을 상징한다. 자미원(紫微垣) 및 천시원(天市垣)과 함께 삼원(三垣)으로 불렸다.

또 남쪽의 큰 별 하나를 가리키며 말했다.

"이것이 남극노인성(南極老人星)[76]일세."

나와 여러 비장들이 같이 그 별을 보니 정남쪽 하늘 낮은 곳에 있고 크기가 목성만 했으며, 그 빛이 누르스름하고 근방에 다른 별은 없었다. 일찍이 들으니 자고로 천하에 사람이 노인성을 보기 어렵다고 했는데 지금 보게 되니 또한 기이하다. 동남쪽 해양으로 깊이 들어오니 천극(天極)이 광활하고 멀어서 가리는 것이 없어서 그런 것인 듯하다.

진시(辰時 : 오전 7-9시)에 조수를 타고 배를 출발시켰다. 여기서부터 비젠주의 지공 및 영호선이 더 많아져서 천여 척에 이르렀다. 또 주홍색 배가 보였는데 황금으로 장식하여 광채가 눈을 어지럽히니, 바로 삼사가 배에서 내렸을 때 타는 것이다. 십 리를 갓 지났는데 동쪽에 촌락이 있으니 이름이 시오다와라(鹽俵)이다. 구경하는 남녀들이 바위에 기대서기도 하고 솔 그늘 아래 앉기도 했으며, 밭일하던 아낙이 낫을 들거나 빨래하던 아낙이 다듬이를 쉬면서 보고 있기도 했다. 십 리쯤 가니 반다이지의 승려가 배가 지나간다 하여 작은 편지를 주었다. 거기에 "사신 배가 안온하시길, 관세음보살."이라고 적혀 있으니, 축원하는 뜻이다. 또 70리를 가니 물 가운데 작은 섬이 있다. 그 꼭대기에 소나무 한 그루가 있고 소나무 아래 괴암이 서 있는데 형세가 꼭 개가 엎드린 것 같으므로 이누지마(犬島)라고 칭한다.

저녁에 우시마도(牛窓)[77]에 도착했다. 물가에 여염집들이 가득하여

---

76 남극노인성(南極老人星) : 남극성(南極星)을 가리키며 인간의 수명을 관장하는 별이라고 하여 수성(壽星)이라고도 한다.

77 우시마도(牛窓) : 현재의 오카야마현(岡山縣) 세토우치시(瀨戶內市) 우시마도초(牛窓町) 우시마도(牛窓)이다. 에도시대 비젠국(備前國)에 속하였다. 예부터 규슈 지역 항로의

도모노우라와 같았다. 두 사신은 혼렌지(本蓮寺)에 머물렀는데, 또한 매우 크고 아름다웠다. 나는 백군평(白君平)과 함께 물가 누각에서 잤다. 누각이 높고 물이 넓어서 맑은 기운이 몸에 끼쳐왔다. 이곳의 왜인들은 삼가고 공경함이 자별했다. 상관이 출입할 때 하왜(下倭)들은 반드시 무릎을 꿇으며 왜인 한 명이 앞에서 이끌며 사람들을 비키게 하고 거리의 여러 왜인들이 모두 고개를 숙이고 엎드리니, 그 풍속이 다른 곳과는 같지 않은 것이다.

밤이 깊은 뒤에 가쇼와 호슈가 세 사인(士人)을 데리고 왔다. 시를 꺼내 보이며 화답을 구하기에 촛불을 들고 붓을 휘둘러 답해 주었다. 호를 세이사이(省齋)라고 하는 자는 푸른 얼굴에 백발을 하고 있었다. 그가 말했다.

"제가 바닷가 시골에서 늙어가면서 신선 뗏목을 본 것이 이번이 세 번째입니다. 생각해 보면 이 외딴 바다 밖에서 동화(東華)의 문사와 해후하였으니 훌륭한 모임이 아니겠습니까. 저 두 젊은이야 마땅히 다시 볼 날이 있겠지마는, 저는 언제 죽을지 모를 사람이니 다시 볼 수가 있겠습니까?"

그러고는 오래도록 슬퍼하며 거의 눈물을 떨어뜨리려 하였다. 나이를 물으니 76세였는데, 이목이 총명하여 촛불 아래서 능히 작은 글씨를 쓸 줄 알았다.

항구로 번영한 곳으로, 1624년부터 통신사의 입항지로 지정되었다. 이곳에 있는 혼렌지(本蓮寺)는 통신사 및 산킨코다이(參勤交代) 다이묘(大名)의 숙소로 유명하다. 조선후기 12차례의 통신사행 가운데 1811년 사행을 제외한 나머지 사행 때마다 통신사 일행이 이곳에 상륙해서 오카야마번의 응접을 받았다.

2일[신미]

맑음. 서북풍. 사시(巳時 : 오전 9-11시)에 돛을 걸기도 하고 노를 젓기도 하며 닻을 끌고 나아갔다. 50리 정도를 가니 북쪽 언덕에 흰 성가퀴가 있는데 바다를 마주하고 험준히 솟아 있으니 이름이 아코성(赤穗城)이다. 사쓰마주(薩摩州)[78] 소속이다. 유시(酉時 : 오후 5-7시) 초에 무로쓰(室津)[79]에 도착하여 비로소 항구에 들어갔다. 벼랑을 따라 빙빙 돌며 물굽이에 이르러 소용돌이치듯 흘러갔다. 배가 화살처럼 빨라서 좌우의 숲과 언덕, 누각과 정자들도 이를 따라서 빠르게 달려가니, 꼭 채등의 산 그림자가 빙글빙글 돌아가는 모양과 같아서 그 기묘함을 말로 다 할 수가 없다. 배에서 내려 관소에 묵었는데 항구와 지척 간이었다.

3일[임신]

맑음. 서풍. 닭이 울기 시작할 때 고각(鼓角)을 울리며 행선했다. 새벽빛이 침침하여 앞뒤의 배가 어디 있는지 알 수가 없고 다만 등불 빛이 바다를 덮고 물에 달라붙어 흘러가는 것만이 보였다. 조금 멀리 가는 것은 작아서 반딧불 빛이 모여 있는 것 같았다. 등불을 켜고 가면서 배의 동서를 살펴보는데, 때때로 등불 빛이 나는 듯이 가는 것이 보이니 급한 여울을 지나고 있음을 알겠다. 30리쯤 가니 동쪽 하늘이 비로소 밝아온다. 또 20리를 가 시카마도(鹿窓)를 지났다. 또 십 리를 가니

---

78 사쓰마주(薩摩州) : 현재의 가고시마현(鹿兒島縣) 서부 지역에 있던 사쓰마국(薩摩國)을 가리킨다. 삿슈(薩州)라고도 한다.

79 무로쓰(室津) : 현재의 효고현(兵庫縣) 다츠노시(たつの市) 미츠초(御津町) 무로쓰(室津)로, 에도시대에는 하리마국(播磨國)에 속하였다. 조선후기 12차례의 통신사행 가운데 1811년을 제외한 나머지 사행이 모두 이곳에 묵었다.

히메지성(姬路城)[80]이란 것이 있다. 또 40리쯤 가니 북쪽 언덕의 안개 낀 나무 사이로 인가가 조밀하고 물가에는 성가퀴가 수십 리를 이어져 있는데, 하리마주(播摩州)[81] 태수가 사는 곳이라고 한다. 여기부터 물가에 푸른 소나무와 흰 모래가 있고 언덕 위에는 들판의 벼 이삭이 구름처럼 펼쳐 있는데 지명은 아카시(明石)[82]이다. 수풀 안쪽에 분칠한 담장과 높은 용마루가 들쭉날쭉 은은히 비치고 그 가운데 반공에 곧게 꽂혀 있는 5층의 비각(飛閣) 다섯이 일자로 벌여 서 있다. 보고 있자니 놀라워서 인간 세상 물건이 아닌 것만 같다. 지키는 자에게 물어보니 에도(江戶)에서 차송(差送)한 것이라고 한다.

아카시를 지나는데 마쓰다이라 사효에노카미(松平左兵衛督)가 술지게미에 절인 도미 한 통, 마른 과자 한 상자, 석결명(石決明) 삼십 어(御), 동이 술 두 짐[荷]을 작은 배에 실어 보내주었다. '어(御)'라는 것은 좋은 것을 칭하는 것이고 '두 짐[荷][83]'이라는 것은 두 사람이 메는 것이다. 저녁 때 효고(兵庫)[84]에 배를 대었다. 호수와 산이 에워싸서 아늑하

---

80 희메지성(姬路城) : 효고현(兵庫縣) 히메지시(姬路市)에 있는 성이다. 바깥담이 흰색으로 되어 있어서 백로성(白鷺城)이라고도 했다.

81 하리마주(播磨州) : 원문은 '반마주(潘摩州)'이다. 현재의 효고현(兵庫縣) 서남부 지역에 있던 하리마국(播磨國)을 가리킨다. 조선에서는 '幡摩'라고 표기하기도 했다. 통신사의 기착지였던 무로쓰(室津)가 하리마국 관할이었다.

82 아카시(明石) : 현재의 효고현 남부 아카시시(明石市)와 고베시(神戶市) 다루미구(垂水區)·니시구(西區)·스마구(須磨區)에 해당하는 지역으로, 에도시대에는 하리마국(播磨國) 아카시번(明石藩)에 속하였다. 해구의 요충지로서, 관사는 없었으니 교대하는 참이 있어 통신사행이 가끔 머물던 곳이다.

83 짐[荷] : 두 통의 분량. 신유한의 『해유록』「문견잡록(聞見雜錄)」에서 "5층 대합(大榼)은 주(櫥)라 하는데 술을 선사할 때는 1하(一荷), 2하(二荷)라 한다. 왜인들이 물건을 운반할 때는 반드시 어깨에 메는데, 멜 때는 앞뒤에 두 통이므로, 1하라고 하는 것은 두 통의 술이다.[五層大榼日櫥, 饋酒日一荷二荷. 倭人運物必以肩荷, 荷則前後兩桶, 故其日一荷者, 酒至兩桶.]"라고 하였다.

고 크고 작은 배들이 빈틈 하나 없이 포구에 가득하니, 그곳 백성들이 장사를 잘하여 배를 타고 나가 바다의 여러 나라들과 교역하기 때문이다.

4일[계유]

맑음. 배를 띄워 십 리를 가니 시골 닭이 비로소 운다. 돛을 걸고 40리를 가서 오가와(小河)에 도착하니, 곧 나니와강(浪華江)이다. 모래섬이 구불구불 펼쳐져 있고 강줄기가 점점 좁아진다. 6, 70리를 지나니 시골집이 더욱 많아지는데 이름이 하구(河口)이며 오사카성(大板城)[85]에서 20리 거리이다. 여기에 이르러 물이 얕아져서 왜인들이 채방(彩舫)을 타고 맞이하러 왔다. 배 위에 층각이 있는데 도금한 판자를 덮었으며 창문과 난간은 금을 섞어서 붉게 옻칠을 했다. 뱃머리와 꼬리에는 금룡의 비늘을 조각하여 물결 속에서 흔들리면 꼭 살아있는 용 같았다. 삼사와 막하의 정관(正官)들이 모두 여기에 탔다. 호송하는 이들이 탄 용선까지 모두 아홉 척인데, 배 한 척이 누거만금이라고 한다. 황색 옷을 입은 왜인이 노래를 부르며 노를 저어 나아갔다.

---

84 효고(兵庫) : 현재의 효고현 고베시(神戸市) 효고구(兵庫區)에 위치한 지역으로, 고베항(神戸港)에 인접한 항구도시이다. 에도시대에는 셋쓰국(攝津國)에 속하였다. 조선후기 12차례의 통신사행 중 1811년을 제외한 나머지 사행이 모두 이곳의 다옥(茶屋)에서 묵었다.

85 오사카성(大板城) : 현재의 오사카부(大阪府) 오사카시(大阪市) 주오구(中央區)에 있는 성(城)으로, 에도시대에는 셋쓰국(攝津國)에 속하였다. 본래 1583년 도요토미 히데요시(豊臣秀吉)가 축성한 것으로, 1615년 오사카여름전쟁(大坂夏の陣) 때에 소실되었다. 이후 에도시대에 도쿠가와씨(德川氏)가 이 성을 재건하여 간사이(關西) 및 서일본 지배의 거점으로 활용하였다. 긴조(金城)·긴조(錦城) 등의 별칭으로 불렸으며, 메이지유신 이후 변경된 지명 표기에 따라 현재는 '大阪城'으로 쓴다. 통신사 사행록에서는 오사카 전체를 오사카성으로 지칭하는 경우가 많다.

양쪽 물가에 다듬은 돌로 계단을 만들었고 그 위에 집들이 용마루를 잇대고 있는데, 담장엔 백토를 칠하고 담 주변에는 소나무, 대나무, 종려, 향나무, 박달나무를 심었다. 포항(浦港)과 통하는 물길이 백 줄기인데 그 위는 무지개다리로, 굽은 난간을 설치하였는데 길이가 6, 70길은 되고 물 위로 나와 있는 기둥도 5, 6길이 넘는다. 그 다리 아래로 배를 끌고 가는데 몇 리를 못 가 또 다리가 있다. 강물에 가로세로로 무지개다리를 세웠는데, 모두 303개라고 한다.

이날 좌우에서 구경하는 이들이 인산인해를 이루었고 배를 타고 구경 온 자들도 계속 이어졌다. 혹은 높은 누각에서, 혹은 문병(門屛)에서, 혹은 소나무 평상에서, 혹은 삿자리에서 꿇어앉기도 하고 서 있기도 하며 겹겹이 에워싸고 있었다. 아이를 업거나 자주색 띠, 노란색 띠를 매고 있기도 했고, 혹 삿갓을 쓰기도 했는데 이들은 여인들이다. 남자들은 노소귀천 없이 모두 장검과 단검을 찼다. 너덧 살 된 아이들도 또한 두 자 길이의 단검을 차고 있다. 혹 지팡이 짚은 늙은이도 있고 중 무리들이 장삼을 끌고 나와 여자들 사이에 섞여 있기도 했다.

젊은 여자들은 반드시 붉은색으로 짙게 화장을 했고 노파들은 엷은 화장을 하기도 했다. 붉은 담요를 깔고 금빛 병풍을 둘러치고 서너 명 혹 예닐곱 명이 무리를 이루고 있는데, 앉아 있는 이들이 모두 눈동자가 또렷하고 이가 희며 곱고 예뻤다. 아이들은 나이에 따라 앉아 높낮이가 가지런하였다. 남녀노소가 아롱진 무늬 옷을 입거나 혹 황록색 저고리를 입고 있다. 젊은 여자들은 진홍색 옷을 입고 허리에는 반드시 허리띠를 매었으며, 그림부채를 쥐거나 우산을 펼쳐 놓기도 했다. 개미 떼나 벌 떼처럼 모여 있는데 말소리와 웃음소리가 시끄럽게 들려오지 않았다. 지나온 수십 리 길의 구경하는 이들이 모두 이러했으며 누대와 담장도 마찬가지였다. 집집마다 담장을 뚫어 수문을 만들고, 반드시 정원에 배를 풀어 놓는다. 문 곁에 물문[閘]이 있어 채선을 넣어두었는데, 이런 것들은 여러 주 태수의 다옥(茶屋)이다.

금선(金船)을 타고 흔들거리며 올라가 십 수 개의 무지개다리를 지난 뒤에 선창에 배를 대었다. 이어서 용정(龍亭)[86]에 국서를 봉안하고 앞에는 깃발과 창, 징과 북이 늘어서고 비장들이 앞에서 인도하였다. 삼사는 가마를 탔는데 힘센 왜인 20명이 들쳐 메었다. 종관(從官)들은 작은 가마를 타거나 말을 탔다. 강머리에서 관소까지 십 리 가량 되었다. 동서로 이층의 누각이 이어져 있는데 구경 나온 남녀들로 가득 넘쳤다. 사이사이 늘어놓은 것들은 모두 금은, 패주(貝珠), 꽃병, 항아리와 같은 물건들로, 그 광채가 눈을 사로잡았다. 또 서사(書肆 : 서점)가 있었는데 황우(黃虞 : 황제와 요순) 삼대(三代)의 서적과 제자백가, 선가와 불가의 책, 당송인(唐宋人)의 시집 등 없는 것이 없었다. 또 당각(唐刻)[87]이 많은데, 소주(蘇州)와 항주(杭州)에서 온 것들이다.

관사는 혼간지(本願寺)라고 하는데 천여 칸 건물이 모두 홰나무로 지어졌고 기둥은 크기가 열 아름이다. 불각은 더욱 크고 높으며, 시방 벽에 여러 부처와 나한을 그린 옛 그림이 있다. 절에 있는 불상들의 키가 모두 한 길이 넘어서 마주보면 송연해진다. 오사카(大坂)[88]는 수륙이 만

---

86 용정(龍亭) : 임금의 친서(親書)나 나라의 중요한 물건을 옮길 때 사용하던 가마.

87 당각(唐刻) : 중국에서 출판한 책을 가리킨다. 이 시기 일본에는 청나라 절강(浙江)과 강소(江蘇) 지역의 책들이 많이 수입되었다.

88 오사카(大坂) : 현재의 오사카부(大阪府) 오사카시(大阪市) 츄오구(中央區) 오사카마치(大阪町)를 가리키며, 에도시대에는 셋쓰국(攝津國)에 속하였다. 나니와(浪花·浪速·浪華), 난바(難波)라고도 하였으며, 서도(西都)라고 지칭하기도 했다. 조선후기 12차례의 통신사행 중에 1811년을 제외하고 모든 사행이 이곳에 며칠씩 묵었다. 본래 '大坂'으로 썼는

나는 곳에 있어 도카이도(東海道)·사이카이도(西海道)의 배들이 통하며 산요도(山陽道)·산인도(山陰道)의 수레와 말이 이어지니, 곧 나라 안의 도회이다. 사시(四時)에 온갖 물건이 모여들기 때문에 백성들이 장사를 해서 크게 부유한 자가 절반이며 그 번화함은 여러 나라들 중 최고이다.

초4일부터 10일까지 오사카에 머물렀다. 사인 란케이(蘭溪)[89], 난메이(南溟)[90], 류슈(龍洲)[91]라는 이들이 만나러 와서 종일 창화하였다. 난메이가 종제(從弟)인 한 아이를 보여주었는데 나이가 열둘이고 용모가 옥 같았으며 시를 잘 지었다. 호가 세이슈(靑洲) 스이유도(垂裕堂)인 가라카네 고류(唐金興隆)[92]가 시를 보내 화답을 구했는데, 그 시가 자못 격조

데 에도시대 중기부터 '大坂'과 '大阪'이 혼용되다가 메이지유신 이후 '大阪'이 정식 표기로 확정되었다. 저본에서는 모두 '大板'으로 표기하였다.

89 란케이(蘭溪) : 쓰키야마 란케이(築山蘭溪, ?~?). 이름은 가쓰나가(克脩), 자는 류안(龍安), 별호는 란케이(蘭溪) 혹은 조슌도(長春堂). 에도시대 전·중기의 한시인(漢詩人)이자 의원(醫員)으로, 나니와(浪花 : 오사카) 출신이다. 1719년 통신사와 교유하였으며, 이때 주고받은 시가 『상한창수집(桑韓唱酬集)』에 실려 있다. 또, 조선의 의원 백흥전(白興銓)과 상한(傷寒) 처방 및 부인양방(婦人良方) 등에 대한 필담을 나누기도 했다.

90 난메이(南溟) : 이케다 난메이(池田南溟, ?~?). 에도시대 중기의 한시인으로, 오사카의 문인 도리야마 고켄(鳥山香軒)의 문하였다. 1719년 통신사와 교유하였으며, 이때 주고받은 시가 『화한창화집(和韓唱和集)』에 실려 있다.

91 류슈(龍洲) : 이토 류슈(伊藤龍洲, 1683~1755). 본성(本姓)은 기요타(淸田), 이름은 미치모토(道基)·모토키(元基·元熙), 자는 쇼스(小崇)·고후(光風), 호는 류슈(龍洲)·기사이(宜齋), 통칭은 쇼지(莊司). 에도시대 전·중기의 유학자로, 하리마(播磨) 아카시(明石) 출신이다. 교토로 와서 이토 단안(伊藤坦庵)의 문하에 들어가 그의 양자이자 후계자가 되었고, 에치젠(越前) 후쿠이번(福井藩) 번유(藩儒)가 되었다. 1719년 15세의 나이로 통신사와 교유하였고, 이때 주고받은 시가 『상한훈지집(桑韓塤篪集)』에 실려 있다.

92 가라카네 고류(唐金興隆) : 가라카네 바이쇼(唐金梅所, 1675~1739). 본성(本姓)은 메시노(食野), 이름은 고류(興隆), 자는 모키(孟喜), 통칭은 기에몬(喜右衛門). 에도시대 전·중기의 한시인(漢詩人)으로, 이즈미(和泉) 출신이다. 이즈미의 가이센(廻船)·고메도이야(米問屋)·가라카네가(唐金家) 등 호상(豪商) 일족의 뒤를 이었고, 기온 난카이(祇園南海)

가 있었다. 헤이잔(屛山)[93]과 그 아들인 열세 살 동자[94]가 만나러 와서 촛불을 들고 창수하여 밤이 깊도록 그치지 않았다. 동자는 능히 글을 읽어 차운시를 읊으며 손에서 붓을 멈추지 않았으니, 또한 묘하여 진실로 아낄 만했다. 문사 서넛, 대여섯이 짝을 이뤄 날마다 방문하여 수응하느라 꽤 힘들었다. 이름과 호를 모두 기억할 수가 없다.

10일[기묘]

맑음. 삼사의 행차가 아침을 먹고 국서를 받들고 갔다. 국서는 난바강(難波江)에 가서 금선에 올랐다. 배 한 척을 끄는 데 일고여덟 명이 필요하다. 가운데 한 사람이 비단 깃발을 들고 일을 감독하였고 양쪽 언덕에 모두 끄는 자가 있어서 배가 남쪽 물가로 가면 남쪽 언덕의 사람들이 끌고, 북쪽으로 가면 북쪽 언덕의 사람들이 끌었다. 물이 얕은 곳은 대나무를 꽂아 표시해 두었다. 3, 4리를 가니 남쪽에 오사카성이 있다. 성 밖에 해자를 파서 강물이 통하게 해놓았는데 성가퀴가 우뚝하고 사이사이에 3층의 초루가 있어서 분칠한 벽이 영롱하게 빛을 내며 소나무 사이로 높이 나와 있다. 마을의 번성한 모습과 구경꾼들이 많은

등 당시 문인들과도 교류하였다. 1711년과 1719년 통신사와 교유하였다. 1719년 통신사와 주고받은 시가 그의 시집 『매소시고(梅所詩稿)』에 수록되어 있다.

93 헤이잔(屛山) : 미즈타리 헤이잔(水足屛山, 1671~1732). 이름은 야스나오(安直)·노부요시(信好), 자는 주케이(仲敬), 별호는 마이사이(昧齋)·교켄(漁軒)·세이쇼도(成章堂), 통칭은 한스케(半助). 에도시대 전·중기의 유학자로, 아사미 게이사이(淺見絅齋)에게 배웠고 뒷날 오규 소라이(荻生徂徠)를 사숙하여 소라이학을 주창하였다. 1719년 통신사와 교유하였고, 이때 주고받은 시가 『상한훈지집(桑韓塤篪集)』, 『항해헌수록(航海獻酬錄)』, 『항해창수(航海唱酬)』에 실려있다.

94 열세 살 동자 : 미즈타리 헤이잔(水足屛山)의 아들 미즈타리 야스카타(水足安方)를 가리킨다. 자는 슛센(出泉)이다.

것은 전과 마찬가지였다.

이날 하늘이 맑고 바람이 고요하며 물이 푸르고 모래는 깨끗했으며 모래섬 사이 곳곳마다 단풍과 국화가 들쭉날쭉했다. 나와 성여필이 술을 가져다가 따라 마시며 고인의 운을 골라 번갈아 시를 지어 십여 편에 이르렀으니, 그 흥이 짙었음을 알 만하다. 십 리쯤 지나서 멀리 남쪽 언덕을 바라보니 나무로 둥글게 만든 것이 있는데, 모양은 물레와 같은데 높이가 한 길 남짓 되어 보였다. 물어보니 이것은 수차(水車)인데 길고(桔槔 : 두레박틀)라고도 하며 능히 물을 쳐 올려 몇 길이나 뛰어넘게 할 수 있다. 높은 성에서 이것을 사용해 쉽게 물을 끌어대므로 항상 가뭄 걱정이 없다고 한다.

잠깐 사이 달이 떠서 호수의 빛이 더욱 기이해지고 노란 옷을 입은 이들이 뱃노래를 부르며 달을 따라 나아갔다. 요도우라(淀浦)[95]에 배를 대니 하늘이 비로소 밝아온다.

이날 120리를 갔다. 부산에서 요도우라까지 수로로 모두 3,200여 리이다.

11일[경인][96]

여기부터는 배를 놓아두고 비로소 육로로 가마와 말을 타고 간다.

---

95 요도우라(淀浦) : 현재의 교토부(京都府) 교토시(京都市) 후시미구(伏見區) 요도혼마치(淀本町)에 있는 옛 포구로, 에도시대에는 야마시로국(山城國)에 속하였다. 조선후기 12차례의 통신사행 중 1811년을 제외한 모든 사행이 이곳을 지나갔다. 1624년 이후로 통신사는 막부에서 보낸 금루선(金鏤船), 곧 가와고자부네(川御座船)를 타고 오사카부터 요도우라까지 거슬러 올라갔으며, 이곳부터는 육로로 이동하였다.

96 저본에서는 10일 일기에 이어져 있는 부분이다. 그러나 『해유록』 및 『해사일록』에 의하면 요도우라를 출발하여 육로로 교토까지 간 것은 11일(경인)의 일이다.

국서와 의장(儀仗) 및 호송하는 왜인들의 행렬이 십 리 넘게 이어졌다. 십 리 정도 가니 길 왼편에 도타이지(東泰寺)라는 곳이 있다. 주랑이 수삼 백 칸이 되고 담장이 7, 80리를 뻗어 있다. 담장 안에는 4층 누각이 하늘 높이 우뚝 서 있다. 가운데에는 동탑(銅塔)이 서 있는데 높기가 몇 길이다. 여기부터 왜경(倭京)[97]이다. 거리와 거리가 이어져 있고 여염과 인물의 성대함이 오사카에 버금간다. 좌우의 높은 누각엔 대나무 발이 드리워져 있고 발 안에는 붉게 화장한 아가씨들의 꽃다운 자태가 은은히 비친다. 이들은 벼슬하는 집 딸들이라고 한다. 해가 지자 길 양편에 켜둔 등불이 십여 리 길을 밝게 비춘다.

듣자니 왜황(倭皇)의 궁궐이 왜경에 있는데 이날 미복 차림으로 민가에 숨어 구경하였다고 한다. 왜황의 성은 미나모토(源)인데 올해 나이가 21세이다. 불도를 숭상하여 매달 앞의 열닷새는 어육을 먹지 않고 한 방에서 재계하며 주야로 단정히 앉아 잠을 자지 않고, 뒤 열닷새에는 비로소 밖으로 나가 주색을 즐기고 사냥을 다니며 마음대로 즐긴다고 한다. 국가의 정령과 관직의 제배(除拜)는 모두 관백이 마음대로 하고 왜황은 간여하지 않으며, 다만 옥새만을 빌려주고 공물(供物)을 받는다고 한다.

관소에 도착하니 관소 역시 매우 크고 아름다웠다. 그날 밤에 경조대윤(京兆大尹)이라는 자가 보러 왔다. 삼사가 기둥 밖으로 나가 맞이하고 좌정하였다. 도주는 맨발로 고개를 숙이고 엎드리고는 귓속말로 명을 전하였다. 대하는 예절이 매우 공경스러우니, 상관과 하관의 체모

---

97 왜경(倭京) : 현재의 교토부(京都府) 교토시(京都市) 중심부에 위치했던 교토(京都)를 가리킨다. 에도시대에는 야마시로국(山城國)에 속했으며, 왜황(倭皇)이 거주하던 곳이다. 조선후기 12차례의 통신사행 중 1811년을 제외한 모든 사행이 이곳에 묵었다.

가 엄격한 것이 이와 같다.

12일[신사]

출발했다. 큰 길 양편에 소나무와 대나무가 울창하여, 그 사이를 다니니 종일토록 맑고 시원했다. 매 십 리마다 길 좌우에 높이가 몇 길 되는 흙 돈대를 쌓고, 그 위에 박달나무 한 쌍을 심어 이정표로 삼는다.

오쓰(大津)[98]에 도착해서 묵었다. 하륙한 때부터 지나는 곳의 지공(支供)이 더욱 나아졌다. 역참에 들어갈 때마다 큰 광주리에 여러 과일들을 담아서 주는데, 유자, 귤, 감, 배가 섞여 있다. 감은 짙은 홍색에 과육이 크고 푸른 잎이 달려 있는데, 서리와 이슬에 젖으며 가지와 잎 가운데서 절로 익은 것이다. 그 맛이 달고 상쾌하여 평범하지 않다. 검푸른 색의 포도는 수정 같이 윤기가 나며 껍질이 매우 부드럽고 맛이 아주 좋아서 우리나라에서 심는 것과 크게 다르다.

13일[임오]

저녁에 갬. 마을을 통과해 거의 30리를 가니 동북쪽에 큰 호수가 있는데 둘레가 5백여 리는 되고 잔물결이 일어 거울 빛 같았다. 언덕 위에 인가 연기가 피어오르고 사이사이 소나무와 대숲이 있어 완연히 그림 속 풍경이었다. 저녁에 모리야마(森山)에 도착해 상방(上方)에 묵었다. 뜰에는 키 큰 나무들이 울창하고 승도들이 향을 살랐으며, 누각 위

---

98 오쓰(大津) : 현재의 시가현(滋賀縣) 오쓰시(大津市)에 위치했던 곳이다. 에도시대에는 오미국(近江國)에 속하였으며, 1601년에 세워진 도카이도(東海道) 53차(次) 역원(驛院) 중 최대 역원이었다. 1607·1617·1811년을 제외한 나머지 통신사행이 모두 이곳에서 쉬어 갔다.

에는 경어(鯨魚)[99]가 울고 있다. 절의 이름은 도몬인(東門院)이다.

14일[계미]

비. 하치만(八幡) 센쥬지(專修寺)에서 점심을 먹었다. 이곳은 오미노주(近江州)[100]이다. 저녁에는 사와성(佐化城) 소안지(宗安寺)에서 묵었다.

15일[갑신][101]

새벽에 망궐례를 거행했다. 동틀 무렵에 젯토료(絶通嶺)를 넘었다. 동쪽으로 십 리 가서 또 스리하리레이(摺針嶺)를 넘었다. 고개 위에 보코테이(望湖亭)가 있는데 북쪽으로 비와코(琵琶湖)[102]를 마주하고 있다. 크고 드넓은 기세를 다하여 동정호와 백중이 될 만하니 어제 본 것과는 아주 딴판이었다.

지나온 길의 모든 집들이 앞을 좁게 만들어서 문으로 들어가면 빈 공간이 없다. 대신 집 뒤를 넓게 비워 원림과 연못을 두고 아름다운 나무와 기이한 화초를 심어둔다. 욕실과 측간에는 꼭 금색과 붉은색으

---

99 경어(鯨魚) : 절에서 종을 치는 나무인데, 고래 모양으로 만들었으므로 경어, 또는 종어(鐘魚·鍾魚)라고 불렀다.

100 오미노주(近江州) : 현재의 시가현(滋賀縣) 일대에 위치했던 오미노국(近江國)을 가리킨다. 고슈(江州)라고도 하였다. 통신사의 기착지였던 오쓰(大津)·모리야마(守山)·오미하치만(近江八幡)·히코네(彦根)가 여기에 속한다.

101 저본에서는 14일 일기에 이어져 있는 부분이다. 그러나 내용상 15일의 일이다. 『해유록』과 『해사일록』에 15일 새벽에 망궐례를 행하고 젯토료(絕通嶺)와 스리하리레이(摺針嶺) 두 고개를 넘어갔다고 기록되어 있다.

102 비와코(琵琶湖) : 현재의 시가현(滋賀縣)에 위치한 일본 최대의 호수로, 오미(淡海)·지카쓰오미(近淡海)·오미노우미(近江之湖)·니오노우미(鳰湖)라고도 한다. 조선후기 12차례의 통신사행 중 1617·1811년을 제외한 모든 사행이 이곳을 지나갔다. 통신사 사행록에서 일본의 절경 가운데 하나로 여러 차례 손꼽혔던 장소이다.

로 빛나는 옷걸이와 걸상, 무늬 비단으로 만든 장막과 수건을 설치해 둔다.

16일[을유]

아침에 40리를 갔다. 오와리주(尾張州)[103] 부중(府中)에서 점심을 먹었다. 시를 창수하려는 자가 계속 이어져 밤새도록 그치지 않았다. 또 80리를 가서 저녁에 나고야(名護屋)[104]에 다다랐다. 오쓰에서 나고야까지 이백여 리인데 좌우의 마을들이 끊이지 않았다. 종종 누각 중에 극히 화려한 것들이 보이는데, 불사(佛事)의 신당(神堂)이다. 구경하는 무리가 많은 것은 오사카 못지않고, 미인이 많기로는 오미노, 오와리 두 주가 최고이다. 하관(下官) 무리들이 길가의 미인을 보고 떡과 과일을 던져 몸에 맞히기도 하였는데, 명랑하게 웃는 이도 있고 정색을 하고 움직이지 않는 이도 있으니 그 맑고 탁함을 알 만하다.

두 주는 서남쪽으로 강과 바다에 가깝고 가운데는 비옥한 평야가 펼쳐져 있다. 백성들은 농사와 누에치기를 주로 하며, 저수지를 만들고 감나무와 밤나무를 심는다. 그 외에 쇠를 불려 주조하는 일에도 능하여 날카로운 검이 여기에서 많이 난다. 또한 하나의 도회이다.

---

103 오와리주(尾張州) : 현재의 아이치현(愛知縣) 서부 지역에 있던 오와리국(尾張國)을 가리킨다. 통신사의 기착지였던 오코시(起), 나고야(名古屋), 나루미(鳴海), 이나바(稻葉) 등이 이 지방에 속한다.

104 나고야(名護屋) : 현재의 아이치현(愛知縣) 나고야시(名古屋市)에 해당하는 지역이다. 에도시대에는 오와리국(尾張國)에 속하였으며, 오와리국의 중심도시로 번영을 누렸다. '鳴古屋' 또는 '名護屋'으로도 쓴다. 조선후기 12차례의 통신사행 가운데 1603·1617·1811년을 제외한 모든 사행이 이곳에 묵었다. 주요 관소는 쇼코인(性高院)이었다.

17일[병술]

아침에 30리를 갔다. 나루미(鳴海)[105]에서 점심을 먹고 또 60리를 갔다. 길이 숫돌같이 평평하고 좌우에는 소나무와 대나무가 얼크러져 있는데 그 키가 모두 열 몇 길이 되어 올려다봐도 하늘이 보이지 않았다. 차관(次官) 이하가 탄 것은 가랑이 하얀 검은 말과 누런 말이며[106] 은안장 금 멍에에 종자가 여덟, 아홉 명이다. 저녁에 들의 측백나무 밭을 지났는데 이랑이 모두 반듯하여 규전(圭田)과 제전(梯田)이 없다. 농기구, 낫, 벼 포기는 우리 습속과 똑같다. 밤에 에사키(江崎)에서 묵었다.

18일[정해][107]

다음날(18일) 도주와 이테이안 장로, 류쇼(龍菖) 장로[108]가 알현하러

---

105 나루미(鳴海) : 현재의 아이치현(愛知縣) 나고야시(名古屋市) 미도리구(綠區) 나루미초(鳴海町)에 해당하는 지역으로, 에도시대에는 오와리국(尾張國)에 속하였다. 도카이도(東海道) 53차(次)의 40번째 역참인 나루미슉(鳴海宿)이 있던 곳으로, 조선후기 12차례의 통신사행 중 1617·1811년을 제외한 모든 사행이 이곳에서 쉬어갔다.

106 가랑이 ~ 말이며 : 원문은 '有驈有黃'이다. '율(驈)'은 쌍창워라(가랑이가 흰 검은 말), '황(黃)'은 공골말(털빛이 누런 말)을 가리킨다. 『시경(詩經)』 노송(魯頌) 〈경(駉)〉에서 "살찌고 살찐 숫말이 민 들에 있으니 잠깐 살찐 말을 들겠노라. 사타구니 흰 말도 있고 황백마도 있으며 검은 말도 있고 누런 말도 있으니 수레에 사용함에 성하고 성하도다.[駉駉牡馬, 在坰之野, 薄言駉者. 有驈有皇, 有驪有黃, 以車彭彭.]"이라 한 데서 온 표현이다.

107 저본에서는 17일(병술) 일기에 이어져 있는 부분인다. 내용상 다음날의 일기이므로 일자를 구별하여 표기하였다.

108 류쇼(龍菖) 장로 : 세키소 류쇼(石霜龍菖, 1678~1728). 에도시대 전·중기의 승려 겸 한시인(漢詩人). 법명은 류쇼(龍菖), 도호(道號)는 세키소(石霜). 임제종(臨濟宗) 승려로 도후쿠지(東福寺) 소쿠슈인(卽宗院) 장로(長老)였다. 다이지지(大慈寺) 제4대 주지 및 도후쿠지 제254대 주지를 역임하였다. 1716년 3월부터 1718년 5월까지 이테이안의 제49번 윤번승으로서 대조선 외교업무를 수행하였다. 이테이안(以酊庵) 가번장로(加番長老)로 칭해졌으며, 1719년 에도 전중(殿中)에서 이테이안 장로인 겟신 쇼탄(月心性湛)의 다음 자리에 앉아 조선사신을 접견하였다.

왔다. 류쇼는 접반사이다. 관백이 또 스오(周防) 태수(太守) 원충(源忠)을 보내 위문하였다. 삼사가 나가서 맞이하고 마주 읍하였다. 원충이 도주에게 관백의 말을 전하게 하자, 삼사가 자리에서 일어나 엎드려 들었다. 차를 마시고 파했다. 점심은 아카사카(赤坂)[109]에서 먹었다. 저녁에 고신지(悟眞寺)에서 묵었다.

19일[무자]

흐림. 50리를 갔다. 아라이(荒井)[110]에서 점심을 먹었다. 여기부터 동쪽으로 꺾어 수십 보를 가면 금전하(金田河)[111]가 있는데 바다의 한 굽이가 못을 이룬 것으로, 너비가 십 리이다. 물가 모래밭에 검게 옻칠한 배 네 척을 대어 놓았다. 차례로 출발했다.

---

109 아카사카(赤板) : 미카와주(三河州)에 속하는데, 현재의 아이치현 도요카와시(豊川市) 아카사카정(赤坂町)이다. 에도시대에는 미카와국(三河國)에 속하였고, 도카이도(東海道) 53차의 36번째 역참이 있어서 번창한 슈쿠바마치(宿場町 : 역참마을)였다. 조선후기 12차례의 통신사행 가운데 1617·1811년을 제외한 모든 사행이 휴식을 취하고 간 곳이다.

110 아라이(荒井) : 도토미주(遠江州)에 속하는데, 현재의 시즈오카현(靜岡縣) 고사이시(湖西市) 아라이정(新居町) 아라이(新居)로 추정된다. 아라이(新居)·아라이(新井)라고도 한다. 조선후기 12차례 통신사행 중 1607·1617·1811년을 제외한 모든 사행이 이곳에서 휴식을 취하고 갔다.

111 금전하(金田河) : 이마기레(今切)를 가리키는 것으로 추정된다. 1636년 병자사행 때 부사 김세렴(金世濂)이 금(金)을 던져버린 포구로 투금포(投金浦), 투금하(投金河), 금절하(金絶河)라고도 한다. 1636년 통신사절단이 에도에서 사명을 받들고 돌아올 적에 쓰고 남은 일공미 수백 섬을 왜인에게 돌려주자 왜인이 그것을 황금으로 바꾸어 주므로, 통신부사 김세렴 등이 '다른 나라의 물건은 받을 수 없다'고 하여 그것을 강물에 던져버렸다. 그 후 이곳을 투금포라고 하였다. 『증정교린지(增正交隣志)』 권5 「하정(下程)」에는 통신사가 일본에서 조선으로 돌아오는 여정 중의 지명으로 나올 뿐이고, 정확한 위치는 미상이다. 그러나 김지남(金指南)의 『동사일록(東槎日錄)』과 남옥(南玉)의 『일관기(日觀記)』에는 도토미국(遠江國)의 하마마쓰(濱松)와 아라이(荒井) 사이에 있는 이마기레(今切) 나루로 기록되어 있다.

중류에서 동북쪽을 바라보니 하얀 봉우리가 하나 있는데 높은 하늘 위에 웅장하게 서리어 있다. 여러 산봉우리들 사이에서 우뚝 솟은 모습이 마치 키 큰 사람이 짧은 파초 사이에 서 있는 것처럼 그 반신만 보였다. 깜짝 놀라서 물었다.

"저건 무슨 산이기에 저렇게 크고 높은 거요?"

종왜가 말했다.

"이 산은 후지산(富士山)[112]입니다."

여기서는 여러 산봉우리들이 가리고 있어서 다만 산허리만 보일 뿐이었다. 세 밤을 자고서야 전체를 볼 수 있었다.

40리를 가서 하마마쓰(濱松)[113] 가까운 곳에 도착했다.

20일[기축]

맑음. 이케다(池田)까지 갔다. 강을 건너는데 물이 아득히 멀다. 소선 수백 척을 벌여 놓고 그 위에 판자를 깔고 굵은 종려 노끈과 쇠사슬로 엇갈리게 동여매어 움직이지 않게 하여 천여 길의 큰 다리를 만들어 두었다. '장조(長艚)'라고 하는데, 사람과 말이 뒤섞여 지나가는데 마치 평평한 땅과 같다. 뒤에 건니간 다리도 이러한 깃이었다.

40리를 가서 견부촌(見浮村)에서 점심을 먹었다. 지나온 마을엔 사이

---

112 후지산(富士山) : 부산(富山). 비유적 표현으로 부용(芙蓉)·팔엽(八葉)·팔엽봉(八葉峰)·백설(白雪)·부악(富嶽)·용악(蓉嶽)·함담봉(菡萏峯)이라고도 하였다. 혼슈(本州) 중부 야마나시현(山梨縣)과 시즈오카현(靜岡縣)의 태평양 연안에 접해 있다. 조선후기 12차례 통신사행 가운데 1617·1811년을 제외한 모든 사행이 이 산을 멀리서 바라보았다.

113 하마마쓰(濱松) : 도토미주(遠江州)에 속하는데, 현재의 시즈오카현(靜岡縣) 하마마쓰시(濱松市)이다. 조선후기 12차례 통신사행 가운데 1617·1811년을 제외한 모든 사행이 이곳에 묵었다.

사이 가게들이 있는데, 꽃병·사발·동이들이 모두 회회청(回回靑)[114]을 써서 인물이나 화조(花鳥)를 그렸는데 극히 묘했다. 붉게 옻칠한 나무 그릇, 오색으로 물들인 대그릇, 대바구니나 광주리 같은 것들을 산처럼 쌓아놓았는데 그 모양이 또한 기이하고 공교로웠다.

21일[경인]

니시자키료(西崎嶺)를 넘어 험한 산길로 30리를 갔다. 낮에 비탈 아래 큰 마을에서 쉬었다. 마을 이름은 가나야(金谷)[115]이다. 지나쳐 온 길 곳곳에 약방이 있는데 옻칠한 간판을 내걸고 황금으로 크게 "불사약, 불로초 가게"라고 써 놓았다. 일본인들은 나쁜 병에 걸렸을 때 인삼을 복용하면 매번 효과가 있으므로 매우 중히 여겨서 늘상 인삼을 불사약이라고 부르는 것이다.

22일[신묘]

우시쓰(羽津) 고개를 넘고 아베가와(阿部川)를 건넜다. 스루가부(駿河府) 호타이지(寶泰寺)에서 점심을 먹었다. 당의 북쪽에 푸른 돌을 모아 가산(假山)[116]을 만들고, 홈통의 물을 끌어와 작은 폭포를 만들어 쏟아

---

114 회회청(回回靑) : 도자기를 만들 때 사용하는 청색 안료로, 회회교의 지방인 아라비아에서 수입된 것이라 하여 회회청이라고 불렀다.

115 가나야(金谷) : 도토미주에 속하고, 현재의 시즈오카현 시마다시(島田市) 가나야초(金谷町)이다. 시즈오카현의 엔주(遠州) 동부에 위치하며 금곡령(金谷嶺), 금곡촌(金谷村)으로도 불렸다. 에도시대에는 도카이도(東海道)의 슈쿠바정(宿場町)이었다. 12차례 통신사행 가운데 1617·1811년을 제외한 나머지 사행 때마다 조선 사신이 이곳에서 낮에 잠시 휴식을 취하였다.

116 가산(假山) : 정원에 바윗돌을 쌓아서 인공으로 만든 산.

져 내리게 해놓았다. 그 아래에는 네모난 연못을 만들고 기이한 화초와 나무로 주위를 둘러놓았는데 푸릇푸릇하여 아낄 만하다. 노선사(老禪師)가 있는데, 생김이 수척하고 고요하였다. 합장하고 시를 청하였다.

23일[임진]

삿수이켄(薩峠峴)을 넘어 오른편으로 바다를 따라 45리를 가서 후지가와(富士川)를 건넜다. 점심은 요시와라(吉原)에서 먹었다. 여기에 이르니 후지산이 앞쪽에 있다. 산이 거대하고 웅장하게 하늘을 떠받치고 있는데, 다른 봉우리 없이 제 홀로 높고 크게 서 있다. 꼭대기는 온통 흰색인데 바라보면 눈이 쌓인 것 같다. 왜인이 말하였다.

"산기슭에서 꼭대기까지 백 리가 넘는데 정상에 큰 구멍이 있어서 깊이가 바닥이 없고, 항상 구름 기운이 구멍에서 곧장 올라오며 사계절 내내 눈이 쌓여 있습니다."

이 말은 그 나라 지지(地誌)에도 실려 있다. 그러나 일본에는 비록 한겨울이라 해도 서리와 눈이 없는데 봄, 여름 동안에 산꼭대기에 쌓인 눈이 녹지 않는다는 것은 그러한 이치가 없을 듯하다. 황명(皇明) 송경렴(宋景濂)의 시에서 "일만 송이 연꽃 같은 후지산[萬朶蓮花富士山]"[117] 이라고 하였는데 그것 또한 잘못 들은 것이다. 이것은 홀로 솟은 산인데, 어찌 만 송이 연꽃이 있겠는가.

---

117 일만 송이 연꽃 같은 후지산[萬朶蓮花富士山] : 시의 전문은 다음과 같다. "일만 송이 연꽃 같은 후지산, 얽힌 뿌리가 삼주(三州)의 땅을 눌렀네. 유월에도 눈꽃이 새털처럼 흩날리니, 깊은 숲 어느 곳에서 흰 솔개 찾아볼까.[萬朶蓮花富士山, 蟠根壓地三州間. 六月雪花飄素毳, 何處深林求白鷴.]"

24일[계사]

아침에 출발해 큰 고개를 넘었다. 고개 이름은 하코네(箱根)이다. 30리를 가니 그 위에 큰 못이 있는데 둘레가 40리이고 호수 빛이 검푸르러 깊이를 측량할 수 없다. 그 안에 머리 아홉 달린 용이 신령스러운 작용을 하여 혹 대낮에 천둥이 치고 비바람이 치기도 한다고 한다. 호숫가 언덕에 마을이 있는데 그 남쪽에 관소를 정했다. 호수를 내려다보니 나무는 흑단나무와 상수리, 전나무가 많다. 후지산을 가로지르는 고개이다.

동쪽으로 고개를 십 리 내려가면 급한 샘물이 합쳐 흘러 물소리가 굉장하여 옆 사람이 하는 말도 들리지 않는다. 사이사이 수백 년 된 나무가 있어 풍표(風標)가 되었는데 기울어진 절벽에 쓰러져 있다. 북쪽 벼랑에 큰 구멍이 두 개 있어 옥 같은 폭포수가 떨어져 울리며 내려오는데 이것이 하코네호(箱根湖)로, 산허리를 뚫고 흘러 새어나오는 것이다. 양쪽으로 젖같이 달려 있어서 쌍유천(雙乳泉)이라고 한다. 왜인이 말했다.

"반드시 재계하고 입산해야지, 만약 불결한 사람이 있으면 반드시 재앙을 입게 됩니다. 이 때문에 성품이 탐욕스러운 자는 반드시 겁을 내어 감히 가지를 못하지요."

때때로 산 위를 보니 채학(彩鶴)이 노니는데, 날개가 수레바퀴처럼 커서 마치 선인(仙人)이 오가는 것 같았다. 세상에서 봉래산이라 칭하는 것이 허튼소리는 아니다. 그 말이 과장되어 믿기 어려우나, 그 산이 평범하지 않은 것은 사실이다. 말을 타고 가며 며칠 동안 후지산을 보았는데 문득 자줏빛 노을이 산꼭대기에 영롱하게 빛나며 오래도록 흩어지지 않으니, 혹 신이한 기운이 있어 그러한 것인가? 알 수 없다.

구불구불 고개를 내려와 오다와라(小田原)[118]에 도착하니 밤이 이미 깊었다.

25일[갑오]

대의촌(大礒村)[119]에서 점심을 먹었다. 바뉴가와(馬入川)를 건넜다. 길가에 인부와 말이 연이어 지나는 것을 보았는데 목패에 '남해국(南海國) 공물'이라고 적혀 있고 그 위에 금색 표지를 꽂아둔 것이 열 몇 바리였다. 여러 주의 금은이 풍부함을 여기에서 알 수 있다. 저녁에 후지사와(藤澤)에 머물렀다.

[120]관소에서 제백과 산짐승 고기를 대접했다. 여러 종자를 불러서 앞에서 먹게 하였다. 날이 이미 저물어 등불을 켜고 이야기를 나눴다. 종왜 한 사람이 말했다.

"오호라. 이 주에는 수십 년 전부터 기이한 이야기가 있습니다. 한 태수가 있었는데 어질고 선비를 아꼈는데, 권간(權奸)의 무고 때문에 죄를 받아 죽게 되었지요. 주치(州治)의 북산 아래에 장사지냈는데 원통해 하는 사람이 많았습니다. 그 부곡(部曲)에 수삼 명의 장사(壯士)가

---

118 오다와라(小田原) : 사가미주(相模州)에 속하며 현재의 가나가와현(神奈川縣) 오다와라시(小田原市)이다. 가나가와현의 남서단에 위치한다. 조선후기 12차례 통신사행 가운데 1617·1811년을 제외한 모든 사행이 이곳에 묵었다.

119 대의촌(大礒村) : 대의(大礒)는 오이소(大磯)의 오기이다. 현재의 가나가와현(神奈川縣) 나카군(中郡) 오이소마치(大磯町)로, 가나가와현의 중남부에 위치해 있다. 에도시대 사가미국(相模國)에 속했으며, 도카이도(東海道) 53차의 8번째 역원(驛院)이었다. 조선후기 12차례 통신사행 중 1617·1811년 사행을 제외하고 모든 사행이 이곳에서 휴식을 취하였다.

120 저본에서는 이 부분에서 행을 바꾸었다. 25일(갑오)과 26일(을미) 사이에 기록되어 있으므로 25일의 일로 보인다.

있었는데 몰래 복수를 모의하여 서약을 하고, 그 무리 50인이 후미진 곳을 정해 모이기로 약속했습니다. 여러 사람들의 마음을 시험해 보고자 하여, 때가 되어 온 사람 40명에게 장사가 말하길 '날이 늦었으니 다시 그대들과 약속을 미뤄 잡겠소.'라고 했습니다. 그날이 되니 온 사람은 30인이었고, 때는 한낮이었습니다. 장사가 '다시 모였는데 일찍 오지 않았으니 그 뜻이 게으르군. 다시 그대들과 날짜를 잡을 테니, 늦게 온 자에게는 벌을 내리겠소.'라고 말했지요. 약속한 날 아침 일찍 19인이 와서 모였습니다. 이에 술을 내어 오고, 다 마신 후 장사가 검을 빼어 손에 들고 눈물을 흘리며 말했지요. '옛날 태수의 죽음이 원통한가, 그렇지 않은가?' 무리가 모두 '원통하다'고 했습니다. 장사가, '주인을 위해 그 원통함을 씻고자 하니, 능히 따를 자가 있는가?'하고 말했습니다. 무리가 '명령만 내리시오. 죽음도 불사하겠소.'라고 말했지요. 마침내 맹세를 하고 밤 오경에 바로 그 권귀(權貴)의 집으로 갔는데 담장이 높아서 함께 줄을 매달아 내당에 이르렀지요. 귀인은 이미 일어나서 촛불을 밝히고 조회하러 가려던 참이었습니다. 종자들이 섬돌 아래 빽빽하게 서 있는데 장사가 뛰어 들어가 머리를 베어 나왔습니다. 종자와 하인들이 두려워 엎드리며 감히 장사 앞에 나서지 못했습니다. 바로 태수의 무덤에 가서 그 머리를 묘 앞에 두고 술을 따라 제사를 지내고 오랫동안 크게 곡을 하더니 모두 스스로 목을 찔러 죽었습니다. 온 나라 사람들이 지금도 칭송하고 있지요."

내가 듣고 탄식하며 말했다.

"한 명의 섭정(聶政)[121]이로다. 엄중자(嚴仲子)를 위해 한상(韓相)을 죽

---

121 섭정(聶政) : 전국시대 한(韓)나라의 협객(俠客)이다. 자신의 지기(知己) 엄중자(嚴仲

이니 천하가 그 용맹에 탄복하였다. 지금 여러 장사들이 모두 섭정의 용맹을 지녀서 능히 주인을 위해 복수하였으니 그 충의가 더욱 낫다. 어찌 기이하지 않은가!"

한 사람이 또 말했다.

"그때 여러 장사들이 원수의 머리를 베어 태수의 무덤에서 제사 지내고 바로 대궐로 죄를 청하러 갔습니다. 관백이 의롭게 여겨 사면하려 하였으나 이를 따지는 신하들이 많아서 주모자 두 사람을 죽였지요. 나머지 17인이 말하길 '한 마음으로 원수를 갚았으니 진실로 한 번 죽어 주인의 공의(公義)에 답하는 것이 마땅하다. 혼자 살 수는 없다.'라 하고 모두 자살했습니다."

두 왜인의 말 중에서 누가 맞는지는 모르겠다.

26일[을미]

가나가와(神奈川)에서 점심을 먹었다. 저녁에 시나가와(品川)[122] 겐쇼지(玄性寺)에 이르렀다. 이날 저녁 지진이 일어나 관소 건물이 모두 흔들렸다. 승도들이 두려워하며 말하였다.

"일본은 바다 가까운 땅이라 여러 번 지진으로 땅이 꺼졌습니다. 인가가 천여 호에 이르는데 혹 한 섬 전체가 가라앉아 바다가 된 경우도 있었지요. 이 때문에 지진이 나면 사람들이 크게 두려워합니다."

子)를 위해 한 나라 정승 협루(俠累)를 죽이고, 스스로 자신의 얼굴 가죽을 벗기고 눈알을 뽑아낸 다음 배를 갈라 자살하였다. 『사기(史記)』 자객열전(刺客列傳)에 나온다.

122 시나가와(品川) : 현재의 도쿄도의 남동부 시나가와구(品川區)이다. 에도시대에는 무사시주(武藏州)에 속했다. 메구로가와(目黒川), 다치아이가와(立会川) 등이 흐르며, 동쪽으로 도쿄만(東京湾)에 면해 있다. 조선후기 12차례의 통신사행 중 1617·1811년을 제외한 모든 사행이 이곳에서 휴식을 취하거나 묵어갔다.

27일[병신]

서쪽을 향해 25리를 가서 에도(江戶)에 도착했다. 백성과 문물의 성대함이 오사카와 왜경을 뛰어넘는다. 성 밖에 해자를 파 바닷물을 통하게 하고 성 안에는 삼중의 도랑을 파서 판자로 무지개다리를 만들었다. 5리마다 높은 기둥의 이문(里門)을 세워 놓았다. 이날 삼사는 금관과 옥패를, 비장들은 비단철릭, 깃 달린 사립, 슬갑과 칼집을 갖추었으며 서기들 또한 화관을 쓰고 푸른 저고리를 입었다. 나머지 종관들도 붉은 도포 아니면 검은 도포를 입고 국서를 모시고 앞서서 갔다. 고취(鼓吹)와 의장이 법도 있고 가지런하였으며 좌우에서 구경하는 자들이 수십 리에 가득 찼다. 이때 관백도 미행(微行)하여 장막을 설치하고 구경하였다. 담장에 옻칠한 문이 있고 나는 듯한 용마루가 구름같이 이어진 것들은 높은 관리들의 집이다.

관소에 이르니 곧 혼세이지(本誓寺)이다. 사행을 위해 천여 칸을 새로 지은 것이다. 에도는 관백이 도읍한 곳으로, 백관의 성부(省府)와 창고, 궁액(宮掖)과 원조(院曹)가 있고 또 60주 태수의 관각이 있다. 사시(四時)에 공물을 바치는데, 이 때문에 다투어 나아가 붙어서 이익을 좇으며 농상(農桑)을 중시하지 않고 연고를 따라 무위도식하는 자가 많다. 그러므로 그 풍속이 사납고 고르지 않으며, 부강한 자를 사모하고 가난하고 약한 자를 멸시한다.

28일[정유]

에도에 머물렀다. 두 집정(執政)[123]이 만나러 왔다. 삼사가 기둥 밖으

---

123 집정(執政) : 일본 막부의 벼슬인 대로(大老), 노중(老中), 가로(家老)의 중국식 호칭

로 나아가 맞이하고, 마주 읍한 후에 앉았다. 도주는 맨발로 명을 받들어 관백의 말을 전하였다. 먼저 임금의 체후(體候)가 어떠한지 묻고 그 다음으로 멀리 온 노고를 위로했다. 삼사는 자리에서 일어나 고개를 숙이고 엎드려서 전하는 말을 들었다. 차를 마시고는 파했다.

집정은 관백의 상신(相臣)이다. 집정은 모두 네 사람인데, 이노우에 가와치노카미(井上河內守) 미나모토노 마사미네(源正岑), 구제 야마토노카미(久世大和守) 후지와라노 시게유키(藤重之), 도다 야마시로노카미(戶田山城守) 미나모토노 다다자네(源忠眞), 미즈노 이즈미노카미(水野和泉守) 미나모토노 다다유키(源忠之)이다. 찾아온 두 사람은 후지와라노 시게유키와 미나모토노 다다자네인데, 용모가 모두 장대했다.

낮에 관반(館伴)이 연회를 청하여 삼사가 대청으로 나가 마주 앉았다. 동쪽과 서쪽에 주홍색의 큰 탁자를 설치하고 그 위에 푸른 비단을 깔았으며, 꽃 항아리 대여섯 개에 오색의 조화를 꽂았는데 광채가 휘황하여 온갖 꽃이 핀 뜰 안에 앉아있는 것 같았다. 금으로 그림을 그린 옻칠한 소반을 내어왔는데 그 위에 늘어놓은 사발과 접시들 또한 기이하고 공교로웠으나 차린 음식은 그리 좋지 않았다. 세 번 잔을 돌리고 파했다. 저녁 때 또 행중의 여러 사람들에게 잔치를 열어주었는데 차린 것이 똑같았다.

29·30일[무술·기해]

에도에 머물렀다.

처음 바다를 건너왔을 때 우삼동(雨森東)이 늘 말했었다.

이다. 대신, 중신급에 해당하며 막부의 최고 관료이다.

"에도에 십학사(十學士)가 있는데 관백의 경악(經幄)[124]에 나아가는 신하들입니다. 문장과 문학이 보통 사람들보다 훨씬 뛰어나서 그 재주를 실로 맞설 당해낼 수가 없습니다."

관소에 머무는 동안 왜 통사가 달려와 전하길, 십학사가 동한(東韓)의 문사를 뵙기를 청한다고 하였다. 나와 신(申), 성(成) 여러 사람이 나아가 맞이하고 여러 서리들이 인도하여 서로 읍하고 마주 앉았다. 모두 얼굴이 희고 깨끗하며 청수하고 고아하여 훌륭한 선비들임을 알 수 있었다. 마침내 벼루를 내어와 필담을 하고 성명과 관직을 통하였다. 몇 마디가 끝나자 십학사가 먼저 자신들이 지은 시를 써서 보였다. 우리들이 바로 그 시에 화운하니, 십학사가 또 삼칠율(三七律)[125]을 쓰거나 절구를 써서 주어서 우리들도 다시 화답하였다. 이렇게 한 것이 다섯 번이었다. 피차가 손에서 붓을 멈추지 않고 나는 듯이 휘갈겨 잠깐 사이에 채색종이 수백 조각이 자리 사이에 어지러이 널렸다. 백전(白戰)[126]이 바야흐로 무르익어 양쪽 다 물러설 뜻이 없었다. 이때 좌우에서 보는 자들이 눈을 휘둥그레 뜨고 놀라지 않는 이가 없었다. 우리들이 그들의 필봉을 꺾을 방법을 의논하여 창화할 때에 따로 어려운 운을 생각해 내어 한 수 내보였다. 십학사가 고민하더니 비로소 머뭇거리는 기색이 있었다. 날이 이미 늦어서 웃으며 일어섰다.

그 다음날 태학사(太學士) 하야시 노부아쓰(林信篤)[127]가 두 아들 노부

---

124 경악(經幄) : 임금 앞에서 경전을 강론하는 자리, 곧 경연(經筵)을 뜻한다.

125 삼칠율(三七律) : 삼칠율이 무엇을 가리키는지는 알 수 없다. '삼(三)'은 '오(五)'의 오기로 짐작되는데, 오칠률(五七律)이라고 하면 오언율시와 칠언율시라는 뜻이 된다.

126 백전(白戰) : 시를 지어 솜씨를 겨루는 것을 뜻한다.

127 하야시 노부아쓰(林信篤) : 하야시 호코(林鳳岡, 1645~1732). 이름은 도(戇) 혹은 노부아쓰(信篤), 자는 지키민(直民), 별호는 세이우(整宇), 통칭은 하루쓰네(春常)이다. 하야

미쓰(信充)[128]와 노부토모(信智)[129]를 데리고 와서 만나기를 청하였는데, 바로 어제의 십학사 중에 있던 사람이었다. 또 더불어 창화하였다.

10월

1일[경자]

전명(傳命)[130]을 하기 위해 삼사는 가마를 타고 여러 종관들은 모두

시 가호(林鵞峰)의 차남으로, 형이 일찍 죽어 린케(林家)의 후계자가 되었다. 1680년에 다이가쿠노카미(大學頭) 직을 이어 받았으며, 대장경(大藏卿) 법인(法印), 홍문원(弘文院) 학사(學士)를 함께 맡았다. 제5대 쇼군 도쿠가와 츠나요시(德川綱吉)의 신임을 받아 조정의 신하들에게 유학을 강론했으며, 제8대 쇼군 도쿠가와 요시무네(德川吉宗)에게 다시 신임을 받아 막부의 문서 행정에 참여하고 통신사 접대의 임무를 수행했다. 에도 막부의 문치정치 추진에 큰 공헌을 한 인물이다. 1711·1719년 통신사와 교류하였으며, 1719년 통신사와 주고받은 시와 필담이 『삼림한객창화집(三林韓客唱和集)』과 『조선인대시집(朝鮮人對詩集)』에 수록되어 있다.

128 노부미쓰(信充) : 하야시 류코(林榴岡, 1681~1758). 이름은 후(愨)·노부미쓰(信充), 자는 시코(士厚)·시키(士僖), 호는 류코(榴岡), 별호는 후쿠켄(復軒)·가이도(快堂), 통칭은 시치사부로(七三郎)이다. 하야시 호코(林鳳岡)의 아들이다. 1723년 다이가쿠노카미(大學頭)가 되었고, 이듬해 린케(林家) 4대를 이었다. 1743년 제10대 쇼군인 도쿠가와 이에하루(德川家治)의 시강(侍講)이 되었다. 1711·1719·1748년 통신사와 교류하였다. 1719년 통신사와 주고받은 시와 필담이 『삼림한객창화집(三林韓客唱和集)』과 『조선인대시집(朝鮮人對詩集)』에 수록되어 있다.

129 노부토모(信智) : 하야시 가쿠켄(林確軒, 1687~1743). 이름은 쓰토무(忞)·노부토모(信智), 자는 우교쿠(禹玉), 호는 지쓰카쿠칸주인(日鶴觀主人), 별호는 다이쇼(退省), 통칭은 모모스케(百助). 하야시 호코(林鳳岡)의 아들이며 하야시 류코(林榴岡)의 아우이다. 1711·1719년 통신사와 교류하였으며, 1719년 통신사와 주고받은 시와 필담이 『삼림한객창화집(三林韓客唱和集)』과 『조선인대시집(朝鮮人對詩集)』에 수록되어 있다.

130 전명(傳命) : 국서(國書), 즉 국왕의 명령이나 뜻을 상대국의 국왕에게 전달하는 것을 말한다. 전명다례(傳命茶禮)는 통신사가 조선국왕의 국서를 일본 관백에게 전하는 의례로, 전명례(傳命禮) 또는 전명의(傳命儀)라고도 하였다. 일본 관백에게 국서를 무사히 전

말을 타고서 출발했다. 큰길을 따라 북쪽을 향해 가다가 다시 동쪽으로 꺾어 10리 쯤 가서 큰 무지개다리 세 개를 건너 외성문과 내성문으로 들어갔다. 두 문은 모두 곡성(曲城)이고, 곡성에는 또 문이 있어서 몇 리를 가야 궁이 나온다. 외문은 높은 성가퀴로 둘러쳐져 있고 성가퀴 밖으로는 해자를 파놓았다. 세 번째 문으로 들어가니 또 해자를 파놓았는데 그 너비가 수백 보는 되어 보였다. 배가 통하고 오리와 비오리가 떠있다. 여덟 번째 문으로 들어가니 전각이 있는데 곧 현관(玄關)이다. 넓고 커서 수천 개의 문이 있는데 끝이 보이지가 않는다. 종관들은 세 번째 문에 이르러 말에서 내리고 사신들은 일곱 번째 문에 이르러 가마에서 내렸다. 별당에 도착해 잠시 쉬었다.

이때 왜국의 대소 관원들이 와서 모였다. 모두 비의(緋衣 : 붉은색 관복)를 입었는데, 다만 종실(宗室)들은 검은 도포를 입었다. 잠시 후 삼사에게 들어오기를 청하여 국서를 받들고 나아가고 모든 관원들이 뒤를 따랐다. 사신들이 관원을 이끌고 전(殿) 위에서 사배(四拜)를 행하고 차관들은 섬돌 가운데에서, 중관들은 섬돌 아래에서 절을 했다. 관백은 전의 북쪽에 앉았는데 절하는 곳과의 사이에 두 자리가 있다. 옥색의 홑옷을 입고 서너 명의 시신(侍臣)이 있었으며 음악을 연주하지 않고 의장도 없다. 관백이 먼저 잔을 들고 삼사에게 술을 권했다. 다 마시고 사배를 하고 폐물을 바쳤다. 다시 사배를 하고 물러났다. 또 사배례를 마치고 별당으로 인도해 앉게 하고 태수의 자제에게 떡을 내어오게 하였다. 모두 다섯 번을 내왔으며 술을 세 번 돌렸다.

들으니 관백은 기이주(紀伊州)[131] 태수로 있다가 종통을 이었는데 검

달하는 일이 통신사행의 가장 중요한 업무였다.

소하고 욕심이 없으며 음악과 사냥을 좋아하지 않고 경전 읽기를 좋아한다고 한다. 늘 명주옷을 입는데, 좌우에 비단옷 입은 자들을 보면 번번이 묻기를, "곱기도 곱구나. 이것은 무슨 물건인고."라고 하니 여러 신하들이 겁을 내어 감히 입지 않는다고 한다.

[132]에도에 여러 날 머물렀다. 니스이(二水)[133], 지안(池庵)[134], 유린(有隣)[135], 게이켄(桂軒)[136], 로슈(鷺洲)[137], 도케이(東溪)[138], 류간(龍岩), 도리

---

131 기이주(紀伊州) : 기이노쿠니(紀伊国). 난카이도(南海道)에 있던 일본의 옛 구니(國)이다. 현재의 와카야마 현과 미에 현 남부에 해당한다. 기슈(紀州) 혹은 기노쿠니(紀の国)라고도 한다.

132 에도에서 만난 문인들에 대해 요약적으로 서술한 부분이다.

133 니스이(二水) : 쓰다 겐코(津田玄孝, ?~?). 호는 니스이(二水), 통칭은 부자에몬(武左衛門). 도쿠가와 막부의 유신(儒臣)으로, 1711년과 1719년 통신사와 교유하였다. 1719년 통신사와 주고받은 시문이 『조선인대시집(朝鮮人對詩集)』에 수록되어 있다.

134 지안(池庵) : 사사키 지안(佐佐木池庵, 1650~1722). 이름은 겐류(玄龍), 자는 간포(煥甫), 호는 지안(池庵), 통칭은 만지로(萬次郎). 에도시대 전·중기 막부의 유신(儒臣) 겸 서예가로, 가가(加賀) 출신이다. 1682·1711·1719년 통신사와 교유하였다. 1719년 통신사와 주고받은 시문이 『조선인대시집(朝鮮人對詩集)』에 실려 있다. 아우 분잔(文山)과 함께 중국풍과 조선풍의 서체(書體)로 알려진 인물이다.

135 유린(有隣) : 도쿠리키 유린(德力有隣, 1662~1738). 이름은 요시아키(良顯), 자는 시겐(子原), 별호는 교켄(恭軒), 통칭은 주노조(十之丞). 에도시대 전·중기 막부의 유신(儒臣)으로, 사누키(讚岐) 출신이다. 에도에서 하야시 호코(林鳳岡)에게 배우고 막부에서 일하였다. 1711년과 1719년 통신사와 교유하였다. 1719년 통신사와 주고받은 시가 『조선인대시집(朝鮮人對詩集)』에 실려 있다.

136 게이켄(桂軒) : 고미야마 게이켄(小宮山桂軒, 1690~1734). 이름은 쇼쿄(昌嶠), 자는 이초(偉長), 별호는 닌테이(忍亭), 통칭은 모토지로(本次郎)·지로에몬(次郎右衛門). 에도 중기의 유학자로, 에도 출신이다. 1719년 통신사와 교유하였으며, 이때 주고받은 시문이 『조선인대시집(朝鮮人對詩集)』에 실려 있다. 1720년 히타치(常陸) 미토번(水戸藩)에 근무하였으며, 『대일본사(大日本史)』의 음악 부문의 편수를 맡았다. 저서로 『음악고(音樂考)』·『악기고(樂器考)』 등이 있다.

137 로슈(鷺洲) : 히토미 로슈(人見鷺洲, ?~?). 에도시대 전·중기의 한시인(漢詩人)으로, 히토미 모토히로(人見元浩)와 동일 인물로 추정된다. 1719년 통신사와 교유하였으며, 이

(東里)[139] 여덟 명이 만나기를 청하였다. 각자 시를 가지고 와서 화답을 구하였다. 또 가와구치 고(河口皐)[140]라는 자가 있었는데 호는 호쇼(鳳嶼)이고 나이는 열일곱인데 시를 가지고 만나러 왔다. 재주가 민첩하여 붓을 쥐는 즉시 글을 이루었다. 지금 『강목(綱目)』을 읽고 있으며 하야시 좨주(祭酒)의 문인이다.

또 하루는 고료 다케요시(廣陵武敬), 아마노 가게타네(天野景胤), 시잔 고센(芝山孝先), 텐스이(天水) 아메노모리 아키노리(雨森明卿)[141], 수계(須溪) 추이정(秋以正), 셋케이(雪溪) 이노우에 유키(井上有基)[142]가 와

때 주고받은 시가 『조선인대시집(朝鮮人對詩集)』에 실려 있다.

138 도케이(東溪) : 이다 도케이(飯田東溪, 1660~1738). 이름은 다카오키(隆興), 자는 유젠(裕然), 통칭은 사추(左仲·佐仲). 에도시대 전·중기의 유학자. 에도 출신으로, 하야시 호코(林鳳岡)의 문하였다. 1711년과 1719년 통신사와 교유하였으며, 1719년 통신사와 주고받은 시가 『조선인대시집(朝鮮人對詩集)』에 실려 있다.

139 도리(東里) : 호시노 도리(星野東里, ?~?). 이름은 류(龍), 자는 시운(子雲), 통칭은 고헤이타(小平太). 에도시대 중기의 유학자로, 미카와(三河) 출신이다. 1719년 통신사와 교유하였으며, 이때 주고받은 시가 『조선인대시집(朝鮮人對詩集)』에 실려 있다. 저서로 1774년 간행된 『시학계제(詩學階梯)』와 『부유록(富有錄)』이 있다.

140 가와구치 고(河口皐) : 가와구치 호쇼(河口鳳嶼, ?~?). 이름은 고(皐)이며, 호는 호쇼(鳳嶼). 1719년 17세의 나이로 통신사와 교유하였으며, 이때 주고받은 시문이 『상한창수집(桑韓唱酬集)』에 실려 있다.

141 아메노모리 아키노리(雨森明卿) : 아메노모리 산테쓰(雨森三哲, 1667~1722). 이름은 아키노리(明卿), 자는 시테쓰(子哲), 별호는 텐스이(天水). 1696년부터 사누키(讚岐) 다카마쓰번(高松藩) 제2대 번주인 마쓰다이라 요리쓰네(松平賴常)를 섬겼으며, 뒤에 제3대 번주인 마쓰다이라 요리토요(松平賴豊)의 시독(侍讀)이 되었다. 마쓰다이라 요시쓰네가 개설한 번교(藩校)에서 경서(經書)와 사서(史書)를 강의하였다. 1719년 통신사와 교유하였으며, 이때 주고받은 시가 『조선인대시집(朝鮮人對詩集)』에 실려 있다.

142 이노우에 유키(井上有基) : 이노우에 셋케이(井上雪溪, 1684~1739). 이름은 유키(有基), 자는 주보쿠(冲嘿), 통칭은 니자에몬(仁左衛門). 에도시대 중기의 유학자로, 히고(肥後) 출신이다. 히고 구마모토번(熊本藩)의 유학자인 아이다 구마노(藍田熊之)에게 재능을 인정받았고, 에도에서 하야시 호코(林鳳岡)에게 배웠다. 1719년 통신사와 교유하였으며, 이때 주고받은 시가 『조선인대시집(朝鮮人對詩集)』에 실려 있다. 1720년에 구마모토번에

서 수창을 하고 혹 필담을 나누기도 했다. 자질을 살펴보니 제가(諸家)를 널리 읽고 문예가 넉넉한 선비가 반수는 되었다.

이외에도 날마다 오는 자가 매우 많았는데 이름을 잊어버린 자가 많다. 혹 열 살이나 열두세 살 되는 어린아이도 있었는데 용모가 옥과 같이 고왔다. 부형을 따라 자기 시와 글씨를 가지고 만나러 왔는데, 모두 절묘하여 아낄 만했다.

이때 먼 지역 수천 리 밖 인사들이 조선 사신이 왔다는 말을 듣고 다투어 양식을 싸들고 험한 길을 넘어 온 자들이 끊임없이 이어졌으며, 혹 처음에 계획한 날을 다 보내고 열흘이고 한 달이고 지체하며 머무는 자도 많이 있었다. 그 나라의 사류(士流)는 평소 우리나라 문사를 한번 만나 더불어 창화를 하는 것이 소원으로, 마치 등용문과도 같아서 이루지 못할까 염려하며, 시편을 얻게 되면 깊이 간직하여 대대로 보배로 전한다고 한다.

[143]도주가 자신의 저택에서 사연(私宴)을 열어주었다. 정사, 부사와 여러 관원들이 참석했다. 잔치할 때 잡희(雜戱)를 베풀었는데, 청만하천동도무(靑幔下天童蹈舞)를 처음으로 보았다. 문득 보이지 않다가 한 쌍의 얼룩 비둘기가 앙감질하더니 다시 사라져버리고, 다만 흰 연등 대여섯 쌍이 마주하여 휘황하게 빛나는 것만 보인다. 곁에 한 도사가 있는데 손으로 깃털 부채를 쥐고 한 번 부치니 등불이 꺼지고 누런색과

근무하였으며, 1731년에 구마모토번 제5대 번주인 호소카와 무네타카(細川宗孝)의 시강(侍講)이 되었다.

143 쓰시마 도주가 잔치를 열어준 것은 9일(무신)의 일이다. 일본인이 금계와 앵무새 등을 보내준 것 역시 9일이다. 『해유록』 참조.

붉은색 나뭇잎이 흩어져 떨어져서 뜰과 집 사이에 가득 휘몰아친다. 보는 이들은 멍하니 황홀하여 어찌된 노릇인지 알 수가 없었다.

도주는 쓰시마, 이키, 오사카, 에도에 모두 저택이 있다. 처자는 에도에 남겨두고 데리고 올 수 없다. 대개 그 나라에서 뜻밖의 변란을 우려해서이다.[144] 정사가 도주에게 물었다.

"그대의 집이 네 곳에 있는데 어느 곳이 가장 즐겁습니까?"

그가 답했다.

"쓰시마만한 곳이 없지요."

이는 그 권세가 쓰시마에 있기 때문이다. 가족을 가벼이 여기고 권력을 중시하니 어떠한가. 또한 욕심으로 가려진 것일 따름이다.

왜인이 금계(錦鷄) 암수, 흰 솔개 한 마리, 앵무새 한 마리를 관소에 바쳤다. 금계는 작은 닭처럼 생겼는데 어깨와 목의 깃털이 황금색이고, 등에 푸르고 누런 무늬가 있으며 배는 진한 붉은 색이다. 꼬리는 길이가 한 자 쯤 되는데 좌우에 검은 점이 있고 붉은 꼬리가 각 네 개씩 있다. 솔개는 크기가 수탉과 같고 바탕이 희며 머리에 검은 털이 있다. 꼬리는 꿩 꽁지처럼 회백색이다. 앵무는 크기가 꾀꼬리만하고 붉은 부리에 감색 머리이며, 등에는 녹색 깃털이 있고 가슴과 배에는 붉고 검은 무늬가 있다. 모두 사람에게 길이 들어 놀라지 않는다. 여러 동료들이 모여 구경하는데, 좌중의 한 사람이 듣고서 붓을 던지고 급히 일어

144 도주는 ~ 때문이다 : 산킨코타이(参勤交代) 제도를 말한다. 산킨코타이란 각 번의 다이묘를 정기적으로 에도에 오고 가게 함으로써 각 번에 재정적 부담을 가하고 다이묘의 가족을 볼모로 잡아두는 도쿠가와 막부의 제도이다. 이 제도에 따라 각 번은 도쿠가와가(德川家)에 반기를 들기가 매우 힘들어졌고, 도쿠가와가가 15대에 걸쳐 번영을 누리는 요인이 되었다. 산킨(参勤)은 일정 기간 주군의 슬하에 오고 가는 것, 코타이(交代)는 여가를 제공 받아 영지에 돌아가 행정 사무를 보는 것을 의미한다.

났다. 우삼동이 말했다.

"어찌 이리 급하시오."

누가 말했다.

"이 노인이 계림(鷄林 : 조선)에 있을 때, 기생 앵무라는 자와 즐겼는데 그 때문에 지금 그 이름을 듣고 놀라고 기뻐하는 게지요."

우삼동이 손뼉을 치며 크게 껄껄거리며 말했다.

"이러하군요. 그리움이 심하기가."

15일[갑인]

에도를 출발했다. 도로에서 모여 구경하는 자들이 올 때와 같았다. 빽빽한 사람들 중 혹 아는 사람이 있어서 부채를 들어 흔드는데 곧 이별을 고하는 뜻이다. 가는 사람도 또한 부채를 들어 사례했다. 아이들 무리가 또한 머리 숙여 인사하면서 "사라파(沙羅婆)"라고 하는데, 그 풍속에 잘 가라는 인사이다.

저녁에 시나가와(品川)의 도카이지(東海寺)에 묵었다. 전 관백의 원당(願堂)[145]이다. 절터가 평평하고 넓으며 장송(長松)이 만여 그루이며 앞뒤로 조음각(潮音閣), 세존전(世尊殿), 법보당(法寶堂)이 있는데 그 제도가 극히 크고 아름답다. 안에는 여러 부처들의 금신(金身)과 가람(伽藍) 화상(畫像)이 있는데 빗장을 닫아걸고 열지 않았다. 북쪽에 연못 두 개가 있는데 맑은 물이 퐁퐁 솟아나고 붕어가 많이 뛰어노는데 그 빛깔이 은(銀)과 같다. 그 위로는 단풍나무 숲이 있는데 서리 맞아 붉은 잎이 시들어가고 있다.

145 원당(願堂) : 왕실이나 민가에 설치하여 선왕의 명복을 비는 불당을 뜻한다.

[146]새벽에 출발해 저녁에 멈췄다. 이즈(伊豆), 시나노(信濃), 스루가(駿河) 등의 주를 거쳐 고개 세 개를 넘어 하마마쓰에 도착했다. 촌락이 구릉 사이에 이어져 있고, 바야흐로 겨울인데 나뭇잎이 아직 푸르고 동백 수십 그루가 꽃을 피워내기 시작해 붉은 꽃이 찬연하다. 세죽(細竹)이나 두충을 심어 울타리로 삼았는데 가지와 잎이 무성하게 수십 칸에 걸쳐 있다. 경내가 매우 맑고 그윽하다. 마을 사람이 토란을 바쳤는데 거위 알처럼 크다. 껍질은 희고 속은 노란데, 맛이 꿀처럼 달았다. 한 개만 먹어도 족히 요기가 되니 채소 중에 선품(仙品)이다.

밤에 왜인에게 거주민들에 대해 물었더니 이런 이야기를 해주었다. "옛날 사부로(三郎)라는 자가 후지산 아래에 살았는데 날쌔고 용맹하며 검술이 뛰어났지요. 그 아내 히군(翡君)이 미모가 뛰어나서 귀척가(貴戚家)에서 듣고 재물로 그 아비를 꾀어 비군을 데려갈 꾀를 내었습니다. 군사를 써서 사부로를 포위하여 죽이려고 하는데 사부로가 홀로 보검을 들고 맞서 싸워 십 수 인을 죽였습니다. 사부로는 끝내 자살을 면치 못할 것임을 알았으며, 히군이 듣고는 또한 목을 매어 죽었습니다. 히군에게 유복자(遺腹子)가 있었는데, 히군이 죽게 되자 늙은 계집종이 아이를 포대기에 싸서 도망쳐서 다른 고을에 숨겼습니다. 그 아이가 자라서 검을 배우는데 방탕하고 놀기를 좋아하니, 늙은 종이 울면서 그 부모가 원통히 죽은 일을 말해주었습니다. 아이가 듣고 크게 곡하더니 그날로 서울로 올라갔습니다. 그 귀척이 나오기를 기다려 크게 소리치며 추종(騶從)을 밀치고 바로 검으로 귀척을 찔러 죽였습니다. 관백

146 저본에 날짜 표시가 되어있지 않다. 시나가와를 출발한 16일(을묘)부터 하마마쓰에 도착한 22일(신유)까지의 일정이 간략히 제시되어 있다. 이어지는 부분은 하마마쓰에서의 일을 기록한 것으로 생각되나, 분명치는 않다.

이 의롭게 여겨 용서해 주고 뒷사람들이 그 전(傳)을 지었지요."

[147]나루미와 나고야 사이를 지나는데 산수가 맑고 고우며 누대가 많았다. 관백이 때때로 노닐며 구경하는 곳으로, 자리에서 물러나 쉬는 재상들이 여기에 집을 많이 짓는다고 한다. 지나는 곳의 선비들로 만나서 수창하기를 청하는 자가 뜰을 가득 메웠는데, 다시 만난 사람이 많고 혹 처음 보는 사람도 있다. 모두 증별시를 주었는데, 슬퍼하며 헤어지기 아쉬워하는 마음이 있었다. 비록 이국의 바람난 말과 소는 아무 상관이 없다고 하지만 문사(文詞)를 사랑함이 이와 같으니 또한 가상하다 하겠다. 오쓰로 돌아와서 스리하리레이를 넘어 보코테이에 다시 올랐다. 비와코를 내려다보고 칠언율시 한 수를 지었다. 벽에 족자 하나가 걸려 있는데 남강(南岡) 이(李) 문학(文學)[148]의 글씨였다.

11월

1일[기사]

후시미성(伏見城)[149] 혼코쿠지(本國寺)에 이르렀다. 다이라노 히데요시(平秀吉 : 도요토미 히데요시)가 창건한 절이다. 문 밖 수십 보 떨어진

---

147 저본에 날짜 표시가 되어있지 않다. 나루이와 나고야에 도착한 것은 25일(갑자), 보코테이에 들른 것은 27일(병인)의 일이다.

148 남강(南岡) 이(李) 문학(文學) : 남강 이방언(李邦彦). 본 책 6월 24일 일기 참조.

149 후시미성(伏見城) : 교토 후시미구(伏見區)에 위치한 성이다. 도요토미 히데요시가 자신의 은거 후 거처로 삼기 위해 축성한 것인데, 전투로 소실되었다가 도쿠가와 이에야스에 의해 재건되었다.

곳에 언덕 하나가 있는데 히데요시가 우리나라 사람의 코를 묻어놓은 무덤으로, 사행이 보지 않게 하려고 갈대 바자로 덮어 가려 놓았다. 법당이 우뚝하게 중앙에 있고, 가운데 하나의 큰 금불이 있는데 높이가 십여 길이라 바라보면 우뚝하니 높다. 부처의 좌우 어깨 쪽에는 금으로 된 십이나한(十二羅漢)을 늘어놓았는데 그 높이가 모두 한 길이 넘는다. 불당 약간 서쪽에 장랑(長廊) 3백 칸이 있는데, 여기에 금불 일만 개를 늘어놓았다. 그 길이가 각각 일곱 자[尺] 정도 되며 금빛 광채가 눈길을 빼앗는다. 이 때문에 다이부쿠지(大佛寺)라 부르기도 하고 만부쿠지(萬佛寺)라 부르기도 한다. 불가에서 쓰는 재력이 이와 같으니, 매우 사치스러워 몹시 미혹되었음을 알 수 있다. 성현이 나신 곳인 화하(華夏 : 중국)에서도 오히려 물리치지 못했으니, 하물며 해외 오랑캐들의 풍속이야 어떠하겠는가.

저녁에 요도우라에 도착해서 하루를 묵었다. 내가 관소에 있을 때 무료하여 옛 글을 뒤적이고 있었는데, 우삼동이 마침 다가오기에 그와 더불어 문장의 고하에 대해 의견을 나누었다. 우삼동이 기뻐하며 말했다.

"높으신 의견을 들으니 띠풀로 꽉 찬 길[150]이 열리는군요."

내가 이어서 물었다.

"그대 나라의 제술(製述)은 어느 때에 시작되었소?"

---

150 띠풀로 꽉 찬 길 : 원문의 '茅塞'은 산길에 사람이 다니지 않아 띠풀로 꽉 차게 된 것을 이른다. 본래는 의리의 마음에 중단이 생겨 막혀 버렸음을 뜻하는 말이다. 『맹자(孟子)』 진심(盡心) 하(下)에서 맹자가 고자(告子)에게 "산중의 오솔길에 사람이 다닐 때에는 길을 이루다가 잠시만 다니지 않아도 띠풀이 꽉 차게 되나니, 지금 그대의 마음에 띠풀이 가득 찼구나![山徑之蹊間, 介然用之而成路. 為間不用, 則茅塞之矣. 今茅塞子之心矣!]"라고 한 데서 온 말이다.

"옛날 고려 때 한 문사가 일본에 들어와 처음으로 제술을 가르쳤습니다. 그 후 수은(睡隱) 강항(姜沆)[151]이 3년을 머무르면서 성리(性理)의 학문과 문장의 길을 깨우쳐 주셨지요. 진실로 동한(東韓)의 문화(文華)에 힘입어 미혹된 길을 열 수 있었던 것이 많습니다. 이 때문에 일본인들이 지금도 동한을 사모하고 우러르는 것이지요."

내가 또 물었다.

"그대 나라가 풍속에 대해서도 사모하는 바가 있습니까?"

우삼동이 말했다.

"어찌 귀방의 예악과 문헌(文憲)을 부러워하지 않겠습니까. 다만 이 나라의 법에 얽매여 배우지 못하는 것입니다. 뜻이 있는 자들은 항상 이것을 안타까워하지요."

4일[임신]

닭이 울 때 다시 금루선(金樓船)에 올랐다. 40리를 가서 히라카타(平方)에 도착해 점심을 먹었다. 또 50리를 가서 다리 네다섯 개를 건너고 오사카에 배를 대었다. 우리 배의 사공과 격군들이 뱃머리에서 절을 하며 맞아주니 매우 기뻤다.

---

151 강항(姜沆, 1567~1618) : 본관은 진주(晉州), 자는 태초(太初), 호는 수은(睡隱)이다. 강희맹(姜希孟)의 5대손으로, 성혼(成渾)의 문인이다. 임진왜란 때 의병장으로 활약하였으며, 정유재란 때 일본에 포로로 끌려갔다가 1600년 귀국하였다. 일본에 끌려간 후 탈출을 시도하였으나 실패하고 교토(京都)의 후시미성(伏見城)으로 이송되어 이곳에서 후지와라 세이카(藤原惺窩), 아카마쓰 히로미치(赤松廣通) 등을 만났다. 당시 후지와라 세이카와의 만남에 대해서 강항 자신은 『간양록(看羊錄)』에서 "글씨를 팔아 은전을 좀 벌어서 배를 마련하고자" 그에게 글씨를 써주었는데, 주자학에 대한 세이카의 열의에 감탄해 그에게 성리학을 가르쳐 주었다고 말하고 있다. 일본 막부의 귀화 요청을 거부하고 4년간 억류생활을 하다가 1600년에 두 제자의 도움을 받아 가족과 함께 귀국하였다.

오사카에서 사흘을 머물렀는데 시를 구하는 자가 전과 같았다. 세이슈동자(青洲童子)가 혼금(閽禁)으로 들어오지 못하고 시를 보내 화답을 구하였다. 동자는 기특한 재주가 있어서 올 때 한 번 만나보고 어여삐 여겼는데, 지금 다시 볼 수 없으니 이별이 특히 슬프다. 마침내 두 편을 화답해서 주었다.

7일[을해][152]

왜인이 원숭이 세 마리를 바쳤는데, 아이 옷을 입고 잡희를 하였다. 혹 춤을 추기도 하고 씨름도 하며 나뭇가지 위를 뛰어다니기도 하고 사람들에게 담뱃대를 빌려 들이마시기도 하였다. 그 영리한 모습이 어떠한가 하면, 한 사람이 조금 가까이 다가가면 원숭이가 문득 팔을 뻗어 갓을 빼앗고 몸을 날려 높은 가지로 올라간다. 오랫동안 가지고 놀다가 갓이 공중에서 바람에 날려 담 밖으로 떨어지니 구경하는 이들이 모두 크게 웃었다. 과일을 주니 원숭이가 문득 무릎을 꿇고 대청을 향해 머리를 조아린다. 원숭이는 작은 짐승인데 능히 사람을 배우니, 사람이 되어서 사람을 배우지 못하는 자는 원숭이에게 부끄러운 점이 많다고 하겠다.

10일[무인][153]

도주가 자신의 저택에서 사연(私宴)을 차려주어 정사와 부사가 참석했다. 거리에는 화장한 여인네들이 사내와 중들과 섞여 있다. 무리 중

152 저본에 날짜가 표시되어 있지 않다. 『해사일록』을 참조하여 보충하였다.

153 저본에 날짜가 표시되어 있지 않다. 『해유록』과 『해사일록』을 참조하여 보충하였다.

에 곱고 예쁘며 이를 검게 칠하지 않은 자가 있어서 물어보니 창녀라고 한다. 오사카에서 창기 노릇을 하는 자는 모두 4천여 인이라고 한다. 한낮에 드디어 선창을 향해 갔다. 채선을 타고 하구로 가는데 양쪽 언덕에 구경하는 이들이 전과 같다.

14일[임오][154]

이때 우리 배가 얕은 물에 걸려서 여러 배들이 힘써 끌어 당겼는데 움직일 수가 없었다. 왜인들이 거룻배 십여 척을 우리 배에 묶고 손잡이가 두세 길 되는 대나무 삼태기를 사용해서 배 아래의 진흙을 파냈다. 또 도르래 십여 개를 언덕 위에 늘어놓고 뱃줄을 연결하여 여러 왜인들이 있는 힘껏 잡아 당겨서 배가 마침내 높이 떠올랐다. 드디어 노를 저어 항구를 나서니 별 흐르는 하늘이 아직 어둡다. 언덕 가의 배 위에서 일제히 등불을 켜서 위아래의 불빛이 환하게 수십 리를 밝히니, 뭇 별들과 뒤섞여 분간이 되지 않는다.

15일[계미]~18일[병술][155]

날이 밝은 뒤에 순풍이 불어 배가 빨리 나아가 나니와강과 아카시 포구가 눈 깜짝할 사이에 지나갔다. 층성(層城)과 높은 누각이 소나무 대나무 사이로 은은히 비치고 있었다. 여러 동료들과 선루에 높이 앉아 손으로 가리키며 전에 보았던 무슨 포, 무슨 섬이라며 따져보았다. 박

---

154 저본에서는 10일 기록에 이어져 있는 부분이다. 그러나 『해사일록』에 의하면 배가 진흙탕에 빠진 것은 14일의 일이다.

155 저본에서는 14일 기록에 이어져 있는 부분이다. 『해사일록』과 『해유록』에 의하면 15일 가와구치를 출발하여 18일 도모노우라에 도착하였다고 한다.

(朴) 우후(虞候) 창징(昌徵)이 총명하여 가장 많이 기억하고 있었다. 무로쓰와 우시마도에 배를 대고, 또 도모노우라에도 배를 대었다.

이날 저녁 가쇼와 문사 몇 명이 방문하여 등불 아래서 수창했다. 밤이 깊었을 때 바다의 여러 나라에 대한 이야기가 나왔는데, "남쪽에 소유구국(小琉球國)이 있는데 보배가 가장 많이 납니다. 일본이 처음 수군으로 가서 공격했는데 파도가 험해서 소득 없이 돌아왔지요. 그 장수가 해신에게 제사를 지냈는데 갑자기 한 무리의 큰 자라가 앞에서 인도하더니 물살이 평평해졌답니다. 이에 급히 건너 공격했더니 그 나라 사람들이 마침내 복종했습니다. 해마다 금은과 보배를 바쳐 이루 다 헤아릴 수 없습니다. 북쪽으로는 하이국(蝦蛦國)[156]과 통합니다. 광막한 평야가 펼쳐져 있는데 그곳을 지나려면 60일이 걸리며, 오곡이 자라지 않습니다. 그 사람들은 몸 전체에 긴 털이 있고 능히 금수를 쫓아가 잡아서 그 고기를 먹습니다. 동남쪽으로는 팔장국(八丈國)이 있는데 옛날에는 여인국(女人國)이라 했지요. 여자 오랑캐가 사는데 날쌔고 용맹스러우며 물 위를 마치 육지처럼 걸어 다닙니다. 오가는 배를 붙잡아 협박하여 남편으로 삼지요. 결국 아이를 낳아서 이제는 남자가 있습니다."라고 하였다.

19일[정해] ~ 21일[기축][157]

도모노우라를 떠나 다다노우미(忠海)[158]로 가서 배를 대었다. 이곳은

---

156 하이국(蝦蛦國) : 에조치(蝦夷地)를 가리킨다. 에도시대에 '에조'라고 불렸던 아이누의 거주지로, 오시마 반도를 제외한 홋카이도 전역과 사할린 섬 및 쿠릴열도를 아우르는 지역이다.

157 저본에 날짜 표시가 되어있지 않다. 『해유록』과 『해사일록』에 의하면 다다노우미에 배를 댄 것은 19일의 일이다. 이어지는 내용은 며칠의 일인지 정확히 알 수 없다.

본래 참(站)이 아닌데, 해가 지고 역풍이 불어서 멈추게 된 것이다. 항구 안이 크고 넓은데 뾰족한 섬이 사방을 에워쌌고 십여 리의 호수가 둥글게 거울 모양을 하고 있었다. 이날 밤, 흰 달이 공중에 걸려 파도의 빛이 맑게 쓸려 다니며 사람을 비추었다. 사상이 잠을 이루지 못하고 성여필과 나를 불렀다. 촛불을 밝히고 연구를 지어 30운을 채우고야 그만두었다.

문득 배 오른편에 무언가 있는 듯한 소리가 나더니 물을 가르고 휙 소리를 내기를 두 번 하였다. 여러 사람들이 바라보고 놀라니 사공이 말했다.

"이것은 물고기입니다. 상어나 다랑어 같은 종류인데 크기가 얼룩소만하고 때로 물을 차고 지나가지요. 그 소리가 이렇습니다."

언덕 위에 수십 집이 들쭉날쭉 서 있고 백여 이랑 밭에는 제방을 쌓아 물을 가두어 두었다. 동쪽의 바위 곁에 가느다랗게 한 줄기 비탈길이 있었다. 마침 여필이 있어서 불러서 말했다.

"이 사이로 가면 반드시 심상치 않은 풍경이 나올 걸세."

처음에 옆걸음으로 몇 길 정도를 가니 조금 평평해지며 벼랑 뿌리에 붙어 있는 작은 암자 하나가 나온다. 집과 창이 그윽하고 고요하며 바다가 아주 가까이 내려다보였다. 노승 서넛이 손님을 맞이해 차를 권하고, 어린 화상(和尙)이 화로를 놓고 죽순을 구웠다. 뜰 가운데에는 동백 대여섯 그루가 얽혀 있어 푸른 잎이 빽빽하고 사이사이 붉은 꽃이 피어 있다. 큰 매화나무 두 그루가 구불구불 가로질러 뻗은 것이 십여 칸에

---

158 다다노우미(忠海) : 아키주(安藝州)에 속하는데, 현재의 히로시마현 다케하라시(竹原市) 다다노우미나카마치(忠海中町)이다. 충해도(忠海島), 단단오미(斷斷吾味), 단다우미(但多于微)라고도 했다. 1617·1655·1719·1748·1763년 통신사행이 이곳에 묵었다.

이른다. 하얀 꽃이 막 피었는데, 떨어질 때 바람이 불면 눈꽃이 공중에 흩날리는 듯하고 향기가 그득하다. 황홀히 옥예궁(玉蘂宮)에 들어온 것 같아 인간세상 풍경이 아니었다. 시를 지어 승려에게 주고, 저녁이 되어 돌아왔다. 바위가 둘러싸고 숲이 겹쳐 있어 배 안의 여러 사람들이 모두 절이 있다는 것을 알지 못하고 밤에 경쇠와 목탁 소리를 듣고선 이상하게 여겼다.

22일[경인] ~ 12월 2일[경자][159]

해가 뜨자 자리를 걷고 출발했다. 대양 가운데 이르러 멀리 서남쪽을 바라보니 큰 배 두 척이 쌍돛을 걸고 있다. 돛의 너비가 우리 배 돛의 갑절이나 되고 나아가는 것이 매우 빨랐다. 사공이 바라보고 말했다.

"저 배는 양절(兩浙)[160]의 상선으로, 나가사키와 사쓰마 여러 섬으로 가는 것입니다."

저녁에 가마가리(鎌刈)에 배를 대었다. 이때 싸락눈이 내렸는데, 언덕 위에 구경하는 여인들이 작은 우산을 들고 소나무와 대나무 사이에 나란히 서 있으니 완연히 몇 폭의 채색화였다.

천일(天日)을 넘어 가미노세키에 배를 댔다. 여러 사람들과 함께 가미노세키루(上關樓)에 올랐는데 그 높이가 백 길이었다. 해문을 굽어보니 만 폭의 돛이 빽빽이 늘어서 있고 석양이 금빛 물결을 비추어 끝도

---

159 저본에 날짜가 표시되어 있지 않다. 『해사일록』에 의하면 다다노우미를 출발하여 가마가리에 도착한 것은 22일이다. 또, 28일에 가미노세키에 도착하여 12월 2일까지 머물렀다. 호슈와 가소가 찾아온 것이 언제인지는 정확히 알 수 없으나, 『해유록』 11월 29일 일기에 아와야 분란에 대한 언급이 있는 것으로 보아 29일의 일로 짐작된다.

160 양절(兩浙) : 중국 절동(浙東)과 절서(浙西). 에도막부와 청나라 사이에 정식 외교는 없었지만, 절강성 영파(寧波)에서 나가사키(長崎)로 정기 무역선이 다녔다.

없이 넓다. 그 광경이 빼어나서 형용할 수가 없다. 누대를 내려와 비탈길을 따라 북쪽으로 가다가 잠시 인가에 앉아 숲 대나무와 화분의 귤나무, 고월, 목서를 보고 돌아왔다. 배에서 도케이(東溪) 규삼(圭參)이 보낸 시 두 편에 차운했다. 호슈와 가쇼가 만나러 왔다. 아와야 분란(粟屋文蘭)의 〈제화조도(題花鳥圖)〉 시를 보여주기에 그 자리에서 오언고시 한 수를 지어서 주었다. 분란은 지난번의 열두 살 재녀(才女)이다.

3일[신축] ~ 11일[기유][161]

가미노세키에서 무코우라(向浦)와 원숭이산을 지나 아카마가세키에 도착했다. 며칠을 묵었는데 도주가 출발하려고 하지 않으니, 쓰시마 봉행과 여러 왜의 일공(日供)이 1정(錠)의 은에 이르고 연고를 따라 이익을 좇는 자들이 셀 수 없이 많기 때문이다. 그러므로 번번이 지체하는 것을 이익으로 여기니 일행 중에 성내고 한탄하지 않는 자가 없었다. 오자키(尾崎)의 백성들이 물고기와 채소를 가져 왔는데 받지 않았다. 겟신(月心) 장로가 율시 두 수를 보내오고 또 칼 두 자루를 주어서 차운하여 사례했다. 겟신은 곧 이테이안의 한 호이다.

종일도록 눈이 내렸는데 땅에 닿자마자 녹아서 한 점도 쌓이지 않았다. 때는 한겨울이지만 땅이 따뜻하여 그런 것이다.

---

161 저본에 날짜가 표시되어 있지 않다. 『해사일록』에 의하면 3일에 가미노세키를 출발하여 4일 무코우라에 도착했고, 7일 모토야마에 도착하여 배에서 하루를 묵고 8일 아카마가세키에 도착했다. 또, 9일에 겟신 장로가 선물을 보냈다는 기록이 있다. 12일에 아카마가세키를 떠나 아이노시마에 도착했다.

13일[신해]

동풍. 닭이 두 번째 울 때 배가 출발하여 신시(申時 : 오후 3-5시)에 이키노시마에 정박했다. 갑자기 포구에서 시끌시끌한 소리가 들렸다. 물으니 큰 고래가 내해에 들어와서 고래 잡는 자들이 여러 배들에 기계를 싣고 달려가 포구로 나가는 것이었다. 잠시 후 항구를 보니 수십 척의 고깃배가 둥글게 모여 크게 소리치며 하나의 큰 물체를 끌어안고 온다. 수면 위로 나와 있는 것이 수십 길의 큰 바위와 같은데 이것이 고래의 등허리이다. 여러 왜인들이 손으로 도끼를 쥐고 다투어 그 정수리로 올라가 어지러이 찍고 치는 소리가 섬 전체에 진동하더니 삽시간에 그 기름과 고기를 잘라내어 언덕 가득 펼쳐놓는다. 내가 놀라서 물었다.

"이렇게 큰 놈을 어찌 그리 쉽게 잡은 거요?"

왜인이 말했다.

"고래를 보면 여러 배들이 사면을 에워싸고 긴 그물로 묶습니다. 고래가 가는 대로 따라가다가 창과 쇠뇌, 칼날을 던져 좌우에서 치고 찌르면 고래가 끝내 쓰러져 죽고 맙니다."

내가 듣고 탄식하며 말했다.

"고래는 그처럼 높다랗고 큰데도 끝내 독수(毒手)에서 벗어나지 못하니, 이 또한 멈출 곳을 몰라서 그리된 것이구나!"

바람에 막혀 며칠을 머무르니 나그네 심사로 울적해져 막료들과 함께 술을 가지고 서쪽 봉우리에 올랐다. 따라온 이가 예닐곱이었다. 쓰시마를 바라보니 한 줄기 구름 낀 봉우리가 물결 속에 솟아나 있다. 사공 추문상(秋文尙)이 멀리 하늘가의 몇 점 푸른 것을 가리키더니 말했다.

"저기가 거제(巨濟)의 산입니다."

여러 사람들이 모두 눈을 비비고 오랫동안 바라보았는데, 자못 위로가 되었다.

20일[기미]

순풍이 불어서 여명에 돛을 올리고 출발해 미시(未時 : 오후 1-3시)에 쓰시마에 도착했다. 삼사는 하륙하여 다시 세이잔지에 묵었다.

24일[계해]

군관(軍官)[162] 최안번(崔安蕃), 한세원(韓世元)과 역관 한중억(韓重億)을 비선(飛船)에 태워 선래장문(先來狀聞)[163]을 보냈다. 도주가 저택에서 잔치를 열어주었으니, 곧 전송하는 것이다. 삼사가 모두 참석했다.

[164]하루는 조사(朝仕)[165]가 끝나고 삼사가 한 당에 앉아서 남은 막좌들

---

162 군관(軍官) : 삼사신(三使臣)의 호위 역할을 담당하는 무관. 일본에서 통신사절단을 구분하는 등급 가운데 상관(上官)에 속한다. 통신사행 때 대체로 정사와 부사가 각각 5명, 종사관이 2명, 총 12명을 대동한다. 그중에 6냥의 화살을 잘 쏘는 사람[六兩箭善射]과 평궁을 잘 쏘는 사람[平弓善射] 각 1명은 병조(兵曹)에서 시험을 보아 임명하여 보냈다. 군관은 구성원의 성격과 임무에 따라 자제군관(子弟軍官)·마상재군관(馬上才軍官)·장사군관(壯士軍官)·명무군관(名武軍官)·선래군관(先來軍官) 등으로 구분되며, 하급병사인 시령(侍令)과 군관노자(軍官奴子)가 부속되어 있는 경우도 있었다. 사행에 차출된 군관들은 모두 이름난 무인들로, 조정에서는 이들을 각별히 우대해 줄 것을 일본에 요청하기도 하였다. 다만 삼사의 친지나 지인이 자제군관의 신분으로 사행을 따라가기도 했는데 이때의 자제군관은 무인이 아니라 문인이었다. 정후교 역시 부사의 자제군관으로 사행에 참가한 것이다.

163 선래장문(先來狀聞) : 왕명을 받들어 외국이나 지방에 나간 신하가 복명(復命)에 앞서 미리 보내는 장계. 선래장계(先來狀啓), 선래장달(先來狀達)이라고도 한다.

164 저본에서는 24일 일기에 이어져 있는 부분이다. 어느 날의 일인지는 정확히 알 수

을 위해 주인을 불러 회를 차리게 하였다. 잠시 후에 두 개의 큰 소반이 나왔는데 생선회가 흰 눈처럼 쌓여 있다. 또 제백 한 항아리가 나와서 사상이 먼저 마시고 여러 사람들에게 권하며 말하였다.

"이 생선회는 고래회라네."

대해 가운데로 깊이 들어와 큰 고래를 베어 회를 뜨다니 이 역시 장대한 유람이다. 여러 사람들이 모두 맘껏 취하고, 여러 동료들이 절하며 사례하고 함께 크게 웃었다. 사상이 고래회를 제목으로 하여 칠언절구 한 수를 지으셨다. 나와 신(申), 성(成) 여러 사람이 화답했다.

26일[갑오][166]

겟신 장로가 말을 보내 초대했다. 나와 성여필, 장필문 여러 사람이 밤을 타서 찾아갔다. 장로는 이때 쇼헤키산(鍾碧山) 아래에 살고 있었다. 한 구역 그윽하고 후미진 곳에 소나무와 녹나무가 뒤덮고 있고 집 또한 매우 깨끗했다. 장로가 기쁘게 웃으며 맞이하고 안부를 물었다. 이미 주과가 차려져 있고 호슈, 도로(桃浪), 쇼시쓰(松瑟) 또한 자리에 있었다. 벽에는 서화족자가 걸려 있고 그 앞에 탁자를 놓았는데 『능엄경(楞嚴經)』, 『법화경(法華經)』과 옛 사람의 시집 몇 질이 쌓여 있다. 그 왼편으로 노란색 옥병 한 쌍이 있고 매화 한 가지와 수선화 몇 송이를 꽂아두었다. 마침내 심지를 자르며 시를 짓고 함께 이별의 뜻을 나누었다. 우삼동이 네 수 정도를 읊더니 주르륵 눈물을 흘렸다. 이윽고 소동

없다.

165 조사(朝仕) : 지방의 관속들이 아침에 상관을 뵙던 일, 또는 벼슬아치가 아침마다 으뜸 벼슬아치를 뵈는 일을 뜻한다.

166 저본에 날짜가 표시되어 있지 않다. 『해유록』을 참조하여 보충하였다.

이 말하였다.

"수촌(水村)에 닭이 우는군요."

악수를 하고 헤어졌다.

29일[정묘]

저녁에 배에 올랐다. 대양 어귀로 나오지 못했는데 풍세가 순조롭지 않아 구타우라(久田浦)에 닻을 내렸다. 후추에서 겨우 5리 갔을 뿐이다. 도주와 장로가 배에 올라 도라사키(虎崎)까지 전송해 주었다. 서로 읍하는 예는 올 때와 같았다. 이날 저녁은 선달 그믐밤이었다. 외딴 바다에서 배를 집으로 삼고 물고기와 자라와 이웃하며 봉창에서 촛불을 들고 전별을 받으니, 고향 생각이 갑절로 간절하다. 여러 동료들과 운을 뽑아 함께 시를 지었다.

1720년
정월

1일[무진]

맑음. 삼사가 새벽에 일어나 음악을 연주하며 배 위에서 망궐례를 행하였다. 별빛과 등불 그림자가 하늘과 바다에 비치니 새해 첫날 대궐에 대한 그리움이 절로 아련하다. 묘시(卯時 : 오전 5-7시)에 배를 출발시켜 해질녘 후나코시우라에 정박했다. 조금 깊이 들어가니 언덕이 돌아가며 골짜기가 좁아져서 물이 그 사이로 통하는데 겨우 배 한 척이 지나갈 만하다. 이름이 세토(瀨戶)이다. 날이 밝자 세토를 통해 닻을 끌고 나와 푸른 절벽 사이로 구불구불 7, 8리를 가서 그 뒤쪽으로 나와 바다 복판에 이르렀다. 사공이 말했다.

"해로를 계산해 보면 30여 리를 줄인 것입니다."

해질 무렵에 니시도마리우라(西泊浦)에 배를 대고[167] 바람을 기다리며 사흘을 머물렀다. 여러 동료들과 산꼭대기에 올라가 북쪽으로 절영도를 바라보니 돌아갈 생각이 넘쳐흘러 억제하기 어려웠다. 내려다보니 대사립과 초가집이 바위 숲 사이에 흩어져 있고 노파 두셋이 오가며 떡과 술을 나르고 있다. 아마도 원일(元日)에 음식을 나누는 풍속일 것이다.

6일[계유]

돛을 걸고 와니우라까지 갔다. 아침 조수가 줄기 시작하고 성난 파도가 마구 일어나며 험한 바위가 삐죽삐죽하여 겁이 났다. 뱃사공들이 서로 경계하며 지나갈 수 있었다. 호행하는 왜인들이 사스우라로 가고자 하여 사행이 거룻배를 보내 따졌다. 순풍이 불어 바로 부산으로 향할 수 있는데도 끝내 듣지 않는다. 왜인들이 북을 쳐서 가기를 재촉했는데, 여섯 배가 일제히 북쪽으로 향하니 왜선 또한 부득이 따라 왔다. 반쯤 건넜는데 서쪽 해가 이미 지고 바람이 문득 변하여 찬비가 부슬부슬 내리니 사람들이 신축년 일로 두려워했다. 사공 추문상이 뱃머리에 서서 높이 소리쳤다.

"오래지 않아 비가 갤 것이니 염려하지 마십시오."

---

167 니시도마리우라(西泊浦)에 배를 대고 : 원문에는 '艤泊浦'라고 되어 있으나 '西' 자가 빠진 것으로 보아 니시도마리우라에 배를 댄 것으로 번역하였다. 『해유록』과 『해사일록』에서도 이날 여기에 배를 댄 것으로 기록되어 있다.

여러 격군들이 힘써 백여 리를 저어 가니 비가 그치고 별이 나왔으며 풍파가 고요해졌다. 잠시 후 사공이 말했다.

“이미 절영도 가까이 왔습니다.”

또, 부산 첨사 최진추(崔振樞)가 병선을 타고 맞이하러 왔다고 알렸다. 멀리 북쪽 언덕을 바라보니 등불 아래에 의복 입은 사람들[168]이 늘어서 있어 떠들썩하니 우리 경내에 왔음을 비로소 알겠다. 뛸 듯이 기쁜 마음 어떠하리오. 영가대(永嘉臺)[169] 아래 마을에 배를 대니 닭이 울었다.

[170]진한(秦漢) 이전에 일본국이 있었다는 말은 듣지 못했다. 수당(隋唐) 때부터 (중국과) 통하기 시작했는데, 나라를 세운 것이 어느 때인지는 알 수 없다. 왜인들은 “하우(夏禹)의 세상에 후키아에즈(葺不合尊)란 이가 있어 검 하나, 도장 하나, 거울 하나를 가지고 휴가주(日向州)에 내려와 여기에 도읍을 세웠다. 뒷날 나가토주의 도요우라(豐浦)로 옮기고 또 야마시로주(山城州)로 옮기니 지금의 왜경이다.”라고 말한다. 백성들이 있은 지도 또한 오래되었다.

대개 큰 바다의 가장 동쪽에 있어 중화와 수만 리 떨어져 있으니 이웃에 스승 삼을 곳이 없고 선왕의 유풍도 없는데, 능히 군신과 상하의 의와 연향과 빙폐의 일을 알며 천백 년을 엎어지지 않고 유지하여 능히

---

168 의복 입은 사람들 : 원문은 ‘衣裳之人’으로, 예의를 갖춘 사람을 가리킨다. 즉 일본인이 아닌 조선인이라는 뜻이다.

169 영가대(永嘉臺) : 일본에 파견되는 통신사 일행이 항해의 안전과 무사 귀환을 비는 해신제(海神祭)를 올리던 곳으로, 현재 부산광역시 동구(東區) 자성대(子城臺) 아래에 있는 정자이다.

170 일기가 끝나고 일본에 대한 견문을 간단히 기록한 부분이다.

나라를 영위하는 것은 어째서인가. 듣기로는 서복(徐福)이 바다로 들어와 분전(墳典)[171]과 경사(經史)를 가지고 가서 구마노산(熊野山) 아래에 대대로 살면서 이를 전수했다고 한다. 비록 오랑캐를 변화시키진 못했으나 그 기강과 법령이 어지럽지 않고 병민(兵民)과 전부(田賦)에 계통이 있으니, 이것이 어찌 옛것을 상고하지 않고 대강 얻을 수 있는 것이겠는가. 남은 법도가 있어 그것으로 그 나라를 부지한 것이 아니겠는가? 그렇지 않다면 어찌 하루라도 스스로 편안할 수 있었겠는가?

그 땅이 사방 수천 리요, 또 60주가 이어져 있으니 다스리는 곳이 넓다고 할 만하다. 바닷가에 사는 왜인은 배로 장강(長江)과 한수(漢水), 절강과 절서, 남만(南蠻), 대유구 및 소유구와 통하여 재물을 교역하여 이익을 추구한다. 그 풍속이 사납고 날쌔며 쉽게 노하고 죽음을 가볍게 여겨 형초(荊楚)의 풍모가 있다. 산과 들에 사는 왜인은 화전을 일구고 논을 매어 오곡과 상마(桑麻)를 심는다. 그 풍속 역시 속되지만 또한 조금 순후하다. 대저 그 백성들은 모두 불법을 숭상하여 여염집들 사이에 절이 섞여 있다. 여섯 가축[172]이 있지만 쇠고기를 먹지 않고 말을 부릴 때에도 채찍을 쓰지 않으며 음사(淫邪)가 넘쳐난다. 지대가 낮고 습하여 풍토병이 있어서 사내는 일찍 죽고 여색은 쉽게 쇠한다.

예부터 전란으로 살상한 일이 없어 백성과 물자가 번성하였으며, 다투어 이익을 추구하는 것으로 살아가서 더럽고 교활한 것이 진실로 그 습속이다. 그러나 혹 청렴하고 곧으며 공무를 맡음에 속이지 않거나, 혹은 의를 위해 목숨을 버리며 윗사람을 친하게 여기고 존장[長]을 위

---

171 분전(墳典) : 삼분오전(三墳五典)의 약칭. 삼분은 삼황(三皇)의 책, 오전은 오제(五帝)의 책으로, 고대의 전적을 가리키는 말이다.

172 여섯 가축 : 소, 말, 양, 닭, 개, 돼지를 이른다.

해 죽기도 하니 이러한 일은 또한 얕볼 수 없는 것이다. 작록 같은 것은 대부분 세습이고 과거로 선발하여 등용하는 일이 없다. 그러나 선비된 이들은 글을 많이 읽고 널리 보며 글을 짓고 시를 쓰며, 또 수사염락(洙泗濂洛)의 말[173]을 익힌다. 자기를 영화롭게 하는 것이 아닌데도 문(文)을 높이기를 이같이 하니 또한 취할 만하다. 오랑캐 땅에 있다면 끌어들여야 한다고 했으니,[174] 그 땅으로 인해 그 사람을 버리지 않음이 오래되었다.

산은 후지산과 닛코산(日光山), 호수는 비와코와 하코네 호수가 그 웅대함으로 이름이 났다. 그 나머지는 다시 어찌 다 알 수가 있겠는가. 대개 듣기로는 동북에는 금은과 동철, 담비와 오소리, 아연과 주석이 많이 나고, 서남에는 구슬, 금은, 가죽, 후추, 사탕, 흑각, 단목이 많이 난다고 한다. 큰 마을에는 귤나무와 유자나무가 천 그루, 감나무와 밤나무가 천 그루 있고 백 이랑의 옻나무와 백 이랑의 꼭두서니가 있으며 작은 마을은 그 절반이다. 종려, 박달나무, 삼나무, 매화, 대나무, 동백, 목서, 두충은 모든 섬에 똑같이 자란다. 해항(海港)엔 고래와 악어가 많고 구릉에는 나무가 무성한데 호랑이와 표범이 없다.

고을에는 닭 울음소리, 개 짖는 소리가 이어지고 소와 말을 풀어서

---

173 수사염락(洙泗濂洛)의 말 : 수사(洙泗)는 수수(洙水)와 사수(泗水)이다. 공자가 수수와 사수의 사이에서 강학했다고 하여 공자의 학문, 즉 유학을 수사학이라고 하였다. 염락(濂洛)은 염계(濂溪)의 주돈이(周敦頤)와 낙양(洛陽)의 정호(程顥)·정이(程頤)를 가리키며, 북송대(北宋代) 성리학을 의미한다.

174 오랑캐 ~ 했으니 : 원문은 "在夷狄則進之"이다. 양웅(揚雄)의 『법언(法言)』에서 "이단을 하는 자가 내 담장 안에 있으면 그를 내쫓고, 오랑캐 땅에 있으면 그를 받아들여야 한다.[在門牆則麾之, 在夷狄則進之.]"고 한 데서 온 말이다. 한유(韓愈)의 「송부도문창사서(送浮屠文暢師序)」에서 이 말을 인용한 바 있다.

기르며 바깥문을 닫지 않는데도 도적 걱정이 없다. 큰길가에는 소나무와 대나무를 심었는데, 백 년이 된 나무들이 5, 60리에 걸쳐 있다. 들불이 미치지 않고 도끼가 닿지 않으니, 그 기율과 법금(法禁)이 어떠한지를 여기에서 알 수 있다.

내가 듣기로 다스림은 관약(管籥)을 잘 지키며[175] 또 물과 뭍에서 귀한 재보(財寶)가 많이 나서 이미 스스로 충분하게 쓴다고 한다. 그 음식과 의복 및 공사(公私)의 비용이 가벼우며, 남녀가 겨울과 여름을 두루마기 한 벌로 나고 아침저녁으로 반찬도 없이 밥 한 그릇만 먹으며, 노끈으로 솥을 감아 밥을 지으며 판잣집에는 온돌도 없고 땔나무도 사지 않는다.

혼인할 때에도 차려입고 화장할 줄 모르며, 장사지낼 때는 관곽을 쓰지 않고 시체를 작은 통에 넣어 집집마다 울타리 사이에 묻고 넓은 바위로 덮는다. 상하가 똑같이 이렇게 하는데 그 유래가 오래되었다.

비록 그러하나 백성에게 매기는 세금이 가볍고 주현(州縣)에 가렴주구하는 정사가 없다. 또 정벌이나 각종 요역이 없으며 백성들이 그 생업을 즐겨 마을이 편안하다. 이 어찌 재화가 넉넉하고 쓰는 것이 검소하며 국력이 너그러워 백성이 곤궁하지 않아 이에 능히 그 나라를 나라답게 하여 오랜 뒤에까지 이르는 것이 아니겠는가. 도로에서 보고 들은 것을 대강 기록한다.

---

175 관약(管籥)을 잘 지키며 : 관약은 자물쇠이다. 즉, 지출을 함부로 하지 않는다는 뜻이다.

동사록(東槎錄)

정막비 부상기행 하
鄭幕裨扶桑紀行下

한강을 건너며[渡漢江]

친척들은 머뭇머뭇 헤어지고　親戚依依別
종남산은 차츰차츰 멀어져가네.　終南看看遙
만 리 길 여기에서 시작되니　萬里從玆始
한강가 배에서 서성대누나.　徘徊漢上橈

양재역 가는 길[良才驛道中]

되는 대로 시서(詩書) 읽으며 백발만 자랐으니　謾讀詩書白髮生
인간세상의 사업 끝내 무엇 이루었나.　人間事業竟何成
이 날 채찍 휘두르며 만리를 가나니　此日揮鞭行萬里
남아는 본래 호방한 정 가졌다네.　男兒本自有豪情

용인 가는 길[龍仁道中]

역마 타고 관도(官道)를 달리니　馹騎趨官道
가벼운 바람에 빗발이 번드친다.　輕風雨脚飜

이리저리 하얀 물을 지나가니 縱橫行白水
흐릿하게 외론 마을 보이는구나. 黯淡辨孤村
해오라기 아래 벼논 푸르고 鷺下禾田綠
소 우는 들의 나무는 어둑하네. 牛鳴野樹昏
구름 한 조각 북쪽을 향해 가니 孤雲向北首
…… 고향 뜰을 그리워하네.[1] □□戀鄕園

죽산 가는 길[竹山道中]

산비 개려다 다시 흐려지니 山雨欲晴還不晴
들 시내 미끄러워 말 다니기 어렵네. 野蹊泥滑馬艱行
연기 불빛 몇 집, 어느 곳 마을인가. 數家煙火何村是
나무 너머 때때로 절굿공이 소리 들려오네. 隔樹時聞杵碓聲

충원 객사에서 저작(著作) 신유한과 진사 성몽량, 사문(斯文) 장응두, 진사 강백과 함께 운을 뽑아 함께 짓다 [忠原客舍與申著作維翰、成進士夢良、張斯文應斗、姜進士柏拈韻共賦]

작은 산 서쪽 높다란 객사 누각 官樓高敞小山西
수양버들 있어서 푸른 시내를 덮었네. 復有垂楊覆綠溪
천만 리 앞길이 바야흐로 근심스러운데 行路方愁千萬里
두세 번 산새 울음에 그 뜻이 담겼다네. 幽禽底意兩三啼
흐드러진 해당화는 남은 봄의 빛깔이요, 棠花爛熳春餘色

1 이 시의 마지막 구는 "戀鄕園"으로, 다섯 글자 가운데 두 글자가 모자란다. 의미 및 평측을 고려하여 "□□戀鄕園"으로 입력하였다.

마음대로 쓴 시는 취한 중에 지은 것. 詩草縱橫醉裏題
나팔 소리 슬픈데 산속 해 저무니 畫角聲悲山日暮
이때에 고향 생각 가누기 더욱 어렵네. 此時鄕思更難齊

또[又]

봄풀 자란 … 빠르게 말 달려[2] 快馬行芳□
산 오르니 또 큰 강 나오네. 登臨又大江
나그네 심중에 무한한 뜻 있어 客中無限意
해질녘 바람 드는 창에 기대섰다네. 落日倚風窓

연풍 안보역에 묵으며[宿延豊安保驛]

산속 집 적막하고 나그네 심회 맑은데 山齋寂歷客懷淸
맑은 달 성긴 별, 이경(二更)이 되려 하네. 淡月疏星欲二更
골짜기 속 마을 깊고 초목은 어두워 峽裏村深草樹暗
고향 돌아가는 꿈이 분명치 못하구나. 鄕園歸夢未分明

또[又]

저녁에 안보역에 드니 暮投安保驛
솔불이 사립문 비추고 있다. 松火照柴荊
긴 밤 온 숲이 고요한데 夜久千林寂
히힝 나그네 말 울어대누나. 蕭蕭旅馬鳴

2 이 시의 첫 구는 "快馬行芳"으로, 다섯 글자에서 한 글자가 모자란다. 의미 및 평측을 고려하여 "快馬行芳□"로 입력하였다.

영호루(暎湖樓). 편액의 시에 삼가 차운하다【그때 이(李) 주서(註書)가 접위관으로 와서 함께 경련을 지었다고 한다.】
[暎湖樓謹次板上韻【時李註書以接慰官來共賦頸聯云.】]

영남의 형승은 이 누각에 많은데　嶠南形勝此樓多
좋은 날 오르니 흥이 다시 더해지네.　佳日登臨興復加
안개 낀 숲의 성긴 종소리 산 너머 절에서 들려오고　霧樹疏鍾山外寺
보리밭의 저녁 햇살이 물가 집들을 비추네.　麥田殘照水傍家
안동부(安東府) 다다라 비로소 말 타기 익숙해져　到安東府方體馬
한양사람 만나서 함께 꽃을 보러간다.　逢漢陽人共看花
조만간 물결이 가벼운 노 적셔오면　早晚滄波弄輕掉
곧바로 은하수 건너 신선 뗏목 따르리라.　直過銀漢逐仙槎

문소루(聞韶樓). 포은(圃隱) 선생의 시에 삼가 차운하다
[聞韶樓謹次圃隱先生韻]

맑게 갠 날 높은 누대 백 척 높이요,　霽日高樓百尺
산들바람에 제비가 비스듬히 나네.　微風燕子斜斜
하늘가 구름 낀 굴 어느 곳이요　天邊雲峀何處
언덕 위 상마(桑麻) 심은 곳 몇 집인가.　原上桑麻幾家
휘늘어진 장송은 그림과 같고　落落長松似畫
우거진 봄풀은 비단 같다네.　萋萋芳草如紗
나그네 마음 도리어 세월에 놀라니　客裏還驚日月
관청 뜰에 작약이 한창이구나.　官庭芍藥方華

환벽정(環碧亭). 편액의 시에 차운하다[環碧亭謹次板上韻]

후두두둑 쏟아지니 더운 줄 몰라라. 泠泠不知暑
물가의 한 누각이 텅 비었구나. 臨水一樓虛
옥절(玉節 : 사신이 지닌 부절) 받들고 멀리 동쪽으로 가는데 玉節東行遠
푸른 산에 이제 막 비가 지났네. 蒼山雨過初
새로 돋은 죽순 이미 보았는데 已看新籜竹
고향의 편지는 구하기 어려워라. 難得故鄕書
문득 절로 행역 근심 잊으니 忽自忘行役
초연히 여기에 고요하게 머무네. 翛然此靜居

경주부에 옥피리가 있는데 신라 때의 옛 물건이라 한다. 악공에게 시험 삼아 한 곡을 불게 하니 소리가 매우 맑고 깨끗했다 [慶州府中有玉笛, 新羅時故物也. 令樂人試吹一曲, 聲甚瀏亮]

해질녘에 높은 누대 위에서 落日高臺上
바람결에 옥피리 맑게 울리네. 臨風玉笛淸
쪼르르 가느다란 물줄기 흐르는 듯, 瀏瀏鳴細澗
간들간들 꾀꼬리 뒤섞여 우는 듯. 裊裊雜新鶯
본디 천 년이나 된 물건이라 曾是千年物
유독 옛 나라 소리 어여쁘구나. 偏憐故國聲
곡 끝나자 산에 해 저물려 하는데 曲終山欲暮
나그네의 정회가 무한하구나. 無限客中情

영춘헌(迎春軒). 편액의 시에 삼가 차운하다[迎春軒謹次板上韻]

보슬보슬 산비 속에 霏微山雨裏
필마로 옛 성을 찾아왔네. 疋馬故城來
무정한 고목은 늙어 있고 古木無情老
유유히 시내는 돌아 흐르네. 流川自在回
오릉엔 봄풀 자라나 있고 五陵芳草合
빈 누각엔 저녁 종소리 서글프다. 虛閣暮鍾哀
번화한 시절 꿈처럼 지나고 繁華成一夢
첨성대만 우뚝하게 남아 있구나. 突兀但星臺

단오를 맞아 회포를 쓰다[逢端陽書懷]

높은 집에서 종일토록 꾀꼬리 소리 들으니 高齋永日聽流鸎
절서(節序)가 후딱 지나가 나그네 마음 놀라네. 節序駸駸客意驚
창포주 새로 열어 단옷날 기분 나고 蒲酒新開端午感
들 누대에서 처음 따니 고향에 온 듯하네. 野樓初摘故園情
대숲 가득한 마을에 어부 집들 많은데 滿村篁竹多漁戶
그네 뛰는 옛 풍속은 서울과 같구나. 舊俗鞦韆似洛城
오래 시골에 묶여 있어 수심 쌓여 가는데 久滯瘴鄕愁思集
긴 바람이 바야흐로 배를 띄워주려 하네. 長風正欲放船行

차운을 붙임[附次韻]

하늘 끝에 절기 돌아와 이미 꾀꼬리 우니 節序天涯已變鶯
나그네 근심 바다 같아 놀라서 낮잠 깬다. 客愁如海午夢驚

타향에서 걸상 나란히 하니 친한 벗들 모임이요, 殊方聯榻親朋會
먼 길에 이별 슬퍼하니 부자간의 정이라네. 遠途傷離父子情
창밖에 안개 구름 외진 섬에 이어지고 窓外霧雲連絶島
베갯머리 바람 물결 외론 성을 흔드네. 枕邊風浪撼孤城
사람 놀라게 하는 자고(鷓鴣)[3]의 시구 여기 있으니 鷓鴣詩句驚人在
하나하나 화답하며 만 리 행역 다 잊었네. 細和渾忘萬里行

성여필의 시에 차운하다[次成汝弼韻]

객지에서 좋은 절기 맞아 서울을 생각하니 客中佳節憶京華
이별 근심 날로 더함을 절로 깨닫는다네. 自覺離愁日以加
역마는 거듭 남국의 말로 바뀌고 驛馬屢更南國馬
석류꽃은 마치 고향의 꽃 마주한 듯. 榴花如對故園花
객사에서 세 사람 여러 날을 보냈고 三人旅榻多聯旬
지난 밤 한 꿈에서 잠시 집에 갔었네. 一夢前宵蹔到家
취하여 객관 누대 기대 백저가(白苧歌)[4] 부르니 醉倚官樓歌白苧
홰나무와 버들에 해 기울어 어둑어둑하구나. 陰陰槐柳日初斜

잔치를 열어주신 날의 감회를 삼가 장율 한 수로 짓다 [賜宴日感懷謹賦長律一首]

임금께서 바다 건널 행차 염려하시어 聖王念玆滄海行

---

3 자고(鷓鴣) : 저자 정후교를 가리키는 말이다.

4 백저가(白苧歌) : 백저가(白紵歌). 악부 오무곡(吳舞曲) 중 하나로 진대(晉代)의 백저무(白紵舞)에서 비롯하였다.

물가 정자에 전별연 높이 차려주셨네. 餞宴高設水邊亭
저녁 바람 빽빽한 잎에 불어 창가 맑은데 晩風密葉淸軒牖
봄날 꾀꼬리 울음 악기 소리에 섞여드네. 遲日流鶯雜管笙
차례로 꽃을 꽂고 비단 자리[5]에 둘러 앉아 次第簪花圍綿席
은은히 패옥[6] 울리며 대궐 뜰에 절하네. 依俙鳴王拜彤庭
미천한 신하 또한 은사(恩賜)에 참석하니 賤臣亦自參恩賜
나도 몰래 잔 앞에서 감동의 눈물 흘리네. 不覺臨杯感涕橫

성여필의 <잔치를 열어주신 날[賜宴日]> 33운에 차운하다 [次成汝弼賜宴日三十三韻]

오랑캐에 대한 왕화(王化), 멀다고 소홀하지 않아 王化於夷遠莫漸
임진(壬辰) 이후에 편안함 이어졌네. 壬辰以後習安恬
교린(交隣)은 본래 금과 비단 보내는 데서 말미암고 交隣自由金繒許
전대(專對)는 다만 재주와 덕 겸비한 이 가려 뽑네. 專對特掄才德兼
충신(忠信)하다면 오랑캐 땅에서도 능히 행해지리니[7] 忠信可能行貊地
관직 맡아서 어찌 하필 안위를 따지랴. 安危何必待官占
구불구불 옥절이 봉래섬에 나아가니 迤迤玉節臨蓬島

---

5 비단 자리 : 원문은 '綿席'으로 되어 있으나 의미상 '錦席'의 오기로 짐작되어 '비단 자리'로 번역하였다.

6 패옥 : 원문은 '王'으로 되어 있으나 의미상 '玉'의 오기로 짐작되어 '패옥'으로 번역하였다.

7 충신(忠信)하다면 ~ 행해지리니 : 『논어(論語)』 위령공(衛靈公)에서 "말이 충신(忠信)하고 행실이 독경(篤敬)하면 오랑캐 나라에서도 행해질 수 있지만 말이 충신하지 못하고 행실이 독경하지 못하면 자기 고을에서도 행해질 수 없다.[言忠信, 行篤敬, 雖蠻貊之邦, 行矣, 言不忠信, 行不篤敬, 雖州里, 行乎哉.]"고 하였다.

덧없이 계절 지나 여름날 되었구나. 苒苒天時當暑炎
이무기 비와 오랑캐 바람에 때때로 어둑해지고 蜃雨蠻風有時晦
하늘 모습 물 빛깔이 서로 이어져있네. 天容水色與相粘
늙은이 좋은 절기 맞아 창포주 마시면서 艾人蒲酒逢新節
객탑(客榻)[8]의 푸른 등불 아래 오래 머묾 탄식한다. 容榻靑燈歎久淹
진림(陳琳)[9]의 재빠른 글 솜씨에 부끄러움 많으니 多愧陳琳倚馬草
두보 완화계(浣花溪)[10] 거적자리 바야흐로 생각하네. 政思杜甫浣花苫
꿈속에선 고향 산 먼 줄을 모르겠고 夢中不識鄕山遠
거울 속에 흰 머리 늘어난 것 외려 놀랍네. 鏡裡還驚鬢雪添
봉래 바다 가까운 땅에서 은혜로운 전별연 열리니 地近蓬瀛開寵餞
하늘에서 비이슬 내려 골고루 적셔주네. 天降雨露得均霑
부상의 아침 해 의젓하게 높이 떠 비추니 扶桑曉旭儼高照
마치 북궐의 용안을 우러러 뵌 듯하네. 北闕龍顔似仰瞻
좋은 술 민수(澠水) 같아[11] 향기가 독에 떠 있고 綠醑如澠香泛瓮
지는 꽃 정원 가득 눈처럼 처마에 흩날린다. 飛花滿院雪飄簷

---

8 객탑(客榻) : 원문은 '容榻'으로 되어 있으나 문맥상 '客榻'의 오기로 짐작되어 수정하였다.

9 진림(陳琳, ?~217) : 자는 공장(孔璋). 동한(東漢) 광릉(廣陵) 사람으로 건안칠자(建安七子) 중 한 명이다. 문장이 뛰어나 일찍이 원소(袁紹)의 밑에 있을 때 조조(曹操)의 죄상을 신랄하게 문책하는 격문을 지었다. 나중에 원소가 패하여 조조에게 귀순했을 때 조조가 그의 문재를 아껴 벌을 주지 않고 기실(記室)로 삼았다. 『삼국지(三國志)』「진림전(陳琳傳)」에 전한다.

10 완화계(浣花溪) : 사천성(四川省) 성도시(成都市) 서쪽 교외 금강(錦江)의 지류이다. 이곳에 두보(杜甫)의 완화초당(浣花草堂)이 있었다.

11 민수(澠水) 같아 : 술이 많다는 뜻이다. 『춘추좌전(春秋左傳)』 소공(昭公) 2년에, 제(齊) 임금이 "술은 민수처럼 많고 고기는 언덕처럼 많다.[有酒如澠 有肉如陵]"고 말한 일이 실려 있다.

황창(黃昌)의 검무(劒舞)[12]는 볼수록 기묘하고　　黃昌舞劒看尤妙
백저가의 가사는 아무리 들어도 싫증나지 않네.　　白苧歌詞聽不厭
창밖의 여러 봉우리는 먹으로 그린 눈썹 같고　　窓外群峰眉掃黛
난간 앞 맑은 물결은 화장 상자 열면 나오는 거울이네.　　檻前澄碧鏡開奩
바람 맞은 깃발 비로소 늘어서자　　風吹旗幔初排列
햇빛 비친 창들은 다시 엄숙하다네.　　日映戈鋋更肅嚴
초나라 여인 오나라 미인 달 같이 고운데　　楚女吳娃月貌艶
죽지곡 양류곡을 옥퉁소로 부는구나.　　竹枝楊柳玉簫摻
사신들 번쩍번쩍 검은 머리요,　　皇華赫赫俱玄髮
도독은 위풍당당 붉은 수염이라네.　　都督桓桓卽紫髥
이날 소반 가득 수륙진미 겸했는데　　此日滿盤兼水陸
평생 배운 것은 나물 소금 즐김이라.　　平生若學嗜虀鹽
취해서 나도 모르게 비녀 떨어뜨리고　　醉深不覺簪遺地
즐거워 그대로 주렴에 달 오르는 것 본다.　　樂極仍看月上簾
채색 옷과 화관이 함께 자리를 빛내고　　彩服華冠幷輝座
더벅머리, 백발노인도 이미 마을 비웠네.　　垂髫戴白已空閭
신하된 몸 응당 오랑캐 땅 험함을 잊으리니　　人臣祗應忘夷險
크고 작음 논하는 것 어찌 도리이겠나.　　道理奚須論巨纖

---

12 황창(黃昌)의 검무(劒舞) : 칼춤을 뜻한다. 한국의 칼춤은 신라시대(667년경)에 황창랑(黃昌郎)이 만든 것이라고 『동경잡기(東京雜記)』 풍속조(風俗條)와 『문헌비고(文獻備考)』에 기록되어 있다. 신라의 황창랑이라는 7세(8세)의 소년이 신라 왕의 복수를 위해 칼춤을 추면서 백제 왕을 찔러 죽이고 백제인들에게 죽임을 당했다. 신라인들이 이를 슬퍼하여 황창랑의 얼굴을 닮은 가면을 쓰고 칼춤을 춘 것이 지금껏 전해진다고 하였다.

은혜로운 물결에 감사해 곧 죽고자 하여	感謝恩波便欲死
성대한 일 노래하니 다시 어찌 마다하랴.	歌謠盛事更何嫌
행장 꾸리는 막좌(幕佐) 선비 수리 깃발 선명하고	束裝幕士明鵰羽
편지 보내는 문인들은 토끼털 붓 놀린다네.	授簡詞人弄兎尖
별들 높이 떠올라 그림 같은 누각에 빛나고	星斗初高鳴畫閣
어룡들 막 잠들어 비렴(飛廉 : 바람귀신)도 고요하다.	魚龍方睡靜飛廉
팔음 일제히 연주하니 신선 무리 내려오고	八音齊奏群仙下
만뢰가 고요하니 온갖 요괴 물속에 잠겼네.	萬籟無聲百怪潛
사상(使相)의 문장 진실로 옥경(玉磬) 치는 듯하고	使相文章誠玉振
서생의 담력 또한 주검(珠鈐)[13]과 같다네.	書生膽氣亦珠鈐
흔들리지 않는 힘으로 바다를 바라보리니	會將定力觀溟海
공부가 염락(濂洛)[14]을 거슬러 오르지 못함이 한스럽네.	恨不工夫泝洛濂
고운 눈[雪] 같은 성명(聖明)을 기리고자 하여	欲頌聖明如繪雪
좋은 잔치에 외람되이 참석해 함부로 글을 쓰네.	叨參嘉宴謾提槧
옷과 두건 정제하니 위의(威儀) 엄숙하고	衣巾齊整威儀肅
차분히 절하니 예모가 공손하네.	拜揖雍容禮貌謙
종횡으로 백전(白戰) 펼쳐 승패를 다투니	白戰縱橫爭勝敗
문사(文詞)의 칼끝 질탕해 시퍼런 서슬 두렵네.	詞鋒跌宕怕鋩銛

13 주검(珠鈐) : '옥검(玉鈐)'이라고도 한다. 병서(兵書) 또는 무략(武略)을 가리킨다.

14 이 구절은 원문에 한 글자가 모자란다. 원문은 '恨不工夫泝洛'이다. 용례 및 압운을 고려하여 '염(濂)'이 빠진 것으로 보고 이를 보충하여 번역하였다. '낙렴(洛濂)'은 '염락(濂洛)'과 같은 말로, '염락관민(濂洛關閩)'의 준말이다. 염계(濂溪) 주돈이(周敦頤), 낙양(洛陽)의 정호(程顥)·정이(程頤), 관중(關中)의 장재(張載), 민중(閩中)의 주희(朱熹)를 가리키는 말로, 송대 성리학을 의미한다.

용사(龍蛇)[15]를 돌아보면 여전히 부끄러움 깊으니	龍蛇回顧猶深恥
교룡 악어 어찌 능히 단번에 섬멸하랴.	蛟鰐安能一掃殲
해외에서 부질없이 옥 꽃잎 딴다는 소문 무성한데	海外空聞採瓊蘂
누대 머리에서 바야흐로 달빛 더하는 데 비기네.	樓頭政擬加銀蟾
시 지어 대궐 섬돌 아래 바치고자 하여	題詩欲獻龍墀下
높은 자리서 촛불 밝히고 취해서 붓을 뽑네.	明燭高筵醉筆拈

부산가 10수[釜山歌十首]

동래주 동쪽에 부산이 있어	萊州之東有釜山
아득한 창해로 온갖 오랑캐와 통하네.	滄海渺渺通百蠻
오랑캐들 배 모는 것 나는 새와 같아	蠻兒操舟若飛鳥
천 리 놀란 파도를 하루 못 돼 건너오네.	千里鯨波不日還

부산 영가대에 와서 앉으니	來坐釜山永嘉樓
문득 동남쪽 땅 끝에 있구나.	忽在東南地盡頭
푸른 하늘 아득하여 끝이 없는 곳	青天杳杳無際處
한 점 외론 봉우리, 대마주(對馬州)라네.	一點孤峰是馬州

임진년 때 사람들 모두 어육(魚肉)이 되었는데	壬辰之歲人盡魚
다행히 백 년 후에 다시 살 곳 정한 것 보네.	幸觀百年復奠居
신종황제(神宗皇帝)[16]가 은혜 베푼 땅	神宗皇帝樹恩地

---

15 용사(龍蛇) : 임진왜란을 가리킨다.

16 신종황제(神宗皇帝) : 명나라 13대 황제(재위 1572~1620). 연호는 만력(萬曆)이다. 임

한 마디의 거친 밭도 모두 새밭 되었다네. 一寸荒田皆得畬

섬 오랑캐 변심하기가 민(閩) 땅 시냇물과 같으니 島夷反覆類閩溪
다른 날 흉악한 짓 안 할지 어찌 알겠나. 安知他日不鯨鯢
장문원(張文遠)[17]처럼 변방을 지킬 수 있다면 守邊得似張文遠
오아(吳兒)[18]로 하여금 밤에도 울지 않게 할 텐데. 可使吳兒夜不啼

푸른 발 드리운 흰 배 어느 고을 장삿밴가. 青簾白舫何郡商
오륙도(五六島)[19] 앞에 뱃노래 길구나. 五六島前棹歌長
저물녘 흩날리는 물결 눈발 뿌리는 듯하니 向晚飛波如噴雪
다투어 말하길 고래수염이 앞 바다에 걸려 있다 하네. 爭言鯨鬚掛前洋

새벽빛 아득하고 바다 하늘 광활한데 曙色蒼茫海天闊

진왜란 때 조선을 구원해 주었다고 하여 만동묘(萬東廟)를 지어 명의 마지막(16대) 황제인 의종(毅宗)과 함께 제사 지냈다.

17 장문원(張文遠) : 위(魏)의 장수 장료(張遼, 169~222). 문원(文遠)은 그의 자(字)이다. 본래 여포를 따랐는데 나중에 조조에게 귀의하여 중랑장(中郎將)과 관내후((關內侯)에 제수되었다. 합비(合肥) 전투에서 7천 명의 군사로 손권의 10만 대군을 맞아 대승을 거둔 일이 유명하다.

18 오아(吳兒) : 진(晉)나라 때 오(吳) 땅에 살던 은사(隱士)인 하통(夏統). 흔히 목석 같은 사람을 가리키는 말로 쓰인다. 하통이 일찍이 낙양(洛陽)의 물 위에서 가충(賈充)과 어울려 노닐 적에, 가충이 미녀들을 실은 배를 하통의 배 주위로 세 겹이나 둘러싸게 하였다. 그런데도 하통이 여전히 단정하게 앉아 미동도 하지 않자, 가통이 "이 오아(吳兒)는 정말 목인(木人)이요, 석심(石心)이다." 하면서 탄복했다는 고사가 『진서(晉書)』「하통전(夏統傳)」에 전한다.

19 오륙도(五六島) : 현재 부산시 우암반도 남동단에서 동남 방향으로 600m 지점 해상에 있는 군도이다. 동에서 보면 6개 봉우리로 보이고 서에서 보면 5개 봉우리로 보여 오륙도로 불렸다고 한다.

부상의 붉은 해 소반같이 커다랗구나. 扶桑紅日大如盤
해운대 위에선 때때로 북 울리는데 海雲臺上時鳴鼓
소나무 사이로 높다랗게 과녁이 걸렸네. 帿鵠高懸松樹間

나이 많아 수염 눈썹 학처럼 흰데 長年鬚眉白如鶴
일생 바다 가운데 있는 때가 많구나. 一生多在滄海中
이미 배를 집으로 삼았으니 已將舟楫爲家室
매번 구름 빛깔 보고서 비바람을 안다네. 每看雲色知雨風

청작(靑雀)[20] 그린 누선(樓船)[21] 바다 모퉁이에 매어두고 靑雀樓船繫海隈
장군은 한가한 날 높은 누대에 앉았네. 將軍暇日坐高臺
칼 찬 관졸들 일없이 늙어가며 佩劍官卒無事老
때때로 포구 가서 물고기 잡아 온다네. 時向浦口捉魚來

열흘 흐리고 하루 맑으니 十日陰曀一日晴
나그네 어느 밤에 밝은 달 대하랴. 客中何夜對月明
길 막혀 온갖 근심 황혼에 모여들고 淹路百憂集黃昏
고각(鼓角) …… 외론 성은 닫혀있네.[22] 鼓角□□閉孤城

---

20 청작(靑雀) : 물새의 이름이다. 그 새가 바람에 잘 견디므로 황룡(黃龍)과 함께 뱃머리에 그렸다.

21 누선(樓船) : 다락이 설치된 큰 배. 전함으로 사용하거나, 화려하게 꾸며 뱃놀이 할 때 쓴다.

22 이 구절의 원문은 "鼓角閉孤城"으로, 일곱 글자 가운데 두 글자가 모자란다. 평측을 고려할 때 "鼓角□□閉孤城"으로 짐작되지만 분명하지는 않다.

포구사람 생애 물오리 같아서　浦人生涯似鳧鴨
천 길 물결 속에서 조개를 캐는구나.　千仞浪中採蚌蛤
비바람에 문득 캐오지 못할까 걱정하니　却愁風雨採不得
때때로 관가에 붙잡혀 가기도 한다네.　有時官家見囚縶

창원 기생 매월(梅月)에게 주다[贈昌原妓梅月]

미인이 백저가를 부르는데　佳人歌白苧
빈 객관에 달이 둥글둥글.　虛館月團團
만나자마자 헤어지니　相逢卽相別
마치 꿈에서 본 듯하네.　疑是夢中看

또[又]

술동이 앞에서 미인과 이별하니　樽前別佳人
매화와 달도 쓸쓸하구나.　寂寂梅花月
처음엔 나그네 마음에 위로가 되더니　初爲慰客懷
도리어 너와 헤어져 더 근심 겹구나.　還復愁爾別

앵무가(鸚鵡歌). 소헌에게 장난삼아 지어주다【소헌은 성몽량의 호이다. 처음에 영산(靈山)의 가기(歌妓)인 앵무를 얻었는데 곧 앵무가 단성(丹城) 수령이 불러서 갔다는 말을 듣고 마음이 자못 언짢아졌다. 놀리는 말을 지어 보낸다.】[鸚鵡歌戱贈嘯軒【嘯軒, 成夢良之號. 初得靈山歌妓鸚鵡, 旋聞鸚鵡爲丹城倅所招去, 意頗不快. 作戱語寄之.】]

농산(隴山)[23]의 앵무가 봉래에 날아와　隴山鸚鵡蓬山來

나풀나풀 물가 나무에 머물려 하였네.　飛飛欲棲芳洲樹
푸른 깃털 무늬 깃촉 어찌나 기이한지,　翠毛彩翮何瑰奇
사람들에게 지저귀며 말도 할 줄 알았지.　向人嘲啾能言語
물가에 어떤 나그네 안색이 고아한데　河上有客顏貌古
오작교 가에서 문득 서로 만났네.　烏鵲橋邊忽相遇
천금의 물건과 다름없이 사랑하고 아끼어　愛惜不異千金物
조롱에 넣고 키워 능히 잘 보호했네.　畜之鵰籠良煦煦
달 밝은 한밤중 멀리 날아갈 생각에　月明半夜思遠飛
문득 하늘 바라보고 깃털 떨치고 나갔네.　却望雲霄振翮羽
한 번 가니 소식을 어디에서 묻겠나.　一去消息問何處
단구(丹丘)[24]는 푸릇푸릇 다만 운무뿐이라.　丹丘蒼蒼但煙霧
괴로이 보고 싶어 하지만 어찌 볼 수 있으리오.　辛欲見之那可得
푸른 물결에 해 저물 때 비 오듯 눈물 쏟네.　日暮滄波淚如雨
미물이 홀연 주인 은정 잊었으니　微禽忽忘主人恩
처마 곁에서 꽃잎 씹는 참새만 못하도다.　不如黃雀啣花傍簷宇

정사의 <해신에게 제사하다[祭海神]>에 삼가 차운하다
[謹次正使祭海神韻]

엄숙한 산 제단 고요하고　肅肅山壇靜
나부끼는 장복 무늬 선명하구나.　襜襜章服鮮

23 농산(隴山) : 현재의 중국 산시성(陝西省) 롱현(隴縣) 서북쪽에 있는 산 이름으로, 앵무새의 원 서식지로 일컬어진다.

24 단구(丹丘) : 선인(仙人)이 사는 전설 속의 땅으로, 낮이나 밤이나 항상 밝다고 한다.

향기[25]에 마땅히 감응하실 것이니 馨香應有感
정성된 예 절로 허물없도다. 誠禮自無愆
교린(交隣)의 뜻을 폐하지 않았으니 不廢交隣意
사신의 어짊을 가서 보리라. 行看奉使賢
구름 문득 흩어지니 雲陰忽解駁
별과 달이 중천에 밝구나. 星月皎中天

또[又]

아득히 해국은 먼데 蒼茫海國遠
번쩍 푸른 기 선명하네. 倏爍翠旗鮮
충신(忠信)에 일찍이 흠결 없으니[26] 忠信曾無缺
바람과 구름 또한 어찌 어긋나겠나. 風雲亦豈愆
누가 말했나, 악포(鰐浦)가 험하다고. 誰言鰐溪險
박망(博望)의 현인[27]에게 힘입는다네. 賴有博望賢
정성과 공경에 그윽이 감응하시니 冥感由誠敬
사람 마음이 곧 하늘이로다. 人心卽是天

---

25 향기 : 원문의 '馨香'은 제사 지내는 이의 밝은 덕을 빗댄 것이다. 『서경(書經)』 군진(君陳)에 "지극한 다스림은 향기가 퍼지는 것과 같아 신명을 감동시키게 마련이다. 그러니 기장과 같은 제물이 향기로운 것이 아니요, 밝은 덕이 바로 향기로운 것이다.[至治馨香, 感于神明, 黍稷非馨, 明德惟馨.]"라고 한 데서 온 표현이다.

26 충신(忠信)에 일찍이 흠결 없으니 : 정사가 사신으로서 훌륭한 자질을 갖추고 있다는 뜻이다. 128쪽 각주 7번 참조.

27 박망(博望)의 현인 : 한나라 장건(張騫)의 봉호가 '박망후(博望侯)'이다. 대하(大夏)에 사신으로 갔다가 황하의 근원을 거슬러 올라가 견우와 직녀를 만났다는 이야기가 장화(張華)의 『박물지(博物志)』에 전한다. 여기서는 정사를 빗댄 표현이다.

정사의 <밤에 앉아[夜坐]>에 삼가 차운하다[謹次正使夜坐韻]

하늘 끝에 배 대니 나그네 심회 외로운데　　天涯繫纜客懷孤
오직 짝해주는 건 푸른 솔과 푸른 오동.　　唯伴蒼松與翠梧
모래밭에 앉아 희미한 달 떠오르는 것 보니　　坐看沙頭微月上
제백(諸白)을 사서 두 호리병 채우고 싶네.　　欲沽諸白滿雙壺

초가을 누대 위에 달그림자 외로운데　　樓上新秋月影孤
상음(商音)[28]에 문득 고향 뜰 오동나무 떠올리네.　　商音忽憶故園梧
해마다 이사(里社)[29]에 여러 벗들 모여　　年年里社群朋集
취한 뒤 높이 읊조리며 옥 술병 두들겼지.　　醉後高吟打玉壺

가쇼가 보낸 시에 차운하다[次霞沼見寄韻]

먼 나라에서 이름 들은 지 오래였는데　　絶域聞名久
이렇게 만나니 좋은 인연이구나.　　相逢卽好緣
하필 봉래섬 물을 것 있겠나.　　何須問蓬島
이미 시선(詩仙)을 얻어 보았는데.　　卑已得詩仙
한 마디 말로 사람들 속에서 알아보니,　　一語人中識
다정한 마음 두 시편에 담겼네.　　多情兩裏篇
지음(知音)은 예부터 드무니　　知音從古少
애오라지 새 거문고줄 이어가세.　　聊以續新絃

---

28 상음(商音) : 상조(商調)의 악곡 소리로, 슬프고 애절한 느낌을 준다.

29 이사(里社) : 고대에 각 동리(洞里)에서 토지신을 제사 지내던 사당. 마을의 사당, 혹은 향리(鄕里)를 지칭한다.

원운을 붙임[附原韻]

넓은 바다 밖에서 만나서 相逢滄海外
팔 붙드니 본디 전생의 인연이네. 把臂本前緣
손수 지어낸 글 세속 놀라게 함직하고, 手采堪驚俗
수염 눈썹 황홀하니 신선이로다. 鬚眉恍是仙
허리엔 두우(斗牛)의 검이요, 腰間斗牛劍
주머니 속엔 단편 장편 있겠지. 囊裏短長篇
부끄럽구나, 내 곡조도 알지 못하면서 愧我非知曲
함부로 유수곡(流水曲)[30]을 맞이하고 있으니. 謾邀流水絃

일본 쇼헤이기(松平儀)

또 율시 한 수를 지어 가쇼에게 주다[又賦一律寄霞沼]

남아에겐 사방 두루 가려는 뜻 있어 男兒四方志
오늘 십주를 유람하고 있네. 今日十洲遊
비 내리는 바다에 닻줄 매고 繫纜滄溟雨
가을날 푸른 나무에서 그대 만났네. 逢君碧樹秋
연화계(煙火界 : 인간 세상) 아님을 알겠으니 知非煙火界
갈옹(葛翁)의 무리인가 의심하네. 疑是葛翁流
나를 위해 새 시를 지어주시니 爲我吟新什
하늘 끝에서 문득 근심을 잊는다. 天涯却忘愁

---

30 유수곡(流水曲) : 춘추시대에 거문고를 잘 타던 백아(伯牙)가 지었다고 전해지는 악곡 중 〈고산유수(高山流水)〉라는 것이 있다. 백아의 지기였던 종자기(鍾子期)는 백아의 연주를 듣고 산을 연주하는지 물을 연주하는지 알았다는 이야기가 『여씨춘추(呂氏春秋)』에 나온다. 유수곡은 여기에서 유래한 표현으로, 훌륭한 악곡을 뜻한다.

가이간지. 소쿠요 쇼닌(上人)에게 주다[海岸寺贈速譽上人]

봄풀 핀 물가에 느지막이 배 멈추고	停棹芳洲晩
지팡이 짚고서 옛 절을 찾아가네.	携笻古寺尋
산은 금빛 불좌를 에워싸고	山圍金佛座
해는 푸른 등나무 숲에 숨었구나.	日隱綠橙林
난간에 기대니 바다가 드넓은데	凭檻滄溟闊
소나무 보니 세월이 깊었구나.	看松歲月深
원공(遠公)[31] 있어서 맞이해주니	相迎遠公在
함께 그윽이 읊조리며 한바탕 웃네.	一笑共幽吟

고송(古松)을 읊다. 소쿠요 쇼닌[32]에게 주다[賦古松贈速譽上人]

천년 된 늙은 솔 있어서	千年古松在
노사(老師)의 불단을 길이 보호하누나.	長護老師壇
농월(弄月)하는 제천(諸天)은 적막하고	弄月諸天寂
음풍(吟風)하는 법계(法界)는 차갑구나.	吟風法界寒
술상 차리니 상쾌한 기운 다가오고	開尊爽氣逼
자리 옮기니 푸른 그늘 단란하네.	移席綠陰團
마땅히 난새와 봉황 깃들 터이니	應有鸞凰宿
고요한 이가 바라보기 제격이네.	端宜靜者看

---

31 원공(遠公) : 동진(東晉)의 고승 혜원(慧遠)을 가리킨다. 혜원이 승속(僧俗)의 18현(賢)과 염불(念佛) 결사(結社)를 만들어 백련사(白蓮社)라 하였는데, 사령운(謝靈運)과 도연명(陶淵明)도 여기에 참가하였다.

32 소쿠요 쇼닌 : 원문에는 '速譽人'으로 되어 있으나, 문맥을 살펴 '上'을 추가하여 번역하였다.

쓰시마 중원(中元)[33] 밤에 막료들과 함께 항구에 배를 띄우고 밤이 깊어 돌아오다

[馬島中元夜, 與幕僚泛舟海港, 夜深而還]

칠월 보름에 배 띄우고 노니	七月之望泛舟遊
바닷가에서 새로이 가을 이슬 만났네.	海上新逢白露秋
밝은 달 이제 막 동쪽 산 위로 떠오르는데	明月初生東山上
노래하고 웃으며 배에서 얼마나 머물렀나.	歌笑舟中何夷猶
맑은 물결 만 이랑 유리같이 쌓였는데	澄波萬頃堆琉璃
계수나무 상앗대 흔들며 긴 물가를 내려왔네.	桂槳搖曳下長洲
귤, 유자, 소나무, 삼나무 높이가 백 척이라	橘柚松杉高百尺
달빛 체 치고 바람 희롱해 그림자가 둥글둥글.	篩月弄風影團團
나그네 퉁소 한 곡조 비껴 부니	有客橫簫吹一曲
여운이 하늘하늘 푸른 물결 넘나드네.	餘音裊裊凌碧瀾
소리 듣고 모두들 얼굴빛 처량해	滿座聞之色凄涼
돌아보고 한숨지으며 함께 장탄식하네.	相顧戲欷共長歎
난간엔 북두성 돋고 남두성 기우는데	北斗闌干南斗斜
고국은 아득히 구름 끝 저편이라.	故國杳杳隔雲端
남아는 본디 사방의 뜻 있으니	男兒自有四方志
어찌 봉필(蓬蓽)[34] 사이에서 늙어죽어도 괜찮겠나.	何可老死蓬蓽間
은하에 올라가 천손(天孫)을 만나고	會上銀河見天孫

33 중원(中元) : 음력 7월 15일. 『계미동사일기(癸未東槎日記)』(작자미상)에 "일본 풍속에는 중원을 제일 명절로 안다.[日本之俗, 以中元爲第一名節.]"는 기록이 있다.

34 봉필(蓬蓽) : 봉문필호(蓬門蓽戶)의 줄임말로, 쑥대나 사리로 만든 문이라는 뜻이다. 가난한 사람의 집을 가리키며, 자기 집의 겸칭으로도 쓰인다.

바람 타고 곧장 약목(若木)[35] 물가에 가려네. 乘風直到若木灣
구(具) 장사(壯士)[36]와 장사문(張斯文 : 장응두) 具壯士張斯文
적벽가(赤壁歌) 높이 부르니 기운이 산과 같네. 高歌赤壁氣如山
아이 불러 국자 씻어 다시 길게 마시니 呼兒洗勺更長飮
좋아하는 여러 벗들 이 즐거움 함께 하세. 所喜諸君同此歡
그대 보지 못했나, 바닷가에 장쾌한 유람 있음을. 君不見滄海之上有壯遊
한만(汗漫)에서 노닌 노오(盧敖)[37]와 어떠한가. 何似盧敖跨汗漫

중원 이틀 뒤 막료 제군들과 항구 안에 배를 띄우고 노니는데, 문득 작은 거룻배를 타고 피리를 불며 오는 자가 있었다. 가까이서 보니 바로 최 강진과 구 도사여서 마침내 더불어 한바탕 웃었다. 종일 물길을 따라 오르내리다 저녁에 내려와 창암(蒼巖)에서 쉬었다. 장필문에게 운을 부르게 하여 함께 짓다
[中元後二日與幕僚諸君泛舟港內, 忽有小艇吹笛而來者. 近視之乃崔康津、具都事, 遂相與一笑. 終日沿洄, 向晩下憩于蒼巖. 令張弼文呼韻共賦]

누가 조각배 띄워 나루 머리서 맞이하나. 誰泛扁舟渡口邀
가을바람에 옥피리 소리 아득히 울리네. 秋風玉笛響迢迢

35 약목(若木) : 전설에 나오는 나무로, 서쪽의 해 지는 곳에서 자란다고 한다.

36 구(具) 장사(壯士) : 1719년 사행에 군관으로 참가한 도총도사(都摠都事) 구식(具栻)을 가리킨다.

37 한만(汗漫)에서 노닌 노오(盧敖) : 옛날 진(秦)의 노오가 북해(北海)에서 노닐다가 선인인 약사(若士)를 만나 함께 할 것을 청하였더니 약사가 '(…) 나는 구해(九垓)의 밖에서 한만과 노닐려 한다.'고 말하고 구름 속으로 들어갔다는 이야기가 『회남자(淮南子)』 도응훈(道應訓)에 나온다. '한만'은 광활한 공간을 뜻하는 말인데 노오의 이야기에서는 신선의 이름으로 사용된 것이다. 이 시에서는 본래 뜻으로 사용되었다.

비 갠 모래사장에 오리 갈매기 어지럽고	新晴沙際鳧鷺亂
산그늘에서 저녁 술 마시니 초목이 흔들리네.	晩酌峯陰草樹搖
산 너머 푸른 연기에 절 있음을 알겠고	山外翠煙知有寺
해문(海門)의 지는 해에 조수가 일려 하네.	海門斜日欲生潮
곁의 사람들아, 강남곡(江南曲)[38] 부르지 마오.	傍人莫唱江南曲
나그네 마음 시름겨워 고향 노래로 들리니.	客裏愁聞故國謠

항구(港口)

어제 오늘 하늘에 바람 불지 않는데	昨日今日天不風
목란 배 서쪽 갔다 다시 동으로 가네.	木蘭之枻西復東
노래하고 웃으며 하늘 끝에 있음을 잊으니	歌笑還忘在天末
호수 가득 가을빛 그림 속 풍경이네.	滿湖秋色畫圖中

소헌의 수박 시에 차운하다[次嘯軒西果韻]

갈증 씻고 술 깨우니 더운 날 알맞고	止渴解醒宜暑天
입안 물씬 상쾌한 기운에 가을을 먼저 얻네.	津津爽氣得秋先
나그네 생활하는 이날 밤 오랑캐 땅에서 만나니	旅遊此夕蠻中見
신선의 종자가 어느 때 해외로 전해졌나.	仙種何時海外傳
서방에서 나서 이런 이름 붙었으니	生得西方仍有號
천 개 과일 품평해 최고로 훌륭하네.	品題千果最爲賢

38 강남곡(江南曲) : 서로 화답하며 부르는 악부의 곡명으로 강남채련곡(江南採蓮曲)이라고도 한다. 헤어져 있는 부부가 서로 그리워하는 심경을 노래한 것이 주종을 이룬다. 남조(南朝) 양(梁)의 유운(柳惲)의 오언고시, 당(唐) 이익(李益)의 오언절구, 당 저광희(儲光羲)의 오언절구 등이 있다.

따와서 멀리 고향 물건 생각하다가　　摘來遙憶鄉園物
병든 솔개마냥 지리함을 도리어 탄식하네.　　却歎支離若病鳶

달밤[月夜]

가을빛이 멀리 물가에 드니　　秋色滄洲遠
높은 노랫소리에 흥 다시 새롭네.　　高歌興復新
조각배에 이미 술 실었고　　扁舟已載酒
밝은 달이 또 사람을 따른다.　　明月又隨人
느지막이 해 저문 단풍 숲에 나가서　　晚就楓林晚
때때로 기러기 오리를 이웃 삼는다네.　　時將鴈鶩隣
아이 불러 다시 술잔 씻으니　　呼兒更洗酌
좋은 때를 어찌 저버릴 수 있겠나.　　寧可負佳辰

아메노모리 호슈의 시에 차운하다[次雨森芳洲韻]

큰 바다 물가에서 시와 술 은근하니　　詩酒殷勤滄海湄
타국에서 다행히 이 기이한 사람 만났네.　　殊方幸得此人奇
이름 듣고 몇 년이나 보고 싶어 했던가.　　聞名幾歲要相見
악수하는 오늘 아침 오랜 지기 같구려.　　握手今朝若舊知
골격이 우뚝하니 구름 내려온 학이요,　　骨格昂昂下雲鶴
사원(詞源)이 샘솟으니 봄꿈 꾸는 거북이라.　　詞源涌涌夢春龜
다른 날에 나 멍에 매어 서쪽으로 돌아간 후　　他時吾駕西歸後
어찌 견디랴, 삼상(參商)처럼 떨어져 그리워할 것을.　　可耐參商兩地思

호슈의 <배에서 짓다[舟中所賦]>에 차운하다[次芳洲舟中所賦韻]

남쪽 배에 동행 있으니 南船有行侶
키[柁] 나란히 하고 찬 물가에 잠드네. 竝柁宿寒汀
밤 고요한데 바람 소리 울리고 夜靜鳴風籟
조수 평평한데 달과 별 움직인다. 潮平動月星
끝내 백설곡(白雪曲)[39]에 화답하기 어려우니 終難和白雪
누가 다시 단평(丹萍)[40]을 분변하리오. 誰復辨丹萍
지나는 곳에 새로 읊은 시 많을 테니 所過多新詠
그대 만나면 들어볼 수 있겠지. 相逢可得聽

또[又]

늘 청주(蜻州 : 일본의 별칭)가 멀다고들 말했는데 尙道蜻州遠
느릿느릿 돌아서 또 이 물가에 왔다네. 遲回又此汀
칠월이라 더운 바다 걱정스러운데 七月愁炎海
돛배 하나로 사성(使星)[41]을 따라왔네. 孤帆逐使星

---

39 백설곡(白雪曲) : 상대방의 시문을 높여서 이른 것이다. 백설곡은 양춘곡(陽春曲)과 함께 전국시대 초나라의 고아(高雅)한 가곡으로 꼽히는데, 그 곡조가 너무 고상하여 창화할 수 있는 사람이 거의 없었다는 이야기가 『문선(文選)』「송옥대초왕문(宋玉對楚王問)」에 전한다.

40 단평(丹萍) : 붉은 평실(萍實). 단맛이 나는 수과(水果)로, 상서로운 물건을 뜻한다. 춘추시대 초(楚) 소왕(昭王)이 강을 건너는데 크기가 말[斗]이나 되는 물건이 떠내려와 왕의 배에 부딪쳤다. 소왕이 크게 놀라 공자에게 보내어 물었더니 공자가 "이것은 평실인데, 쪼개어 먹을 수 있습니다. 오직 패자(霸者)만이 얻을 수 있으니 이는 길한 징조입니다."라고 하였다. 한(漢) 유향(劉向)의 『설원(說苑)』 번물(辨物)에 나오는 이야기이다.

41 사성(使星) : 사신(使臣)을 가리킨다. 후한(後漢) 화제(和帝) 때에 이합(李郃)은 천문을 잘 보았다. 화제가 미복 차림의 사자(使者)를 각 지방에 파견했는데, 두 사신이 익주(益州)에서 이합의 집에 묵게 되었다. 이합이 두 사람에게 "두 분이 서울을 떠날 때에 조정에서

나그네 마음 월조(越鳥)를 사랑하는데[42] 羈懷憐越鳥
장한 뜻은 푸른 부평초에 부쳤네. 壯志寄靑萍
좋은 이웃이 여기 있으니 隣芳袁卽在
한밤중 높게 읊조리는 소리 듣노라. 高吟入夜聽

또[又]

비온 뒤 바다는 드넓고 雨餘滄海闊
이른 가을 마름 뜬 물가는 푸르구나. 秋早綠蘋汀
삼신산 가는 길 찾지 못하고 未辨三山路
오직 북두성만 바라본다네. 唯看北斗星
세월은 달리는 말처럼 빠른데 光陰劇馳駟
이 내 신세 부평초 같구나. 身世若浮萍
누가 아양곡(峨洋曲)[43]을 연주하여 誰奏峨洋曲
멀리서 온 나그네에게 들려줄 수 있을까. 能教遠客聽

두 사신 보낸 것을 아는가?"라고 물었다. 두 사신이 놀라 어떻게 아느냐고 물었더니 이합이 하늘의 별을 가리키며 "두 사성(使星)이 익주의 분야(分野)로 향하였다.[有二使星向益州分野]"고 하였다. 『후한서(後漢書)』 권82 방술열전(方術列傳)에 나온다.

42 월조(越鳥)를 사랑하는데 : 월조(越鳥)는 월나라 새. 이국땅에서 고향을 그리워함을 빗댄 표현이다. 『문선(文選)』에 수록된 〈행행중행행(行行重行行)〉이라는 고시(古詩) 가운데 "호지의 말은 북풍에 기대고, 월나라 새는 남쪽 가지에 깃드네.[胡馬依北風, 越鳥巢南枝.]"라는 표현에서 유래한 표현이다.

43 아양곡(峨洋曲) : 춘추시대 거문고를 잘 타던 백아가 연주를 하면 종자기가 그 소리를 듣고 백아의 뜻을 알아차렸다. 백아가 높은 산을 두고 연주하면 종자기는 "높고 높구나.[峩峩]"라고 하였고 흐르는 물을 두고 연주하면 "출렁출렁하는구나.[洋洋]"라고 하였다. 아양곡은 여기에서 나온 말로, 유수곡(流水曲)과 같은 의미이다. 뛰어난 연주 솜씨, 또는 지음(知音)을 가리킨다. 이 시에서는 나그네의 심사를 달래주는 노래(시문)라는 의미로 사용되었다.

배에서 본 풍경[舟中卽事]

하늘로 이어진 흰 물결 봉래산 숨겼고　　連天白浪隱蓬壺
삼나무 귤나무 그늘 속에 외로운 돛배 하나.　　杉橘陰中一帆孤
한 나절 봉창 가에서 고향 꿈을 꾸노라고　　半日篷窓夢鄕國
비바람이 호수에 가득한 것도 알지 못했네.　　不知風雨滿滄湖

또[又]

저물녘 서풍에 물결 잔잔치 않은데　　向晩西風浪未平
길고 짧은 어부피리 소리 때때로 들려온다.　　時聞魚笛短長聲
언덕에 무성한 벼와 기장 푸른데　　陂岸離離禾黍綠
몇 집의 밥 짓는 연기 빗속에도 분명하네.　　數家煙火雨中明

이키노시마에 배를 댄 지 몇 순(旬)이 지났다. 갑자기 순풍이 불어 아이노시마를 향해 가려는데 집에서 비선 편으로 편지를 부쳐왔다. 다시 절구 네 수를 지어 아우와 함아(涵兒)에게 보낸다 [舟泊一歧島幾旬餘. 忽有順風, 將向藍島, 而因飛船寄家書. 又賦絶句四首, 寄舍弟與涵兒]

영원(領原)의 해는 아득히 먼데　　領原日迢遞
바다 나무에 매미 울기 시작하네.　　海樹鳴蟬初
외로운 배 다시 남도(藍島)로 향하는데　　孤帆又藍島
한 통 편지에 서글프구나.　　怊悵一封書

또[又]

바닷가에 밝은 달 생겨나니　　海上生明月

응당 멀리 우리 집 뜰 비추겠지. 遙應照我園
네 형은 아직도 나그네 생활 중이니 汝兄猶作客
누구와 더불어 깊은 술동이 열겠나. 誰與共深樽
　아우에게 보낸 것이다.

또[又]

하늘 끝에서 몇 밤이나 꿈꾸었나, 天涯幾夜夢
푸릇푸릇 뜰에 자란 훤초(萱草)[44]를. 靑靑庭上萱
때로 나그네 마음 근심 풀리기도 하니 時寬客中念
다행히 네가 대신 조석으로 모시겠지. 幸汝代晨昏

또[又]

나그네 배 아직도 하늘 끝에 있으니 客帆猶天末
가을바람이 먼저 집에 다다르겠지. 秋風先到家
우선 울타리 아래 국화를 심어두렴. 且種籬下菊
돌아가서 어쩌면 활짝 핀 꽃 만날지도. 歸或趁開花
　함아에게 보낸 것이다.

이키노시마에서 아이노시마로[自一歧島向藍島]

서풍이 급히 불어 잔물결 이는데 西風吹急浪花堆

---

44 훤초(萱草) : 의남(宜南) 또는 망우초(忘憂草)라고도 하며, 옛날에 북당(北堂)에 많이 심었다고 한다. 북당은 모친이 거하는 곳이므로 이 때문에 훤초는 모친을 뜻하는 말이 되었다. 『시경(詩經)』 위풍(衛風) 〈백혜(伯兮)〉에 "어떻게 하면 훤초를 구해 북당에다 심을까.[焉得諼草, 言樹之背.]"라고 하였다.

뱃사람 긴 노래에 비단 돛 펼쳐지네.	舟子長謠錦帆開
종종 푸른 봉우리 구름 가로 나오고	往往青峰雲際出
보슬보슬 가랑비 해 근처로 다가온다.	霏霏細雨日邊來
바다 가운데 우뚝 고래 등 솟았는데	洋中突兀鯨魚背
뜸 아래서 차분히 댓잎 잔을 든다네.	篷底從容竹葉盃
천 리의 안개 물결 순식간에 지나가니	千里煙波瞥眼過
오늘밤은 응당 봉래에서 자겠구나.	知應今夜宿蓬萊

가타케(可竹) 장로[45]의 시에 차운하다[次可竹長老韻]

남도 포구 물가에 나그네 배 한가하니	客帆悠悠藍浦湄
남아가 우연히 이 기이한 유람 만났네.	男兒偶作此遊奇
호계(虎溪)에서 한바탕 웃을 일[46] 어찌 헤아렸겠나.	虎溪一笑何曾料
지둔(支遁)[47]의 높은 이름 옛날에 이미 알았다오.	支遁高名舊已知
병든 학 같은 내 모습 가련히 여겨주오.	憐我形容如病鶴
신이한 거북 같은 그대 골격 감탄스럽네.	歎君骨格若神龜
맑은 시가 청련(青蓮) 빛깔 띠었으니[48]	淸篇帶得青蓮色

45 가타케(可竹) 장로 : 이테이안 장로인 쇼탄(性湛)의 호가 가타케(可竹)이다.

46 호계에서 ~ 일 : 승려와 문인의 사귐을 가리킨다. 동진(東晉)의 고승 혜원(慧遠)이 동림사(東林寺)에 있을 때 호계(虎溪) 밖으로는 나가지 않았는데, 도연명(陶淵明)과 육수정(陸修靜)이 방문했을 때 의기투합한 나머지 그들을 전송할 때 호계를 건넜다. 이에 세 사람이 크게 웃고 헤어진 일을 '호계삼소(虎溪三笑)'라고 한다.

47 지둔(支遁) : 동진 때의 고승으로 자는 도림(道林)이다. 일찍이 지형산(支硎山)에 들어가 수도하고 뒤에 낙양(洛陽)의 동안사(東安寺)에 거주하면서 당시의 명사들과 교유하였다. 시와 청담(淸談)을 잘하기로 이름이 높았으며, 말과 학을 사랑했다고 한다.

48 맑은 ~ 띠었으니 : 당나라 시인 이백(李白)의 별호가 청련거사(青蓮居士)이다. 시가 청련의 빛깔을 띠었다는 것은 상대의 시를 이백의 시에 견준 것으로 보인다. 물론 상대가 불승이므로 연꽃을 언급한 것일 수도 있다.

자주 배로 부쳐서 나그네 마음 위로해주오. 頻寄舟中慰客思

객관에서 성여필과 운을 골라 함께 지어 호슈에게 보이다 [客館與成汝弼拈韻共賦示芳洲]

서생에게 흥도 또한 근심임을 스스로 비웃으니 自笑書生興亦憂
서풍에 짧은 노로 큰 파도를 건너네. 西風短棹涉鯨濤
외론 섬에 달뜨고 푸른 바다 광활한데 月生孤嶼青冥闊
온 숲에 이슬 내려 가을 기운 높구나. 露下千林秋氣高
두자(杜子)는 하늘 끝에서 비단 나무 슬퍼하고[49] 杜子天涯悲錦樹
반랑(潘郞)은 거울 속에서 하얀 머리 탄식하네.[50] 潘郎鏡裏歎霜毛
외딴 곳에 배 한 척 아직도 막혀 있어 孤舟絶域猶淹滯
밤마다 부질없이 돌아갈 꿈만 수고롭네. 夜夜空教歸夢勞

차운을 붙임[附次韻]

농서(隴西)[51]의 호걸을 만나 새로 사귀었으니 新知邂逅隴西豪
소라 술잔으로 실컷 마셔 술에 파도 일어나네. 痛飮螺盃酒起濤
대낮에 시 지으니 귀신도 울음 울고 白日裁詩神鬼泣

---

49 두자는 ~ 슬퍼하고 : 두보의 〈금수행(錦樹行)〉에서 "푸른 나무는 서리 맞아 단풍 들기 기다리고, 계곡마다 물은 쉼 없이 동쪽으로 흘러가네.[霜凋碧樹待錦樹, 萬壑東逝無停留.]"라고 하였다.

50 반랑(潘郞) ~ 탄식하네 : 반랑은 진(晉)의 반악(潘岳)을 가리킨다. 일찍이 수재(秀才)로 천거되어 낭(郞)이 되었으므로 반랑이라 칭한다. 젊어서 용모가 매우 아름다웠는데 32세에 머리가 세기 시작했다고 한다. 그의 〈추흥부(秋興賦)〉 서문에 "내 나이 서른두 살에 처음으로 이모(二毛)를 보았다.[余年三十二始見二毛.]"는 말이 있다.

51 농서(隴西) : 중국 서북방 지역으로 현재의 간쑤성(甘肅省) 일대이다. 당나라 시인 이백(李白)의 고향이 이곳이다.

맑은 밤하늘에 검 어루만지니 두우성 높구나.[52]	淸霄撫劒斗牛高
세속 정으로 두 눈은 철보다 차갑고	俗情雙眼冷於銕
왕사(王事)에 일신은 터럭같이 가볍네.	王事一身輕似毛
바다 건너 이 행차 험한 길 겪었으니	瀛海此行嘗險阻
연꽃 휘장 아래서 본디 재주 있어 고생하네.[53]	蓮花幕下自賢勞

일본 우삼동

도케이가 보낸 시에 차운하다[次東谿見寄韻]

맑은 가을 높은 물결 선루(船樓)를 때리니	淸秋高浪拍船樓
작은 섬들 몇 점 바다에 떠있구나.	小島滄茫數點浮
고향 산 아득히 어느 곳에 있느뇨.	鄕山杳杳知何處
눈 가득 바람 안개 온통 근심스럽네.	滿目風煙摠是愁

차운하여 긴잔과 바이호에게 보내다[次韻寄琴山梅峰]

나그네 둘이 안부 물으러 와서	二客來相問

---

52 맑은 ~ 높구나 : 상대방의 재주를 보검에 빗댄 것이다. 진(晉)나라 초에 두성(斗星)과 우성(牛星) 사이에 항상 자기(紫氣)가 뻗쳐 있었는데, 장화(張華)가 이를 보고 그 기운이 나온 곳에서 보검 둘을 찾아냈다고 한다. 『진서(晉書)』 「장화전(張華傳)」에 나온다.

53 재주 있어 고생하네 : 원문의 '현로(賢勞)'는 어진 사람이 홀로 수고한다는 뜻이다. 『시경(詩經)』 소아(小雅) 〈북산(北山)〉에서 "온 하늘 아래 왕의 땅 아닌 곳이 없으며, 온 나라 안에 왕의 신하 아님이 없거늘, 대부가 공평하지 못한지라 홀로 어질다 하여 나만 일을 하는구나.[溥天之下, 莫非王土, 率土之濱, 莫非王臣, 大夫不均, 我從事獨賢.]"라고 하였다. 주나라의 한 대부가 자신만 일이 많아 부모를 봉양할 수 없음을 풍자한 것이다. 맹자가 이를 인용하여 "이것이 왕의 일이 아님이 없건만, 나만 홀로 어질다 하여 수고롭구나.[此莫非王事, 我獨賢勞也.]"라고 해석하였다. 『맹자(孟子)』 만장(萬章) 상(上)에 나온다.

빈 당에서 웃고 말하는 소리 맑구나. 虛堂笑語淸
연기구름 저녁 풍경을 머금었고 煙雲含暮景
종려, 대나무엔 가을 소리 떠있네. 棕竹泛秋聲
종일토록 즐거이 정담 나누니 盡日成良晤
멀리 와 있는 것 잊게 만드네. 令人忘遠行
그대들 도기(道氣) 많은 모습 보니 看君多道氣
응당 무생(無生)[54]을 배웠으리라. 應是學無生

달밤. 호슈의 시에 차운하다 2수[月夜次芳洲韻二首]

부상 만 리에서 고향 그리는 정 扶桑萬里故園情
가을에 돌아갈 맘 끝없지만 이루지 못하네. 欲盡秋歸計未成
하늘가 달이 슬프게 따라오다 怊悵相隨天畔月
중류에서 나를 이별하고 다시 서쪽으로 가네. 中流別我又西行

평소에 본디 신선 흠모하는 마음 있어 平生自有慕仙情
안개 노을 향하여 광성자(廣成子)[55] 물어보았지. 試向煙霞問廣成
물가 난초 캐고 캐어 손에 가득 쥐려 하니 采采汀蘭欲盈手
동풍이 내 가는 길 막는 것 아니라네. 東風不是阻余行

---

54 무생(無生) : 무생법인(無生法印)의 준말로, 만물이 본래 생(生)과 멸(滅)이 없음을 깨닫고 거기에 머물러 움직이지 않는 참된 지혜를 뜻한다.

55 광성자(廣成子) : 고대 전설 속의 선인으로, 옛날 황제(皇帝)가 공동(崆峒)에 있는 광성자에게 가서 도(道)를 물었다고 한다. 『장자(莊子)』 재유(在宥)에 나온다.

지난 번 시에 세 번째로 차운하여 가쇼에게 답하다[三疊前韻酬霞沼]

그대의 배 내 뒤를 따라와서　君船隨我後
해질녘 여기 안개 낀 물가에 대었네.　暮泊此煙汀
마을 먼데 때때로 다듬이 소리 들리고　村遠時鳴杵
하늘 그늘져 별 보이지 않는구나.　天陰不見星
함께 웃고 떠든 것 얼마나 되나.　幾何同笑語
끝내 뜬구름 부평초 같은 만남임을 탄식하네.　終亦歎雲萍
뉘라서 옥피리 불고 있느뇨.　有誰吹玉笛
수심 깊어 차마 듣지 못하겠구나.　愁深不可聽

밤에 배에서 묵다. 장적의 <강가 주점에서 자며[宿江店]>[56]에 차운함 [夜宿舟中次張籍宿江店韻]

서풍이 날마다 일어나서　西風連日起
가을 물결에 마름꽃 떠오르네.　秋浪上蘋花
숲 속 절엔 스러져가는 경쇠 소리,　殘磬林中寺
북쪽 집엔 희미한 등불 빛.　疏燈水北家
맑은 하늘엔 황새와 학이 울고　天淸鸛鶴唳
넓은 바다엔 두우성 기운다.　海闊斗牛斜
한밤중 고깃배 돌아와서　夜半漁舟返

56 〈강가 주점에서 자며[宿江店]〉 : 당나라 시인 장적(張籍, 약 767~약 830)의 작품으로 전문은 다음과 같다. “들 주점은 서포를 임해 있고, 문 앞엔 귤꽃이 피어있네./ 등불 켜놓고 상인들 기다리니, 술파는 집과 고기잡이 집이라네./ 밤 고요하고 강물 맑은데 길 구비 돌고 산달 기울었네./ 한가히 배 댄 곳 찾아가니, 썰물 빠져 평평한 모래밭 드러났구나.[野店臨西浦, 門前有橘花. 停燈待賈客, 賣酒與漁家. 夜靜江水白, 路回山月斜. 閑尋泊船處, 潮落見平沙.]”

왁자하게 물가 모래밭으로 내려오누나. 咿咿下浦沙

또[又]

속절없이 세월은 빨리 지나가 苒苒光陰速
타국에서 벼꽃을 보는구나. 殊方見稻花
옛 사당엔 새고(賽鼓)[57]가 울고 古祠鳴賽鼓
새벽 해는 고기잡이 집들에 떠오른다. 曉日上漁家
꿈결에 조수 소리 일어나고 殘夢潮聲起
외론 돛엔 나무 그림자 비스듬하네. 孤帆樹影斜
이따금 태전(太顚)[58]의 말을 만나매 時逢太顚語
물가 모래밭에서 입속에서 왼다네. 口裏祝河沙

장필문의 시에 차운하다[次張弼文韻]

만 곡의 누선을 대해에 띄우니 萬斛樓船泛大瀛
안개 사이로 아스라이 남도(藍島)가 나타난다. 微茫藍島霧中生
기이하여 인간세상 풍경 아니니 詭奇不是人間景
멍하니 꿈속인가 도리어 의심하네. 惝怳還疑夢裏行
제상(堤上)[59]의 충정이 옛 자취로 전해오고 堤上精忠傳古跡

---

57 새고(賽鼓) : 농부들이 춘사일(春社日)에 농신(農神)에게 풍년을 기원하며 굿을 할 때 치는 북이다.

58 태전(太顚) : 당나라 때의 중으로 성은 양씨(楊氏)이다. 한유(韓愈)가 불교를 배척하는 표문을 올려 조주자사(潮州刺史)로 좌천되었을 때 교유한 인물이다. 한유는 「여맹상서서(與孟尙書書)」에서 태전을 일컬어 "총명하여 도리를 알고 형체의 구속에서 벗어나 이치로 자신을 극복한다."고 하였다. 이 시에서는 일반적인 불승을 지칭하는 말로 쓰였다.

59 제상(堤上) : 일본에서 죽은 신라의 충신 박제상(朴堤上, 약 363~약 418)을 가리킨다.

포옹(圃翁)[60]의 시편이 높은 이름으로 암송되네. 圃翁篇什誦高名
안개 물결 아득해 돌아갈 길 머니 煙波渺渺歸程遠
오랑캐 노래 두세 가락에 수심이 이는구나. 愁絶蠻歌三兩聲

배에서 피리소리를 듣다[舟中聞笛]

해질녘 외론 배에서 피리소리 들으니 落日孤舟聞笛聲
하늘 끝 이 저녁에 그 마음 어떠한가. 天涯此夕若爲情
상음(商音)은 맑디맑고 가을 하늘 드넓은데 商音瀏瀏秋空闊
조수가 마름꽃 치고 달이 뜨려 하는구나. 潮打蘋花月欲生

호슈가 준 시에 차운하다[次芳洲見贈韻]

한 척 배로 동쪽 푸른 바다 모퉁이로 떠오니 一棹東遊碧海隈
만 리에 운무 걷혀 새로 맑게 개었구나. 新晴萬里霧雲開
타향에선 하늘가 나무에 달 떠오르는데 他鄉月出天邊樹
고국에선 한강변 누대에 가을 깊었으리라. 故國秋深漢上臺

『삼국유사(三國遺事)』에는 김제상으로 나와 있다. 눌지마립간 즉위 10년(426)에 왕명으로 고구려에 볼모로 있던 왕의 동생 복호(卜好)를 구하여 돌아왔다. 이어서 야마토(大和)에 볼모로 있는 왕자 미사흔(未斯欣)을 구하러 가서 왕자를 구출하여 신라로 보낸 후, 그를 신하로 삼으려는 인교천황(允恭天皇)의 설득을 거절하다가 죽었다.

60 포옹(圃翁) : 포은(圃隱) 정몽주(鄭夢周, 1337~1392)를 가리킨다. 1377년 9월 자원하여 왜의 보빙사(報聘使)로 가서 1378년 7월 일본에 포로로 잡혀갔던 고려인 수천 명을 데리고 귀환했다. 일본 규슈에 가서 규슈의 탄다이(探題 : 지방장관)였던 이마가와 료슌(今川了俊)을 만나 왜구 단속과 고려인 귀국을 요청하여 응낙 받았다. 이마가와가 정몽주의 학식과 인품에 탄복했으며 규슈 성주도 그의 지식과 언행에 감복해 특별히 우대하였다고 한다. 또, 일본 승려들이 모여들어 시를 청했으며 가마를 타고 규슈의 명승지를 두루 돌아다녔다고 한다.

언덕 귤나무가 숲 이룬 마을에 해 저무니　岸橘成林村落晩
안개 물결 끝도 없고 기러기는 슬피 우네.　煙波無際鴈鴻哀
나그네 밥상에 오늘 배, 대추 올라오니　客盤今日登梨棗
타향에서 한 해 끝나감에 문득 놀라네.　驚刦殊方歲色催

아이노시마에서 바람을 기다리다가 홀연 열흘이 지났다. 가을 기운이 점차 높아지니 나그네 심사가 무료하여 제술관 신주백, 진사 성여필, 사문 장필문, 진사 강자청과 나란히 뒷산을 걸어 올랐다. 멀리 하늘가 봉우리들을 바라보고 마침내 운을 불러 함께 짓다
[待風藍島, 忽經一旬. 秋氣漸高, 客懷無聊, 與申製述周伯、成進士汝弼、張斯文弼文、姜進士子靑聯步上後峰. 遙望天際峰巒, 遂呼韻共賦]

슬픈 노래 부르며 산꼭대기 오르는데　悲歌上高頂
두건 자주 흐트러뜨리며 그대들과 동행하네.　巾屢毁君偕
천 겹의 물에는 바람 가득하고　風滿千章水
만고의 벼랑엔 조수가 침노하네.　潮侵萬古崖
긴 하늘에 돛단배 작은데　長空舟帆小
외론 섬에 귤나무 숲 아름답네.　孤島橘林佳
가을 풍경 내 고향과 비슷하여　秋事吾鄕似
나그네 회포 금하기 더욱 어렵구나.　尤難爲客懷

갈이 읊은 시를 붙임[附同詠]

우연히 시흥을 이끌고 가니　偶携詩興去
높이 나는 새가 산을 함께 오르네.　高鳥上山偕
지는 해는 맑은 호수에 펼쳐지고　落日鋪明鏡

돌아가는 구름이 푸른 벼랑에 부딪치네. 歸雲拍翠崖
그윽한 풀 덮여 깨끗한 곳 찾아서 앉고 坐從幽草淨
늙은 소나무 자라 아름다운 곳 기어오르네. 攀有古松佳
고국은 가을하늘 저 너머에 있는데 故國秋天外
아득히 바라보며 홀로 회포를 펼쳐보네. 蒼茫獨散懷

주백(周伯)

타국에서도 경치 좋은 곳 찾아가니 殊方亦尋勝
종려와 대나무가 토인(土人)들과 어우러져 있네. 棕竹土人偕
지는 해는 외론 섬을 머금었고 落日含孤島
부딪친 섬엔 기이한 벼랑 뚫려 있네. 衝島穴怪崖
풀 베는 여자아이들 …[61] 草除童女□
나물 캐는 옛 나라 아름답네. 採山故國佳
지사(志士)는 본디 가을에 느낌 있나니 志士元秋感
하늘 끝에서 감회가 일어난다네. 天涯可作懷

여필(汝弼)

호슈가 보낸 시에 차운하다[次芳洲見贈韻]

맑은 가을날 푸른 바다 건너 滄海淸秋日
돛배 한 척으로 만 리 길 왔네. 孤帆萬里程
밤에는 고기잡이 등불 찾아 묵고 夜尋漁火宿

61 이 구절의 원문은 "草除童女"로, 다섯 글자 가운데 한 글자가 모자란다. 의미 및 평측을 고려하여 "草除童女□"로 입력하였다.

새벽 일찍 호수로 나아간다네. 曉趁早湖行

중추(仲秋 : 8월) 10일 배에서 이쓰쿠시마에 이르러. 두보의 <추흥팔수(秋興八首)>에 차운하다
[仲秋十日舟次慈島次老杜秋興八首]

자도(慈島)의 남쪽은 귤나무 숲이요 慈島之南橘樹林
패가대(霸家臺)[62] 북쪽엔 뭇 봉우리 빽빽하네. 霸家臺北衆峰森
긴 하늘 개니 무지개 내려와 물마시고 虹霓下飮長空霽
초록빛 섬 그늘지니 비둘기 슬피 우네. 鶉鴿悲鳴綠嶼陰
포구 가까이 찬 소리에 나그네 꿈 놀라니 近浦寒聲驚旅夢
배 가득히 밝은 달이 가을 기분 뒤흔드네. 滿船明月攪秋心
하늘 끝에서 이미 서리 이슬 짙음을 깨닫는데 天涯已覺繁霜露
언덕 위 외로운 마을에선 한밤 다듬이 소리 울리네. 岸上孤村響夜砧

제2수[其二]

끝없는 바다 하늘에 두우성 비껴있으니 海天無際斗牛斜
나그네 한밤중에 좋은 시절 느끼네. 客子中宵感歲華
쓸쓸한 이슬방울에 초목들 슬퍼하고 玉露凄凄悲草樹
아득한 은하수에 뗏목이 떠간다. 銀河渺渺泛星槎
가을날 기러기도 고향 편지 못 전하니 鄕書不見秋來鴈

---

62 패가대(霸家臺) : 일본 규슈 지방 동북쪽에 있던 곳인 하카다(博多)의 음역이다. 고려 때까지 대일외교를 관장하던 태재부(太宰府)가 있었는데, 고려 말 정몽주(鄭夢周)가 사신으로 이곳을 방문하여 시를 지었다. 또, 신라의 충신 박제상이 절사(節死)한 곳이기도 하다.

해질녘 갈피리에 떠도는 심사 감당 못해. 羈思難堪日暮笳
포구 밖 고기잡이 노래 조금씩 들려오는데 浦外漁歌稍稍起
차가운 밤 조수가 갈대꽃으로 들어가네. 夜寒潮水入蘆花

제3수[其三]

바닷가 마을 아침 해 깨끗하게 빛나고 海村朝日淨暉暉
아득한 포구 가에 먼 데 나무 희미하네. 浦溢蒼茫遠樹微
하얀 새는 무심히 배 곁에 서 있는데 白鳥無心傍舟立
언덕 구름은 무슨 뜻으로 사람 등지고 날아가나. 岸雲何意背人飛
견디기 어려워라, 이 계절 성큼성큼 지나가니 不堪歲色駸駸過
다만 뜬 인생 사사건건 어긋나는 것 알겠네. 但覺浮生事事違
시골집에서 내가 오길 기다린단 것 알겠으니 應識坡庄待余至
기장 막걸리 막 익고 토란 뿌리 살쪘으리. 黍醪方熟芋根肥

제4수[其四]

인간세상 진정 한 판 바둑과 같아서 人世眞同一局碁
세월 훌쩍 지나가니 또 슬픔을 견딘다. 光陰忽忽又堪悲
송아지처럼 건장했던 지난날 그리며 健如黃犢懷前日
봄누에처럼 잠만 자는 노년을 탄식하네. 眠似春蠶歎老時
낙엽만 떨어져도 나그네 마음 문득 놀라 客意翻驚黃葉墜
변방 기러기 늦으니 고향 소식 어찌 알까. 鄕音無奈塞鴻遲
이역에서 가을 깊으니 도리어 병 많아 秋深異域還多病
이사(里社)에서 술잔 돌리던 일 유독 생각난다네. 里社盃樽偏有思

제5수[其五]

화산(華山) 가까운 내 오두막 멀리 떠올리나니	遙憶吾廬近華山
대와 솔 사이에 서까래 몇 개 새로 올렸지.	數椽新搆竹松間
국화 핀 후 아이는 술을 따르고	黃花開後兒斟酌
술맛 좋고 달 밝은데 손님이 문빗장 두드리네.	酒好月明客扣關
곡식 익고 거문고로 노래하니 항상 즐거워	歲熟琴歌常樂志
집안 가난해도 친척들 모두 기쁜 낯빛이라.	家貧親戚共怡顏
등불 앞에서 헤아려보니 돌아갈 날 아득해	燈前暗算歸期杳
아마도 삼동에 마반(馬班)[63] 읽기는 못하겠지.	恐廢三冬讀馬班

제6수[其六]

저구(杵臼)[64]의 충정은 신의의 공으로 기록되었는데	杵臼精忠紀信功
당시에 제상(堤上)은 오랑캐 땅에서 죽었구나.	當時堤上死蠻中
부상(扶桑) 만 리에 가을빛 슬프고	扶桑萬里悲秋色
유수(流水) 천 년에 북풍이 오열하네.	流水千年咽北風
공중에 걸린 하얀 달 긴 밤을 비추는데	素月懸空長夜照
이슬 젖은 물가 꽃 몇 가지나 붉은가.	汀花浥露幾枝紅
지난 일에 상심하나 누구에게 물을꼬.	傷心往事憑誰問

---

63 마반(馬班) : 사마천(司馬遷)과 반고(班固), 또는 이들이 지은 『사기(史記)』와 『한서(漢書)』를 가리킨다.

64 저구(杵臼) : 춘추시대 진(晉)나라 사람인 공손저구(公孫杵臼)를 가리킨다. 진(晉) 경공(景公) 3년에 대부 도안고(屠岸賈)가 대신 조씨(趙氏) 일가를 멸족시키고 조삭(趙朔)의 유복자를 찾고 있었는데, 조씨의 문객이었던 공손저구가 목숨을 걸고 그 아이를 살려냈다. 『사기(史記)』 조세가(趙世家)에 나온다. 자신을 희생하여 윗사람의 자손을 구해냈다는 점에서 박제상의 행적과 나란히 제시한 것이다.

가랑비 속 조각배에 낚시하는 노인 있네.　　細雨扁舟有釣翁

제7수[其七]

나그네는 물결 끝에서 슬픈 노래 부르고　　遊子悲歌滄浪頭
우수수 지는 낙엽, 다시 맑은 가을이네.　　蕭蕭木葉又淸秋
집에서 색동옷 입던 즐거움[65] 부질없이 떠올리니　　在家空憶班衣樂
오랜 나그네 생활에 백발 된 근심 금하기 어렵네.　　久客難禁白髮愁
돌아갈 생각에 구름 가의 고니 되길 원하고　　歸思願爲雲際鵠
한가로운 정은 물가 갈매기에게 부끄럼 많네.　　閑情多愧水中鷗
오늘밤 하늘 끝의 뜻이 무한한데　　今宵無限天涯意
달은 부상 육십 주(州)를 비추고 있네.　　月照扶桑六十州

제8수[其八]

팔월이라 바람 높고 바닷길은 구불구불　　八月風高海路迤
벼꽃은 가을빛 띠고서 남쪽 언덕에 가득하네.　　稻花秋色滿南陂
물가 바위 오래되어 용 생겨날 굴이요,　　滄洲石古生龍穴
절벽 소나무 높으니 송골매 깃들 가지로다.　　絶壁松危棲鶻枝
마을에 다듬이 울릴 때 초승달 떠오르고　　村落鳴砧新月上
뱃사람들 불 피울 때 저녁 조수 옮겨오네.　　舟人燃火暮潮移
모르겠네, 어느 곳에서 고향 땅 바라다 보일까.　　不知何處望鄕國

65 색동옷 입던 즐거움 : 어버이를 곁에서 모셨던 기쁨을 뜻한다. 춘추시대 초(楚)의 노래자(老萊子)가 일흔 살 나이에 색동옷을 입고 어린아이 놀이를 하여 어버이를 기쁘게 하였다는 고사가 있다. 『소학(小學)』 계고(稽古)에 전한다.

은하수 서쪽으로 흐르고 북두성이 드리웠네. 河漢西流北斗垂

북곡(北谷)[66] 상공의 <높은 누대에서 북신을 바라보며[危樓望辰]>에 삼가 차운하다 [謹次北谷相公危樓望辰韻]

창해에 배 위태로운 것 이미 잊었으니 已忘滄海舟揖危
눈앞엔 바야흐로 가을빛 흩어져 있네. 眼中秋色政離披
범궁(梵宮)과 죽서(竹嶼)로 두루 시 지으면 梵宮竹嶼題詩遍
한수(漢水)와 종남(終南)이 꿈에 나올지도 모르지. 漢水終南入夢疑
문 닫고 있던 당시 빈한한 서생이었는데 閉戶當時窮措大
바다에 배 띄운 오늘 호탕한 남아라네. 泛瀛今日好男兒
저물녘 배 저어와 모래 언덕에 대어놓고 晚移孤棹依沙岸
달빛 비친 갈대꽃 속에서 한가로이 낮잠 자네. 月暎蘆花就睡遲

제2수[其二]

서풍이 윙윙 선루에 가득한데 西風淅淅滿船樓
나그네 심사 아득해 물가에 앉았네. 旅思悠悠坐水頭
외론 섬은 혹 누에가 머리 세운 것 같고 孤島或如蠶首立
조각배는 도리어 행호(杏湖)[67]에 떠 있는 느낌이네. 片帆還思杏湖浮
염제(拈提)[68]는 언덕 너머 찬 종소리 떨어뜨리고 拈提隔岸寒鍾落

---

66 북곡(北谷) : 정사 홍치중(洪致中)의 호이다.

67 행호(杏湖) : 양천에서 고양(高陽) 행주(幸州)까지의 한강을 가리킨다. 오늘날의 방화대교와 행주대교 사이이다. 행주는 행주(杏州)로도 썼다.

68 염제(拈提) : 선종에서 학인들을 깨우치기 위하여 고칙(古則), 공안(公案), 기연어구(機

나그네 잠 못 드는데 흰 달이 흘러가네.	客子無眠素月流
오늘밤 하늘가에서 성절(聖節)[69]을 만났으니	今夕天涯逢聖節
멀리 바다에서 헤아려보고 성상(聖上)을 축수하네.	遙將海算祝宸旒

제3수[其三]

가을날 물가에 묵으니 날씨가 서늘한데	秋宿沙洲天氣凉
밤 되자 이웃한 배들 등불 서로 마주해 있네.	隣船燈火夜相望
구름 갠 푸른 바다에 별들이 움직이고	雲晴碧海星辰動
이슬 맺힌 빈 산엔 귤 유자 향기롭다.	露滴空山橘柚香
흰 기러기 소리 슬프니 북쪽에서 왔고	白鴈聲哀來自北
푸른 단풍잎 붉어졌는데 고향에 못 돌아가네.	青楓葉赤未還鄉
달 높아 조수 빠지고 차가운 밤 긴데	月高潮落寒宵永
나그네 꿈 하염없이 북당(北堂)[70]에 다다르네.	旅夢依依到北堂

제4수[其四]

만 리 바다에 한 작은 신하가	滄溟萬里一微臣
하늘 끝에서 머리 조아리며 북극성 바라보네.	天末叩頭望北辰
늙어서 한나라 사신 따라 막객이 되어서	老逐漢使爲幕客
가을날 옥절 받들고 하수(河水) 가에 머무르네.	秋陪玉節滯河濱
유독 오늘밤에 바다 위 달 하얀 것 어여쁘고	海月偏憐今夜白

緣語句) 등을 제기하여 평하는 일. 이 시에서는 선사(禪寺)를 가리키는 것으로 짐작된다.

69 성절(聖節) : 임금의 생일을 높여서 이르는 말. 숙종의 생일이 8월 15일이다.

70 북당(北堂) : 어머니가 거처하는 곳을 의미한다.

멀리 고향집 뜰에 국화 새로 피었을 것 생각하네. 菊花遙想故園新
타국에서 또한 거문고와 술 있는 것 기쁘니 殊方亦喜琴樽在
같은 배 탄 두세 사람과 웃으며 이야기 나눈다네. 笑語同舟三兩人

적관(赤關)의 빗속에서. 호슈의 시에 나중에 차운하다 [赤關雨中追次芳洲韻]

천 봉우리가 적수(赤水)에 임하였는데 千峯臨赤水
닷새를 안개 낀 물굽이에서 보냈네. 五日宿煙灣
돛배 앞엔 가을빛 멀고 帆前秋色遠
등불 아래 빗소리 차갑네. 燈下雨聲寒
외로운 나그네 근심 어찌할꼬. 孤客愁無奈
타향에서 한 해가 저물려 하네. 他鄉歲欲闌
다만 유수곡을 가지고 唯將流水曲
때때로 그대 위해 연주한다네. 時或爲君彈

제2수[其二]

해는 외로운 봉우리 너머 숨었는데 日隱孤峰外
먼 물가 굽어보니 푸릇푸릇하구나. 蒼蒼俯遠洲
나그네 배 얕은 수문에 기대었는데 客帆依淺閘
붉은 잎이 깊은 못으로 떨어지네. 霜葉落深湫
불각(佛閣)에 가을비 소리 울리고 佛閣鳴秋雨
어촌에 저녁 노래 시작되누나. 漁村起晚謳
역풍으로 배가 떠나지 못해 逆風舟未發

적관(赤關)의 가을날 시름겹구나.	愁殺赤關秋

아미다지에 올라[登覽阿彌陀寺]

흐르는 물과 흰 구름, 가을빛 짙은데	流水白雲秋色濃
문득 다가온 좋은 절기에 나그네 신세 탄식하네.	忽忽佳節歎羈蹤
배 매어두고 와 제천(諸天)의 부처 구경하는데	繫舟來看諸天佛
승려 있어 때때로 저녁 종을 울린다.	有衲時鳴薄暮鍾
누런 잎 서너 개 떨어져 문득 놀라는데	黃葉忽驚三四落
푸른 바다 백 천 겹을 이미 건너 왔도다.	滄溟已度百千重
산천이 비록 아름다우나 내 땅 아니니	山川雖美非吾土
어느 날에 한강가 산봉우리 만나려나.	何日相迎漢上峯

해질 때 무코우라 항구 안에 닻을 내리고 배 안에서 회포를 풀다 [日暮下碇向浦港內舟中遣懷]

외로운 돛배 조수를 따라가서	孤帆隨潮去
북두성 곁을 배회하고 있네.	徘徊北斗傍
바람 피해 얕은 항구로 옮겨와서	避風移殘港
불빛 찾아 다른 배를 물어본다.	尋火問他航
꿈속에 모래톱 물새는 울부짖고	夢裏沙鴻叫
술 깬 끝에 물 기운 차갑구나.	醒餘水氣凉
근심스레 봉창 아래서 잠이 드니	悄然篷底宿
다음날은 다시 어느 곳으로 갈거나.	明日更何鄉

새벽에 무코우라를 떠나며[向浦曉發]

새벽 나팔 울어대기 시작하고 曉角鳴鳴起
계명성(啓明星 : 샛별)이 돛대 앞에 떠 있구나. 明星在帆前
상관(上關)까지 아직 얼마나 남았나. 上關猶幾許
가을하늘 향해 가고 또 가네. 去去向秋天

제2수[其二]

사람과 물새는 일어났는데 人與沙禽起
어둑어둑 해는 뜨지 않았네. 朣朧日未生
안개 낀 숲은 어느 곳인가. 煙林是何處
되레 잠 속에서 길을 가는 듯. 還似睡中程

저녁에 가미노세키에 배를 대고[日晡泊上關]

누대가 연못에 임해 있으니 樓臺臨積水
가물가물 그림 속 장면 같네. 隱隱畫圖間
다만 먼 바다라고만 했으니 只言滄海遠
푸른 산 있을 줄 누가 알았으랴. 誰意有青山

아침에 가미노세키를 떠나며. 앞의 운을 다시 쓰다[朝發上關疊前韻]

이웃 배에서 새벽부터 소리쳐서 隣舟曉相喚
닻줄 풀고 운무 사이로 나아가네. 解纜霧雲間
문득 중류에서 바라다보니 却在中流望
어제 잤던 산이 느릿느릿 지나가네. 依依宿處山

어두운 밤에 가마가리 포구에 도착해서. 배에서 성여필의 시에 차운하다
[昏夜到鎌刈浦舟中次成汝弼韻]

강 가득 등불이 별과 이어져 있는데 滿江燈火與星連
가을 기운 스산한 비온 뒤 날씨구나. 秋氣蕭森雨後天
서풍이 급히 불어 찬 물결 불어나서 西風吹急寒潮漲
절벽 등나무 숲에 밤에 배를 매었네. 絶壁橙林夜繫船

반다이지를 지나며. 배에서 올려다보고 입으로 불러짓다
[過盤臺寺舟中仰視口占]

뜸집 밖에서 청아한 독경소리 들려와 篷外聞清梵
바닷가로 불러 이끄는구나. 招提滄海邊
층층 벼랑 높아서 떨어지려 하는데 層崖危欲墜
외론 누각이 매달린 듯 걸쳐있네. 孤閣泊如懸
비스듬히 삼신산의 나무를 마주했고 斜對三山樹
멀리 만 리의 하늘에 임해 있네. 遙臨萬里天
바람 부는 여울이라 배 빨리 가니 風灘舟往迅
머리 돌리자 어느새 아득하구나. 回首却茫然

밤에 우시마도의 강가 누각에 앉아서[夜坐牛窓江閣]

백 척 누각에 밤기운 맑은데 夜氣澄明百尺樓
우수수 낙엽 떨어져 강 가득 가을이네. 蕭蕭木葉滿江秋
하늘가 외론 나그네 수심 겨워 잠 못 들고 天邊孤客愁無寐
홀로 창문 열고서 두우성 바라본다. 獨自開窓看斗牛

무로쓰에서 다가야(多賀谷) 여러 사람들에게 주다[室津贈多賀谷諸人]

늙은 측백 푸르고 귤 유자 누런데　　老柏蒼蒼橘柚黃
분바른 담 그림 벽 누구의 집인가.　　粉墻畫壁是誰堂
가을바람에 나그네 잠시 노 멈추니　　秋風客子蹔停棹
발[簾] 앞에 지는 달 해주(海州)를 길게 비추네.　　落月簾前海州長

○ 수유당팔영(垂裕堂八詠)

수유당 주인은 성은 가라카네(唐金)이고 이름은 고류(興隆)이다. 아카시(明石)와 난바(難波) 사이에 사는데 숲과 골짜기, 전원의 승지를 갖고 있다. 또 시와 술을 좋아하며 우삼동의 무리와 잘 어울린다. 수유(垂裕)는 곧 당호인데, 그 경치로 8영(詠)을 짓고 또 12영을 지었다. 일찍이 신묘사행(1711) 때에 이동곽(李東郭)[71] 등 여러 명이 모두 그 경치로 시를 지었는데 지금 또 신(申)·성(成) 등 여러 사람들과 나에게 시를 지어 달라고 하여 마침내 지어서 준다.

가츠라기미네(葛城峯)

반공엔 천 가지 푸른 부용 솟았고　　半空千朶碧芙蓉
상서로운 노을과 구름 겹겹이 쌓였네.　　瑞霞祥雲重復重
골짜기 속에서 때로 생학(笙鶴)[72] 울음소리 들리고　　洞裏時聞笙鶴過
바람바퀴[73]엔 종종 신선의 자취 있네.　　颷輪往往有仙蹤

---

71 이동곽(李東郭) : 1711년 신묘통신사의 제술관 이현(李礥, 1653~1718)의 호가 동곽이다.

72 생학(笙鶴) : 신선이 학을 타고 생황을 연주하는 것, 또는 선학(仙鶴)을 가리킨다.

아와지시마(淡路島)

아득한 물 가운데 외론 섬 있으니 孤島蒼茫積水中
처음 만들 그때에 신이한 공력 있었네. 當時開創有神功
우뚝하게 바다 끝에 서서 문을 이루니 兀然海角爲門戶
아침저녁 바람에 돛배가 드나드네. 來往帆檣朝暮風

지느노우미(茅渟海)

만 이랑 유리 같은 푸른 바다 물결 萬頃琉璃碧海流
하늘가에 굴 늘어서고 여러 주(州)가 보이네. 天邊列峀見諸州
구름 낀 숲과 안개 낀 성곽 멀리 서로 마주했고 雲林煙郭遙相對
저물녘 시골 노래 뱃노래에 섞여 드네. 薄暮村歌雜棹謳

무코야마(武庫山)

보리밭과 벼논이 마을에 구불구불 麥隴稻畦村落迤
상전벽해의 변환이 바야흐로 서글프다. 滄桑變幻政堪悲
충신은 한 번 죽어 뛰어난 행적 전하니 忠臣一死傳奇蹟
가을날 나지막한 산에 옛 비석 누웠구나. 秋日殘山臥古碑

히네노(日根野)

누런 구름 들 가득하고 다듬이 소리 슬픈데 黃雲滿野杵聲哀
임금 수레 여기 올 일 다시는 없다네. 無復鑾車向此來

---

73 바람바퀴 : 신선은 바람을 타고 다닌다고 하므로 바람바퀴[飇輪]라고 표현한 것이다.

슬프다, 옛적 가무하던 곳.	怊悵昔時歌舞地
거친 밭 추운 날에 목화가 피어있네.	荒田寒日木花開

요시미사토(吉見里)

강 언덕 안개 낀 나무 사이에 인가 있고	江皐煙樹有人家
물 푸르고 모래 하얀데 오솔길 비껴 나있네.	水碧沙明細路斜
늦가을 외론 마을에 그윽한 흥 넉넉하니	秋晚孤村幽興足
성긴 울타리 곳곳에 국화가 피어있네.	疏籬處處見黃花

오키쓰지키(興津崎)

긴 물가 안개 낀 풍경 저물녘에 아스라한데	長洲煙景晚依微
물에 잠긴 갈대꽃에서 백조가 날아오르네.	水沒蘆花白鳥飛
달 떠오는 금물결 멀리서 반짝이고	月出金波遠閃閃
밤 깊어 고기잡이들 배 끌고 돌아오네.	夜深漁子蕩舟歸

사노우라(佐野浦)

안개 낀 모래밭 아득하고 대와 솔은 푸른데	煙沙渺渺竹松蒼
분벽(粉壁) 집, 붉은 누대가 한 줄기 물 곁에 있네.	粉閣丹樓一水傍
해 지자 구가(謳歌)[74]가 포구에 가득하니	落日謳歌滿浦漵

74 구가(謳歌) : 제왕의 덕(德)을 찬미하는 노래. 『맹자(孟子)』 만장(萬章) 상(上)에 "우 임금이 (어진 신하) 익을 하늘에 천거한 지 7년 만에 우 임금이 붕어하자, 삼년상을 마치고 나서 익이 우 임금의 아들을 피하여 기산의 북쪽으로 가 있었더니, 조근하고 송옥하는 자들이 익에게로 가지 않고 (우의 아들) 계에게로 가서 '우리 임금의 아들이다.' 하고, 노래하는 자도 익을 칭송하지 않고 계를 칭송하면서 '우리 임금의 아들이다.'라고 했다.[禹

푸른 발 친 하얀 배들 모두 호상(豪商)이라네. 青簾白舫盡豪商

가즈라키노미네(葛城嶺) 시【수유당(垂裕堂) 12영】[葛城嶺韻【垂裕堂十二詠】]

하늘가 산봉우리들[75] 푸른데 天畔螺鬟翠
때때로 흰 구름 일어나네. 時有白雲生
아침저녁으로 걷혔다 펼쳐지니 卷舒朝又暮
은자에게 절로 기쁜 마음 생기네. 隱者自怡情

난바 포구의 노을[難波浦霞]

붉은 노을이 햇발과 어우러지고 丹霞映日脚
푸른 물 깨끗해 비단 같구나. 綠水淨如羅
자던 해오라기 모래밭에서 일어나는데 宿鷺起沙際
때때로 수조가(水調歌)[76]가 들려오누나. 時聞水調歌

지느의 먼 돛배[茅渟遠帆]

아득한 안개 물결 드넓은데 淼淼煙波闊
서풍이 나루터에 불어온다네. 西風吹渡頭

薦益於天七年, 禹崩, 三年之喪畢, 益避禹之子於箕山之陰, 朝覲訟獄者不之益而之啓, 曰 "吾君之子也"; 謳歌者不謳歌益而謳歌啓, 曰 "吾君之子也."]"고 하였다.

75 산봉우리들 : 원문의 '나환(螺鬟)'은 소라처럼 머리를 묶어 올린 모양으로, 불두(佛頭) 혹은 산봉우리가 겹쳐 있는 모양을 형용하는 표현이다.

76 수조가(水調歌) : 악부(樂府) 곡조의 이름으로, 수조가두(水調歌頭)라고도 한다. 수(隋) 양제(煬帝)가 변하(汴河)를 개통했을 때 지은 노래로, 당나라 사람들이 이를 부연하여 대곡(大曲)이 되었다고 전한다. 원회곡(元會曲), 개가(凱歌), 태성유(台城游), 강남호(江南好), 화범념노(花犯念奴) 등의 이칭이 있다.

먼 돛배 마치 오리, 기러기 같아　遠帆如鳧鴈
저물녘 긴 물가로 내려오누나.　日暮下長洲

이와지시마의 구름[淡路島雲]

밤눈에 낚시터가 파묻히고　夜雪埋漁磯
높고 낮은 섬들도 하얗게 됐네.　高低島嶼白
날 차가워 인적 드문데　天寒人跡稀
들 집엔 한 줄기 연기 곧구나.　野屋孤煙直

스마의 고기잡이 등불[須磨漁火]

해 지자 돛배 멀어지고　日落舟帆遠
언덕 위 마을도 아스라하네.　依微岸上村
나루터엔 고기잡이 등불 켜지고　渡頭漁火起
때때로 물새가 날아오른다.　時有水禽翻

아카시의 아침 안개[明石朝霧]

안개 자욱한 포구에　霏霏迷浦溆
은은히 비치는 봉우리 두셋.　隱約三兩峰
시냇가 길엔 다니는 이 적고　溪路行人少
다만 옛 절의 종소리 들리네.　唯聞古寺鍾

히네의 저녁 비[日根暮雨]

들길이 묵은 이끼로 덮였는데　野徑荒苔沒

옛적 이곳 노닐 때 생황 노래 불렀다지. 笙歌昔此遊
저녁하늘 찬데 비 지나가니 暮天寒雨過
아득히 사람을 시름겹게 하는구나. 漠漠使人愁

무코의 아지랑이[武庫晴嵐]

모락모락 저녁 햇살 머금고 羃羃含殘日
푸릇푸릇 다시 온 산에 가득하네. 蒼蒼復滿山
땅속에 보검 기운 묻혀 있어서 地中埋寶氣
밤이면 두우 사이로 빛을 쏜다지.[77] 夜射斗牛間

요시미의 가을 달[吉見秋月]

들 마을에 가을밤 고요한데 野村秋夜靜
달빛 받은 이슬방울 번득번득 빛나네. 翻翻月露光
자던 새 시내에서 우니 宿禽啼澗水
누군가 마을로 돌아오고 있구나. 墟落有人歸

밥 짓는 저녁[炊飯夕照]

마을 연기 곳곳에서 일어나니 村煙處處起
저녁 해가 반쯤 산을 머금은 때라네. 夕日半含山
나무꾼 노래 서로 답하고 樵木歌相答
소와 양도 제절로 돌아온다네. 牛羊亦自還

---

77 땅속에 ~ 쏜다지 : 151쪽 각주 52번 참조.

오키쓰의 갈매기[興津沙鷗]

모래사장 눈처럼 하얗고	白沙白如雪
백조 또한 밝고 깨끗하구나.	白鳥亦明潔
그 곁에 조각배 탄 노인 있어	傍有扁舟翁
짝 이뤄 맑은 달 즐기고 있네.	相伴弄淸月

사노의 상인[佐野商客]

구름 같은 돛 어디에 내리나,	雲帆何處落
아득한 대해 가운데라네.	茫茫大海中
오고 감에 정해진 때 없으니	來往無期限
남풍 불 때요, 또 북풍 불 때라네.	南風又北風

오사카성에서 즉석에서 써서 가메로(龜郎)【12세 아이이다.】에게 주다 [大板城走草贈龜郎【十二歲兒.】]

백옥 같은 선가의 아이를	白玉仙家子
대판성에서 만났네.	相逢大板城
이 모임 진실로 꿈속 같은데	此會眞夢寐
헤어질 때 괜스레 다시 정 일어나네.	臨分空復情

등불 아래서 숫센(出泉) 수재【12세 아이이다.】에게 지어주다 [燈下書贈出泉秀才【十二歲兒.】]

등불 앞에서 한 번 웃으며 선동(仙童)을 대하니	燈前一笑對仙童
물 위에 핀 연꽃 마냥 반짝거리네.	炯似蓮花出水中

나그네 배 내일이면 다시 떠나는데 客帆明朝又將發
바다 구름 동편으로 머뭇거리며 고개 돌리리. 依依回首海雲東

오사카성 9일[大板城九日]

가을하늘 깨끗해 씻은 듯하고 秋空淨如洗
빈 누각엔 기러기 소리 길구나. 虛閣鴈聲長
구월에 아직도 타향에 있는데 九月猶殊域
국화는 고향에 핀 것과 같네. 黃花似故鄉
사 가지고 온 오랑캐 술 하얗고 沽來蠻酒白
마주 대한 바다 산은 푸르구나. 愁對海山蒼
가물가물한 마을의 벗들, 迢遞社中伴
그리움에 귀밑머리 하얗게 세려 하네. 相思鬢欲霜

9월 10일. 오사카성에서 금루선을 띄워 요도우라로 향했다. 진사 성여필과 종일토록 창수했다. 이날 하늘이 맑고 바람이 편안하며 가을 강이 깨끗하고 푸르렀으며, 좌우에는 원림들과 분칠한 담을 두른 큰 집들이 70리를 이어져 있었다. 그 번화함과 아름다움을 이루 다 기록할 수가 없다

[九月十日自板城泛金樓船向淀浦. 與成進士汝弼終日唱酬. 是日天朗風恬, 秋江澄碧, 左右園林粉墻傑閣連亘七十里. 其繁華佳麗不可勝記]

뭇 별 같은 바닷가 고을에 비 지나가니 百星滄洲過雨痕
아침 햇살 배에 가득하고 뱃노래 떠들썩하다. 滿船朝日棹歌喧
높다란 분첩(粉堞)이 하늘에 솟아 있고 峩峩粉堞天中起
펄럭펄럭 붉은 깃발 물 위에서 번드치네. 獵獵紅旗水上翻

채색 옷 입고 곱게 화장한 건 월계녀(越溪女)요, 彩服明粧越溪女
푸른 종려 녹색 귤나무 심은 곳 귀인의 원림일세. 青椶綠橘貴人園
동행 중 다행히 마음 알아주는 이 얻어서 同遊幸得知心者
웃고 떠들며 배에서 술 한 동이 나눠 마시네. 笑語舟中共一樽

또[又]

여러 배들 앞서거니 뒤서거니, 諸船相後先
비 온 뒤 강물이 드넓구나. 江闊雨餘天
주춤주춤 물새가 다가오고 故故沙禽近
느릿느릿 비단 닻줄 끌어당기네. 遲遲錦纜牽
들쭉날쭉 숲 밖의 정자들 參差林外榭
너풀거리는 벼이삭 … 가운데 밭.[78] 穲稏□中田
어제 이미 중양절 지났으니 昨已過重九
술잔 앞에 두고 문득 서글퍼지네. 臨盃却悵然

또[又]

대판성에서 비로소 닻을 풀고 板城初解纜
출렁이며 가을 강을 건너간다네. 搖曳度秋陰
한 줄기 물은 푸른 하늘 멀고 一水青天遠
몇 곳 마을에 누런 잎 짙어가네. 數村黃葉深
외론 배는 백 리를 가는데 孤舟行百里

78 이 구절의 원문은 "穲稏中田"으로, 다섯 글자 가운데 한 글자가 모자란다. 의미 및 대구를 고려하여 "穲稏□中田"으로 입력하였다.

지는 해는 층층 봉우리 숨긴다. 殘日隱層岑
호리병 안에 제백주 사온 것 있으니 壺裏沽諸白
오늘밤에 우선 조금 맛보세. 今宵且細斟

여필의 시에 차운하다[次汝弼韻]

맑은 강 아침 해가 금루선 비추니 淸江朝日射金船
국화 피고 기러기 우는 구월이라네. 黃菊鳴鴻九月天
취해서 타루에 기대 때때로 한 번 읊으니 醉倚柁樓時一咏
사람들 응당 나를 신선이라 부르리. 人應呼我作神仙

두시에 차운하다[次杜詩]

가을바람에 나그네 슬픈 노래 부르니 秋風遊子悲歌發
대판성 동쪽 백 척 누대로다. 大板城東百尺臺
백발은 유독 근심 때문에 생겼는데 白髮偏從愁裏得
나그네 생활 중에 국화 핀 것 이미 보았네. 黃花已見客中開
한 줄기 강 가을 물과 술동이 모두 푸르고 一江秋水樽俱綠
만 리 긴 여정에 기러기 같이 왔네. 萬里長程鴈共來
하늘 끝에서 한 해 저무니 나그네 마음 간절해 歲暮天涯旅思切
어떻게 하면 고각(鼓角) 울려 갈 길 재촉해 볼까. 如何鼓角更相催

또[又]

가을 강 맑아 사랑스러우니 秋江淸可愛
해거름에 또한 기이한 유람일세. 薄暮又奇遊

기러기 잠든 갈대는 차갑고	鴈宿蒹葭冷
배 지나가는 포구는 그윽하다.	舟行浦溆幽
차가운 등불은 먼 숲에서 나오고	寒燈出遠樹
외로운 달 중류에 걸렸네.	孤月在中流
하늘 끝이라도 시와 술은 있으니	天末猶詩酒
어찌 송옥(宋玉)의 시름[79]에 괴로워하리오.	何煩宋玉愁

또[又]

나그네 배 다시 동쪽으로 가니	客船又東去
바다 밖 나라에 가을 깊구나.	秋深海外邦
푸른 봉우리 짧은 노를 맞이하고	蒼岑迎短棹
지는 해는 긴 강에 떨어지네.	落日下長江
가는 곳마다 밭의 벼는 익어가고	逐地田禾熟
때때로 뱃전의 북을 두드린다네.	有時舟鼓撞
동행중에 성자(成子 : 성몽량)가 있으니	同遊有成子
시격(詩格) 높아 다시 대적할 이 없네.	詩格更無雙

여필의 시에 차운하다[次汝弼韻]

구불구불 정포(淀浦)를 지나가니	淀浦迤迤過

79 송옥(宋玉)의 시름 : 가을에 느끼는 우수를 말한다. 송옥(宋玉)의 〈구변(九辨)〉에서 "슬프구나! 가을의 기운이여. 쓸쓸히 초목 지고 쇠하여가네.[悲哉秋之爲氣也. 蕭瑟兮草木搖落而變衰.]"라 하였다. 또, 두보의 〈영회고적(詠懷古跡)〉 제2수에서 "낙엽 지매 송옥의 슬픔을 깊이 알겠으니, 풍류와 온아함이 또한 나의 스승일세.[搖落深知宋玉悲, 風流儒雅亦吾師.]"라고 하였다.

가을 산이 나그네 배 둘러싸누나. 秋山繞客帆
가까운 마을엔 이상한 나무 많고 近村多異樹
그윽한 곳에 기이한 바위 솟아있네. 幽處露奇巖
언덕의 국화를 때마침 상투에 꽂으니 岸菊時簪髻
숲의 회오리바람 또 소매에 가득하네. 林颷又滿衫
장쾌한 유람 하늘 아래 최고라 壯遊天下最
풍격이 또한 심상치 않다네. 風格亦殊凡

또[又]

봉창에서 마주 앉아 취하니 篷窓相對醉
저녁 빛이 이미 돛배를 따라왔네. 暮色已隨帆
모래밭 가 풀엔 물새들 노닐고 鷗鷺沙邊草
물 북쪽 바위엔 은하수 흐른다. 星河水北巖
강물 찬데 마을의 다듬이 소리 울리고 江寒響村杵
이슬 기운이 저고리에 내려앉네. 露氣上衣衫
여정이 힘들다고 말하지 말게, 莫道行程苦
이런 유람 또한 흔치 않으니. 玆遊亦不凡

여필의 시에 차운하다[次汝弼韻]

바다 건너 벌써 오천 리 지나오니 已涉滄溟過五千
부상의 가을빛 바야흐로 곱구나. 扶桑秋色政堪憐
날 저물어 깃발엔 서풍이 급하고 晚來旗脚西風急
밤 되어 뱃머리엔 북두성 걸려 있네. 夜坐船頭北斗懸

행로가 절반은 단풍 숲 속 따라가니 行路半從楓樹裏
돌아갈 때 아쉬운 건 국화보다 늦는 것. 歸期恨不菊花先
멀리 고국에선 한창 좋은 날인데 遙思故國方佳日
백사(白社)[80]의 풍류를 누가 전해주겠나. 白社風流誰得專

또[又]

백 리의 푸른 물결에 채선(彩船)을 띄우니 百里滄江放彩船
흰 구름 흐르는 물, 가을하늘이 멀구나. 白雲流水逈秋天
귤나무 숲 모래섬 그림과 같고 橘林沙嶼如圖畫
도복 입고 오건(烏巾)[81] 쓴 이 신선이로세. 道服烏巾人是仙

또[又]

좋은 절기에 좋은 경치 만났으니 佳辰又佳境
평생에 으뜸가는 유람일세. 遊事冠平生
산 차가워 천 개 잎이 떨어지고 山寒千葉下
달 떠올라 한 줄기 강 밝구나. 月出一江明
마을 가까운 것 점점 알겠으니 漸覺村居近
웃고 말하는 소리 희미하게 들려오네. 微聞笑語聲
오랑캐 아이 때때로 술을 권하니 蠻童時勸酒
이국 풍속에도 또한 안정(顔情)[82] 있구나. 異俗亦顔情

---

80 백사(白社) : 백련사(白蓮社)를 줄여서 백사라고 한다. 140쪽 각주 31번 참조.

81 오건(烏巾) : 검정색 두건. 오각건(烏角巾)이라고도 한다. 은자들이나 벼슬하지 않은 선비들이 주로 썼다.

또[又]

행인들이 멀리 건너갈 욕심내어	行人貪遠涉
들 나루에 등불을 막 켜놓은 때,	野渡上燈初
외로운 돛에는 밝은 달 걸렸고	孤帆懸明月
찬 강에는 푸른 물결 넘실거린다.	寒江漾碧虛
모래밭 가엔 낙엽 소리 들리고	沙邊聞墜葉
뱃고물엔 물고기 뛰어오르네.	船尾見跳魚
고향 소식 막혔으니	故國音書隔
오늘밤도 눈물이 옷자락에 가득하다.	今宵淚滿裾

배에서 왜인의 부채에 써주다[舟中題倭人扇子]

조각배가 가을 물에 떠가는데	扁舟泛秋水
양쪽 언덕에 국화가 피어있네.	霜菊兩岸開
구불구불 포구 깊이 들어가니	逶迤入深浦
그림 속에 들어왔나 의심한다네.	疑是畫中來

요도우라에서 왜경으로. 말 위에서 불러 짓다[自淀浦向倭京馬上口占]

어제는 배 타고 오늘은 말을 타니	昨日乘船今騎馬
강호(江湖) 이미 멀어지고 들 넓게 펼쳐졌네.	江湖已遠野色寬
만 이랑 늦벼는 누런 구름처럼 펼쳐졌고	萬頃霜稻黃雲遍
천 줄기 대나무는 푸른 그림자 한가롭다.	千竿脩竹淸影閑

---

82 안정(顔情) : 여러 차례 얼굴을 보면서 생긴 정.

닭 울음 개 짖는 소리 마을에 이어지고 鳴鷄吠犬接村巷
노인 부축하고 아이 데리고 거리에서 만나네. 扶老携幼交陌間
이역의 가을빛 내 땅과 같으니 異域秋光同我土
나그네 마음 곳곳에서 고향 산을 생각하네. 羈心處處思鄕山

오쓰 가는 길[大津途中]

거친 산길 말 몰아가는데 驅馬荒山路
쓸쓸히 숲 가득 비가 내린다. 蕭蕭雨滿林
푸른 솔은 길을 끼고 곧고 蒼松挾路直
누런 벼는 마을 안고 무성하구나. 黃稻抱村深
들 저자엔 아롱진 물건들 있고 野市班爛貨
오랑캐 여인들은 대모 비녀 꽂았네. 蠻娘玳瑁簪
늦가을 경치 유독 어여쁘니 偏憐秋景晚
귤, 유자 이미 금빛 열매 드리웠네. 橘柚已垂金

보코테이에 올라 비와코를 바라보며【호수는 산 아래에 있는데 둘레가 4백 리라고 한다.】
[登望湖亭望琵琶湖【湖在山下, 周回四百里云.】]

나그네 마음 가을빛 사랑하여 客意憐秋色
누대에 올라 한 번 슬퍼하노라. 登樓一悵然
산은 몇 주(州)에 이어져 멀고 山連數州遠
들엔 큰 호수 열려 둥글구나. 野拆大湖圓
아침 해는 마른 잎 선명하게 비추고 朝日明寒葉

안개 물결은 채선을 고요히 덮고 있네.	煙波靜彩船
동정호와 백중을 이루니	洞庭爲伯仲
어찌하면 소릉(少陵)의 시를 지을까.[83]	那得少陵篇

비료슈(尾陵州) 가는 길[尾陵州途中]

가고 또 가서 들 마을 건너니	行行渡野村
해 떠오르고 메밀꽃이 하얗다.	日出蕎花白
시내 앞에서 잠시 말을 쉬는데	臨澗暫歇馬
새 한 마리 삼나무에서 지저귀네.	獨鳥鳴杉木

또[又]

푸릇푸릇 소나무 잣나무 속	蒼蒼松柏裏
그윽하니 신당(神堂)이 여기로구나.	窕窈神堂是
흰 바위가 높은 문이 되었는데	白石爲高門
황금으로 큰 글자 써 놓았네.	黃金書大字

또[又]

멀리 들에선 벼가 익어가고	野遠稻粱熟

---

83 동정호와 ~ 지을까 : 소릉(少陵)은 두보(杜甫)를 가리킨다. 호수의 풍경이 동정호와 대적할 만하므로 두보의 〈등악양루(登岳陽樓)〉와 같은 시를 짓고 싶다는 뜻이다. 시는 다음과 같다. "예전에 동정호에 대해 들었는데, 지금 악양루에 올랐네./ 오초(吳楚)는 동남으로 갈라졌고, 건곤(乾坤)이 밤낮으로 떠 있네./ 친한 벗들에게 한 자 소식 없고, 늙고 병든 몸으로 외론 배를 탔다네./ 관산 북쪽은 아직 전쟁 중이라, 난간에 기대서니 눈물 흐른다.[昔聞洞庭水, 今上岳陽樓. 吳楚東南坼, 乾坤日夜浮. 親朋無一字, 老病有孤舟. 戎馬關山北, 憑軒涕泗流.]"

찬 하늘엔 기러기 소리 슬프네. 天寒鴻鴈哀
마을길엔 인기척 없는데 村徑無人響
국화는 절로 피어 누워있네. 黃花臥自開

호타이지에서 승려의 부채에 써주다[寶泰寺書僧人扇子]

만 리 길에 나그네 지쳤는데 萬里倦遊客
가을바람 부는 옛 절 깊구나. 秋風古寺深
잠시 단풍잎 속에 앉아서 少坐丹葉裏
시냇물 소리를 한가로이 듣노라. 閑聽澗水音

또[又]

적막한 제천(諸天)의 저물녘 寂歷諸天晚
승려가 나그네 마주하여 이야기하네. 緇衣對客談
서성이며 이별을 아쉬워하는데 徘徊還惜別
석양이 단풍나무 녹나무를 반쯤 비추네. 夕照半楓楠

새벽에 우시쓰 고개를 지나며[曉過羽津嶺]

구불구불 높은 고개 넘으니 逶遲踰峻嶺
옷 위에 새벽이슬 가득하다. 衣上曉霜緐
초승달 가엔 기러기 울고 纖月邊鴻叫
빈숲엔 귀신 불 번득이네. 空林鬼火翻
말 타고 가며 지는 잎에 놀라고 馬行驚墜葉
사람 말소리 들리니 외론 마을 있구나. 人語有孤村

부상 밖에서 한 해 저무니 歲晏扶桑外
나그네 시름 못 다 이르리. 羈愁不可言

우시쓰의 다옥에서 잠시 쉬며[少憩羽津茶屋]

이른 새벽 다옥에 들러 凌晨過茶屋
말 세우고 잠시 서성이네. 立馬一徘徊
땅 멀어 별이 바다에 드리우고 地逈星垂海
가을 깊어 잎은 누대에 가득하네. 秋深葉滿臺
기러기 소리 먼 포구에서 들려오는데 鴻聲極浦至
눈빛[雪色]은 부사산(富士山)에서 온 것. 雪色富山來
국화주 구해오기 어려우니 難借黃花酒
가슴속 회포 어찌 풀겠나. 襟懷那可開

관각에 올라 하코네 호수를 바라보며【고개 위에 호수가 있는데 둘레가 40리이다.】

[登官閣望箱根湖【嶺上有湖, 周回四十里.】]

첩첩 고개 넘고 다시 동쪽으로 꺾으니 重嶺又東折
평평한 호수 깨끗하기 비단 같구나. 平湖淨似羅
구름 한 조각 푸른 절벽을 지나가고 孤雲過翠壁
차가운 해는 늘어진 넝쿨에 숨었네. 寒日隱垂蘿
갈매기 곁에 안개 낀 물 드넓고 煙水鷗邊闊
삼나무 바깥에 가을 봉우리 많구나. 秋峯杉外多
올라가 보니 빈 누각 있어 登臨有虛閣

서글피 바라보며 길게 한번 노래하네. 悵望一長歌

하코네 고개[箱根嶺]

어느 때 능히 오정(五丁)[84]의 힘으로 통하게 했나. 何年能藉五丁通
갈고리로 이은 고갯길 촉(蜀) 잔도(棧道)와 똑같네. 嶺路鉤連蜀棧同
우뚝우뚝 높은 봉우리 하늘 위로 솟았고 矗矗危峯出霄漢
바스락바스락 마른 잎은 바람결에 소리 낸다. 泠泠寒葉語天風
밟고 온 시내 폭포는 층층 숲 끝이고 踏來澗瀑層林抄
앉은 곳 구름 안개는 어지러운 골짜기 속. 坐處雲煙亂壑中
조물주가 여기에 가장 공력 들였으니 造化於焉最費力
거울 같은 호수 경치 검문(劍門)[85]처럼 웅대하네. 鏡湖之勝劍門雄

길가의 작은 암자에서 니시(西) 쇼닌에게 써주다[路傍小庵書贈西上人]

작은 암자에 어떤 부처 앉아 있나. 小庵坐何佛
좌우엔 무성한 숲 그림자라네. 左右千林影
늙은 선사 두 어깨 하얗데 老禪雙肩皓
홀로 차가운 경쇠를 두드리네. 獨自敲寒磬

---

84 오정(五丁) : 촉왕(蜀王)의 역사(力士) 다섯 사람을 뜻한다. 전국시대 진(秦)나라 혜왕(惠王)이 촉을 정벌하려고 다섯 마리의 석우(石牛)를 만들어 황금 똥을 누는 소라고 속이자, 촉왕이 오정 역사를 시켜 끌고 오게 하였다. 이로 인해 촉도(蜀道)가 뚫려 진나라가 그 길을 통해 서촉으로 들어왔다는 이야기가 있다. 양웅(揚雄)의 「진혜왕본기(秦惠王本紀)」에 전한다.

85 검문(劍門) : 중국 장안(長安)에서 서촉(西蜀)으로 들어가는 관문인 검각(劍閣)을 가리킨다.

바닷가의 작은 가게에 제(題)하다[題海邊小店]

가을 벌판에 말 달려가니	秋原驅馬去
한 줄기 바람 소리 숲에 울린다.	林響一蕭騷
붉은 해는 삼간(三竿)[86] 만큼 떴고	紅日三竿上
푸른 솔은 백 척 높이라네.	蒼松百尺高
외로운 마을이 보살에 기대있고	孤村依菩薩
작은 저자에선 포도를 판다네.	小市賣葡萄
잠깐 바닷가 가게에서 쉬는데	暫憩海邊店
다시 푸른 파도에 마음 놀란다.	驚心又碧濤

오카자키에서 아카사카를 향해[自岡崎向赤板]

새벽 나팔이 행장을 재촉하고	曉角催行李
하인들이 시끌벅적 떠들어대네.	僕夫相與譁
자던 새 이제 막 나무에 일어나 앉고	宿禽初起樹
차가운 해엔 노을 생기려 하네.	寒日欲生霞
서리 내린 시내엔 붉은 잎 떠 있고	霜澗浮紅葉
마을 울타리엔 푸른 꽃 점점이 피었네.	村籬點碧花
장차 이역(異域)을 끝까지 가려하니	行將窮異域
말 위에서 좋은 시절 보냄을 애석해하네.	馬上惜年華

또[又]

말 쉬면서 일행을 기다리는데	停驂待遊伴

86 삼간(三竿) : 대나무 장대 세 개의 높이. '일상삼간(日上三竿)'이라는 말이 있는데, 해가 삼간 높이로 떴다는 것으로 오전 8, 9시 즈음을 가리킨다.

국화 사랑해 시골집에서 쉬어간다네. 愛菊憩田家
다음 주막까진 삼십 리인데 前店三十里
올려다보니 산달이 기울려 하네. 仰視山月斜

해질녘 요시다에 도착해 강어귀의 층집을 보고[日暮到吉田見江頭層閣]

가을 강 바야흐로 비단 같은데 秋江正如練
분칠한 층집 높은 숲 위로 솟았네. 粉閣出高林
배 멀어지고 한 쌍 해오라기 떠 있는데 舟遠雙鷺泛
갈대꽃에 석양이 …[87] 蘆花返照□

요시다에서 하마마쓰를 향해[自吉田向濱松]

사월에 집 떠나 나그네 되어 四月離家客
서리 내리는 때 아직도 못 돌아갔네. 霜天尙未還
문득 북으로 가는 구름 부러워라. 却羨雲北去
응당 고향 뜰에 다다를 테니. 應是到鄕園

또[又]

아침 해는 황금 재갈 같은데 朝日黃金勒
솔바람이 큰길가에 불어오네. 松風大道傍
평평한 들에 핀 벼꽃을 보니 平原看稻花
아득히 내 시골집 떠오르누나. 迢遞憶吾庄

87 이 구절의 원문은 "蘆花返照"로, 다섯 글자 가운데 한 글자가 모자란다. 의미 및 압운을 고려하여 "蘆花返照□"로 입력하였다.

길가의 작은 암자에 들어가서[入路傍古菴]

외로운 암자 쓸쓸히 닫혀 있으니 孤菴閉寂歷
쌀 빌러 간 중이 돌아오지 않았구나. 乞米僧未歸
금불상 마주하고 잠시 앉아 있으니 少坐對金像
공(空)인지 아닌지 묻고 싶어진다네. 欲問空也非

또[又]

나한상이 깊숙이 앉아 있어 坐深羅漢像
지나는 손이 섬돌 앞에서 기도하네. 行客禱堦前
세속 인심 어찌 족히 탄식하랴. 世情何足歎
부처도 또한 돈 사양 않는 걸. 佛亦不辭錢
【불전 앞에 목궤가 있는데 행인들이 돈을 던지고 기도를 한다.】

호타이지에 들어가서[入寶泰寺]

비온 뒤 산색이 십분 기이한데 雨餘山色十分奇
숲속에 말 세우고 시 한번 읊어본다. 駐馬林間一詠詩
붉은 잎 성긴 종소리 외딴 절에 날 저물고 紅葉疏鍾孤寺晚
흰 구름 흐르는 … 무리 잃은 기러기 슬프네.[88] 白雲流□斷鴻悲
층층 감실 몇 겁이라 절벽 소나무 늙었고 層龕多劫崖松老
옛 불상 말없는데 이슬 젖은 국화 드리웠네. 古佛無言露菊垂
영험한 경치 만났는데 곧바로 이별이니 靈境旣逢旋卽別

88 이 구절의 원문은 “白雲流斷鴻悲”로, 일곱 글자 가운데 한 글자가 모자란다. 의미 및 평측을 고려하여 “白雲流□斷鴻悲”로 입력하였다.

뒷날 응당 꿈속이었나 의심하리. 他時應且夢魂疑

가쇼의 <기러기 울음소리를 듣다[聞鴈]>에 차운하다[次霞沼聞鴈韻]

관북(關北)을 떠난 지 며칠이나 됐나. 幾日離關北
가을 깊어갈 때 바다 성 지나네. 秋深過海城
갈대꽃엔 저녁 그림자 머무르고 蘆花留晩影
안개 낀 물가는 찬 소리 보내온다. 煙渚送寒聲
해 지자 날아가 더 멀어지더니 日落飛猶遠
삼성(參星) 비낄 때 울음소리 더욱 맑구나. 參橫唳更淸
아아, 저 새는 또 무슨 뜻으로 嗟渠亦何意
만 리 내 여정 함께 하는고. 萬里共余征

학사 하야시 호코 노부아쓰[89] 부자가 나를 맞아 자리에서 각각 절구 한 수를 내어보여서 즉석에서 차운하다
[太學士林鳳岡信篤父子邀余, 席上各示一絶, 走筆次韻]

자리 가득 봄바람 온화한 기운 펼쳐지니 滿坐春風和氣敷
옥 같은 용모의 두 젊은이[90] 이끌고 함께 왔네. 携來玉貌二郎俱
내 이제 용면(龍眠)[91]의 솜씨를 얻어서 吾今願得龍眠手

89 하야시 호코 노부아쓰 : 하야시 호코(林鳳岡)의 이름이 노부아쓰(信篤)이다.

90 두 젊은이 : 이날 하야시 호코가 데리고 온 두 아들 하야시 노부미쓰(林信充)와 하야시 노부토모(林信智)를 가리킨다.

91 용면(龍眠) : 북송(北宋)의 화가 이공린(李公麟, 1049~1106)의 호가 용면거사(龍眠居士)이다. 인물화에 능해 선묘(線描)를 이용해 생동감 있게 인물의 표정과 동작을 그려냈다.

순가(荀家) 부자(父子)[92]의 그림을 그려내고 싶구나. 描出荀家父子圖

또[又]

당 앞의 수유, 국화에 가을빛 새로우니 萸菊堂前秋色新
나란히 시 이야기하며 정신(精神)을 보이네. 聯床詩話見精神
동쪽 유람에 이미 봉래산 가까움 기쁜데 東遊已喜蓬山近
하물며 다시 하늘가에서 이 사람 얻음에랴. 況復天倪得此人

또[又]

낙엽 지고 기러기 나는 바다 밖 하늘 아래 落木飛鴻海外天
한바탕 웃고 말하며 함께 기뻐한다네. 一場言笑共懽然
오래지 않아 다시 헤어질 것 알겠으니 應知非久還成別
천 리의 그리움 조각달로 걸리리라. 千里相思片月懸

원운을 붙임[附原韻]

종이 위에 분명히 한 자 한 자 펼쳐지니 紙上分明字字敷
문사(文詞) 물결 호탕하게 초서에 갖추어졌네. 詞瀾浩蕩草書俱
풍운과 용호가 기정(奇正)[93]을 나누고 風雲龍虎分奇正
붓 하나로 팔진도(八鎭圖)[94]를 그려내네. 一筆描成八陣圖

---

92 순가(荀家) 부자(父子) : 후한(後漢)의 명현(名賢)이었던 순숙(荀淑, 83~149)에게는 여덟 명의 아들이 있었는데 이들이 모두 재덕이 출중하였으므로 당시에 '순씨팔룡(荀氏八龍)'이라고 일컬었다. 뒷날 다른 사람의 재주 있는 자제를 칭찬하는 말로 쓰이게 되었다.

93 기정(奇正) : 병법(兵法)의 용어이다. 정면으로 맞붙어 싸우는 것을 '정(正)'이라 하고, 매복이나 기습 등의 방법을 쓰는 것을 '기(奇)'라고 한다.

좨주(祭酒) 하야시 노부아쓰

강산을 두루 돌아보니 곳곳마다 새로워　　遍覽江山處處新

하늘이 그림 열어 묘하게 혼을 전하네.　　天開圖畫妙傳神

시상은 높이 풍운 위로 들어가고　　詩思高入風雲上

신세는 표연히 물외(物外)의 사람이네.　　身世飄然物外人

경연강관(經筵講官) 하야시 노부미쓰

흰 구름 보려 고개 돌리니 물이 하늘같고　　白雲回首水如天

만 리에 긴 바람 끝내 서글프구나.　　萬里長風竟悵然

시법 유독 아름다우니 왕찬(王粲)의 흥[95]이라　　詞法偏憐王粲興

누대 끝에 낙엽은 꿈속에 걸려 있네.　　樓頭落木夢魂懸

경연강관 하야시 노부토모

○ 에도에 머문 첫 날에 관백의 십학사(十學士)가 들렀다. 나와 신주백, 성여필, 장필문 여러 사람이 만나러 나와 읍하고 앉아서 각각 필담으로 통성명을 했다. 저쪽에서 시를 준비해 와 보여주어서 바로

---

94 팔진도(八鎭圖) : 고대에 전쟁을 할 때 쓰던 진법(陳法)의 하나로, 제갈량이 만든 팔진도에서 유래했다고 한다.

95 왕찬(王粲)의 흥 : 왕찬(177~217)은 삼국시대 건안칠자(建安七子)의 한 사람이다. 자는 중선(仲宣)이며, 위(魏)나라 사람이다. 대표작으로 〈칠애시(七哀詩)〉와 〈등루부(登樓賦)〉가 있다. 〈등루부〉는 왕찬이 동탁(董卓)의 난을 피해 형주(荊州)에 가서 유표(劉表)에게 의탁하고 있던 중에 고향 생각이 절실하여 강릉(江陵)의 성루(城樓)에 올라가 지은 작품으로, "참으로 아름답지만 내 땅 아니니, 어찌 잠시인들 머물 수 있으리오.[雖信美而非吾土兮, 曾何足以少留.]"라는 구절이 유명하다. '왕찬의 흥'은 통신사로 일본에 온 상대방이 왕찬처럼 고향을 그리워하는 시를 짓는다는 뜻이다.

써서 차례대로 화답하였다.

류간의 시에 차운하다[次龍巖韻]

부상 만 리 기이한 유람하니	扶桑萬里作奇遊
아득한 바닷가 고을에 가을 보름 되었네.	秋望悠悠海上州
술동이 앞에 놓고 문득 장탄식하니	却向樽前發長歎
바람에 불려온 낙엽 빈 누대로 들어오네.	風捎落葉入虛樓

원운을 붙임[附原韻]

서검(書劍) 지니고 하늘 끝에 이 장쾌한 유람 오니	書劍天涯此壯遊
선랑(仙郎)의 숨은 흥취 창주(滄洲)에 가득하네.	仙郎逸興滿滄洲
밤마다 끝없이 돌아가는 꿈을 꾸고	無端夜夜還家夢
비바람 쓸쓸한데 다시 역루(驛樓)로구나.	風雨蕭條更驛樓

소코(素行)[96]의 운에 차운하다【소코는 좨주 하야시 노부아쓰의 문하생이라고 한다.】
[次素行韻【素行卽祭酒林信篤之門生云.】]

늦가을 신선 뗏목 바다 건너오니	秋晩仙槎渡海來
십주는 원래 속세 티끌과 멀다네.	十洲元是隔塵埃
어제 임공(林公) 뵙고 지금 그대를 보니	昨拜林公今見子
후파(侯芭)[97] 또한 본디 기이한 재주 있네.	侯芭亦自有奇才

---

96 소코(素行) : 요시다 소코(吉田素行, ?~?). 에도시대 중기의 한시인(漢詩人). 1719년 통신사와 교유하였으며, 이때 주고받은 시가 『조선인대시집(朝鮮人對詩集)』에 실려 있다.

원운을 붙임[附原韻]

멀리 이름난 산 물어 붓을 싣고 오니 遠問名山載筆來
표표한 풍채는 속세 먼지 벗어난 듯. 飄飄風彩出塵埃
새로 만났는데 마치 예부터 알았던 듯 新知恰似舊相識
깊은 정 쏟으려 하나 재주 없음 부끄럽네. 欲寫深情愧匪才

요시다 다이메이(吉田泰明)

유린당의 시에 차운하다[次有憐堂韻]

적수(赤水)는 멀리 은하수와 통하니 赤水遙應銀漢通
신선 뗏목 아득히 바다 끝으로 왔네. 仙槎杳杳海天窮
그대 마주하고 산수 이야기 듣노라니 對君聽得煙霞說
석목(析木) 동쪽[98]에 와 있는 것 문득 잊어버렸네. 却忘身遊析木東

원운을 붙임[附原韻]

만 줄기 물 천 개 산이 한 길로 통하니 萬水千山一路通
마음의 사귐 격의 없어 생각이 끝이 없네. 心交不隔思無窮
이 행차에 문장의 아름다움 펼칠 만하니 此行可揆文章美
붓으로 물결 휩쓸어 해동으로 들어가네. 筆捲波瀾入海東

---

97 후파(侯芭) : 후파는 한나라 양웅(揚雄, 기원전 53~18)의 제자로, 양웅이 저술한 『태현경(太玄經)』과 『법언(法言)』을 전수 받았다고 한다. 스승의 법을 전해 받은 제자라는 뜻으로 쓰인다.

98 석목(析木) 동쪽 : '석목'은 별자리의 이름이다. 기성(箕星)과 두성(斗星) 사이를 가리키며 정동쪽 인방(寅方)에 해당한다. 석목성에 속하는 분야는 중국의 동쪽 지역인 유주(幽州)와 연주(燕州)이다. 석목의 동쪽은 요동, 또는 조선의 동쪽 지역인 일본을 뜻한다.

도쿠 유린(德有隣 : 도쿠리키 유린)

도케이의 시에 차운하다[次東溪韻]

한강가 집으로 돌아갈 꿈 아득한데 　歸夢迢迢漢上家
서리 내리는 시월에 하늘 끝 나그네라네. 　巖霜十月客天涯
가을 뜻 이웃하니 자리 가득 서글픈데 　悵然滿座隣秋意
지는 해 술동이 앞에 국화 있구나. 　斜日樽前黃菊花

게이켄의 시에 차운하다[次桂軒韻]

바다구름 동쪽에 비로소 배를 대고 　客帆初泊海雲東
낙엽에 바람 불 때 높은 누대로 옮겨 왔네. 　徙依高樓落木風
부사산 기이한 봉우리는 쌓인 눈 이고 있고 　富士奇峯戴積雪
부상의 가을빛이 차가운 하늘에 떠 있네. 　扶桑秋色泛寒空
어진 이들 늘어 앉아 문화(文華)가 성대하고 　諸賢聯榻文華盛
양국의 교린(交隣)에 신의가 통하였네. 　兩國交隣信義通
술 들고 회포 풀어 모두 질탕하니 　把酒開懷俱跌宕
취중에 호방한 기운 긴 무지개 같구나. 　醉中豪氣若長虹

원운을 붙임[附原韻]

붕새는 멀리 바다 해 동쪽으로 지나가고 　鵬際遙過海日東
비단 돛배는 만 리 길 긴 바람에 기댔네. 　錦帆萬里倚長風
오중(吳中)의 육자(陸子)[99]는 재주 더욱 뛰어나고 　吳中陸子才尤秀

---

99 오중(吳中)의 육자(陸子) : 오중(吳中)은 중국 장쑤성(江蘇省) 우현(吳縣) 일대를 가리

낙하(洛下)의 가생(賈生)[100]은 그 이름 헛되지 않네. 洛下賈生名不空
찬비 속 기러기 울음 구름 너머로 들리고 寒雨鴻聲雲路隔
고향 산의 학 꿈은 밝은 달과 통하네. 故山鶴夢月明通
글 짓는 자리에서 비로소 숭양(嵩陽)의 나그네 만나니 詞場初値嵩陽客
호기(豪氣)가 펄럭펄럭 오색 무지개 되어 회오리치네. 豪氣翩翩飄彩虹
게이켄

율시 한 수를 다시 지어 여러분들에게 드리다[更賦一律贈諸君]

좋은 때에 아름다운 선비들 만나니 良辰得佳士
걸상에 온통 광채가 떠다니네. 一榻動光輝
흰 기러기는 어째서 울부짖나, 白鴈如何叫
국화 곁에서 날아가려 하지 않네. 黃花不肯飛
오늘의 모임 인연 있으니 有緣今日會
지기는 예부터 드물다네. 知己古來稀
술 거르고 밝은 달 머물게 하니 釃酒留明月
여러분들도 잠시 돌아가시 마오. 諸君且莫歸

로슈의 시에 차운하다[次鷺洲韻]

맑은 도읍 신선 무리 웃으며 맞아주니 淸都仙侶笑相迎

킨다. 육자는 당나라 문인 육우(陸羽, 733~804)의 존칭인데, 살아서는 다선(茶仙), 죽어서는 다신(茶神)으로 추앙받았다. 『다경(茶經)』 3권이 전하며, 사당이 우현에 있다.

100 낙하(洛下)의 가생(賈生) : 낙하(洛下)는 낙양(洛陽)을 뜻한다. 가생(賈生)은 전한(前漢) 문제(文帝) 때의 명신이자 문장가인 가의(賈誼, 기원전 200~168)를 가리킨다. 하남(河南) 낙양 출신이므로 낙양재자(洛陽才子)라고 불렸다.

술 들고 글 이야기하는데 미우(眉宇)[101]가 맑구나. 把酒談文眉宇淸
강개한 슬픈 노래는 보리(菩提) 속에 있고 慷慨悲歌菩提裏
성긴 종소리와 맑은 아지랑이, 몇 봉우리에 비 개었네. 疏鍾淡靄數峰晴

호슈가 한 동자를 데리고 보러 왔다. 나이는 열둘이고 얼굴이 옥 같았다. 필법이 매우 묘하고 초서를 잘 썼다. 내가 매우 기특하게 여겨 절구 한 수를 써 주었다

[芳洲率一童子來見. 其年十二, 面如玉. 筆法甚妙, 善草書. 余甚奇之, 走草一絶贈之]

더벅머리 아이 신기(神氣)가 맑아서 髫童神氣淸
가을 물에 흰 연꽃 피어난 듯하네. 秋水白蓮生
선가(仙家)의 아이임을 알겠으니 知是仙家子
어느 때 옥경(玉京)에 이를 것인가. 何時到玉京

또[又]

너울너울 오색 붓을 휘두르니 翩翩揮彩筆
땅 가득 용과 뱀이 꿈틀거리네. 滿地走龍蛇
아이 때 이미 여기에 이르니 童年已至此

---

101 미우(眉宇) : 눈썹과 이마 부분을 가리키는 말이다. 당(唐) 원덕수(元德秀)는 자가 자지(紫芝)였는데, 평소의 행실이 고결하여 사람들의 칭송을 받았다. 이에 재상인 방관(房琯)이 그를 볼 때마다 감탄하며 "자지의 미우를 대하노라면 명리의 마음이 죄다 없어지게 된다.[見紫芝眉宇, 使人名利之心都盡.]"고 하였다는 이야기가 『구당서(舊唐書)』「원덕수전(元德秀傳)」에 전한다. 이로부터 '자지미우(紫芝眉宇)'는 고결한 인품을 칭송하는 표현으로 사용되었다.

다른 날엔 다시 어떠하겠나. 他日更如何

절구 한 수를 보내 고타쿠(廣澤)의 두 아들을 치하하다 [寄一絶賀廣澤二子]

큰 아이 열둘에 능히 시를 짓고 長兒十二能作詩
작은 아이 아홉 살에 대자를 쓰는구나. 小兒九歲書大字
선가(仙家)의 석기린(石麒麟)[102]임을 알겠으니 知是仙家石麒麟
서가(徐家)[103]에 못지않은 두 아들 두었네. 不數徐家有二子

호슈(鳳湫)의 시에 차운하다[次鳳湫韻]

건너온 푸른 바다 몇 백 겹인가. 來度滄溟幾百重
단목에 가을 깊을 때 그대를 만났네. 秋深丹木與君逢
맑은 술 든 이 날 무궁한 뜻 일어나 淸樽此日無窮意
봉래산 백옥봉을 웃으며 마주하네. 笑對蓬壺白玉峯

원운[原韻]

안개에 묻힌 자라 등, 푸른 물 몇 겹인가. 鼇背煙沈碧幾重
신선 무리 여기서 만날지 어찌 생각했겠나. 豈圖仙侶此相逢
그대가 해동의 명승지 묻는다면 憑君若問海東勝

102 석기린(石麒麟) : 남의 자제를 칭찬하는 말이다. 『진서(陳書)』「서릉열전(徐陵列傳)」에 "서릉(徐陵)의 나이가 서너 살 되었을 때 집안사람이 데리고 가서 보였더니 보지(寶誌公) 상인(上人)이 손으로 그의 정수리를 어루만지며 '천상의 석기린(石麒麟)이로구나'이라고 했다."는 이야기에서 유래한 표현이다.

103 서가(徐家) : 남조(南朝) 양(梁)의 문인 서릉(徐陵)을 가리킨다.

햇빛 받은 천 송이 연꽃 봉우리[104]라 하리라. 日輝芙蓉千朶峯

수계의 시에 차운하다[次須溪韻]

배 한 척으로 창해를 건너오니 孤帆度滄海
매서운 바람이 비단 깃발에 부네. 嚴風吹錦旌
많은 배에 귤빛이 차가운데 繁舟寒橘色
말 타니 변방 기러기 소리 들리네. 騎馬塞鴻聲
신선 인연 어찌 중하지 않으랴. 豈不仙緣重
덕분에 세상 근심 가벼워지는 걸. 從教世慮輕
봉래산 물 얕다는 건 일찍이 들었는데 嘗聞萊水淺
눈 덮인 봉우리 밝은 건 처음 보았네. 初對雪峯明
문인들의 모임에 우연히 끼어서 偶與詞人會
마침내 동이 술 기울이게 되었네. 遂將樽酒傾
하늘 끝에도 또한 지기(知己) 있으니 天涯亦知己
예원(藝苑)에서 맹약을 찾을 수 있겠네. 藝苑可尋盟

원운[原韻]

여러 군자들 본래 영웅호걸이라 諸子本英傑
풍류가 채색 깃발과 어우러졌네. 風流映彩旌
천 봉우리는 북방 기운과 이어졌고 千峯連朔氣
만 산악엔 가을 소리 진동하네. 萬岳動秋聲
문밖엔 여울 급해 놀라고 門外驚湍駛

---

104 천 송이 연꽃 봉우리 : 후지산(富士山)을 빗댄 표현이다. 86쪽 각주 117번 참조.

누대 끝엔 성긴 안개 가볍다네. 樓頭疏霧輕
기자(箕子)의 나라에 문채 넉넉하니 箕邦文彩富
외딴 곳에서 필화(筆花)가 밝구나. 絶域筆花明
밝은 해 곧 떨어질 테니 白日看將墜
푸른 술동이 애오라지 기울이시라. 靑樽聊此傾
대인의 재주 또한 씩씩하시니 大人才且武
일찍이 이미 시맹(詩盟)을 맺었네. 早已作詩盟

스기무라(杉村)에서 봉행이 붉은색, 흰색의 국화 몇 가지를 보내왔다. 또 모란꽃 한 가지도 보냈는데, 10월에 모란꽃이라니 기이하다. 드디어 절구 두 수를 지어 부친다

[杉村奉行送紅白菊數朶. 又送牧丹一朶, 十月牧丹花可異也. 遂吟二絶寄之]

흰 국화 눈처럼 환하니 白菊皎如雪
붉은 국화와 어우러져 피었구나. 紅菊相映開
꼿꼿한 두 처사가 亭亭二處士
먼 데서 온 나를 위로한다네. 慰我遠人來

또[又]

모란꽃 한 송이 牧丹花一朶
서리 속에 울긋불긋 맑고 신선해. 灼灼霜澹新
선가에서 심은 것 아니라면 不是仙家種
어찌 능히 다시 봄 얻었으랴. 焉能再得春

호쇼의 시에 차운하다[次鳳嶼韻]

옥 같은 모습의 초연한 사내 翩然玉貌郎
본시 봉래산의 나그네라네. 自是萊山客
구슬나무 아래서 만나 相見珠樹下
푸른 바다에서 긴 노래 부른다. 長歌海天碧

또[又]

그대 소매 안의 시를 보고서 看君袖中詩
하늘 끝 나그네 위로를 받네. 慰我天涯客
국화는 시월 서리 속에 피었고 寒菊十月霜
부사산은 천 리에 푸르다네. 富山千里碧

또[又]

외로운 배 동한(東韓)에서 와서 孤帆自東韓
부상에서 오래 나그네 되었네. 扶桑久作客
고향은 소식이 끊어졌으니 鄉關音信斷
구름바다에 푸른 물결 몇 겹인가. 雲海幾層碧

아메노모리 호슈가 절구 한 수를 가져와서 내게 보였는데 열두 살 여자아이인 스즈키(鈴木) 씨(氏) 분킨(文錦)이 지은 것이었다. 시와 필법이 모두 묘하여 내가 매우 기특하게 여겨 마침내 시를 써 주었다[雨森芳洲持一絶示余, 乃十二歲女兒鈴木氏文錦之所作. 而詩與筆法俱妙, 余甚奇之, 遂賦之贈]

천고의 규방 안에는	千古閨房裡
채희(蔡姬)[105]와 소낭(蘇娘)[106]이 있었네.	蔡姬與蘇娘
기묘한 재주 하늘에서 나와	妙才出於天
내뱉는 말은 옥구슬 되었지.	吐語爲瓊鏘
뒷날 이을 자 누가 있었나.	後來有誰繼
우주에 오래도록 아득히 끊어졌네.	宇宙久微茫
문금(文錦)이라는 여자 있어서	有女曰文錦
아름다운 이름 부상에 걸렸네.	英名揭扶桑
열둘에 능히 시를 지으니	十二能爲詩
음조가 한당(漢唐)에 가깝구나.	音調逼漢唐
필법은 더욱 곧고 굳세어	筆法更遒勁
은 갈고리[107] 다투어 밝게 빛난다.	銀鉤競煒煌
어찌 한갓 여인들만 부끄럽게 하랴	豈徒女人羞
대부들까지 넘어뜨리고 쓰러뜨리네.	大夫顚且僵
돌아가 우리나라에서 자랑하여	歸來詫我東
길이 꽃다운 이름 퍼지게 하리라.	永使播芬芳

105 채희 : 채문희(蔡文姬, 77(?)~249(?)). 이름은 염(琰)이고 문희는 자이며, 소희(昭姬)라고도 한다. 후한(後漢)의 학자 채옹(蔡邕)의 딸로, 박학하고 시를 잘 지었으며 음률(音律)에도 능하였다. 건안(建安) 때의 저명한 여류시인이다.

106 소낭(蘇娘) : 북송(北宋)의 문인 소식(蘇軾)에게 어린 누이가 있었는데 글을 잘 하였다고 한다.

107 은 갈고리 : 은구(銀鉤). 자획(字劃)이 매끄럽고 꼿꼿함을 형용하는 말로, 서법(書法)에 뛰어나다는 뜻이다.

차운하여 호쇼와 이별하다[次韻別鳳嶼]

옛 절에서 드문드문 종소리 울리고	疏鍾鳴古寺
찬 가지 위로 새 달이 돋아나네.	新月上寒條
내일 아침 헤어지니 어찌할까.	可奈明朝別
돌아가는 배 바닷길 멀구나.	歸帆海路遙

또[又]

창해는 아득하고 부사산 하얀데	滄海茫茫富山白
높은 누각에 저녁 드니 가을 회포 암담하네.	秋懷黯黯高樓夕
몇 가지의 국화도 정이 많아서	數枝寒菊亦多情
날 비추며 맑은 술로 이별을 …[108]	照我淸樽離別□

호타이지에서 승려의 부채에 써주다[寶泰寺題僧扇]

나무 가득 황금색 귤,	滿樹黃金橘
섬돌 둘러 벽옥 같은 시내.	環堦碧玉流
슬프다, 나그네 마음.	怊悵客中意
타향에서 또 가을을 보내네.	殊方又送秋

또[又]

저녁 종이 옛 절에 울리고	晚鐘鳴古寺
낙엽은 맑은 못에 떨어진다.	寒葉落淸池

---

108 이 구절의 원문은 "照我淸樽離別"로, 일곱 글자 가운데 한 글자가 모자란다. 의미 및 압운을 고려하여 "照我淸樽離別□"로 입력하였다.

늙은 선사 또한 호사가라　　老禪亦好事
나에게 국화시를 부탁하누나.　　乞我菊花詩

도카이지에서 회포를 풀다[東海寺遣興]

지친 나그네 오히려 가을 흥 일어　　倦客猶秋興
황폐한 들 절을 찾아왔다네.　　來尋野寺荒
찬 꽃은 돌부처에 기대 피었고　　寒花負石佛
붉은 잎은 선방(禪房)에 떨어지누나.　　紅葉落禪房
외론 기러기 지나는데 지팡이에 기대섰고　　倚杖孤鴻度
한 줄기 물 길게 흐르는데 술동이를 열었네.　　開樽一水長
시 지으며 도리어 스스로 웃나니　　題詩還自笑
옛날 버릇을 더욱 잊기 어렵구나.　　舊習更難忘

다케다(竹田)의 시에 차운하다[次竹田韻]

노래와 시로 먼 데 나그네 위로하니　　歌詩慰遠客
그대의 의기 호방함을 알겠구나.　　知君意氣豪
재기는 응당 도사(陶謝)[109]와 짝하고　　才應陶謝匹
기술은 또한 기황(岐黃)[110]처럼 높구나.　　術亦岐黃高
문 앞엔 금빛 귤나무가 가지를 드리웠고　　當戶垂金橘
소반 위에는 푸른 포도가 올라온다네.　　登盤有碧萄

109　도사(陶謝) : 진(晉)의 문학가인 도연명(陶淵明, 약 365~427)과 남조(南朝) 송(宋)의 문학가 사령운(謝靈運, 385~443)을 가리킨다.

110　기황(岐黃) : 의술의 시조라고 전해지는 기백(岐伯)과 황제(黃帝)를 가리킨다. 에도시대 문인들 가운데는 의업에 종사하는 인물들이 많았다.

조금 늦어 아름다운 약속이 막혔으니 差遲阻佳約
다만 안개 낀 물결만 서글피 바라보네. 悵望但煙濤

새벽에 하마마쓰를 떠나며[曉發濱松]

시골 닭 두세 번 울 때에 村鷄兩三唱
나그네 추위를 무릅쓰고 길을 나서네. 旅客冒寒行
나뭇잎 어깨 앞에 떨어지고 木葉肩前墜
삼성(參星)은 말머리에 비끼었네. 參星馬首橫
들밭에 흐르는 물 하얗고 野田流水白
주막엔 작은 등이 밝구나. 酒肆小燈明
풍상의 신고를 말할 만하니 可道風霜苦
세모(歲暮)의 정을 감당키 어려워라. 難堪歲暮情

센스이지(泉水寺)에서 절의 승려에게 써주다[泉水寺書贈寺僧]

단풍 숲 속 옛 절에 해 저물어 楓林古寺晚
쓸쓸한 범종 소리 맑게 울린다. 寂寂梵鐘淸
늙은 선사 무심히 섰는데 老禪無心着
그 앞에 맑은 연못 하나 있네. 前有一池明

가마가리 코겐지(弘元寺)에서 떠오르는 대로 짓다[蒲刈弘元寺謾題]

해 기울 때 외로운 절 찾아가니 斜日尋孤寺
가사 입은 노승이 맞이해주네. 架裟老釋迎
뜰 앞엔 괴상한 바위 서 있고 庭前怪巖立

발[簾] 밖엔 큰 강이 밝구나.	簾外大江明
조수 드넓어 돛배들 자고	潮闊群帆宿
안개 깊은데 경쇠 소리 울린다.	煙深一磬鳴
난간에 기대 잠시 앉아 있노라니	凭欄仍小坐
쓸쓸한 나그네 마음 맑아진다네.	蕭瑟客懷淸

사상(使相)의 시에 삼가 차운하다[謹次使相韻]

평평한 호수 명주 같고 달은 소반 같은데	平湖如練月如盤
어촌에 닻줄 매니 밤이 벌써 끝나가네.	繫纜漁村夜已闌
문득 놀라니 이 행차에 하늘 한쪽에서	驚却玆行天一畔
아득히 남극성이 봉래에 기댄 것 보네.	迢迢南極倚蓬看

다다노우미(多田海)의 절벽 위에 작은 암자가 아스라이 보이는데 이름이 엔쓰안(圓通菴)이다. 성여필과 걸어서 가 보았다. 왜 통사 두 사람이 앞장서서 돌 비탈을 붙들고 올라갔다. 잠시 불당에 앉아서 바다를 내려다보니 그 형승이 도모노우라와 웅장함을 겨룰 만했다. 마침내 운을 골라 함께 지어 절의 승려에게 주었다

[多田海絶壁上有小菴縹緲, 名圓通菴. 與成汝弼步往. 倭通事二人前導攀石磴而上. 少坐佛屋, 俯視滄海, 其形勝可與韜浦爭雄. 遂拈韻共賦贈寺僧]

나막신으로 구름 속 낭떠러지 올라오니	步屧過雲巘
작은 암자 위태로이 기대 있네.	憑危有小菴
돌아갈 배는 남은 안개 띠고 있고	歸帆帶殘靄
차가운 달은 층층 바위 뒤로 숨었네.	寒月隱層巖
먼 땅에 드문드문 종소리 울리고	地逈疏鍾響

맑은 호수가 뭇 산굴을 적시고 있네.	湖明衆峀涵
날씨 따뜻하여 또한 어여쁘니	還憐氣候暖
매화 꽃잎이 저고리에 가득하구나.	梅蕚滿衣衫

가미노세키의 배 안에서 긴포(琴峯) 쇼닌의 시에 차운하다

[上關舟中次琴峯上人韻]

봉래산 아래 큰 바닷가에	萊山之下大瀛濱
오래 머문 한 척 배에 만 리의 사람.	久滯孤舟萬里人
그대 선심(禪心) 물 같이 일정한 것 부러워라.	羨子禪心如水定
나그네 심사 기러기 같아 스스로 탄식하네.	嘆余羈思若鴻賓

호슈, 가쇼와 이별하며[別芳洲霞沼]

동쪽 유람이 이미 기이한 일인데	東遊已奇事
다행히 또 이 사람을 만났구나.	幸又得斯人
바다 밖에서 시와 술을 즐기는데	海外詩兼酒
배 안에서 가을 지나고 봄이 왔네.	舟中秋復春
적관(赤關)의 저녁에 걸상 잇대고	聯床赤關夕
운봉(雲峯)의 새벽에 고삐 나란히 했네.	竝轡雲峯晨
내게 주신 여러 시편 있으니	贈我諸篇在
남겨서 궤 속의 보물로 삼으리.	留作篋中珍

니시도마리우라의 죠후쿠지(徐福寺)에서 성여필, 백군평과 함께 짓다

[西泊浦徐福寺與成汝弼白君平共賦]

외로운 배 서포(西浦)에 대니	孤舟泊西浦
곳곳에 오솔길 비스듬히 났네.	邊邊細路斜
다시 금부처 찾아갔더니	再到尋金佛
온 산에 동백꽃 가득하구나.	滿山冬白花

또[又]

돌아가는 길엔 해가 이미 바뀌어	歸路歲已新
봄새가 산골짝에서 우는구나.	春鳥鳴山谷
앉아서 저녁 종소리 듣노라니	坐來聽晚鐘
종려와 대나무 사이로 해가 숨는다.	日隱棕櫚竹

【원문】

東槎錄

鄭幕裨扶桑紀行上

肅宗四十五年戊戌，日本國關白源吉宗新嗣位請通信。乃命戶曹參議洪公致中爲正使，侍講院輔德黃公璿爲副使，弘文館校理李公明彦爲從事官往焉，選文武士備幕佐，余以不才，亦參其選。以翌年四月十九日辭朝，五月二日行到釜山。留客館候風至兩月，皆以濡滯爲悶。

六月十九日庚申

倭人來言："今暮微有東風之漸，明曉可以渡海。"一行之人夜起治裝，皆載船以待。

辛酉

鷄鳴，東風漸緊，三使次第發行。至息波亭，日輪已出海，上下紅光蕩洋萬里，大船六隻艤船艙。三使領其從者登船，鳴鼓角掛帆。是時來送者簇立岸頭，有慘然難離之色。釜山僉使、開雲·豆毛浦萬戶乘戰船，送至洋口而反。護行大差倭 源儀乘彩艦，在前導行。禁徒倭二人、沙工倭二人、從倭二人來登我船。使臣坐于舵樓校椅上，倭人等以次再拜于樓下。始發風微，櫓役而行。過絶影島出大洋，風力漸微，舟往甚駃，而波濤不驚，人皆安穩，水疾者少。依船窓望，東南水天混沌無涯，西則數點峯巒微微隱見於雲際。舟人曰："是我國巨濟之山也。"有頃問舟人："水宗在何許？"對云："水宗已過矣。"嘗聞水宗甚險，其高如瓦屋之脊, 最難過, 頗以爲念。今水宗之過, 何爲不知其險。或者風順波靜而然乎。抑水宗之險有古今之變乎。若使過水宗時有知, 必心動驚惕, 以其無意, 故不自覺其險耳。使相吟二絶示之奉次。日暮又有小船十艘來迎。曳船先導, 而船之首尾各高懸兩燈, 書正字以知正使船, 書副字以知副使船。他船如之, 是以不相失。初昏泊佐須浦, 卽馬島之西北隅沙沙川也。島主遣奉行問候。浦口峰巒斗起, 兩涯間可百餘步, 其上松竹蒼翠, 民居累百戶。巖麓有別館, 衆倭導使行止于館。衆船繫纜於樹林間。夜深無人聲, 唯見燈燭相高低也。是日行四百八十里。

二十一日壬戌

留佐須浦。余與製述官申維翰、書記成夢良·張應斗·姜柏、良醫權道同宿一堂, 篝燈賦詩。傍有數倭, 服斑爛衣, 應茶水焉。早起謁三使于館所。堂上鋪白紋席, 名曰多淡。周以欄檻, 間設紅毯。其屋蓋以杉木板如魚鱗。白土築墻垣, 其內有梅、冬白、橘、柚、葡萄、麥門冬、射干之類, 其外棕櫚, 高可數丈。古松、烏竹、檀木相環陰密。從倭十人餘, 緇衣椎髻, 左右廳前, 揷列旄戟, 相對而跪以禁人。昨日昏黑, 不知港內山何也。是日周望, 山自東來, 四面環繞, 靑嶂挺秀峭峻, 而崖壑往往坼開滙水, 淵滐泓澄。水邊有千章大木, 積翠葱籠, 倒影翳嶜, 有時風吹, 如龍蛇蜿蜒, 亦奇景也。港之東稍深邃, 若以小艇沿泝, 中有可觀者, 有禁不得往焉。岸曲有茅屋, 或三四或七八, 欹側巖林間, 而屋茅之厚可丈餘, 與我國苫茅有異。是日以飛船狀聞。

甲子

乍陰乍晴。大差倭來言: "晩當有順風。" 諸船催朝飯以待。午間果東南風, 解纜出浦口。舟子諸唱棹歌。各船有倭船十艘前曳。少焉雲收, 遙見絶影島。在戌亥之間, 巨濟、機張一帶諸山呈露天際, 舟中人望之, 輒起思鄕之愁。過鰐月浦至鰐浦, 水中鉅石齒齒, 或出或伏, 橫亘十餘里, 怒濤洶湧, 令人魂慄。舟師曰: "昔日韓天錫過此, 遇風波敗船, 皆溺死矣。" 護行倭船擺列左右, 而六船落帆, 徐徐從其中途而行。波濤衝逆, 大小船出沒浪中, 戰戰兢兢行四十里危險。日已晩矣, 入豊崎浦止泊。浦內兩岸, 有七八茅茨, 崑壁回抱, 斜光隱映於水木間。依岸泊船。正使與從事下坐于山堐邊, 副使神氣不平, 獨在船上。大差倭進呈酒及生梨。於是行中諸人集于橘林間, 奏管絃, 小童輩迭相起舞。岸上男女簇立觀光者甚衆。女人所服與男人無別, 皆着一長衣, 無襦裳, 束髮如男髻, 髻前揷玳瑁梳。旣嫁者染齒, 處女、寡婦則不染也。嘗聞倭女護乳甚秘, 不以示人, 及今觀之, 或爲濯熱披襟露臆, 或抱持嬰兒, 出乳而哺之。又嘗聞倭人短小精悍, 而身軀長大者亦多。所傳之難信有如此者矣。被岸樹木交蔭於洲渚間, 是皆橘、柚、杉、篁、冬白之屬。崑下有小祠, 往來船之祈禱龍神者也。進數十步, 洞局稍寬, 上有仙田, 種豆、菽、秫蓢莨菪。時聞山犬吠聲出深谷, 問倭人: "此間復有村居乎?" 對云: "北折而得仄逕。有人煙十餘家, 境殊幽僻矣。" 日暮宿于船上。

乙丑

晴。聞山上鷄鳴發船。月星明漑, 風浪不起。臥舟中, 唯聞櫓聲。開篷而望天水, 朧朧未分, 惝恍如夢裏。行四十里到西泊浦。紅日始踊海雲中, 水鳥數十群驚, 擊汰喧聒於沙際。是時副使所苦未痊, 難於前進, 止泊是浦也。東西北三面蒼堐翠壁, 立立環擁, 其下澄湖宛曲數里, 上是畫屛, 下是鏡面。左右有村家, 竹扉松簷相對林木間。村女來觀者皆乘小艇。塡滿港口, 操楫搖櫓, 其疾如飛。忽聞石磬出於半空。有一古寺, 嵌在翠崑間。山甚岌嶪, 石築層梯而上。堂宇十餘間極瀟洒。壁上掛一障子, 辛卯信行從事南崗 李公邦彦之詩與筆也。其詩曰: "禪樓迢遞俯南溟, 翠竹青棕蔭一庭。僧與白雲閑共住, 焚香時讀法華經"。其人已下世, 而見筆跡完然, 海外異國令人悵然。三使次韻, 余與諸僚亦次。寺之西有小庵，藏金佛，佛像甚古。僧云：“佛成已千有餘年。”有僧琢全者頗識字。所着緇衣，制様深衣也。持紙硯求詩，以二絶書贈。寺庭東畔，以翠柏作屛，西畔爲盆池種蓮。堦上種牧丹、芍藥、菊、萂，階下列棕櫚、小橘、冬白、皐月、南天、木犀、竹、櫻。其所謂櫻非櫻桃，卽我國之友木也。寺鐘有字曰“豊崎鄕 西泊浦 海岳山 西福寺”云。是夕倭人饋以梨、桃、林檎、西果之屬。

丙寅

乍雨乍晴。向午發船。至洋中，風逆吹。琴浦。

丁卯

晴。昧爽鳴鼓發船。才出浦初日照海。雲翳盡散，東南天海茫茫無際，令人望之眩眼。西之馬島山麓迤迤不絶。自佐須浦至府中二百餘里，皆傍山而行。右山左海，光景不可盡狀。日晡得浦溆，乃所謂船頭港也。兩山環立如飛鳳，中開而成湖。稍深入則山脚，左右拆裂如瓜瓣，在在爲洞壑，皆成澄潭。潭上蒼壁繚繞，如芙蓉競出綠水。又有衆木，偃蹇離奇，其葉如翠羽，影掃潭石也。余與諸僚徘徊賞翫，忽見小舠自潭北出來。其中有女娘十餘人，或坐或立，觀我國人物，相與指笑。可知人村在不遠，巖林蔽之而不見也。叢竹間有古祠，琢石作門。昔在壬辰，平秀吉擧兵入寇也，到此山下，風浪大作。秀吉猶欲前進，一沙工進曰：“風浪甚惡，不可行船大洋。彼北岸下堇通一艦，可以從此行達于海也。”秀吉大怒，謂其妄言，斬其頭懸之。遂行船出洋，爲風波所擊，溺死者甚多。及其敗歸，始知有船道，悔枉殺，立祠祭之云。是夜宿于舟中。依篷而坐，群動悄然，唯見天海。四圍星光倒水，自不禁客愁，遂占短律二篇寓懷。三使皆次韻。

二十七戊辰

晴。曉頭差倭請行，六船次第擧碇。風微波靜，舟行甚穩。自此唯見東南大洋，西北則阻馬島一帶山，不得望見故國山川，尤添鬱鬱。行二十里過鴨瀨。望見西邊，石壁巉巖突起，中有一大竇，其廣可數十尺。潮水往來呑吐，其聲崔崒澎湃。舟子曰：“昔有老龍潛穴中，一夕雷雨而龍飛去。其穴尙完然有龍攫之痕。”忽見前洋，有二小船，導曳一中船以來。格軍九十人皆着黑衣搖櫓，舟行如飛。上設靑布幕，四方匝以黃紅帳帷。舟中一人着黑漆三隅冠據船窓，垂兩手跪坐。是乃江戶所送護行裁判也，令小倭招首譯曰：“島主今方出來。”俄間遙見一畫舫出洋口來。船上有層樓，四面設五色錦帳。其上紅遮日，又張紅傘，樓上設朱紅校椅，椅上鋪猩猩氈，坐着島主。頭戴小烏巾，其形前方後銳，飾以金絲，制度甚怪。左右侍立者亦着烏巾，佩長短兩劒。其船漸近，相去數十步，則島主下椅，從倭一人立船傍，搖扇示之。三使亦下椅，相向再揖，彼此復上椅坐。少頃島主向後，護行有七八隻彩船左右之。又有以酊庵長老者，乘彩舫迎候，相揖如島主。其船不設帳幔，只張紅傘。身着緇衣，加以紅錦袈裟。頭無所戴，從者皆沙門也。島主平方誠，其兄平義方[1]新死，其子巖丸年幼，故方誠代之，待巖丸長當傳位云。長老法明性湛[2]，關白所遣糾察島中者。位與島主等，而如古之郡國守相也。日晡抵船艙。蓋築石圍之，引湖水委曲，我六船以次止泊。男女聚觀者彌滿水邊，或張傘，或以畫扇障日。左右人居鱗次街巷，而大抵地窄，多於山觜巖隙結構如鳥巢者。上下板屋間，於瓦屋有以堊土外壁者，此皆倉庫，而堊能辟火災故也。或云粉壁者皆唱家也。一行下船艙，員役等奉國書先行。三使乘輪次之，倭人持旄戟干盾鳥銃者，前後擁衛。至館所，卽西山寺也。旣夕進飯。先以數器饌，次以魚鮓，次以

1 義方 : 저본에는 '方義'로 되어 있다. 실제 인명에 의거하여 바로잡았다.

2 湛 : 저본에는 '甚'으로 되어 있다. 실제 인명에 의거하여 바로잡았다.

魚羹，次獻霜花范果之屬，皆用漆朱盂盤。以美姿小童行之，是仕官家兒子云。寺在高坮之上，俯視海門。諸船布列港內，首尾相連，至夕船上俱掛燈籠。又於洋口燈光一字擺開，終夜不滅。此把守倭船也。檻角夜設綠紗帳以防蚊蚋。是日行七十里。

己巳

請。留對馬島。是日飛船自釜山來，行中得家鄉音信。向晚登寺後小崗，東南臨海，直對一歧島 駿驢島。雲收天朗，幾點青巒了了。駿驢島是筑[3]前州六，百里也，望之似不遠，以其眼界無碍也。蓋馬島南北二百五十里，東西三十里，多崖石犖确，少平坦。其俗不事耕蠶，仰機利食。其强者交貨我國，東綰諸島以射利，富至累千金，弱者漁採爲生。蓋其性譎詐反覆，浮於他島倭也。

庚午

奉行倭四人請謁，三使出坐正廳。四人解所佩長劒，授其從倭，只佩短劍，脫履徒跣，陞堂立于楹內。三使起立，四人鞠躬再拜，三使一擧手答之。又有裁判二倭來謁，亦鞠躬再拜，三使坐席上，只擧手而已。少焉島主乘懸轎而來。前有健倭十人，五人紅氈銃衣，跪于門外，路左五人，綠氈銃衣，跪于門內。堦左白旄二、翠羽葆一，又戟戈之屬以次立，一人擎紅傘。島主到門外，亦解一劒，蓋其俗見長者禮也。島主手執木笏，着烏巾。其制樣甚怪，垂一角長二尺許。衣黑紗大袖綠綾袴，袴長曳數三尺。所佩劒飾黃金。島主入楹內，三使起立相揖，對坐三重席。奉行三人跪于楹內，裁判二人跪于楹外。從倭八人跪伏島主後。以酊庵長老至，其禮如島主。又有西山長老者至，長老拜揖，而三使一擧手也。以酊庵着紫紗長衫、黃袈裟，西山着土色長衫、淺黃袈裟。從僧

---

3 筑 : 저본에는 '竺(=笁)'으로 되어 있다. 실제 지명에 의거하여 바로잡았다.

八人皆着袈裟跣足。以酊，性湛別號也。設人蔘茶三行而罷。

辛未

曉雨晩晴。島主請見製述官、首譯、馬上才，古例也。街上結棚數處，島主與奉行諸倭登棚上，觀馬上才，相與稱善云。

七月初一日壬申

是日行望闕禮於寺庭。天色未明，小雨霏微。三使具金冠玉佩，諸裨戎衣佩弓劒。員役着冠帶。令臚唱行拜禮。雖在絶海之外，望瞻北極，自有依然之想。賦詩以識之。

癸酉

有雨森東者，號稱芳洲，島中文士也。能爲我國言語，又通漢語，文才贍博。爲島主記室，自辛卯使行，酬應我東文人者也。是日率其門人平子淵及其子顯允、德允、權允，各袖一詩來見。顯允年二十一，德允年十七，權允年十四。皆白晳可愛。次韻送之。

甲戌

晴。是日島主設下船宴于府中，古例也。午後三使具公服乘轎，自裨將、員役至船將、訓導、僕奴輩，皆乘倭馬。騏騮騧驪，鞍鐙鞚韉，鏤鋈金銀，翼以騶從。前列旗幟，動軍樂循街。東行折而北。倭人男女觀者如山，粉墻漆門左右峙。樓閣有園囿，中多嘉木隱映也。到府中，裨將、員役下馬大門外，三使中門下轎。奉行四人立門內迎揖，三使擧手而答。四人分左右前導，島主出楹外迎揖。至中廳，三使西向立，島主東向立再揖。又與以酊庵相揖。禮罷，東西坐交椅，進宴床，行三酌已，賓主俱出更私服，島主使人復請三使入。島主脫公服，頭上無所着，與凡倭無異。相對一揖而坐。又私宴前設。銀錯盤上，有琉璃金銀碟, 雕刻蓮花狀者十餘箇。左右置碧畫盆, 安諸色假花, 芰荷、牧丹、黃紫、梅、月桂之屬, 其制奇妙不分。日暮明燭行九爵, 其花輒隨而更。燭下光輝眩眼, 其饌侈無可口。四壁塗金碧, 多畫棕櫚、松竹也。

乙亥

小雨。倭人致黃白二種菊花。花兼如我國鶴翎, 其大倍之。六月開花可異也。又獻蘭草揷于竹筒者, 其葉似菖蒲, 花色黃白而小。近之不覺其香, 每因風起淸香, 聞於戶外。

戊寅

乍陰乍晴。舟中逢牛女之夕。海色蒼茫, 微雲點綴, 令人望之, 飄飄然有泛槎銀河之想。倭人獻唐梧桐。一花一葉, 其葉圓大, 大於我國梧桐而色深靑, 猶帶雨痕。其花鮮紅, 葩小似百日紅。月令云 "三月梧桐始華", 而七月開花異矣。顧此梧桐, 乃唐家遺種, 而今天下盡爲腥羶之域, 移根海外, 又是蠻鄕, 托非其所久矣, 不勝感歎。賦短律一篇, 三使亦次韻。

辛巳

晴。與諸僚步上常樂山 海岸寺。小岑蜿蜿, 在西山寺之西, 有觀音堂屹立, 林木四繞蒼然。左右坐着金佛, 壁間有古畫。畫十王及金剛神, 其獰悍逼眞也。堂北數武, 又有巨屋, 其檻欄楹桷, 髹漆玲瓏。庭前是老松、紫薇、銀杏、躑躅、南天, 其外又多眞木靈草不知名者。有禪師號速譽者, 年可五六十, 眉貌古枯。見客至合掌拜迎。饋茶果酒麵, 甚精潔。裨將楊鳳鳴能喫麵九椀矣。禪師令小童奉筆硯求詩, 各賦律絶贈之。南望一岐島、藍島, 數點螺鬟浮洋中, 亦奇異也。西溢上下十餘家籬落相連, 而中間有屋宇宏傑, 門前大樹繫六七漁艇。問之, 云: "是捉鯨者所居。善漁見大鯨必捉, 諸國湊沽其膏, 輒致千金。故爲島中富戶也。" 向晩有文士三人，號稱松瑟、桃浪、霞沼者請見。俱出示其所作以求和。霞沼最敏贍，其詩亦古雅。

秋七月旣望

謀於諸僚，携一琴一笛載船，過海岸寺。時一輪明月出於碧海中，金波漭溢無際，上下光輝混然琉璃界也。令樂人奏曲，諸君相對亂酌。余與成夢良 汝弼竝高聲誦《赤壁賦》。舟傍有大魚跳躍，沙禽鳴飛。須臾艤船於西岩，其上松竹垂蔭婆娑。余醉依舷欲睡，忽有騎鯨仙子與乘槎者，大呼曰："蓬萊會晩矣。何遲留乎。" 余驚起定眼視之，其兩仙乃俱宣傳侙、姜進士柏。載酒追至，挽余而起，遂相與大噱，洗盞更酌於沆瀣之間。不知仙是我也，我是仙也。

十九日庚寅

東風。島主傳言風順當發船，擊鼓相應。一鼓而載裝，二鼓而出船，次三鼓而擧碇。味爽島主船先，諸船次第。皆懸雙帆。是時倭船之護行者蔽海，到中洋風漸緊，波濤盛如銀屋，舳艫出沒低昂。舟中人水疾者多。去船數步之間，忽有大物，以口噴沫，如雨飛洒，數三丈高。俄已露出其脊梁，其大如二船相連。沒而復出，如是者屢。舟師言："鯨魚之遊戱也。" 又有雙角高尺餘者，踊出波中。是大魚之有角者也，聞鼓吹驚避沈沒。去船數十步外，又出其角游水上。將近一歧島，群倭船來迎。水淺大船難進，以小舠二十二橫結爲梁，上鋪杉板，左右連竹欄。使行吹打從其梁下陸。男女觀者匝岸成群。婦人多着青紅衣，或有戴籜笠者，是自遠方褁粮而來云。山勢平衍，中多田疇，土沮洳。黍稻競發綠穗。渡海後始見稼穡可喜。此島曰一歧，乃松浦 肥前州太守源篤信所領。邑治在平戶島云。自馬島至此四百八十里，而日未午渡泊，可知其舟行之疾也。

乙未

大風雨。波浪如山，白沫漫空，艙口舟艦，自相舂撞。上船欄干爲副船所擊折，諸船板柱、帆檣、標旗太半摧破。岸頭屋宇多崩頹落水中。園木亦拔根者衆。沙格諸下，泅泳波間，曳出百丈，繫於岸上䂼可戈，暫時輒拔。是時自館所望見，風浪翻海，一島恐不可支。倭人言："自冬至二百十日內，必有惡風，行船日固已慮矣。幸此島善於風波，若在馬島、藍島或中洋，則船隻豈望完全。是亦神助使行也。"晡時風雨始止。數日後，自藍島來者言："破船者十餘，渰死七十餘人也。"是島可千餘戶，而島民見對馬人，輒皆恐惕。蓋對馬人，以其國命護使行籍其威，入島中選其所住，咆哮民家。見有少艾，則故意驅逐其夫而奸淫之，如其處女、寡婦恣意犯之，島畏不敢言。

八月初二日辛丑

西風擧帆。東指二百餘里往往有島，曰蕟島曰金島，皆在縹緲之間。忽有飛鳥數百群。聞櫓聲驚起，羽翻皓然如白雲，飄空飛揚。數十步下沈水中，舟近則又飛，問之，非鳥也，乃魚也。後數日，支供魚族見有魚，其形如燕子，兩翼稍長，腹背有白鱗，是向者飛魚也。又行數十里，東望一峰，屹立海中，其形圓如蓋，名曰咸界。至此日暮風微，促櫓而行。舳艫搖漾，眞如星斗上下。海氣蒼茫中，見無數燈大分兩岸高低。人聲犬吠相喧，知近藍島。亥初下船至館所。新建千餘間，大廳墻壁塗以白土，養青竹爲籬，以棕索縛之。是日行三百五十里。

癸卯

大風雨。海波蕩揚，船上欄楯相擊折破，碇索亦有斷折者。舟中人憂惶必死，有善泅者入波中，曳出碇索。又多聚島中棕索，繫之岸上，數百人竝死力拄持得免。有風雨少止。

丙午

晴。余與申維翰 周伯、成夢良 汝弼、張應斗 弼文、姜柏 子青扶杖登西崖。俯視島中，人煙千餘戶散在橘柚間，田疇布於岸曲，往往倭女持鎌刈稻。西望故國，雲海接天，杳無所見。唯一歧、薍蘆點點於波中。直南諸山離立，一帶青蒼，是筑前州也。水際有巖石特立，其腹穿大竅，其狀如城門。舟航之來自赤間關者，皆循石穴傍徑過云。諸君藉草而坐，呼韻共賦五律。向夕歸館，有士人琴山、梅峰者請見。

庚戌

昧爽南風發船。向東北行，過昆布大小島及勝島、地島。舟行速，諸島景物難可盡記，而山脚之村落菑畬流眄不已。又行六十七里，逆風大作，倭船先導者先已回棹，我船從之。風浪橫吹，帆檣欹側，舟中甁缸筐篋皆轉之走一邊。有頃列傾覆之，危懔懔支。過日暮將近地島。天地昏黑，不分後前。船頭放火箭相應，是故諸船得尋港口。是夜三使下地島，宿西光寺。山之西背有一間瓦屋，四壁皆有窓牖通望。日暮則懸燈簷角，爲往來船候望之所，名曰燈籠坮。諸島皆然。水村籬落間，其樹橘、竹、冬白花。堦上有蘇鐵木，其長三尺許，體大幾數。枯死之際，揷以鐵釘卽活故爲名。地島一名慈島也。

十八日戊午

西風微起。天明島主舟中擊鼓催行李。地島五里許南岸大村，卽金鳴村也。自村東去數十步，有一崖入海，名曰鍾崎。崎上有神祠，其下沈大鍾，不知何代物。而向來筑[4]前州太守使數百沈水軍取出，絶其紐不得牽曳，其鍾有時自鳴云。俄頃回看慈島，落在洋中，眇如一小瓮也。歷三小島，其名曰三白島。島之東五里許，又有二島，其名大小毛子。又

4 筑 : 저본에는 '笁(=竺)'으로 되어 있다. 실제 지명에 의거하여 바로잡았다.

過十餘里，滑瀊陂岸參差相犖，南之一麓稍平闊，有村閭可千戶。甍宇宏麗，樹林薈蔚，而其中有五層高樓，粉白之光直出半空，舟中望之，殊甚可壯。點想海上有此樓觀之勝，無或蓬萊之銀臺金闕如是之類耶。循洲渚築城，城一隅築船閘，以白石作飛虹橋，橋下作五石門以通舟船。是乃筑前州所屬小倉，而其城名曰文字城也。過文字城，前有舸艦五六百艘，首尾相連，帆檣蔽海，是長門州迎護船也。自此以東，傍海數十里，松竹挾岸門，以畦田水村匼匝之中有大屋。穹崇粉墻繚繞，云是千石富戶寡婦之居也。未及赤間關十里許，有一石柱，高二丈餘。平秀吉行船，爲暗礁所得，斬其沙工，後人立標以識之。岸上有土堆，其高丈餘，長松圍之。名曰白馬塚，諺傳新羅時與倭兵相戰，倭人請和，刑白馬盟也云。日暮泊赤間關。岸上板屋千餘戶皆依山臨水，門扉倒影，左右松竹上連于山崖。使行館舍在村之後，其廳內設黃金畵屛、紫錦帳，簷角懸綠紗蚊帳，外欄鋪紅毯鎭銅尺。其屋幾五六百間而皆覆杉板，雨時其聲聒耳也。

庚申

小雨晩晴。捲篷斜光遍於浦漵，金波蕩洋，天際忽立數層樓閣。其高可十餘丈，輪奐壯麗，金碧炫煌，窓櫳牖闥，無所不有。瞠乎驚訝，莫知其胡然。少焉倏閃有無，輒出層嶂重壑，瑰詭難狀，尤爲之恍惚。其山轉變而爲岸，雲斷霞霏微而散。嘗聞天海之氣變幻殊狀者蜃樓也，是果蜃氣而然乎。抑天海之氣坱然太虛，升降飛揚無所定而然乎。蓋其樓臺峰壑之美，出场頃刻，眩人瞻視，是固造化之不測者也。噫！顧千古世間，朝市樓臺繁華富侈如山陵云爾者，無不消磨泯滅於朝暮間，鞠爲荒原茂草。所過傷心，則其倏忽變遷，比之蜃樓何擇焉。不覺歔欷久之。

辛酉

陰。僚官來言："今日倭人漁獵，盍往見之乎。"令小倭導就西麓。時壯倭十數人，撑小艇五六出中港，其行如飛。布長綱，幾數百步。有間衆倭刺篙橫流而擧，見大魚小魚飛躍空中，鱗甲照耀日光，一港晃然，是亦奇觀也。泊岸其積山峙。其稍大者，廣魚、沙魚、鱸魚、鯉魚也，其衆者，道味魚、鯊魚、鯔魚也。其小而不知名者，又不可數也。中有一大魚，其首如甕，體大於牛，目有赤光。鬐鬣鰠刺，怒頰豕狗，殊可愕眙。其名高登魚。分割賣市中，直可金金云。散坐巖石，倭人持魚膾、諸白勸之。向晩從小徑北折，忽見大松下坐一老婆、一白衲，傍有竹筐筹笔。二少艾倚松而立，一持畫箑、一提琉璃甁。有童子荻貫魚走其前，畫箑者踉蹡追之。口中嘲啾，不知何說也。

朝坐山閣開北窓，耽看階上梅竹。小倭傳芳洲、霞沼至。俄已詩士五六人請見，俱出袖中詩牋示之，卽次韻以答。是皆長門州士人也。晩後與諸僚往觀安德天皇廟及阿彌陀寺。廟中有安德王后塑像，堂宇壯麗，而所處狹隘。阿彌[5]則稍高爽，俯見海門，庭畔蘇鐵梅梢爲架。鉅樓連百餘間，設屛帳茶卓，中下官所舍也。南轉而穿過閭巷，處處女娘開戶而觀者噂沓。其屋宇相比，無一步閑隙地，宅後稍空曠，種瓠、茄、葱、葵、苣菜。是夕長門太守饋以餠酒果焉。蓋赤關，關西道之一都會也。其俗通魚醢、銅鐵之貨，其地産靑赤硯石，諸國皆寶焉，爭以價求之也。

二十四日甲子

風順可行。日色漸高，島主不肯發。蓋奉行輩故爲淹滯索賂於支供者故耳。正使令舌官詰其由，島主始乃請行，遂解纜向東行。自此海門漸遠，湖水逶迤左右，蒼山不絶，往往長松奇壁數三村家互相隱映，錯

5 彌 : 저본에는 '稱'으로 되어 있다. 문맥을 살펴 바로잡았다.

以上下。畦塍蕎花如雪，間之黃稻。以湖海之勝兼田園之趣，是尤奇絶。傍山行十餘里，湖勢漸廣復爲海。遙望南北山重重，至四五十里。北有一殘山，曰猿山。嘗聞泊舟山下，夜聽猿聲甚悽淸。今則樹木濯濯，四無鳥獸之音，是何古今之異耶。午間忽見北渚有黑物。如猪如犬，作一隊點水而走，其行倏閃，不可知其何物也。又東過十餘里，有九尾崎。倭民村居者，以舠載柴、水、魚、菜來獻，但受其水，餘皆不受。又十餘里東，望南海中有曰姬島，是豊後州也。自猿山行八十里，日已昏黑，到三田尻。船滄水淺，不得進泊。諸船皆下碇浦口。仰視村火微明於林木間，而夜色黲黯，不知有幾家村也。

乙丑

曉，倭船鳴鼓，次第出浦。淡漢疏星隱約有光，山坡村落熹微不見，但聞鷄犬聲出於雲霧中而已。行十里許，東天始明，旭日欲出。未出萬丈紅雲照耀天海之際，始鋪錦繡帳，霱雲帶朣朧擁衛日輪矣。又行十里，小嶼孤崖往往特立洋中，或如舟航，或如傘蓋，或如龜鱉，怪詭之狀，不可形言。向晩得西風，一時掛帆，舟行頗駃。是日行一百八十里。日浦抵上關。南北崖岸蜿蟺回抱，其上閭閻隔水相望。使行駐北岸。館舍後小峰兀然，而其下有一高樓，名曰山關樓。其西又有一二亭臺，隱現於松竹之間。日暮未及登覽。芳洲來見。袖十餘紙示之，乃上關十二歲女子所書也。草堦皆奇妙。女子姓粟屋，名文蘭，字斯馨，仕宦家女也。余與成汝弼輩俱作詩以贈。上關，其地則長門，而日供自周防州來也。夜宿舟中，時聞石磬鏘鏘，知梵宇之不遠也。

丙寅

西風。天明離船滄，數百步許出，兩峰之間，左右絶壁矗立相對，松、杉、柚、橙垂陰蓊翳。舟船往來其間，如門戶之狀。峰上有一樓，乃候望燈屋也。自此向北而行五六十里。西望山勢嶙峋，而山下有大村。

殆千餘戶, 墻壁粉白玲瓏於翠陰間。是賀室, 豊厚州之小縣也。午間有小船追至獻魚菜, 卽賀室官人之所呈也。行十里許, 又有小船來獻魚、菜、笠, 胡人也。自玆北望青山而去。日已向暮, 去鎌刈尙有三四十里云。遂催櫓役, 未十里夜色黝黑, 輒相失。數百船燈火散亂, 東西不可別。副船先放火箭, 俄間一船三船皆放火箭應之, 始知兩船在不遠矣。艱辛逆上, 夜已深。望見水際, 燈燭相連如火城, 上下通紅, 可知其船滄只有數里。似易泊而潮水方至, 波浪悍急, 格軍力盡不得進, 仍止泊水中。是時三船爲水力所却退, 走幾百步, 副卜船碍於淺渚, 不得運移。諸格軍蒼黃喧呼, 良久得拔。是夜諸船各於所在下碇, 以候水勢, 皆忐忑不安。鷄鳴後潮水始退, 諸船一時棹歌, 進泊船滄燈影之下。少焉天明, 倚柁樓眺望, 青岑屹巑, 棕、竹、橘、柚、梧桐、銀杏之屬籠山覆岸。水傍閭舍相連, 粉墻竹戶照映綠波。水際有二閣, 制度頗廣, 是乃風浪時藏船於其間云。船中朝飯下陸。築石爲層坮, 連板橋作船閘者凡三處, 而左右設白竹欄干。自船閘至館所百餘步, 皆設白席, 其上鋪猩猩氈也。湖邊一閣甚精麗。繞以粉墻, 墻下有老松、碧梧桐四五株。又有橘一樹, 結子垂垂如金鈴。令小倭摘來, 味極甘香。堂上有倭人七八, 見之喜笑揖迎進茶。又進筆硯, 書姓名示之, 蓋此間以士名者也。卽席書五律七絶, 各一首以贈。諸人擧手稱謝。

戊辰[6]

未明發船。山圍水暗, 不分方位。纔離船港, 仰視片月始吐山頭, 方可辨東西矣。西風漸急, 諸船皆懸雙帆, 其行甚速。可十里許, 海靄未散, 日光上射, 一帶長雲亘天半黃半赤, 正瑤池仙娥爭把芙蓉千萬柄, 又如無數黃金菩薩擁衛如來寶塔。其景狀之奇異, 不可言也。又行五六

6 戊辰 : 저본에는 '丁卯'로 되어 있다. 『해유록』 및 『해사일록』의 8월 28일 기록에 의거하여 바로잡았다.

十里, 有二石崖, 其形團圓, 特立中流, 亭亭相對, 頭戴蒼松各一樹, 亦詭異也。巳時惡風橫吹, 帆檣欲摧, 舟船傾仄, 人皆懍懍失色。少頃風定, 又行三四十里, 西北岸上有人家稠密, 云高島也。又數十里, 歷三田美, 村落最盛, 田疇亦美。又行二十里, 城堞逶迤, 數層譙樓揷海而立者五六, 其名曰三原, 安藝州所屬郡也。所過險瀨淺灘有惡石處, 則一二倭艇守之, 立松樹水中以爲標。又行十里, 湖港稍闊, 北之蒼崖嵂兀入海口, 石角杈枒, 其上築石高樓。舟過其下, 望之縹緲雲霄間, 簷端繫二種迎風, 裊裊有聲。其寺名盤臺也。使相以米石、藥果預送倭艘[7]以與僧徒。舟過時有老釋五六, 具袈裟羅立石角, 望舟中叩頭拜謝矣。夕時抵韜浦。使行下船滄, 止宿于福禪[8]寺。是寺在山脊, 俯監東南。海水直東, 諸山雄大嵯峨橫亘天半者, 是海外諸國也。近有數三島嶼, 羅立水中, 明媚隱約而爲對案。商帆漁艇往來不絶, 景致之佳, 比前所歷可第一也。自船滄至寺門幾數里, 中有衖衕, 左右閭舍皆二層閣。戶外垂紅絲竹簾, 家家懸彩燈, 日暮燈影相連, 街巷明如白晝。蓋韜浦南通長崎、薩摩諸國, 北控山陰陽諸國, 貨金銀、珠璣、皮革, 亦一都會也。故居民多大賈也。赤間以東所饗稍異, 蓋其州縣有豊約也。其饌至四五十品, 陸地猪・鹿・麞・兎・雉・鷄・鴨・鶉・鷃鴽、水之魴・鰂・鮐・鯊・鰒・蛤・蟹・鼈、菜菓之蘿葍・菘・葵・菰・壼・薯蕷・蹲鴟・鴨脚・薌・蓼・芥・薤・芝栭・菱・椇・柹・橘・桃・梅・梨・栗及夫諸白・淸醴・醢醬・醯醷, 是其略也。又有不知名者。間用牛肉而餙, 以其俗不殺牛也。

少南有曰圓福寺。數百丈巖壁拔立如掌, 劚石角爲層梯, 梯左右設

7 艘 : 저본에 '小'로 되어 있고, 옆에 작은 글씨로 교정을 해 놓았다. 글씨 크기가 작아 정확히 판독이 되지 않아 짐작되는 글자로 입력하였다.

8 禪 : 저본에는 '善'으로 되어 있다. 실제 명칭에 의거하여 바로잡았다.

木欄干。緣梯登其頂頗寬敞。有高臺，牖闥欄檻極其精妙。庭之前後，植奇花怪樹，架杜沖爲籬，蒼翠滿庭。三面俯海，北依蒼峰，景與福禪[9]伯仲，而地勢高爽、眼界之活遠過之。雖不見洞庭、岳陽，其壯觀想必不過也。徘徊良久，口占七絶以識之。

己巳

晴。日出諸船掛帆東下。風猛，舟行如飛。左右沙嶼煙林乍出乍沒。行百里許，兩岸上有大村，畦壟縱橫，是謂下津。舟過下津，有小船來獻糖果、海苔。此備前州太守所送。其書曰 "日本 備前州從四位侍從源繼政敬供朝鮮國使某公錦帆下"云。是時波平舟穩，高坐柁樓，與洪經歷德望、元宣傳弼揆，或樗蒲或圍碁，談笑團欒，不知舟之往也。須臾過數三嶠嶼。南望十里許，樹木蒼蔚，依山開野，粉堞照耀於夕照。有數層砲樓，嵬然於樹林之上。煙氣彌滿，人家不知其多小，可想其大處也。問之，邑名丸龜，讚岐州太守所居也。日暮向北岸泊浦口，名曰日比浦。時副卜船於碍淺瀨惡石，幾至傾覆。倭衆船一齊來救，搬下卜載，堇得全。四更量乘潮水而來。諸船人相見賀喜。

九月初一日庚午

鷄鳴三使各於船頭設帷帳，呼唱行望闕禮。成汝弼素曉天文，立船上仰視星斗，遙指水東一星曰："是水星，在端門右，於我國境所不見星也。" 又指南之一大星曰："是南極老人星也。" 余與諸裨共觀其星，在正南天低處，大如木星，其光微黃，近傍無他星。曾聞自古天下人難見老人星，今也見之，亦異矣。蓋深八東南海洋，天極闊遠，無所閡而然歟。辰時乘潮發船。自此備前州支供迎護船益多，至千餘隻。又見朱紅船，粧以黃金，光彩眩眼，乃三使下船時所乘也。才過十里，東岸有村落，

---

9 禪 : 저본에는 '善'으로 되어 있다. 실제 명칭에 의거하여 바로잡았다.

名曰鹽俵。男女觀者或倚巖而立、或蔭松而坐，或穡女荷鎌、或浣女停杵而觀也。行至十里許，盤臺寺僧人因過船贈小牋。其辭曰“使船安穩關世音菩薩”，蓋祝禳之意也。又行七八十里，水中有小島。其頂着孤松，松下立怪巖，形似蹲犬，故稱之曰犬島。夕間到牛窓。水邊閭閻之盛如韜浦。二使次于本蓮寺，制度亦甚宏麗。余與白君平宿于水邊樓閣。樓高水闊，清氣逼人。此地倭人其恭謹自異。上官之出入，下倭必跪，有一倭前導辟人，街上衆倭皆俯伏，是其謠俗之不同也。夜深後，霞沼、芳洲引三士人來見。出其詩求和，遂把燭揮毫以答。其號曰省齋者，蒼顔白髮。自言：“俺老於魚鱉之鄉，閱見仙槎今三度矣。顧此絶海之外，邂逅東華文士，非勝會乎。彼二妙當有復覩之日，俺則朝暮人，其可再乎!”悵然久之，幾乎墮淚。問其年，七十六歲，耳目聰明，燭下能細書也。

辛未

晴。西北風。巳時或帆或櫓，曳纜而行。行可五十里，北岸上有白堞，臨海崢嶸，名曰赤穗城。潘摩所屬。酉初到室津，始入港口。山崖回翔，至灣角而環潛。舟捷如箭，左右林皐樓榭亦從而駛往疾奔，正似彩燈山影圖回回之狀，其奇妙不可盡言。下船次于館所，去船港咫尺矣。

壬申

晴。西風。鷄鳴初鳴鼓吹行船。曉色曖曖，不知後先舟航，但見燈光蔽海粘水流行。其行稍遠者，小如螢燐之聚。燈行而度，舟之東西時見燈光，如飛而去者，知其過急灘也。行可三十里，東方始明。又行二十里過鹿窓。又十里有曰姬路城。又四十里許，北岸煙樹中，人家稠密，水邊城堞連亘數十里，是潘摩州太守所居也。自玆以往，水際則青松白沙，岸上則野稼如雲，地名曰明石。樹林之內，粉墻高甍參差隱約，而中間五層飛閣直挿半空者有五，而一字羅立。望之令人愕眙，似非人間所有。問之其守者，自江戶差送也。過明石，松平左兵衛督，以小船載送糟漬、鯛一桶、乾果子一箱、石決明三十御、樽酒二荷。御者，美好之稱，二荷，二人之所負荷也。夕時泊兵庫。湖山圜抱安穩，無一空缺，大小船彌滿浦漵，蓋其民俗善賈，以舟帆行貨海中諸國也。

癸酉

晴。發船行十里，村鷄始鳴。掛帆行四十里達小河，卽浪華江也。沙洲委蛇，河流漸狹。過六七十里，村家益盛，名曰河口，去大板城二十里。至此水淺，倭人以彩舫來迎。船上爲層閣，覆以板鋈黃金，牖戶欄楯錯金朱漆。船首尾刻金龍鱗甲，蕩洋波中如活龍也。三使及幕下正官皆乘焉。及迎護者所乘龍船竝九艘，一船之直累巨萬金云。有黃衣倭，唱歌搖櫓而行。兩涯堦熟石，其上棟宇連甍，白土其墻，墻邊松、竹、棕櫚、香、檀。浦港互與流通者百派，其上飛虹橋設曲欄，長可六七十丈，其柱出波上者五丈餘。曳船其橋下，未數里又有橋。蓋江流縱橫置虹橋，凡三百三橋云。是日左右觀者如山如海，乘舟艦者首尾相接。或高樓或門屛，或松棚，或簟席，或跪或立，重重圍之。或抱負孩兒，或紫帕黃帕，或戴蒻笠者女娘也。男子無老少貴賤，皆佩長短二劍。四五歲兒亦佩尺二短劍。或有黃耉扶杖，或有緇徒曳長衫，雜於婦女。少艾必紅粉濃粧，婆媼或淡粧。其藉紅氈而圍金屛，三四或六七爲群，而坐者必皆明眸皓齒，夭冶婷娉。其童子隨其齒而坐，其長短齊。男女老少着斑爛衣，或黃綠衫。女少者或着茜紅，腰間必有膊月荅，或持畫翣，或張雨傘。蟻屯蜂聚，而不聞言笑喧譁。所過數十里，左右觀者皆若是，而樓臺墻垣如之。家家穴其墻爲水門，必解船其庭院。其門傍有閘藏彩船者，諸州太守之茶屋也。以金船容裔而上，凡過飛虹橋十數，而後泊舟滄。乃奉國書于龍亭。前列旌旄、戈戟、鑼鼓，裨將先道。三使乘轎，有健倭二十擡之。從官或小轎或騎馬。自江頭至館，可十餘里。東西二層樓閣相連，游觀男女充溢。間以列鋪，皆金銀、貝珠、花磁、甁缸之屬，光輝奪人眼目。又有書肆，黃虞三代墳籍、諸子百家、仙佛書、唐 宋人詩集，無所不有。又多唐刻，是自蘇杭州來者也。其館曰本願寺，其堂宇可千有餘間皆槐木，其柱大十圍。有佛閣尤宏敞，四壁古畵諸佛羅漢。伽藍之像長皆丈餘， 對之竦然矣。大板處水陸之交， 東海、西海道舟帆所通，山陽、山陰道車馬相連，此國中之都會也。四時百物皆湊，故其民商賈而巨富者半，繁華甲於諸國也。

自初四至十日，留大板。士人蘭溪、南溟、龍洲者來見，終日唱和。南溟見其從弟一童子，年十二，貌如玉，能賦詩。號靑洲垂裕堂 唐金興隆送詩求和，其詩頗有格調。屛山與其子十三歲童子來見，秉燭唱酬，夜深不綴。童子能讀，讀次韻，手不停筆，其亦妙，誠可愛也。文士三四五六爲伴，連日來訪，酬應甚疲。其名號不可盡記也。

十日己卯

晴。三行早飯，奉國書。書往難波江，乘金船。一船曳者用七十人。中有一人持綵旂督役，而兩岸皆有曳之者，船行南涯則南岸人曳之，行北涯則北岸人曳之。水淺則揷竹以識之。行三四里，南有大板城。城外鑿濠以通江水，雉堞嵯峨，間有三層譙樓，粉壁玲瓏，高出松樹間。閭里之壯、觀者之盛，與前者一也。是日天朗風恬、水碧沙明，往往汀洲間楓菊參差。余與成汝弼取壺酒自酌，拈古人韻迭唱，至十餘篇，可見其興之濃也。過十里許，遙望南岸，有木物團圓，形如繅車，其高丈餘。問之是水車，一名曰桔槔，能激水逾越數丈。高城用之善灌漑，故常不憂旱云。須臾月上，湖光益奇，黃衣者唱棹歌，沿月而行。泊淀浦，天始曙矣。是日行一百二十里。自釜山至淀浦，水路幷三千二百餘里。於是捨舟而始陸以轎馬行。國書儀仗及倭人迎護者連絡十餘里。行十里許，路左有曰東泰寺。周廊數三百間，墻垣連亘七八十里。墻內有四層樓閣， 屹立雲霄。其中央立銅塔， 高數丈。自此爲倭京矣。街衖相控, 閭閻人物之盛亞於大板。左右高樓垂竹簾, 簾內粉紅女娘隱約如花。云是仕宦家女也。日暮挾路燈籠照耀十餘里。聞倭皇宮闕在倭京, 是日以微服隱在民家觀光。倭皇姓源, 時年二十一歲。尊尙佛道, 每月前十五日, 不食魚肉, 齋處一室, 晝夜端坐不寐, 後十五日始出戶, 酒色遊獵, 恣意以樂。國家政令、官職除拜, 皆關白擅行, 而倭皇不與焉, 唯借玉璽, 印着受其供物云。到館, 館亦甚宏麗。其夜有京兆大尹者來見。三使出楹外, 迎接坐定。島主跣足俯伏, 傳命辟咡。而對禮甚恭, 其上下官體貌之儼截若是也。

辛巳

發行。大道兩傍, 松竹蒼蔚, 人行其間, 終日淸凉。每至十里, 左右築土塈, 高數丈, 其上樹雙檀爲堠也。行至大津宿。自下陸, 所過支供益勝。每入站, 以大筐盛諸品, 果錯柚、柑、柹、梨。其柹深紅肥大而帶靑葉, 蓋沾濡霜露, 枝葉中自熟。其味之甛爽異常。靑黑葡萄, 光潤如水晶, 皮極軟, 味極佳, 大異我國所種也。

壬午

晩晴。穿過閭閻間, 幾三十里, 東北有大湖, 周回五百餘里, 漣漪如鏡光。岸上人煙, 間以松篁, 宛然畫中景也。暮至森山, 宿於上方。庭畔喬木蒼翠, 僧徒焚香, 樓上鯨魚吼矣。寺名東門院。

癸未

雨。午火八幡 專脩寺。是近江州也。慕宿佐化城 宗安寺。味爽行望闕禮。平明逾絶通嶺。東去十餘里, 又登摺針嶺。嶺上有望湖亭, 北臨琵琶湖。盡其宏闊氣勢, 可伯仲洞庭, 與昨日所見逈異也。凡所過室屋, 其制前窄, 入門無隙地。堂後空廣, 有園林池塘嘉木異卉。其湢圊, 必設金朱之輝楎箟椅、錦綺之幄帟巾帨。

乙酉

早行四十里。中火尾張州府中。求詩酬唱者絡繹，徹曉不已。又八十里，暮抵名護屋。自大津至名護屋二百餘里，左右閭里不絶。往往樓閣極其華麗者，是佛事神堂也。其觀光之盛亦不減大板，其綽約美色之多，近江、尾張二州爲最也。下官輩見路傍美者，以餠果投之中其肢體，或有琅琅笑者，或有正色不動者，其涇渭可知矣。二州西南近江海，中開沃野。其民業農桑，規陂池種柹栗。其餘善鑄冶，利劒多産焉。亦一都會也。

丙戌

早行三十里。午火鳴海，又六十里。路平如礪，左右松竹交柯，長皆十數丈，仰不見天。次官以下所騎，有驪有黃，銀鞍金厄，從者八九。晩過野柏田，畝皆方正，無圭田梯田。其錢鎛、銍鎌、禾秉亦同我俗。夜宿江崎。翌日島主及以酊庵長老、龍菖長老來謁。龍菖卽接伴使也。關白又使周防太守源忠慰問。三使出迎對揖。而源忠使島主傳關白之言，三使離席，俯伏聽之。啜茶而罷。午火赤坂。暮宿悟眞寺。

戊子

陰。行五十里。中火荒井。自此東折數十步，有金田河，海之一曲爲滙者也，其廣十里。沙渚艤漆黑四船。第次發棹。中流而東北望，有一白峰，雄蟠雲霄。特出諸山之巓，如長人立於短芭，見其半身也。驚問曰:“彼何山，如是高大也?”從倭曰:“是富士山也。”於斯衆嶂擁遮，只見山腰上。三宿得其全體也。四十里，抵濱松近地也。

己丑

晴。行至池田。渡江水闊遠。列小船數百板，其上以大椶索、大鐵索，交縛不動，便成千餘丈大橋。曰長艤，人馬雜還而過如平陸。後之以橋渡者若是。四十里，午火見浮村。所過閭里，間以鋪肆，花磁、碗碟、壺盎，皆用回回青畫人物花鳥極妙。木器丹髹者、竹器染五色、如筐筥箵笼積之峙，其制亦奇巧也。

庚寅

踰西崎嶺，崎嶇行三十里。午憩崎下大村。村名金谷。所過往往有藥店，懸漆板，以黃金大書"不死藥不老草之鋪"。蓋日本人有惡疾，服人蔘輒效，故甚重之，常號蔘不死藥也。

辛卯

逾羽津嶺，涉阿部川。午火駿河府 寶泰寺。堂之北，聚蒼石爲假山，引筧泉爲小瀑飛瀉。其下作方池，匝以奇卉異木，青翠可愛矣。有老禪，其容枯寂。合掌乞詩。

壬辰

逾薩唾峴，右遵海行四五十里，渡富士川。午火吉原。至是富士山在前。蓋其山宏壯盤礴，扶輿天中，無別峰而獨立高大。其巔渾然白，望之如積雪。倭人言："自山麓至上頭，百有餘里，其頂有大穴，其深無底，常有雲氣，自穴中直上，四時皆有雪。" 亦載其國地誌。然日東雖隆冬無霜雪，則春夏間山頂長雪不融，似無理矣。皇明 宋景濂詩曰 "萬朶蓮花富士山"，其亦傳聞之誤也。是獨山也，烏在萬朶蓮花也。

癸巳

早發，逾大嶺。名曰箱根嶺也。行三十里，其上有大澤，其周四十里，湖色黝黑，深不可測。中有九頭龍靈異，或白日雷霆風雨云。湖之岸有村閭，館其南。俯湖，其樹多烏木栩栝。蓋富士山横之爲嶺也。東下嶺十里，奔湶急泉，喧豗砰訇，不聞傍人言語。間有數百年長木爲風標，偃倒仄壁。北崖有二大竇, 吐玉瀑飛鳴而下, 是箱根湖, 潛穿山腹而洩漏者也。雙懸如乳, 故曰雙乳泉。倭人言: "必齋沐入山, 而如或不潔之人必有殃。是故其性貪汚者, 心惕不敢往。" 時見山上, 有彩鶴盤旋, 其翼大如車輪, 似有仙人來往。世之稱蓬萊山不誣矣。其言浮夸不信也, 然其山則亦不凡矣。馬上見富山累日, 輒有紫霞, 玲瓏山頭, 久而不散。或有異氣而然乎。不可知也。屈曲下嶺, 抵小田原, 夜深矣。

甲午

中火大礒村。渡馬入川。見路上有夫馬連續而過, 以木牌書南海國貢, 金標揷其上者十數駄。於是諸州金銀之饒, 蓋可見矣。暮宿藤澤。

館中饋諸白、山肉。招諸從者食于前。日已昏夕, 仍篝燈而談。從倭一人曰: "嗚呼! 此州數十年前有異事。有一太守賢而愛士, 爲權奸構誣罪死。葬于州治北山下, 人多寃之。其部曲有數三壯士, 陰謀復讐以書約, 其徒五十人指僻迂地期會。欲揣衆心, 及期來者, 至四十餘人, 壯士乃曰: '日晩, 復與諸君退約。' 至其日, 來者三十人, 時向午矣。壯士曰: '再而不早, 其志怠矣。重爲諸君約後者罰。' 期之日, 早朝有十九人來集, 乃進酒。飮畢, 壯士拔劍在手, 泣涕曰: '舊太守之死寃乎, 不寃乎?' 衆皆曰: '寃。' 壯士曰: '欲爲主人雪其寃, 有能從之者乎?' 衆曰: '唯命。雖死不辭。' 遂爲誓, 夜五鼓, 直往其權貴家, 垣墉高, 共縋下至內堂。貴人已起, 明燭將赴朝。從者森立堦下, 壯士突八, 斬其首而出。從者家僮慴伏, 不敢前諸壯士。乃之太守之墳上, 置其首隧前, 酌酒而祭, 大哭良久, 皆自刎而死。一國人至今稱之。" 余聞而嘆曰: "一聶政也。爲嚴仲子刺殺韓相, 天下服其勇。今衆壯士皆有聶政之勇, 而能爲主復讐, 其忠義又過之, 豈不異哉!" 一人又曰: "其時衆壯士斬仇人頭, 祭于太守墳山, 卽詣闕請罪。關白義之欲赦之, 臣多爭之, 乃誅其首謀者二人。其餘十七人相與言, 曰: '同心復仇, 固當一死, 下報主人公義。不可獨生也。' 皆自刎。" 二倭之言, 不知孰[10]是也。

乙未

中火神奈川[11]。暮至品川 玄性寺。是夕地震, 館宇皆動搖。僧徒悚慄曰: "日本近海之地, 屢因地震而陷沒。人居至千餘戶, 或有一島全陷爲海者。是故地震則人大懼也。"

二十七日丙申

向西行二十五里, 至江戶。其民物之盛又過大板、倭京。城外鑿壕通海水, 城內鑿三重渠, 作板虹橋。每五里立高柱里門。是日三使金冠、玉珮, 裨將綵錦天翼、羽笠、鞸琫, 書記亦花冠、靑衫。其餘從官着絳袍或玄袍, 陪國書前行。鼓吹儀仗蹌蹌濟濟, 左右觀者彌滿數十里。時關白微行, 設幕而觀之。其墻而漆門飛甍連雲者, 達官之家也。至館, 乃本誓寺也。爲使行新創千餘間。江戶, 關白所都也, 有百官省府、倉廩、宮掖、院曹, 又有六十州太守館閣。四時貢獻, 是以競趨附以規其所利, 不貴農桑, 因緣圖食者多。故其俗羯羠不均, 慕豪强而凌貧弱矣。

丁酉

留江戶。兩執政來見。三使出楹外迎接, 相揖而坐。島主跣足, 將命傳關白之言。先問聖體若何, 次慰跋踄勞苦。三使離席, 俯伏而聽。啜茶而罷。執政乃關白之相臣也。執政凡四人, 井上 河內守源正岑也, 久世 大和守藤重之也, 戶田 山城守源忠眞也, 水野 和泉守源忠之也。兩人卽藤重之、源忠眞也, 容貌皆魁梧。午間館伴請宴, 三使出大廳對

---

10 孰 : 저본에는 '熟'으로 되어 있다. 문맥을 살펴 바로잡았다.

11 川 : 저본에는 '州'로 되어 있다. 실제 지명에 의거하여 바로잡았다.

席。東西俱設朱紅大卓子, 其上置青綵花磁缸五六, 揷五色假花, 光輝煌煌, 如坐百花園中。進金畫漆盤, 所列盂碟亦奇巧, 而饌品不甚佳矣。三酌而罷。夕時又宴行中諸人, 其所設如之。

戊戌·己亥

留江戶。渡海初, 雨森東每言: "江戶有十學士, 乃關白經幄之臣。詞翰文學逈出凡倫, 其才固不可當也。" 留館之日, 倭通詞走傳, 十學士請見東韓文士。余同申、成諸君出迎, 衆胥遵之相揖已對席。其人皆白潔秀雅, 可知其佳士也。遂進硯筆談, 通姓名官職。數語畢, 十學士先草所作詩以示之。吾輩卽和其韻, 十學士又草三七律或絶句投之, 吾輩又和。如是者五。彼此手不停筆, 揮洒如飛, 須臾彩牋數百片繽紛坐席間。白戰方酣, 俱無退意。是時左右觀者, 莫不瞠焉自失也。吾輩謀所以摧其鋒, 相和之際, 別思强韻一首出之。十學士思索, 始有逡巡之色。日已晩矣, 相笑而起。其翌日, 太學士林信篤率其二子信充、信智請見, 卽昨日十學士中人。又與之唱和。

庚子

將傳命, 三使乘轎, 諸從官皆騎馬。循大街北行, 又東折十里許, 渡大虹橋三, 乃入外城門內城門。兩門皆曲城, 曲城又有門, 數里至宮。外門周高陴, 其埤外鑿濠。入第三門, 又鑿濠, 濠廣可數百步許。通舟船, 泛鳧鷖、鸂鶒。入第八門有殿, 卽玄關也。其闥大累千門, 莫知其端倪也。從官下馬第三門, 使臣下轎第七門。至別堂暫歇。時倭國大小百官來集。皆緋衣, 唯宗室黑袍也。有頃請入三使, 奉國書進, 諸官從之。使臣率諸官, 行四拜於殿上, 次官拜於中堦, 中官拜於堦下。關白坐殿北, 去拜處間兩席也。衣玉色單衣, 有三四侍臣, 不設樂, 又無儀仗也。關白先執盃, 勸酒三使。飮畢四拜, 獻幣物。又四拜, 辭退。又四拜禮畢, 引坐別堂, 使太守之子弟進饌。凡五次, 酒行三爵。聞關白以紀伊州太守承統，而儉素淸淨，不喜音樂遊佃，好讀經傳。常衣絹布，見左右着綺縠者，輒問之曰，“艶哉艶哉！是何物也?” 群臣畏之，不敢服云。

留江戶累日。二池、水庵、有隣、桂軒、鷺洲、東溪、龍巖、東里等八人請見，各以詩求和。又有河口皥者，號鳳嶼，年十七，以詩來見。其才敏速，操筆立成。方續《綱目》，林祭酒門人也。又一日廣陵武敬、天野景胤、芝山孝先、天水 羽森明卿、須溪 秋以正、雪溪 井上有基諸人來酬唱，或與[12]之筆談。以探其所有，其博覽諸家、文藝富贍之士半矣。其餘逐日來者甚衆，其名多遺失。或十歲十二三歲童子，其容姿美如玉。隨其父兄，以其詩與筆來謁，皆絶妙可愛也。是時遠方數千里外人士聞有東槎，競與齎糇粻越險阻而來者繼續不絶，或所歷先期而候淹旬月者多有之。蓋其國士流平生願一見我東文士與之唱和，如登龍門恐不能及，得詩篇深藏之，世傳爲寶云。

島主設私宴於其第。正使副使與衆官赴焉。宴時設雜戱，始見靑幔下天童蹈舞。忽不見，有一雙斑鳩跉踔，又忽失之，只見白蓮燈五六雙，對明煒煌。傍有一道士，手持羽扇一吹之，燈火滅矣，而黃赤木葉散落，飄洒滿庭宇間。觀者惝怳，莫知其然也。島主於馬島、一歧、大板、江戶皆有私第。留其妻子於江戶，不得將焉。蓋其國慮有不虞故耳。正使問島主曰：“君家在於四處，何處最樂乎?” 答曰：“莫如馬島矣。” 以其權在馬島也。輕室家而重權何也。是亦慾蔽之已矣。倭人以錦鷄雌雄、白鷴一、鸚鵡一獻于館所。錦鷄[13]如小鷄，肩項毛黃金色，背文蒼黃，腹深赤。其尾長尺許，黑點左右，赤尾各四箇。鷴之大如雄鷄，白

12 與 : 저본에는 ‘興’으로 되어 있다. 문맥을 살펴 바로잡았다.

13 鷄 : 저본에는 ‘雉’로 되어 있다. 문맥을 살펴 바로잡았다.

其質，頭有烏羽。其尾如雉尾灰白。鸚䳇大如鷺，丹喙紺頭，背綠毛，胸腹赤黑斑。皆馴於人不驚。諸僚聚觀，坐中一人聞之，投筆急起。雨森東曰：“何如是遽也？” 或曰：“此老向在鷄林，與妓鸚䳇者戲，故今聞其名而驚喜耳。” 雨森東拍手大噱曰：“有是哉！相思之深也。”

十五日甲寅

發江戶。道路聚觀者如來時。稠人中或有識者，擧扇搖之，是乃告別之意。行者亦擧扇謝之。小兒輩亦拜手，謂之曰 “沙羅婆”，沙羅婆卽其俗好歸去之辭也。暮宿品川 東海寺。前關白願堂也。寺基平廣，長松萬餘株，前後有潮音閣、世尊殿、法寶堂，其制度極宏麗。中有諸佛金身伽藍畫像，鎖扃戶不開。北有二池塘，活水瀅澈，多鯽魚游躍，其色如銀。其上有楓林，霜葉向衰矣。

晨發暮止。歷伊豆、信濃、駿河等州，踰三嶺至濱松。村落相連阜陵間。方是冬天，木葉尙青，冬白數十株始吐花，丹葩燦然。植細竹或杜沖爲葩籬，枝葉蔥蒨橫數十間。境甚淸幽。村人獻蹲鴟，大如鵝卵。皮白裏黃，味甘如蜜。食一箇足以療飢，蔬茍中仙品也。夜對倭人問居民，仍說“昔有三郎者，居富士山下，驍勇善擊劍。其妻翡君有國色，貴戚家聞其色，以財賄誘其父，計取翡君。以壯軍圍三郎欲殺之，三郎獨持寶劒迎戰，擊殺十數人。三郎度其終不免自刎，翡君聞知，亦自經死。翡君有遺腹兒，及翡君死，其老婢襁褓而逃，匿他郡。其兒旣長學劒，放蕩好游，老婢涕泣，言其父母寃死。其兒聞之大哭，卽日上京師。竢其貴戚之出，大呼排騶從，直以劒擊貴戚殺之。關白義而原之，後人爲其傳”云。

過鳴海、護屋之間，山水明麗，多樓臺。關白有時遊觀，卿宰之退休者多卜築云。所過士人之請謁酬唱者塡滿庭戶， 而多重逢或始見。皆以詩贈別，有悵然難離之情。雖異國風馬牛不相及，而以文詞見愛如是，其亦可尙也。還至大津，踰摺針嶺，復登望湖亭。俯見琵琶湖，賦七律一首。其壁上掛一障子，南岡 李文學筆也。

己巳

至伏見城 本國寺。平秀吉之所創建寺。門外數十步有一丘，秀吉所瘞我國人鼻塚，不欲令使行見之，遮以葦笆。法堂屹然當中，中有一大金佛，其高十餘丈，望之巍巍然。佛之左右肩，羅立金身羅漢十二，其高皆丈餘。堂之少西有長廊三百間，列金佛一萬。長各七尺許，金彩奪目。是故曰大佛寺，或曰萬佛寺。爲佛家費財力如是，其侈可見惑[14]惑也。顧華夏聖賢之鄕，猶不得斥之，況海外介鱗之俗何哉。暮至淀浦，留一日。余在館中無聊，披閱古文，雨森東適至，遂與之評論文章高下。雨森東喜曰："聞高論，令人開茅塞矣。" 余仍問曰："爾國製述始於何代?" 曰："昔在麗朝一文士，入日本始敎製述。其後睡隱 姜沆留滯三年，曉以性理之學、文章之逕。誠賴東韓文華，得闡迷塗者多矣。是以日本人至今慕仰東韓也。" 余又問曰："爾國於風俗亦有所慕也否?" 雨森東曰："豈不羨貴邦禮樂文憲也。但拘其法而未之學也。有志者常以是慨然也。"

壬申

鷄鳴復乘金樓船。四十里，至平方中火。又行五十里，度四五橋，泊大板。我船沙格軍拜謁船頭，可喜也。留大板三日，求詩者亦如前。青洲童子以閽禁不得入，送詩求和。童子有奇才，來時一見愛憐，而今者不復相見，而別殊可悵然。遂和贈二篇。

---

14 惑 : 저본의 글자가 또렷하지 않아 짐작되는 글자로 입력하였다.

倭人獻三猿，着兒童衣服雜戲。或蹈舞或角觝，或跳躍樹枝，或乞人煙竹而飮。其伶俐之狀，一人稍近前，猢猻輒伸其臂奪其笠，飛身上高柯。爲戲久之，以笠颺風半空中，飛落外垣，觀者皆大笑。餽以山果，猢猻輒跪膝，向廳中叩頭。猢猻以小獸能學人，所爲人而不能學人者，愧猢猻多矣。

島主私宴于其第，正副使往赴焉。街巷間有粉黛女娘，雜于丈夫及沙門。叢中嬋姸美色不漆齒，問之是娼女也。大板之爲娼者，幷四千餘人云。午間遂向船滄。以彩船向河口，兩岸觀者如前。是時我船膠於淺渚，衆船人用力挽牽，不能動。倭人以小艇十餘艘繫於我船，用竹簀柄長二三丈者掘取船底泥土。又布十餘轆轤於岸上，以連繫船索，衆倭搰搰然撑起，船乃高泛。遂發棹出港口，星河未曙。岸頭船上燈火齊明，上下光輝晃然數十里，與玉繩參錯，不可辨矣。旣明風順帆疾，浪花江、明石浦暫失於顧眄之間。層城高樓隱映於松竹之間。與諸僚高坐船樓，以手指點相難其前賞某浦某嶼。朴虞候昌徵聰明，最多記識也。泊室津、牛窓，又泊韜浦。是夕霞沼與文士數人見訪，燈下酬唱。夜深語及海中諸國，曰“南有小琉球國，最多珍寶。日本始以舟師往擊之，波濤險惡，輒不利而還。其帥者祭海神，忽有一群大黿前導之，水港平夷。遂急渡而攻之，其國人乃服。歲貢金銀寶貝不可數。北則通蝦蛦國。有廣漠之野，行六十日程，不生五穀。其人遍體長毛，能逐捕禽獸，食其肉。東南有曰八丈國，古稱女人國。有女蠻驍勇，善行波上如陸。挐往來船，劫人爲夫。遂生産，今則有男”云。

自韜浦泊于忠海。本非站，而日暮風逆止宿。其港內闊大，嶠嶼四圍，十餘里湖水團圓如鏡子形。是夜素月橫空，波光淡瀨照人。使相不寐，招余及成汝弼。明燭聯句，滿三十韻而止。忽聞船右有物，裂水騞然有聲者再。諸人相視驚怪，篙工曰“是魚也。如鱣鮪魦鱨之類，其大如犁牛, 時或蹴水而過。其聲若斯"云。岸上數十家高低不正蠢, 田百餘頃築陂瀦水。東之巖側, 微有一條斜逕。偶呼汝弼曰: "此間必非尋常也。" 始側足行數丈餘, 稍平得小庵襯崖根。幽靜軒窓, 可以唾波海。有數三老衲, 迎客勸茶, 小和尚對爐煨筍。庭心冬白五六株交樛, 翠葉蒙密, 間以丹葩。大梅樹二株屈曲橫盤, 至十餘間。素萼方開, 落時有風吹, 雪花飄空, 香氣馥郁。令人恍然, 如入玉蘂宮, 殊非人世間所覩。賦詩與其僧, 旣夕而下。巖回林疊, 舟中諸人皆不知, 夜來聞磬鐸聲, 怪之也。

日出掛席而行。至中洋遙見西南, 有大船二隻懸雙帆。其幅倍廣於我船帆樣, 其行甚駃。篙工望之曰: "是兩浙間商船, 向長崎、薩摩諸島者也。" 晩泊鎌刈。時微雪, 岸上女娘觀光者, 手持小傘, 駢立松竹間, 依然數幅罨畫也。越天日泊上關。與諸君登上關樓, 其高百仞。俯臨海門, 萬帆簇列, 夕照金波, 漭沆無涯。其光景奇絶難狀也。下樓循仄逕而北, 少坐人家, 觀其林竹、盆橘、皐月、木犀而還。船上次東溪圭參見寄二篇。芳洲、霞沼來見。以栗屋文蘭題花鳥圖詩示之, 走草五古一首贈之。文蘭向日十二歲才女也。

自上關過向浦、猿山, 抵赤間關。留累日, 島主不肯發, 蓋馬島奉行諸倭日供直至一錠銀, 其因緣牟利者亦無算矣。故輒利其遲滯, 一行莫不憒惋。尾崎民人來獻魚菜, 不受。月心長老寄二律, 又贈二刀, 次韻謝之。月心卽以酊庵之一號也。雪下終日, 落地則消, 不見一點。時隆冬, 地暖而然也。

辛亥

東風。鷄二鳴發船, 申時泊一歧島。忽聞浦漵間諠譁聲。問之有長鯨入內洋, 捉鯨者以衆艇持器械, 飛奔出浦。頃之見港口, 數十漁艇團聚呼噪，擁一大物而來。其浮出水面者，如數十丈大巖，是鯨魚之脊梁也。衆倭手持斧斤，爭上其頂，肖亂斫椓聲振動一島，須臾割下其膏肉被岸。余驚曰："如斯大者，何容易捉爲。"倭人曰："見鯨則衆艇四圍，而長網索之。隨其所之，投以戈弩獨刃，左右擊刺，鯨於是窮斃矣。"余聞而嘆曰："鯨穹然大也，竟不脫毒手，是亦不知其所止乎!"阻風留數日，羈懷鬱鬱，與幕僚携酒登西巘。從者六七。望見馬島，一帶雲巒出波浪中。沙工秋文尙遙指天際數點靑者曰："是巨濟之山也。"諸君皆拭目而望之良久，頗以慰浣。

己未

得順風，黎明擧帆而行，未時泊馬島。三使下陸，復館西山寺。

癸亥

以軍官崔安蕃·韓世元、譯官韓重億乘飛船，先來狀聞。島主設宴于其弟，乃餞送也。三使俱往焉。

一日朝仕畢，三使坐一堂，爲留幕佐，呼主人設膾。有間進二大盤，魚膾堆如白雪。又進一缸諸白，使相先飮，仍勸諸人曰："是魚膾乃鯨魚也。"深入大海中，斬長鯨爲膾，是亦壯遊。諸君其盡醉，諸僚拜謝，共大喫。使相以鯨魚膾爲題，賦七絶一首。余與申、成諸君和之。

月心長老遣騎邀之。余與成汝弼、張弼文諸君，乘夜往叩。長老時居鍾碧山下。一區幽僻，松楠掩翳，而屋宇亦甚瀟洒。長老欣笑出迎寒暄。已進酒果。芳洲、桃浪、松瑟亦在座矣。壁間掛書畫簇子，其前置書覓，積《楞嚴經》、《法華經》、古人詩集數秩。其左黃玉甁一雙，揷梅花一枝、水仙花數朶。遂剪燭賦詩，俱言別意。雨森東吟翫數四，泫然垂涕。俄已小童言："水村鷄鳴矣。"相與握手而別。

二十九日丁卯

日晩乘船。未出洋口，風勢不順，下碇於久田浦。去府中僅五里。島主、長老乘船，祗送于虎崎。相揖之禮一如來時。是夕乃除夕也。浮家絶海，與魚鱉爲隣，把燭篷牕而餞，思鄕之念一倍耿結也。與諸僚拈韻共賦。

正月初一日戊辰

晴。三使臣曉起，奏樂行望闕禮於船上。星彩燈影照耀天海，新正象魏之思自覺依依也。卯時發船，日暮泊船頭浦。入稍深，岸回峒狹，水通其間，劣容一船。其名曰瀨戶。天明曳纜由瀨戶，逶迤蒼壁間行七八里，出其背達中洋。沙工曰："計海路，可省三十餘里。" 夕陽艤西[15]泊浦，候風留三日。與諸僚登山頂，北望絶影島，歸思滔滔不可抑也。俯見竹扉茅屋散在巖林間，而數三媼婆來往行餠酒。想是元日相餽之俗也。

癸酉

掛帆而至鰐浦。早潮始殺，怒濤澎湃，狼石鋒稜可怕。舟子相戒得過。倭人護行者欲向佐須浦，使行以小艇傳語相難。風順可以直向釜山，遂不聽。倭人擊鼓催行，六船一齊北向，倭船亦不得已隨來。半渡西日已沒，風忽變，寒雨霏霏，人以辛丑事爲懼。沙工秋文尙立船頭，高聲曰："非久雨霽，不其慮矣。" 衆格努力搖櫓百餘里，雨止星出，風波恬然。頃之舟子曰："已近絶影島矣。" 又報釜山僉使崔振樞乘兵船來迎。遙望北岸燈光下，衣裳之人羅立喧嘩，始覺來我境矣。其喜躍何也。泊氷嘉臺下村，鷄鳴矣。

---

15 西 : 저본에는 이 글자가 없다. 『해유록』 및 『해사일록』의 같은 날 기록에 의거하여 채워 넣었다.

秦漢以前, 未聞有日本國也。自隋[16]唐間始通, 不知其立國始於何代也。倭人言"夏禹之世有葺不合尊者, 以一劒、一璽、一鏡, 降于日向州都焉。後遷長門州之豊浦, 又遷山城州, 今之倭京也"。其有民人亦遠矣。蓋在大海之極東, 去中華數萬里, 不有鄰近相師, 無先王遺風, 而其能知君臣上下之義、享宴聘幣之事, 維持不覆千百載, 而能爲國者何也。聞者徐福入海, 以墳典經史往, 世居熊野山下, 自相傳授。雖不變蠻[17]夷, 然其紀綱法令不紊, 兵民田賦有統, 是豈不稽古而粗得。其遺法以扶其國者乎。不然烏可一日自安也。其地方數千里, 又連六十州, 其治可謂廣矣。海居之倭, 以舟船通江漢、兩浙、南蠻[18]、大・小琉球, 交貨以射利。其俗慓悍儇急, 善怒輕死, 有荊楚之風。嶠野之倭, 火耕而水耨, 種五穀桑麻。其俗亦俗, 亦差淳厚。大抵其民皆祖佛法, 故閭里之間寺刹相借。有六畜而不食牛肉, 使馬不用鞭策, 淫邪無度。卑濕有瘴, 丈夫早夭, 女色易衰也。終古無兵火相殺, 民物蕃殖, 競趨利以生, 汗穢奸黠, 固其風矣。然或守廉直, 奉公不欺, 或見義而捨生, 親上而死長, 是則亦不可少者也。如其爵祿, 率多世襲, 不有科選之用, 而爲士者多讀博覽, 屬文賦詩。又習洙 泗 濂 洛之言。其不華於己, 而右文若斯, 亦可取焉。在夷狄則進之, 不可以其地而棄其人也尙矣。山之富士・一光、湖之琵琶・箱根, 著其雄大也。其餘又何可以盡知也。蓋聞東北多産金銀、銅鐵、貂狢、鉛[19]錫, 西南出珠璣、金銀、皮革、椒糖、黑角、丹木。至於大村, 有橘柚千樹、栋栗千樹, 百畝漆, 百畝茜, 小村半之。棕櫚、檀、杉、梅、竹、冬白、木犀、杜沖, 諸島同焉。海港之間多鯨鯢、惡魚, 阜陵樹茂而無虎豹。州邑之間鷄犬相聞,

---

16 隋 : 저본에는 '堕'로 되어 있다. 문맥을 살펴 바로잡았다.

17 蠻 : 저본에는 '巒'으로 되어 있다. 문맥 및 용례를 살펴 바로잡았다.

18 蠻 : 저본에는 '巒'으로 되어 있다. 문맥 및 용례를 살펴 바로잡았다.

19 鉛 : 저본에는 '連'으로 되어 있다. 문맥 및 용례를 살펴 바로잡았다.

而牛馬不收，外戶不閉，無盜賊之憂。大道旁植松竹，長百年，亘五六百里。野火不及，斧斤不入，其紀律法禁亦可見矣。竊聞其治善守管籥，又其水陸財寶多出，已自足用矣。而其飮食衣服及公私之費薄少，男女冬夏一周衣，朝夕飯一盂無兼味，蒯緱鼎鐺而炊，所居板房無突，不買柴薪。其婚嫁不知裝奩，其喪葬不用棺槨，坐其尸小桶，家家埋籬落間，覆廣石。上下同然，其來古矣。雖然其賦於民也輕，其州縣靡有掊克之政。又無征伐雜徭，民樂其業，閭里晏然。是豈不財饒而用儉，國力舒而民不困，乃能國其國而至於[20]久遠者歟。略有所聞見於道路者記之。

---

20 於 : 저본에는 '於〻'로 되어 있다. 즉, '於於'인데, '於'가 두 번 나올 필요가 없으므로 '於'로 입력하였다.

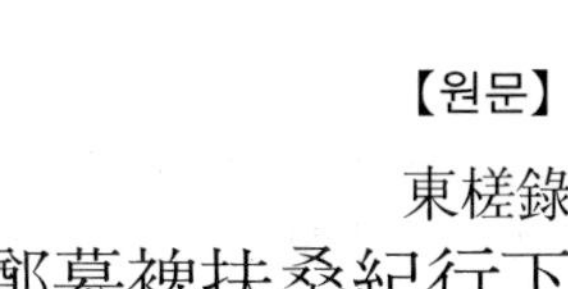

【원문】

東槎錄
鄭幕裨扶桑紀行下

《渡漢江》

親戚依依別，終南看看遙。萬里從玆始，徘徊漢上橈。

《良才驛道中》

謾讀詩書白髮生，人間事業竟何成。此日揮鞭行萬里，男兒本自有豪情。

《龍仁道中》

馹騎趨官道，輕風雨脚飜。縱橫行白水，黯淡辨孤村。鷺下禾田綠，牛鳴野樹昏。孤雲向北首，□□[1]戀鄕園。

《竹山道中》

山雨欲晴還不晴，野蹊泥滑馬艱行。數家煙火何村是，隔樹時聞杵碓聲。

《忠原客舍，與申著作維翰、成進士夢良、張斯文應斗、姜進士柏，拈韻共賦》

1 탈자가 있는 것으로 짐작되는 위치에 '□'를 넣어 표시하였다. 아래도 마찬가지이다.

官樓高敞小山西，復有垂楊覆綠溪。行路方愁千萬里，幽禽底意兩三啼。棠花爛熳春餘色，詩草縱橫醉裏題。畫角聲悲山日暮，此時鄕思更難齊。

《又》

快馬行芳□，登臨又大江。客中無限意，落日倚風窓。

《宿延豊 安保驛》[2]

山齋寂歷客懷淸，淡月疏星欲二更。峽裏村深草樹暗，鄕園歸夢未分明。

《又》

暮投安保驛，松火照柴荊。夜久千林寂，蕭蕭旅馬鳴。

《暎湖樓謹次板上韻【時李註書以接慰官來，共賦頸聯云。】》

嶠南形勝此樓多，佳日登臨興復加。霧樹疏鍾山外寺，麥田殘照水傍家。到安東府方遞[3]馬，逢漢陽人共看花。早晩滄波弄輕棹，直過銀漢逐仙槎。

《聞韶樓謹次圃隱先生韻》

霽日高樓百尺，微風燕子斜斜。天邊雲峀何處，原上桑麻幾家。落落長松似畫，萋萋芳草如紗。客裏還驚日月，官庭芍藥方華。

---

2 宿延豊安保驛 : 저본에서는 앞의 시구에 이어서 쓴 부분이나, 다음 시의 제목으로 생각되어 행을 구분하였다.

3 遞 : 저본에는 '體'로 되어 있다. 문맥을 살펴 바로잡았다.

《環碧亭謹次板上韻》

泠泠不知暑，臨水一樓虛。玉節東行遠，蒼山雨過初。已看新籜竹，難得故鄕書。忽自忘行役，翛然此靜居。

《慶州府中有玉笛，新羅時故物也。令樂人試吹一曲，聲甚瀏亮》

落日高臺上，臨風玉笛淸。瀏瀏鳴細澗，裊裊雜新鶯。曾是千年物，偏憐故國聲。曲終山欲暮，無限客中情。

《迎春軒謹次板上韻》

霏微山雨裏，疋馬故城來。古木無情老，流川自在回。五陵芳草合，虛閣暮鍾哀。繁華成一夢，突兀但星臺。

《逢端陽書懷》

高齋永日聽流鸎，節序駸駸客意驚。蒲酒新開端午感，野樓初摘故園情。滿村篁竹多漁戶，舊俗鞦韆似洛城。久滯瘴鄕愁思集，長風正欲放船行。

附次韻

節序天涯已變鶯，客愁如海午夢驚。殊方聯榻親朋會，遠途傷離父子情。窓外霧雲連絶島，枕邊風浪撼孤城。鷓鴣詩句驚人在，細和渾忘萬里行。

汝弼

《次成汝弼韻》

客中佳節憶京華，自覺離愁日以加。驛馬屢更南國馬，榴花如對故園花。三人旅榻多聯句，一夢前宵蹔到家。醉倚官樓歌白苧，陰陰槐柳日初斜。

《賜宴日感懷謹賦長律一首》

聖王念玆滄海行，餞宴高設水邊亭。晩風密葉清軒牖，遲日流鶯雜管笙。次第簪花圍綿席，依俙鳴王拜彤庭。賤臣亦自參恩賜，不覺臨杯感涕橫。

《次成汝弼賜宴日三十三韻》

王化於夷遠莫漸，壬辰以後習安恬。交隣自由金繒許，專對特掄才德兼。忠信可能行貊地，安危何必待官占。迤迤玉節臨蓬島，苒苒天時當暑炎。蜃雨蠻風有時晦，天容水色與相粘。艾人蒲酒逢新節，容榻青燈歎久淹。多愧陳琳倚馬草，政思杜甫浣花苫。夢中不識鄕山遠，鏡裏還驚鬢雪添。地近蓬瀛開寵餞，天降雨露得均霑。扶桑曉旭儼高照，北闕龍顔似仰瞻。綠醑如澠香泛瓮，飛花滿院雪飄簷。黃昌舞劍看尤妙，白苧歌詞聽不厭。窓外群峰眉掃黛，檻前澄碧鏡開奩。風吹旗幔初排列，日映戈鋋更肅嚴。楚女吳娃月貌艶，竹枝楊柳玉簫摻。皇華赫赫俱玄髮，都督桓桓卽紫髥。此日滿盤兼水陸，平生若學嗜虀鹽。醉深不覺簪遺地，樂極仍看月上簾。彩服華冠幷輝座，垂髫戴白已空閭。人臣祗應忘夷險，道理奚須論巨纖。感謝恩波便欲死，歌謠盛事更何嫌。東裝幕士明鵰羽，授簡詞人弄兔尖。星斗初高鳴畫閣，魚龍方睡靜飛廉。八音齊奏群仙下，萬籟無聲百怪潛。使相文章誠玉振，書生膽氣亦珠鈐。會將定力觀溟海，恨不工夫泝洛□。欲頌聖明如繪雪，叨參嘉宴謾提槧。衣巾齊整威儀肅，拜揖雍容禮貌謙。白戰縱橫爭勝敗，詞鋒跌宕怕鋩銛。龍蛇回顧猶深恥，蛟鰐安能一掃殲。海外空聞採瓊蘂，樓頭政擬加銀蟾。題詩欲獻龍墀下，明燭高筵醉筆拈。

《釜山歌十首》

萊州之東有釜山，滄海渺渺通百蠻。蠻兒操舟若飛鳥，千里鯨波不日還。

來坐釜山 永嘉樓, 忽在東南地盡頭。靑天杳杳無際處, 一點孤峰是馬州。

壬辰之歲人盡魚, 幸覩百年復奠居。神宗皇帝樹恩地, 一寸荒田皆得畬。

島夷反覆類閩溪, 安知他日不鯨鯢。守邊得似張文遠, 可使吳兒夜不啼。

靑簾白舫何郡商, 五六島前棹歌長。向晩飛波如噴雪, 爭言鯨鬐掛前洋。

曙色蒼茫海天闊, 扶桑紅日大如盤。海雲臺上時鳴鼓, 帿鵠高懸松樹間。

長年鬚眉白如鶴, 一生多在滄海中。已將舟楫爲家室, 每看雲色知雨風。

靑雀樓船繫海隈, 將軍暇日坐高臺。佩劍官卒無事老, 時向浦口捉魚來。

十日陰曀一日晴, 客中何夜對月明。淹路百憂集黃昏, 鼓角□□閉孤城。

浦人生涯似鳧鴨, 千仞浪中採蚌蛤。却愁風雨採不得, 有時官家見囚縶。

《贈昌原妓梅月》

佳人歌白苧, 虛館月團團。相逢卽相別, 疑是夢中看。

《又》

樽前別佳人, 寂寂梅花月。初爲慰客懷, 還復愁爾別。

《鸜鵒歌。戲贈嘯軒【嘯軒，成夢良之號。初得靈山歌妓鸜鵒，旋聞鸜鵒爲丹城倅所招去，意頗不快。作戲語寄之。】》

隴山鸜鵒蓬山來，飛飛欲棲芳洲樹。翠毛彩翮何瑰奇，向人嘲啾能言語。河上有客顔貌古，烏鵲橋邊忽相遇。愛惜不異千金物，畜之鵰籠良煦煦。月明半夜思遠飛，却望雲霄振翮羽。一去消息問何處，丹丘蒼蒼但煙霧。辛欲見之那可得，日暮滄波淚如雨。微禽忽忘主人恩，不如黃雀啣花傍簷宇。

《謹次正使祭海神韻》

肅肅山壇靜，襜襜章服鮮。馨香應有感，誠禮自無愆。不癈交隣意，行看奉使賢。雲陰忽解駁，星月皎中天。

《又》

蒼茫海國遠，倏爍翠旗鮮。忠信曾無缺，風雲亦豈愆。誰言鰐溪險，賴有博望賢。冥感由誠敬，人心卽是天。

《謹次正使夜坐韻》

天涯繫纜客懷孤，唯伴蒼松與翠梧。坐看沙頭微月上，欲沽諸白滿雙壺。

樓上新秋月影孤，商音忽憶故園梧。年年里社群朋集，醉後高吟打玉壺。

《次霞沼見寄韻》

絶域聞名久，相逢卽好緣。何須問蓬島，卑已得詩仙。一語人中識，多情雨裏篇。知音從古少，聊以續新絃。

附原韻

相逢滄海外，把臂本前緣。手采堪驚俗，鬢眉恍是仙。腰間斗牛劍，囊裏短長篇。愧我非知曲，謾邀流水絃。

日本 松平儀

《又賦一律寄霞沼》

男兒四方志，今日十洲遊。繫纜滄溟雨，逢君碧樹秋。知非煙火界，疑是葛翁流。爲我吟新什，天涯却忘愁。

《海岸寺贈速譽上人》

停棹芳洲晚，携笻古寺尋。山圍金佛座，日隱綠橙林。凭檻滄溟闊，看松歲月深。相迎遠公在，一笑共幽吟。

《賦古松贈速譽人》

千年古松在，長護老師壇。弄月諸天寂，吟風法界寒。開尊爽氣逼，移席綠陰團。應有鸞凰宿，端宜靜者看。

《馬島中元夜，與幕僚泛舟海港，夜深而還》

七月之望泛舟遊，海上新逢白露秋。明月初生東山上，歌笑舟中何夷猶。澄波萬頃堆琉璃，桂槳搖曳下長洲。橘柚松杉高百尺，篩月弄風影團團。有客橫簫吹一曲，餘音裊裊淩碧瀾。滿座聞之色凄涼，相顧戱欷共長歎。北斗闌干南斗斜，故國杳杳隔雲端。男兒自有四方志，何可老死蓬華間。會上銀河見天孫，乘風直到若木灣。具壯士張斯文，高歌赤壁氣如山。呼兒洗勺更長飮，所喜諸君同此歡。君不見滄海之上有壯遊，何似盧敖跨汗漫。

《中元後二日，與幕僚諸君，泛舟港內，忽有小艇吹笛而來者。近視之乃崔 康津、具都事，遂相與一笑。終日沿洄，向晩下憩于蒼巖。令張弼文呼韻共賦》

誰泛扁舟渡口邀，秋風玉笛響迢迢。新晴沙際鳧鷖亂，晩酌峯陰草樹搖。山外翠煙知有寺，海門斜日欲生潮。傍人莫唱江南曲，客裏愁聞故國謠。

《港口》

昨日今日天不風，木蘭之枻西復東。歌笑還忘在天末，滿湖秋色畫圖中。

《次[4]嘯軒西果韻》

止渴解醒宜暑天，津津爽氣得秋先。旅遊此夕蠻中見，仙種何時海外傳。生得西方仍有號，品題千果最爲賢。摘來遙憶鄕園物，却歎支離若病鳶。

《月夜》

秋色滄洲遠，高歌興復新。扁舟已載酒，明月又隨人。晩就楓林晩，時將鴈鶩隣。呼兒更洗酌，寧可負佳辰。

《次雨森芳洲韻》

詩酒殷勤滄海湄，殊方幸得此人奇。聞名幾歲要相見，握手今朝若舊知。骨格昂昂下雲鶴，詞源涌涌夢春龜。他時吾駕西歸後，可耐參商兩地思。

---

4 次 : 저본에는 '吹'로 되어 있다. 문맥을 살펴 바로잡았다.

《次芳洲舟中所賦韻》

南船有行侶，竝柁宿寒汀。夜靜鳴風籟，潮平動月星。終難和白雪，誰復辨丹萍。所過多新詠，相逢可得聽。

《又》

尙道蜻州遠，遲回又此汀。七月愁炎海，孤帆逐使星。羈懷憐越鳥，壯志寄青萍。隣芳袁郎在，高吟入夜聽。

《又》

雨餘滄海闊，秋早綠蘋汀。未辨三山路，唯看北斗星。光陰劇馳駟，身世若浮萍。誰奏峨洋曲，能敎遠客聽。

《舟中卽事》

連天白浪隱蓬壺，杉橘陰中一帆孤。半日篷窓夢鄕國，不知風雨滿滄湖。

《又》

向晩西風浪未平，時聞魚笛短長聲。陂岸離離禾黍綠，數家煙火雨中明。

《舟泊一岐島幾旬餘。忽有順風，將向藍島，而因飛船寄家書。又賦絶句四首，寄舍弟與涵兒》

領原日迢遞，海樹鳴蟬初。孤帆又藍島，怊悵一封書。

《又》

海上生明月，遙應照我園。汝兄猶作客，誰與共深樽。

右寄舍弟

《又》

天涯幾夜夢，靑靑庭上萱。時寬客中念，幸汝代晨昏。

《又》

客帆猶天末，秋風先到家。且種籬下菊，歸或趁開花。

右寄涵兒

《自一歧島向藍島》

西風吹急浪花堆，舟子長謠錦帆開。往往靑峰雲際出，霏霏細雨日邊來。洋中突兀鯨魚背，篷底從容竹葉盃。千里煙波瞥眼過，知應今夜宿蓬萊。

《次可竹長老韻》

客帆悠悠藍浦湄，男兒偶作此遊奇。虎溪一笑何曾料，支遁高名舊已知。憐我形容如病鶴，歎君骨格若神龜。淸篇帶得靑蓮色，頻寄舟中慰客思。

《客館與成汝弼，拈韻共賦示芳洲》

自笑書生興亦憂，西風短棹涉鯨濤。月生孤嶼靑冥闊，露下千林秋氣高。杜子天涯悲錦樹，潘郎鏡裏歎霜毛。孤舟絶域猶淹滯，夜夜空敎歸夢勞。

附次韻

新知邂逅隴西豪，痛飮螺盃酒起濤。白日裁詩神鬼泣，淸霄撫劒斗牛高。俗情雙眼冷於鐵，王事一身輕似毛。瀛海此行嘗險阻，蓮花幕下自賢勞。

日本 雨森東

《次東谿見寄韻》

淸秋高浪拍船樓，小島滄茫數點浮。鄕山杳杳知何處，滿目風煙摠是愁。

《次韻寄琴山、梅峰》

二客來相問，虛堂笑語淸。煙雲含暮景，棕竹泛秋聲。盡日成良晤，令人忘遠行。看君多道氣，應是學無生。

《月夜次芳洲韻二首》

扶桑萬里故園情，欲盡秋歸計未成。怊悵相隨天畔月，中流別我又西行。

平生自有慕仙情，試向煙霞問廣成。采采汀蘭欲盈手，東風不是阻余行。

《三疊前韻酬霞沼》

君船隨我後，暮泊此煙汀。村遠時鳴杵，天陰不見星。幾何同笑語，終亦歎雲萍。有誰吹玉笛，愁深不可聽。

《夜宿舟中。次張籍宿江店韻》

西風連日起，秋浪上蘋花。殘磬林中寺，疏燈水北家。天淸鸛鶴唳，海闊斗牛斜。夜半漁舟返，咿咿下浦沙。

《又》

苒苒光陰速，殊方見稻花。古祠鳴賽鼓，曉日上漁家。殘夢潮聲起，孤帆樹影斜。時逢太顚語，口裏祝河沙。

《次張弼文韻》

萬斛樓船泛大瀛, 微茫藍島霧中生。詭奇不是人間景, 惝怳還疑夢裏行。堤上精忠傳古跡, 圃翁篇什誦高名。煙波渺渺歸程遠, 愁絶蠻歌三兩聲。

《舟中聞笛》

落日孤舟聞笛聲, 天涯此夕若爲情。商音瀏瀏秋空闊, 潮打蘋花月欲生。

《次芳洲見贈韻》

一棹東遊碧海隈, 新晴萬里霧雲開。他鄉月出天邊樹, 故國秋深漢上臺。岸橘成林村落晩, 煙波無際鴈鴻哀。客盤今日登梨棗, 驚却殊方歲色催。

《待風藍島, 忽經一旬。秋氣漸高, 客懷無聊, 與申製述周伯、成進士汝弼、張斯文弼文、姜進士子青, 聯步上後峰。遙望天際峰巒, 遂呼韻共賦》

悲歌上高頂, 巾屨毁君偕。風滿千章水, 潮侵萬古崖。長空舟帆小, 孤島橘林佳。秋事吾鄉似, 尤難爲客懷。

附同詠

偶携詩興去, 高鳥上山偕。落日鋪明鏡, 歸雲拍翠崖。坐從幽草淨, 攀有古松佳。故國秋天外, 蒼茫獨散懷。

周伯

殊方亦尋勝, 棕竹土人偕。落日含孤島, 衝島穴怪崖。草除童女□, 採山故國佳。志士元秋感, 天涯可作懷。

汝弼

《次芳洲見贈韻》

滄海淸秋日，孤帆萬里程。夜尋漁火宿，曉趁早湖行。

《仲秋十日舟次慈島。次老杜秋興八首》

慈島之南橘樹林，覇家臺北衆峰森。虹霓下飮長空霽，鵓鴿悲鳴綠嶼陰。近浦寒聲驚旅夢，滿船明月攪秋心。天涯已覺繁霜露，岸上孤村響夜砧。

《其二》

海天無際斗牛斜，客子中宵感歲華。玉露凄凄悲草樹，銀河渺渺泛星槎。鄕書不見秋來鴈，羈思難堪日暮笳。浦外漁歌稍稍起，夜寒潮水入蘆花。

《其三》

海村朝日淨暉暉，浦溢蒼茫遠樹微。白鳥無心傍舟立，岸雲何意背人飛。不堪歲色駸駸過，但覺浮生事事違。應識坡庄待余至，黍醪方熟芋根肥。

《其四》

人世眞同一局碁，光陰忽忽又堪悲。健如黃犢懷前日，眠似春蠶歎老時。客意翻驚黃葉墜，鄕音無奈塞鴻遲。秋深異域還多病，里社盃樽偏有思。

《其五》

遙憶吾盧近華山，數椽新構竹松間。黃花開後兒斟酌，酒好月明時[5]

5 時 : 연문(衍文)으로 짐작된다.

客扣關。歲熟琴歌常樂志，家貧親戚共怡顔。燈前暗算歸期杳，恐廢三冬讀馬 班。

《其六》

杵臼精忠紀信功，當時堤上死蠻中。扶桑萬里悲秋色，流水千年咽北風。素月懸空長夜照，汀花浥露幾枝紅。傷心往事憑誰問，細雨扁舟有釣翁。

《其七》

遊子悲歌滄浪頭，蕭蕭木葉又淸秋。在家空憶班衣樂，久客難禁白髮愁。歸思願爲雲際鵠，閑情多愧水中鷗。今宵無限天涯意，月照扶桑六十州。

《其八》

八月風高海路迤，稻花秋色滿南陂。滄洲石古生龍穴，絶壁松危棲鶻枝。村落鳴砧新月上，舟人燃火暮潮移。不知何處望鄕國，河漢西流北斗垂。

《謹次北谷相公危樓望辰韻》

已忘滄海舟揖危，眼中秋色政離披。梵宮竹嶼題詩遍，漢水 終南入夢疑。閉戶當時窮措大，泛瀛今日好男兒。晩移孤棹依沙岸，月暎蘆花就睡遲。

《其二》

西風淅淅滿船樓，旅思悠悠坐水頭。孤島或如鼇首立，片帆還思杏湖浮。拈提隔岸寒鍾落，客子無眠素月流。今夕天涯逢聖節，遙將海算祝宸旒。

《其三》

秋宿沙洲天氣凉，隣船燈火夜相望。雲晴碧海星辰動，露滴空山橘柚香。白鴈聲哀來自北，靑楓葉赤未還鄕。月高潮落寒宵永，旅夢依依到北堂。

《其四》

滄溟萬里一微臣，天末叩頭望北辰。老逐漢使爲幕客，秋陪玉節滯河濱。海月偏憐今夜白，菊花遙想故園新。殊方亦喜琴樽在，笑語同舟三兩人。

《赤關雨中。追次芳洲韻》

千峯臨赤水，五日宿煙灣。帆前秋色遠，燈下雨聲寒。孤客愁無奈，他鄕歲欲闌。唯將流水曲，時或爲君彈。

《其二》

日隱孤峰外，蒼蒼俯遠洲。客帆依淺閘，霜葉落深湫。佛閣鳴秋雨，漁村起晩謳。逆風舟未發，愁殺赤關秋。

《登覽阿彌陀寺》

流水白雲秋色濃，忽忽佳節歎羈蹤。繫舟來看諸天佛，有衲時鳴薄暮鍾。黃葉忽驚三四落，滄溟已度百千重。山川雖美非吾土，何日相迎漢上峯。

《日暮下碇向浦港內，舟中遣懷》

孤帆隨潮去，徘徊北斗傍。避風移殘港，尋火問他航。夢裏沙鴻叫，醒餘水氣凉。悄然篷底宿，明日更何鄕。

《向浦曉發》

曉角嗚嗚起，明星在帆前。上關猶幾許，去去向秋天。

《其二》

人與沙禽起，曈朧日未生。煙林是何處，還似睡中程。

《日晡泊上關》

樓臺臨積水，隱隱畫圖間。只言滄海遠，誰意有青山。

《朝發上關。疊前韻》

隣舟曉相喚，解纜霧雲間。却在中流望，依依宿處山。

《昏夜到鎌刈浦，舟中次成汝弼韻》

滿江燈火與星連，秋氣蕭森雨後天。西風吹急寒潮漲，絶壁橙林夜繫船。

《過盤臺寺，舟中仰視口占》

篷外聞淸梵，招提滄海邊。層崖危欲墜，孤閣泊如懸。斜對三山樹，遙臨萬里天。風灘舟往迅，回首却茫然。

《夜坐牛窓江閣》

夜氣澄明百尺樓，蕭蕭木葉滿江秋。天邊孤客愁無寐，獨自開窓看斗牛。

《室津贈多賀谷諸人》

老柏蒼蒼橘柚黃，粉墻畫壁是誰堂。秋風客子蹔停棹，落月簾前海州長。

垂裕堂八詠

垂裕堂主人，姓唐金，名興[6]隆。居明石、難波之間，有林壑田園之勝。且喜詩酒，與雨[7]森東輩相好。而垂裕卽其堂號也，以其景爲八詠，又爲十二詠。曾於辛卯信行時，李東郭諸人，皆題其景，而今又求詩於申、成諸君及余，遂賦而贈之。

《葛城峯》

半空千朶碧芙蓉，瑞霞祥雲重復重。洞裏時聞笙鶴過，飇輪往往有仙蹤。

《淡路島》

孤島蒼茫積水中，當時開創有神功。兀然海角爲門戶，來往帆檣朝暮風。

《茅渟海》

萬頃琉璃碧海流，天邊列峀見諸州。雲林煙郭遙相對，薄暮村歌雜棹謳。

《武庫山》

麥隴稻畦村落迤，滄桑變幻政堪悲。忠臣一死傳奇蹟，秋日殘山臥古碑。

《日根野》

黃雲滿野杵聲哀，無復鑾車向此來。悄悵昔時歌舞地，荒田寒日木

6 興 : 저본에는 이 글자가 빠져 있다. 실제 인명에 의거하여 추가하였다.

7 雨 : 저본에는 '兩'으로 되어 있다. 실제 인명에 의거하여 바로잡았다.

花開。

《吉見里》

江皐煙樹有人家，水碧沙明細路斜。秋晩孤村幽興足，疏籬處處見黃花。

《興津崎》

長洲煙景晩依微，水沒蘆花白鳥飛。月出金波遠閃閃，夜深漁子蕩舟歸。

《佐野浦》

煙沙渺渺竹松蒼，粉閣丹樓一水傍。落日謳歌滿浦潊，靑簾白舫盡豪商。

《葛城嶺韻》【垂裕堂十二詠】

天畔螺鬟翠，時有白雲生。卷舒朝又暮，隱者自怡情。

《難波浦霞》

丹霞映日脚，綠水淨如羅。宿鷺起沙際，時聞水調歌。

《茅渟遠帆》

淼淼煙波闊，西風吹渡頭。遠帆如鳧鴈，日暮下長洲。

《淡路島雲》

夜雪埋漁磯，高低島嶼白。天寒人跡稀，野屋孤煙直。

《須磨漁火》

日落舟帆遠，依微岸上村。渡頭漁火起，時有水禽翻。

《明石朝霧》

霏霏迷浦溆，隱約三兩峰。溪路行人少，唯聞古寺鍾。

《日根暮雨》

野徑荒苔沒，笙歌昔此遊。暮天寒雨過，漠漠使人愁。

《武庫晴嵐》

冪冪含殘日，蒼蒼復滿山。地中埋寶氣，夜射斗牛間。

《吉見秋月》

野村秋夜靜，翻翻月露光。宿禽啼澗水，墟落有人歸。

《炊飯[8]夕照》

村煙處處起，夕日半含山。樵木歌相答，牛羊亦自還。

《興津沙鷗》

白沙白如雪，白鳥亦明潔。傍有扁舟翁，相伴弄淸月。

《佐野商客》

雲帆何處落，茫茫大海中。來往無期限，南風又北風。

8 飯 : 저본에는 '飮'으로 되어 있다. 문맥을 살펴 바로잡았다.

《大板城走草。贈龜郎【十二歲兒。】》

白玉仙家子，相逢大板城。此會眞夢寐，臨分空復情。

《燈下書贈出泉秀才【十二歲兒。】》

燈前一笑對仙童，炯似蓮花出水中。客帆明朝又將發，依依回首海雲東。

《大板城九日》

秋空淨如洗，虛閣鴈聲長。九月猶殊域，黃花似故鄉。沽來蠻酒白，愁對海山蒼。迢遞社中伴，相思鬢欲霜。

《九月十日自板城泛金樓船向淀[9]浦。與成進士汝弼終日唱酬。是日天朗風恬，秋江澄碧，左右園林粉墻傑閣連亘七十里。其繁華佳麗，不可勝記》

百星滄洲過雨痕，滿船朝日棹歌喧。峩峩粉堞天中起，獵獵紅旗水上翻。彩服明粧越溪女，靑棕綠橘貴人園。同遊幸得知心者，笑語舟中共一樽。

《又》

諸船相後先，江闊雨餘天。故故沙禽近，遲遲錦纜牽。參差林外樹，穲稏□中田。昨已過重九，臨盃却悵然。

《又》

板城初解纜，搖曳度秋陰。一水靑天遠，數村黃葉深。孤舟行百里，殘日隱層岑。壺裏沽諸白，今宵且細斟。

---

9 淀 : 저본에는 '定'으로 되어 있다. 실제 지명에 의거하여 바로잡았다.

《次汝弼韻》

清江朝日射金船，黃菊鳴鴻九月天。醉倚柁樓時一咏，人應呼我作神仙。

《次杜詩》

秋風遊子悲歌發，大板城東百尺臺。白髮偏從愁裏得，黃花已見客中開。一江秋水樽俱綠，萬里長程鴈共來。歲暮天涯旅思切，如何鼓角更相催。

《又》

秋江清可愛，薄暮又奇遊。鴈宿蒹葭冷，舟行浦漵幽。寒燈出遠樹，孤月在中流。天末猶詩酒，何煩宋玉愁。

《又》

客船又東去，秋深海外邦。蒼岑迎短棹，落日下長江。逐地田禾熟，有時舟鼓撞。同遊有成子，詩格更無雙。

《次汝弼韻》

淀浦迤迤過，秋山繞客帆。近村多異樹，幽處露奇巖。岸菊時簪髻，林飈又滿衫。壯遊天下最，風格亦殊凡。

《又》

篷窓相對醉，暮色已隨帆。鷗鷺沙邊草，星河水北巖。江寒響村杵，露氣上衣衫。莫道行程苦，玆遊亦不凡。

《次汝弼韻》

已涉滄溟過五千，扶桑秋色政堪憐。晚來旗脚西風急，夜坐船頭北斗懸。行路半從楓樹裏，歸期恨不菊花先。遙思故國方佳日，白社風流誰得專。

《又》

百里滄江放彩船，白雲流水迥秋天。橘林沙嶼如圖畫，道服烏巾人是仙。

《又》

佳辰又佳境，遊事冠平生。山寒千葉下，月出一江明。漸覺村居近，微聞笑語聲。蠻童時勸酒，異俗亦顔情。

《又》

行人貪遠涉，野渡上燈初。孤帆懸明月，寒江漾碧虛。沙邊聞墜葉，船尾見跳魚。故國音書隔，今宵淚滿裾。

《舟中題倭人扇子》

扁舟泛秋水，霜菊兩岸開。逶迤入深浦，疑是畫中來。

《自淀浦向倭京，馬上口占》

昨日乘船今騎馬，江湖已遠野色寬。萬頃霜稻黃雲遍，千竿脩竹淸影閑。鳴鷄吠犬接村巷，扶老携幼交陌間。異域秋光同我土，羈心處處思鄉山。

《大津途中》

驅馬荒山路，蕭蕭雨滿林。蒼松挾路直，黃稻抱村深。野市班爛貨，蠻娘玳瑁簪。偏憐秋景晚，橘柚已垂金。

《登望湖亭，望琵琶湖【湖在山下，周回四百里云。】》

客意憐秋色，登樓一悵然。山連數州遠，野拆大湖圓。朝日明寒葉，煙波靜彩船。洞庭爲伯仲，那得少陵篇。

《尾陵州途中》

行行渡野村，日出蕎花白。臨澗暫歇馬，獨鳥鳴杉木。

《又》

蒼蒼松柏裏，窕窈神堂是。白石爲高門，黃金書大字。

《又》

野遠稻粱熟，天寒鴻鴈哀。村徑無人響，黃花臥自開。

《寶泰寺書僧人扇子》

萬里倦遊客，秋風古寺深。少坐丹葉裏，閑聽澗水音。

《又》

寂歷諸天晩，緇衣對客談。徘徊還惜別，夕照半楓楠。

《曉過羽[10]津嶺》

逶遲踰峻嶺，衣上曉霜繁。纖月邊鴻叫，空林鬼火翻。馬行驚墜葉，人語有孤村。歲晏扶桑外，羈愁不可言。

《少憩羽津茶屋》

凌晨過茶屋，立馬一徘徊。地逈星垂海，秋深葉滿臺。鴻聲極浦至，

10 羽 : 저본에는 '牛'로 되어 있다. 실제 지명에 의거하여 바로잡았다.

雪色富山來。難借黃花酒，襟懷那可開。

《登官閣，望箱根湖【嶺上有湖，周回四十里。】》

重嶺又東折，平湖淨似羅。孤雲過翠壁，寒日隱垂蘿。煙水鷗邊闊，秋峯杉外多。登臨有虛閣，悵望一長歌。

《箱根嶺》

何年能藉五丁通，嶺路鉤連蜀棧同。矗矗危峯出霄漢，泠泠寒葉語天風。踏來澗瀑層林抄，坐處雲煙亂壑中。造化於焉最費力，鏡湖之勝劒門雄。

《路傍小庵，書贈西上人》

小庵坐何佛，左右千林影。老禪雙肩皓，獨自敲寒磬。

《題海邊小店》

秋原驅馬去，林響一蕭騷。紅日三竿上，蒼松百尺高。孤村依菩薩，小市賣葡萄。暫憩海邊店，驚心又碧濤。

《自岡崎向赤板》

曉角催行李，僕夫相與譁。宿禽初起樹，寒日欲生霞。霜澗浮紅葉，村籬點碧花。行將窮異域，馬上惜年華。

《又》

停驂待遊伴，愛菊憩田家。前店三十里，仰視山月斜。

《日暮到吉田，見江頭層閣》

秋江正如練，粉閣出高林。舟遠雙鷺泛，蘆花返照□。

《自吉田向濱松》

四月離家客，霜天尙未還。却羨雲北去，應是到鄉園。

《又》

朝日黃金勒，松風大道傍。平原看稻花，迢遞憶吾庄。

《入路傍古菴》

孤菴閉寂歷，乞米僧未歸。少坐對金像，欲問空也非。

《又》

坐深羅漢像，行客禱堦前。世情何足歎，佛亦不辭錢。【佛前有木櫝，行人投錢禱之。】

《入寶泰寺》

雨餘山色十分奇，駐馬林間一詠詩。紅葉疏鍾孤寺晩，白雲流□斷鴻悲。層龕多刼崖松老，古佛無言露菊垂。靈境旣逢旋卽別，他時應且夢魂疑。

《次霞沼聞鴈韻》

幾日離關北，秋深過海城。蘆花留晩影，煙渚送寒聲。日落飛猶遠，參橫唳更淸。嗟渠亦何意，萬里共余征。

《太學士林鳳岡 信篤父子邀余，席上各示一絶，走筆次韻》

滿坐春風和氣敷，携來玉貌二郎俱。吾今願得龍眠手，描出荀家父子圖。

《又》

萸菊堂前秋色新，聯床詩話見精神。東遊已喜蓬山近，況復天倪得此人。

《又》

落木飛鴻海外天，一場言笑共懽然。應知非久還成別，千里相思片月懸。

附原韻

紙上分明字字數，詞瀾浩蕩草書俱。風雲龍虎分奇正，一筆描成八陣圖。

祭酒林信篤

遍覽江山處處新，天開圖畫妙傳神。詩思高入風雲上，身世飄然物外人。

經筵講官林信充

白雲回首水如天，萬里長風竟悵然。詞法偏憐王粲興，樓頭落木夢魂懸。

經筵講官林信智

留江戶之一日，關白之十學士來過。余與申周伯、成汝弼、張弼文諸君出見相揖而坐，各以筆談通姓名。彼俱以詩示之，輒走筆次第答之。

《次龍巖韻》

扶桑萬里作奇遊，秋望悠悠海上州。却向樽前發長歎，風捎落葉入虛樓。

附原韻

書劍天涯此壯遊，仙郎逸興滿滄洲。無端夜夜還家夢，風雨蕭條更驛樓。

《次素行韻【素行卽祭酒林信篤之門生云。】》

秋晩仙槎渡海來，十洲元是隔塵埃。昨拜林公今見子，侯芭亦自有奇才。

附原韻

遠問名山載筆來，飄飄風彩出塵埃。新知恰似舊相識，欲寫深情愧匪才。

吉田泰明

《次有憐堂韻》

赤水遙應銀漢通，仙槎杳杳海天窮。對君聽得煙霞說，却忘身遊析木東。

附原韻

萬水千山一路通，心交不隔思無窮。此行可談文章美，筆捲波瀾入海東。

德有隣

《次東溪韻》

歸夢迢迢漢上家，嚴霜十月客天涯。悵然滿座隣秋意，斜日樽前黃菊花。

《次桂軒韻》

客帆初泊海雲東，徙依高樓落木風。富士奇峯戴積雪，扶桑秋色泛寒空。諸賢聯榻文華盛，兩國交隣信義通。把酒開懷俱跌宕，醉中豪氣若長虹。

附原韻

鵬際遙過海日東，錦帆萬里倚長風。吳中 陸子才尤秀，洛下 賈生名不空。寒雨鴻聲雲路隔，故山鶴夢月明通。詞場初値嵩陽客，豪氣翩翩飄彩虹。

桂軒

《更賦一律贈諸君》

良辰得佳士，一榻動光輝。白鴈如何叫，黃花不肯飛。有緣今日會，知己古來稀。釃酒留明月，諸君且莫歸。

《次鷺洲韻》

淸都仙侶笑相迎，把酒談文眉宇淸。慷慨悲歌菩提衷，疏鍾淡靄數峰晴。

《芳洲率一童子來見。其年十二，面如玉。筆法甚妙，善草書。余甚奇之，走草一絶贈之》

髫童神氣淸，秋水白蓮生。知是仙家子，何時到玉京。

《又》

翩翩揮彩筆，滿地走龍蛇。童年已至此，他日更如何。

《寄一絶賀廣澤二子》

長兒十二能作詩, 小兒九歲書大字。知是仙家石麒麟, 不數徐家有二子。

《次鳳湫韻》

來度滄溟幾百重, 秋深丹木與君逢。淸樽此日無窮意, 笑對蓬壺白玉峯。

原韻

鼇背煙沈碧幾重, 豈圖仙侶此相逢。憑君若問海東勝, 日輝芙蓉千朶峯。

《次須溪韻》

孤帆度滄海, 嚴風吹錦旌。繫舟寒橘色, 騎馬塞鴻聲。豈不仙緣重, 從敎世慮輕。嘗聞萊水淺, 初對雪峯明。偶與詞人會, 遂將樽酒傾。天涯亦知已, 藝苑可尋盟。

原韻

諸子本英傑, 風流映彩旌。千峯連朔氣, 萬岳動秋聲。門外驚湍駛, 樓頭疏霧輕。箕邦文彩富, 絶域筆花明。白日看將墜, 靑樽聊此傾。大人才且武, 早已作詩盟。

《杉村奉行送紅白菊數朶。又送牧丹一朶, 十月牧丹花可異也。遂吟二絶寄之》

白菊皎如雪, 紅菊相映開。亭亭二處士, 慰我遠人來。

《又》

牡丹花一朶，灼灼霜後新。不是仙家種，焉能再得春。

《次鳳嶼韻》

翩然玉貌郎，自是萊山客。相見珠樹下，長歌海天碧。

《又》

看君袖中詩，慰我天涯客。寒菊十月霜，富山千里碧。

《又》

孤帆自東韓，扶桑久作客。鄕關音信斷，雲海幾層碧。

《雨森芳洲持一絶示余，乃十二歲女兒鈴木氏文錦之所作，而詩與筆法俱妙，余甚奇之，遂賦之贈》

千古閨房裏，蔡姬與蘇娘。妙才出於天，吐語爲瓊鏘。後來有誰繼，宇宙久微茫。有女曰文錦，英名揭扶桑。十二能爲詩，音調逼漢 唐。筆法更道勁，銀鉤競煒煌。豈徒女人羞，大夫顚且僵。歸來詑我東，永使播芬芳。

《次韻別鳳嶼》

疏鍾鳴古寺，新月上寒條。可奈明朝別，歸帆海路遙。

《又》

滄海茫茫富山白，秋懷黯黯高樓夕。數枝寒菊亦多情，照我淸樽離別□。

《寶泰寺題僧扇》

滿樹黃金橘，環堦碧玉流。悁悵客中意，殊方又送秋。

《又》

晩鐘鳴古寺，寒葉落淸池。老禪亦好事，乞我菊花詩。

《東海寺遣興》

倦客猶秋興，來尋野寺荒。寒花負石佛，紅葉落禪房。倚杖孤鴻度，開樽一水長。題詩還自笑，舊習更難忘。

《次竹田韻》

歌詩慰遠客，知君意氣豪。才應陶謝匹，術亦岐黃高。當戶垂金橘，登盤有碧蔔。差遲阻佳約，悵望但煙濤。

《曉發濱松》

村鷄兩三唱，旅客冒寒行。木葉肩前墜，參星馬首橫。野田流水白，酒肆小燈明。可道風霜苦，難堪歲暮情。

《泉水寺書贈寺僧》

楓林古寺晩，寂寂梵鐘淸。老禪無心着，前有一池明。

《蒲刈 弘元寺謾題》

斜日尋孤寺，架娑老釋迎。庭前怪巖立，簾外大江明。潮闊群帆宿，煙深一磬鳴。凭欄仍小坐，蕭瑟客懷淸。

《謹次使相韻》

平湖如練月如盤，繫纜漁村夜已闌。驚却玆行天一畔，迢迢南極倚篷看。

《多田海絶壁上有小菴縹緲，名圓通菴。與成汝弼步往。倭通事二人前導攀石磴[11]而上。少坐佛屋，俯視滄海，其形勝可與韜浦爭雄。遂拈韻共賦贈寺僧》

步屧過雲巘，憑危有小菴。歸帆帶殘靄，寒月隱層巖。地逈疏鍾響，湖明衆峀涵。還憐氣候暖，梅萼滿衣衫。

《上關舟中。次琴峯上人韻》

萊山之下大瀛濱，久滯孤舟萬里人。羨子禪心如水定，嘆余羈思若鴻賓。

《別芳洲、霞沼》

東遊已奇事，幸又得斯人。海外詩兼酒，舟中秋復春。聯床赤關夕，竝轡雲峯晨。贈我諸篇在，留作篋中珍。

《西泊浦 徐福寺，與成汝弼、白君平共賦》

孤舟泊西浦，浦邊細路斜。再到尋金佛，滿山冬白花。

《又》

歸路歲已新，春鳥鳴山谷。坐來聽晩鐘，日隱椶櫚竹。

---

11 磴 : 저본에는 '燈'으로 되어 있다. 문맥을 살펴 바로잡았다.

【영인자료】

扶桑紀行

부상기행

1

2

東槎錄

鄭幕裨扶桑紀行 上

肅宗四十五年戊戌日本國關白源吉宗新嗣位請通信
聘命戶曹叅議洪公致中爲正使侍講院輔德黃公璿
爲副使弘文館校理李公明彥爲從事官徃焉選文武士
備幕佐余以不才亦忝其選以翌年四月十九日辭 朝
五月二日行到釜山留客館候風至兩月皆以濡滯爲悶
六月十九日庚申倭人來言今暮微有東風之漸明曉可
以渡海一行之人夜起治裝皆載舡以待辛酉鷄鳴東風
漸緊三使次第發行至息波亭日輪已出海上下紅光蕩
洋萬里大舡六隻艤舡艙三使領其從者登舡鳴鼓角掛

帆是時來送者簇立岸頭有慘然難離之色釜山僉使開
雲豆毛浦萬户乘戰舡送至洋口而反護行大差倭源儀
乘彩艦在前導行禁徒倭二人以工倭二人從倭二人來
登我舡使臣坐于舵樓校椅上倭人等以次拜于樓下
始發風微櫓役而行過絶影島出大洋風力漸微舟往甚
駃而波濤不驚人皆安穩水疾渚少依舡窓望東南水天
混沌無涯西則數點峯巒微微隱見於雲際舟人曰是我
國巨濟之山也有頃問舟人水宗在何許對云水宗已過
矣嘗聞水宗最險其高如尾屋之脊最難過頻以為念今
水宗之過何為不知其險或者風順波靜而然乎抑水宗
之險有古今之變乎若使過水宗時有知必以動驚惕以

其無意故不自覺其險耳使相吟二絶示之臺次日暮又
有小船十艘來迎我船先導而船之首尾各高懸兩燈書
正字以知正使船書副字以知副使船他船如之是以不
相失初昏泊佐須浦卽馬島之西北隅沙〻川也島主遣
奉行問候浦口峰巒斗起兩涯間可百餘步其上松竹蒼
翠民居累百戶巖麓有別館衆倭導使行止于館衆船繫
纜於樹林間夜深無人聲惟見燈燭相高低也是日行四
百八十里 二十一日壬戌留佐須浦余與製述官申維
翰書記成夢良張應斗姜栢良醫權道同宿一堂篝燈賦
詩傍有數倭服斑襴衣應茶水馬早起謁三使于館所堂
上鋪白紋席名曰多淡周以欄檻間設紅毯其屋蓋以杉

木板如魚鱗白土築墻垣其內有梅冬白橘柚葡萄麥門
冬射干之類其外棕櫚高可數丈古松烏竹檀木相環陰
密從倭十人餘緇衣椎髻坐于廳前排列旌戟相對而蹲
以禁人昨日微黑不知港內山何也是日周望山自東來
四面環繞青嶂挺秀峭峻而崖壑徑〻坼開滙水瀠泓
瀅水邊有千章大木積翠蔥蘢倒影翩翻有時風吹如龍
蛇蜿蜒亦奇景也港之東稍深邃若以小艇沿泝中有可
觀者有禁不得往焉崖曲有茅屋或三四或七八敧側岩
林間而屋茅之厚可丈餘與我國苫茅有異是日以飛舡
狀聞
甲子乍陰乍晴大差倭來言晚當有順風諸舡催朝飯

以待午間果東南風解纜出浦口舟子諸唱棹歌各舡有
倭舡十艘前後少焉雲收遥見絶影島在戍亥之間巨濟
機張一帶諸山呈露天際舟中人望之輒起思鄉之愁過
歆月浦至鰐浦水中鉅石齒〻或出或伏橫亘十餘里怒
濤洶湧令人魂懾舟師曰昔日韓天錫過此遇風波敗舡
皆溺死矣護行倭舡擺列左右而六舡落帆徐〻從其中
進而行波濤衝逆大小舡出没浪中戰〻兢〻行四十里
危險日已晩矣入豊崎浦止泊浦内兩岸有七八茅茨宮
壁回抱斜光隱映於水木間依岸泊舡正使與從事下坐
于山崖邊副使神氣不平獨在舡上大差倭進呈酒及生
梨於是行中諸人集于橘林間奏管絃小童輩迭相起舞

岸上男女簇立觀光者亘衆女人所服與男人無別皆着一長衣無襦裳束髮如男髻ミ前揷玳瑁梳既嫁者染齒處女寡婦則不染也嘗聞倭女護乳甚秘不以示人及今觀之或爲濯熱披襟露臆或抱持嬰兒出乳而哺之又嘗聞倭人短小精悍而身軀長大者亦多所傳之難信有如此者矣被岸樹木交蔭於洲渚間是皆橘柚杉篁冬白之屬岩下有小祠往來舡之祈禱龍神者也進數十步洞局稍寬上有仙田種豆穀秫葛莨密時聞山犬吠聲出深谷間倭人此間復有村居乎對云北浙而得尺逕有人烟十餘家境殊幽僻矣日暮宿于舡上

乙丑晴聞山上鷄鳴發舡月星明澈風浪不起卧舟中雖

聞櫓聲開蓬而望天水朧朧未分惝恍如夢裡行四十里到西泊浦紅日始踊海雲中水鳥數十羣驚聲汰喧聒於泱漭是時副使所苦未痊難於前進止泊是浦也東西北三面蒼崖翠壁立立環擁其下澄湖宛曲數里上是畫屛下是鏡面左右有村家竹扉松篷相對林木間村女來觀者皆乘小艇塡滿港口操楫搖櫓其疾如飛忽聞石磬出於半空有一古寺嵌在翠嵓間山甚岌嶪石磴層梯而上堂宇十餘間極瀟洒壁上掛一障子辛卯信行從事南嵩李公邦彦之詩與筆也其詩曰禪樓迢遆倚南溟翠竹青松蔭一庭僧與白雲閑共住焚香時讀法華經其人已下世而見筆跡完然海外異國令人悵然三使次韻余與諸

僚亦次寺之西有小庵藏金佛々像甚古僧云佛成已千有餘年有僧孫全者頗識字所着緇衣制搆深衣也持紙硯求詩以二絶書贈寺庭東畔以翠栢作屏西畔爲盆池種蓮堦上種牧丹芍藥菊莉階下列棕櫚小橘冬白皐月南天木犀竹櫻其所謂櫻非櫻桃卽我國之友木也寺鍾有字曰豊崎鄕西泊浦海岳山西福寺云是夕倭人饋以梨桃林檎西果之屬

丙寅乍雨乍晴向午發舡至洋中風逆吹琴浦　丁卯晴昧爽鳴鼓發舡才出浦初日照海雲翳盡散東南天海茫茫無際令人望之眩眼西之馬島山麓迤々不絶自佐須浦至府中二百餘里背傍山而行右山左海光景不可盡

狀日晡得浦溆乃所謂舡頭灘也両山環立如飛鳳中開而成湖稍深入則山脚左右拆裂如瓜瓣在〻為洞壑皆成澄潭〻上蒼壁繚繞如芙蓉競出綠水又有衆木偃蹇雜奇其葉如翠羽影掃潭石也余與諸僚徘徊賞翫忽見小舠自潭北出來其中有女娘十餘人或坐或立觀我國人物相與指笑可知人村在不遠岩林蔽之而不見也兼竹間有古祠琢石作門昔在壬辰平秀吉擧兵入寇也到此山下風浪大作秀吉猶欲前進一沙工進曰風浪甚惡不可行舡大洋彼北岸下堇通一艦可以從此行達于海也秀吉大怒謂其妄言斬其頭懸之遂行舡出洋爲風波所擊溺死者甚多及其敗歸始知有舡道悔枉殺立祠祭

之云是夜宿于舟中依篷而坐群動悄然惟見天海四圍
星光倒水自不禁容愁遂占短律二篇寓懷三使皆次韵
二十七戊辰晴曉頭差倭請行六舡次第舉碇風微波靜
舟行甚穩自此唯見東南大洋西北則阻馬島一帶山不
得望見故國山川尤添齊〻行二十里過鴨瀨望見西邊
石壁巉岩突起中有一大竇其廣可數十尺潮水往來呑
吐其聲嵂崒澎湃舟子曰昔有老龍潛穴中一夕雷雨而
龍飛去其穴尚完然有龍攫之痕忽見前洋有二小舡道
曳一中舡而來格軍九十人皆着黑衣搖櫓舟行如飛上
設青布幕四方匝以黃紅帳帷舟中一人着黑漆三隅冠
據舡窓垂兩手蹝坐是乃江户所送護行裁判也令小倭

招首譯曰島主今方出來俄聞遙見一畫舫出洋口來船上有層樓四面設五色錦帳其上紅遮日又張紅傘樓上設朱紅校椅椅上鋪猩猩氈坐着島主頭戴小烏巾其形前方後銳飾以金絲制度甚佳左右侍立者亦着烏巾佩長短兩劍其船漸近相去數十步則島主下椅從倭一人立船傍揮扇示之三使亦下椅相向再揖彼亦復上椅坐少頃島主向後護行有七八隻彩船左右之又有以酊庵長老者乘彩舫延候相揖如島主其船不設帳幔只張紅傘身着緇衣加以紅錦袈裟頭無所戴從者皆沙門也島主平方誠其兄平方義新死其子巖九年幼故方誠代之待岩九長當傳位云長老法明性甚開白所遣糾察島中

者位如島主等而如古之郡國守相也日晡抵舡艙盖等
居闉之引湖水委曲我六舡以次止泊男女聚觀者彌滿
水邊或張傘或以畫扇障日左右人居鱗次街巷而大抵
地窄多於山背岩隙結構如鳥巢者上下板屋間於尾屋
有以堊塗外壁者此皆倉庫而堊壁火災故也或云杉
壁者皆唱家也一行下舡艙負役等奉國書先行三使乘
輪次之倭人持旌戟干盾鳥銃者前後擁衛至館所即西
山寺也既夕進飯先以饌器餅次以魚鮮次以魚羮次獻
霜花箆果之屬皆用漆朱盂盤以美姿小童行之是仕官
家兒子云寺在高岧之上俯視海門諸舡布列港內首尾
相連至夕舡上俱掛燈籠又於洋口燈光一字擺開終夜

不滅此把守倭卒也檣角夜設綠紗帳以防蚊蚋是日行
七十里
己巳請留對馬島是日飛舡自釜山來行中得家鄉音信
向晩登寺後小崗東南臨海直對一歧島騢驢島雲收天
朗幾點青巒了了騢驢島是筑前州六百里也望之似不
遠以其眼界無碍也盖馬島南北二百五十里東西三十
里多崖石犖确少平坦其俗不事耕蚕仰機利食其強者
交貨我國東館諸島以射利富至累千金弱者漁採為生
盖其性譎詐反覆浮於他島倭也
庚午奉行倭四人請謁三使出坐正廳四人解所佩長劍
授其從倭只佩短劍脫屨徒跣陞堂立于楹內三使起立

四人鞠躬再拜三使一擧手荅之又有裁判二倭来謁亦
鞠躬再拜三使坐席上只擧手而已以馬島主乗懸轎而
来前有健倭十八五人紅氈鋭衣跪于門外路左五人緑
氈鋭衣跪于門内墻左白旄二翠羽葆一又戟戈之属以
次立一人擎紅傘島主到門外亦觧一劍盖其俗見長者
禮也島主手執木笏着烏帽其制様甚恠垂角長二尺
許衣黑紗大袖緑綾袴〻長曳三尺所佩劍飾黄金島
主入楹内三使起立相揖對坐三重席奉行三人跪于楹
内裁判二人跪于楹外從倭八人跪伏島主後以酊庵長
老至其禮如島主又有西山長老者至長老拜揖而三使
一擧手也以酊着紫紗長衫黄袈裟西山着土色長衫淺

黃袈裟從僧八人皆着袈裟跣足以酊性湛别號也設人
參茶三行而罷
辛未曉雨晩晴島主請見製述官首譯馬上才古例也街
上結棚殿處島主與奉行諸倭登棚上觀馬上才相與稱
善云
七月初一日壬申是日行望闕禮於寺庭天色未明小雨
霏微三使具金冠玉珮諸裨戎衣佩弓劍負役着冠帶令
臚唱行拜禮雖在絶海之外望瞻北極自有依然之想賦
詩以識之
癸酉有雨森東者號稱芳洲島中文士也能爲我國言語
又通漢語文才贍博爲島主記室自辛卯使行酬應我東

文人者也是日韋其門人平子淵及其子顯允德允權允各袖一詩来見顯允年二十德允年十七權允年十四皆白皙可愛次韻送之

甲戌晴是日島主設下舡宴于府中古例也午後三使具公服乘轎自裨将貟役至舡将訓導僕奴輩皆乘倭馬騎騮騧驪鞍鐙韂韉鏤鎏金銀翼以騶從前列旗幟動軍樂循街東行折而北倭人男女觀者如山粉墻涂門左右峙樓閣有園囿中多嘉木隱映也到府中裨将貟役下馬大門外三使中門下轎奉行四人立門内近揖三使舉手而答四人分左右前道島主出楹外近揖至中廳三使西向立島主東向立再揖又與以酊相揖禮罷東西坐交椅進

宴床行三酌已罷主俱出更私服島主使人復請三使入
島主脫公服頭上無所着與凡倭無異相對一揖而坐又
私宴前設銀錯盤上有琉璃金銀碟雕刻蓮花狀者十餘
箇左右置碧畫盆安諸色假花芰荷牧丹黃紫梅月桂之
屬其制奇妙不分日暮明燭行九爵其花輒隨而更燭下
光輝眩眼其饌修無可口四壁塗金碧多畫棕櫚松竹也
乙亥小雨倭人致黃白二種菊花〻葉如我國鶴翎其大
倍之六月開花可異也又獻蘭草挿于竹筒者其葉似菖
蒲花色黃白而小近之不覺其香每因風起淸香聞於戶
外
戊寅乍陰乍晴舟中逢牛女之夕海色蒼茫微雲點綴令

人望之飄飄然有泛槎銀河之想倭人獻唐梧桐一花一
葉其葉圓大大於我國梧桐而色深青猶帶兩痕其花鮮
紅葩小似百日紅月令云三月梧桐始華而七月開花異
矣顧此梧桐乃唐家遺種而今天下盡為腥羶之域移根
海外又是蠻鄉托非其所久矣不勝感歎賦短律一篇三
使亦次韻
辛巳晴與諸僚步上常樂山海岸寺小岑蜿蜿在西山寺
之西有觀音堂屹立林木四繞蒼然左右坐着金佛辟間
有古畫畫十王及金剛神其獰悍逼真也堂北數武又有
巨屋其檻欄楹桷髹漆玲瓏庭前是老松紫薇銀杏躑躅南
天其外又多貞木靈草不知名者有禪師歸速譽者年可

五六十眉貌古枯見客至合掌拜迎饋茶果酒麵甚精潔
裨將楊鳳鳴能與麵九椀矣禪師令小童奉筆硯求詩各賦
律絶贈之南望一岐島藍島毀點螺鬟浮洋中亦奇異也
西溢上下十餘家籬落相連而中間有屋宇宏傑門前大
樹鬱六七漁艇問之云是捉鯨者所居善漁見大鯨必捉
諸國湊沽其膏輒致千金故爲島中富戶也向晩有文士
三人號稱松瑟桃浪霞沼者請見俱出示其所作以求和
霞沼最敏贈其詩亦古雅
秋七月既望謀於諸僚携一琴一笛載舡過海岸寺時一
輪明月出於碧海中金波瀁瀜無際上下光輝混然琉璃
界也令樂人奏曲諸君相對亂酌余與成夢良汝弼竝高

聲誦赤壁賦舟傍有大魚跳躍沙鷗鳴飛湏臾艤舡於西岸其上松竹垂蔭婆娑余醉依舷欲睡忽有騎鯨仙子與乘槎者大呼曰蓬萊會晩矣何遲留乎余驚起定眼視之其兩仙乃俱宣傳代姜進士栢載酒追至挽余而起遂相與大嘯洗盞更酌於沆瀣之間不知仙是我也我是仙也十九日庚寅東風島主傳言風順當發舡擊鼓相應一鼓而載裝二鼓而出舡次三鼓而擧碇時奕島主舡先諸舡次第皆懸雙帆是時倭舡之護行者嚴海到中洋風漸緊波濤盛如銀屋舳艫出沒低昂舟中人水疾者多去舡毁步之間忽有大物以口噴沫如雨飛洒數三丈高俄已露出其脊梁其大如二舡相連沒而復出如是者屢舟師言鯨

魚之游戲也又有隻角高尺餘者踊出波中是大魚之有
角者也聞鼓吹驚避沈沒去船數十步外又出其角游水
上將近一歧島群倭船來迎水淺大船難進以小船二十
二橫結為梁上鋪杉板左右連竹欄使行吹打從其梁下
陸男女觀者亞岸成群婦人多着青紅衣或有戴籜笠者
是自遠方裹粮而來云山勢平衍中多田疇土沮洳黍稻
競發綠穗渡海後始見稼穡可喜此島曰一歧乃松浦肥
前州太守源篤信所領邑治在平戶島云自馬島至此四
百八十里而日未午渡泊可知其舟行之疾也
乙未大風雨波浪如山白沫漫空艙口舟艦自相舂撞上
船欄干為副船所擊折諸船板柱帆檣標旗太半摧破岸

頭屋宇多崩頹落水中園木亦拔根者衆沙格諸下泅泳
波間曳出百丈繫於岸上戚戚暫時輒拔是時自舘所望見
風浪翻海一島恐不可支倭人言自冬至二百十日內必
有悪風行船月固已慮矣幸此島善於風波若在馬島藍
島或中洋則船隻豈望完全是亦神助使行也晡時風雨
始止數日後自藍島來者言破船者十餘溺死七十餘人
也是島可千餘户而島民見對馬人輒皆恐㤼盖對馬人
以其國命護使行藉其威入島中逆其所住咆哮民家見
有少艾則故意驅逐其夫而奸淫之如其處女寡婦恣意
犯之島畏不敢言
八月初二日辛丑西風擧帆東指二百餘里往往有島曰

艘島曰金島皆在縹緲之間忽有飛鳥數百群閙檣棹鶩
起羽翮皓然如白雲飄空飛揚數十步下沈水中舟近則
又飛問之非鳥也乃魚也後數日又供魚族見有魚其形
如燕子兩翼稍長腹背有白鱗是向者飛魚也又行數十
里東望一峰屹立海中其形圓如盖名曰咸界至此日暮
風微促櫓而行舳艫搖漾真如星斗上下海氣蒼茫中見
無數燈火分兩岸高低入拜犬吠相喧知近藍島亥初下
舡至館所新建千餘間大廳墻壁塗以白土簷青竹爲椽
以椶索縛之是日行三百五十里
癸卯大風雨海波蕩揚舡上欄楯相擊折破碇纜亦有斷
折者舟中人憂惶必死有善泅者入波中曳出碇纜又多

聚島中椶索繫之岸上毀百八並死力拄持得免有風雨少止

丙午晴余與申維翰周伯成夢良汝弼張應斗弼文姜栢子青扶杖登西崖俯視島中人煙千餘戶散在橘柚間田疇布於岸曲徃徃倭女持鎌刈稻西望故國雲海接天杳無所見惟一岐蔎蘆點點於波中直南諸山離立一帶青蒼是筑前州也水際有岩石特立其腹穿大竅其狀如城門舟航之來自赤間關者皆循石穴傍徑過云諸君籍草而坐呼韵共賦五律向夕歸舘有士人琴山梅峰者請見

庚戌昧爽南風發舡向東北行過昆布大小島及勝島地島舟行速諸島邑物難可盡記而山脚之村落當畬流眄

不已又行六十七里逆風大作倭舡先道者先已回棹我舡從之風浪橫吹帆檣欹側舟中瓶缸筐篋皆轉之走一邊有頃列傾覆之危懍懍支過日暮將近地島天地昏黑不分後前舡頭放火箭相應是故諸舡得尋港口是夜三使下地島宿西光寺山之西畔有一間瓦屋四壁皆有窓牖通望日暮則懸燈簷角為往来舡候望之所名曰燈籠始諸島皆然水村雉落間其樹橘竹冬白花堦上有蘇鉄木其長三尺許体大幾毀枯死之際揷以鉄釘即活故爲名地島一名慈島也

十八日戊午西風微起天明島主舟中擊鼓催行李地島五里許南崖大村即金嶋村也自村東去數十步有一崖

八海名曰鐘崎〻上有神祠其下沉大鐘不知何代物而
向來筑前州太守使數百沉水軍取出絶其紐不得牽曳
其鐘有時自鳴云儀須回看蕊島落在洋中眇如一小瓮
也歷三小島其名曰三白島〻之東五里許又有二島其
名大小毛子又過十餘里潺溢陂陁參差相犨南之一麓
稍平濶有村閭可千戶叢宇宏麗樹林蓊蔚而其中有五
層高樓粉白之光直出半空舟中望之殊甚可壯黙想海
上有此樓觀之勝無或蓬萊之銀臺金闕如是之類耶循
洲渚築城〻一隅築舡閘以白石作飛虹橋〻下作五石
門以通舟舡是乃筑前州所屬小倉而其城名曰文字城
也過文字城前有舸艦五六百艘首尾相連帆檣蔽海是

長門州迎護舡也自此以東傍海數十里松竹挾岸門
以畦田水村閭閻之中有大屋穹崇粉墻繚繞云是千石
富户寡婦之居也未及赤間關十里許有一石柱高二丈
餘平秀吉行舡為暗礁所得斬其沙工後人立標以識之
岸上有土堆其高丈餘長松圍之名曰白馬塚諺傳新羅
時與倭兵相戰倭人請和刑白馬盟也云日暮泊赤間關
岸上板屋千餘戶皆依山臨水門扉倒影左右松竹上連
于山崖使行館舍在村之後其廳內設黃金畫屏紫錦帳
簷角懸綠紗蚊帳外欄鋪紅毯鎮銅尺其屋幾五六百間
而皆覆杉板雨時其聲聒耳也
庚申小雨晚晴捲篷斜光遍於浦漵金波蕩洋天際忽立

數層樓閣其高可十餘丈輪奐壯麗金碧炫煌窓櫳牖闥
無所不有瞠乎驚訝莫知其胡然少焉倏閃有無輒出層
嶂重巒瑰詭難狀尤爲之恍惚其山轉變而爲片雲斷霞
霏微而散嘗聞天海之氣變幻殊狀者蜃樓也是果蜃氣
而然乎抑天海之氣坱然太虛升降飛揚無所定而然乎
盖其樓臺峰巒之美出沒頃刻眩人瞻視是固造化之不
測者也噫顧千古世間朝市樓臺繁華富侈如山陵云爾
者無不消磨泯滅於朝暮間鞠爲荒原茂草所過傷心則
其倏忽變遷比之蜃樓何擇焉不覺歔欷久之
辛酉陰僚官來言今日倭人漁獵盡往見之乎令小倭導
就西麓時壯倭十數人撐小艇五六出中港其行如飛布

長網幾㪍百步有閙衆倭刺篙橫流而擧見大魚小魚跳
躍空中鱗甲照耀目光一港晃然是亦奇觀也泊岸其積
山峙其稍大者廣魚沙魚鱸魚鯉魚也其衆者道味魚鮆
魚鯔魚也其小而不知名者又不可數也中有一大魚其
首如甕体大於牛目有赤光鬐鬣鱍刺怒頹豕胸殊可愕
貽其名高登魚分割賣市中直可金金云散坐岸石倭人
持魚膾諸白勸之向晩從小徑北折忽見大松下坐一老
婆一白衲傍有竹筐筥笼二尖笠倚松而立一持畫箑一
提琉璃瓶有童子荻貫魚去其前畫箑者踉蹌退之口中
喃啾不知何說也
朝坐山閣開北窓耽看堦上梅竹小倭傳芳洲霞沼至俄

已詩士五六人請見俱出袖中詩牋示之即次韵以答是
皆長門州士人也晩後與諸僚往觀安德天皇廟及阿彌
陁寺廟中有安德王后塑像堂宇壯麗而所處狹隘阿稱
則稍高爽俯見海門庭畔穪鉄梅梢爲架鉅樓連百餘間
設屛帳茶卓中下官所舍也南轉而穿過閭巷處々女娘
開戶而觀者噂沓其屋宇相比無一步閑隙地宅後稍空
曠種瓠茄葱葵皆菜是夕長門太守饋以餠酒果焉盖亦
關々西道之一都會也其俗通魚鹽銅鉄之貨其地産青
赤硯石諸國皆寶焉爭以價求之也
二十四日甲子風順可行日色漸高島主不肎發盖奉行
輩故爲淹滯索賂於支供者故耳正使令舌官詰其由島

主始乃請行遂解纜向東行自此海門漸遠湖水逶迤左
右蒼山不絶往往長松奇壁數三村家互相隱映錯以上
下畦畛蕎花如雪間之黃稻以湖海之勝兼田園之趣是
尤奇絶傍山行十餘里湖勢漸廣復爲海遥望南北山重
重至四五十里北有一殘山曰猿山嘗聞泊舟山下夜聽
猿聲甚悽淸今則樹木濯濯四無鳥獸之音是何古今之
異耶午間忽見北渚有黑物如豬如犬作一隊點水而走
其行倏閃不可知其何物也又東過十餘里有九尾崎倭
民村居者以船載柴水魚菜來獻但受其水餘皆不受又
十餘里東望南海中有曰姫島是豊後州也自猿山行八
十里日已向黑到三田尻舡滄水淺不得進泊諸舡皆下

碇浦口仰視村火微明於林木間而夜色黮黯不知有幾
家村也
乙丑曉倭舡鳴鼓次第出浦淡漢疎星隱約有光山坡村
落喜微不見但聞鷄犬群出於雲霧中而已行十里許東
天始明旭日欲出未出萬太紅雲照耀天海之際始鋪錦
繡帳靉靆朣朧擁衛日輪矣又行十里小嶼孤峙往往特
立洋中或如舟航或如傘蓋或如龜鼈怪詭之狀不可形
言向晩得西風一時掛帆舟行頗駃是日行一百八十里
日浦抵上関南北崖岸蜿蟺回抱其上閭閻陽水相望使
行駐北岸舘舍後小峰兀然而其下有一高樓名曰山関
樓其西又有一二亭臺隱現於松竹之間日暮未及登覽

芳洲来見袖十餘紙示之乃上関十二歳女子所書也草
堦皆奇妙女子姓粟屋名文蘭字斯馨仕宦家女也余與
成汝弼輩俱作詩以贈上関其地則長門而日供自周防
州来也夜宿舟中時聞石磬鏘鏘知梵宇之不遠也
丙寅西風天明維舡滄嫛百歩許出両峰之間左右絶壁
真立相對松杉柚橙垂陰蓊翳舟舡往来其間如門户之
狀峰上有一櫻乃候望燈屋也自此向北而行五六十里
西望山勢嶙峋而山下有大村殆千餘户墻壁粉白玲瓏
於翠陰間是賀室豊厚州之小縣也午間有小舡追至献
魚菜即賀室官人之所呈也行十里許又有小舡来献魚
菜笠胡人也自茲北望青山而去日已向暮去鏁刈尚有

三四十里云遂催櫓役未十里夜色黝黑輒相失數百舡燈火散亂東西不可别副舡先放火箭俄間一舡三舡皆放火箭應之始知两舡在不遠矣艱辛達上夜已深望見水際燈燭相連如火城上下通紅可知其舡滄只有數里似易泊而潮水方至波浪悍急格軍力盡不得進仍止泊水中是時三舡為水力所却退走幾百步副卜舡碍於淺渚不得運移諸格軍蒼黄喧呼良久得拔是夜諸舡各於所在下碇以候水勢皆忐忑不安鷄鳴後潮水始退諸舡一時棹歌進泊舡滄燈影之下少焉天明倚柁樓眺望青岑屹巘棕竹橘柚梧桐銀杏之屬龕山覆岸水傍閭舍相連粉墻竹户照映綠波水際有二閣制度頗廣是乃風浪時

藏舡於其間示舟中朝飯下陸等石爲層坮連板橋作舡
閘者凡三處而左右設白竹欄干自舡閘至舘所百餘步
皆設白席其上鋪猩猩氈也湖邊一閣甚精麗繞以粉墻
墻下有老松碧梧桐四五株又有橘一樹結子垂垂如金
鈴令小倭摘來味極甘香堂上有倭人七八見之喜笑揖
迎進茶又進筆硯書姓名示之盖此間以士名者也即席
書五律七絶各一首以贈諸人擧手稱謝
丁卯未明發舡山圍水暗不分方位纔離舡港仰視片月
始吐山頭方可辨東西矣西風漸急諸舡皆懸篷帆其行
甚速可十里許海霧未散日光上射一帶長雲亘天半黃
半赤正瑤池仙娥爭把笑容千萬柄又如無數黃金菩薩

擁衛如来寶塔其崖狀之奇異不可言也又行五六十里
有二石崖其形團圓特立中流亭亭相對頭戴蒼松各一
樹亦詭異也已時惡風橫吹帆檣欲摧舟舡傾仄人皆懍
慄失色少頃風定又行三四十里西北岸上有人家稠密
云高島也又數十里歷三田美村落家盛田疇亦美又行
二十里城堞逶迤數層譙樓揷海而立者五六其名曰三
原安藝州所屬郡也所過險瀨淺灘有惡石處則一二倭
艇守之立松樹水中以爲標又行十里湖港稍濶北岸之蒼
崖崔嵂兀入海口石角杈枒其上築石高樓舟過其下望之
縹緲雲霄間簷端繫三種近風息褭褭有牌其寺名盤臺也
使相以米石藥果預送倭〻以與僧徒舟過時有老釋

五六具袈裟羅立石角望舟中叩頭拜謝矣夕時抵韜浦使
行下舡滄止宿于福善寺是寺在山脊俯臨東南海水直東
諸山雄大嵯峨橫亘天半者是海外諸國也近有數三島
嶼羅立水中明媚隱約而爲對案商帆漁艇往来不絶景
致之佳比前所歷可第一也自舡滄至寺門幾數里中有
街衢左右閭舍皆二層閣户外垂紅絲竹簾家家懸彩燈
日曛燈影相連街巷明如白晝蓋韜浦南通長崎薩摩諸
國北控山陰陽諸國貨金銀珠璣皮革亦一都會也故居
民多大賈也赤間以東所饗食稍異蓋其州縣有豐約也其
饌至四五十品陸地猪鹿麞兎雉鷄鴨鵝鶚鴛水之魴鱮
鮐鮆鰒蛤蠏鰲菜菓之蘿葍菘葵苽壺莫著蕷蹲鴟鴨脚

蔘芥蘿芝柹蔆棋柿橘桃梅梨栗及夫諸白淸醻醢醬醯
醷是其略也又有不知名者間用牛肉而歸以其俗不殺
牛也
山南有曰圓福寺數百丈巖壁拔立如掌劚石角爲層梯
梯左右設木欄干緣梯登其頂頗寬敞有高臺牖闌欄檻
極其精妙庭之前後植奇花恠樹架杜冲爲籬蒼翠滿庭
三面俯海北依蒼峰是與福善伯仲而地勢高爽眼界之
濶遠過之雖不見洞庭岳陽其壯觀想必不過也徘徊良
久口占七絶以識之
己巳晴日出諸舡掛帆東下風猛舟行如飛左右沙嶼烟
林乍出乍沒行百里許兩岸上有大村畦壠縱橫是謂下

津舟過下津有小舡来献糖果海苔此備前州太守所送
其書曰日本備州前主從四位侍從源綱政敬供朝鮮國
使某公錦帆下云是時波平舟穩高坐柁樓與洪經歴德
望元宣傳踯㩦或樗蒲或圍碁談咲團欒不知舟之往也
須臾過殿三嶋嶼南望十里許樹木蒼蔚依山開野粉堞
照耀於夕照有殿層砲樓嵬然於樹林之上烟氣彌滿人
家不知其多小可想其大處也聞之邑名丸龜潛岐州太
守所居也日暮向北岸泊浦口名曰比浦時副卜舡於碍
淺灘悪石幾至傾覆倭衆舡一齊来救搬下卜載望得全
四更量乘潮水而来諸舡人相見賀喜
九月初一日庚午鷄鳴三使各於舡頭設帷帳呼唱行望

闕禮成汝弼煮曉天文立舡上仰視星斗遥指水東一星
曰是水星在端門右於我國境所不見星也又指南之一
大星曰是南極老人星也余與諸裨共觀其星在正南天
低處大如木星其光微黃近傍無他星曾聞自古天下人
難見老人星今也見之亦異矣盖深入東南海洋天極濶
遠無所礙而然歟辰時乘潮發舡自此備前州支供迎護
舡盖多至千餘隻又見朱紅舡粧以黃金光彩眩眼乃三
使下舡時所乘也才過十里東岸有村落名曰塩俵男女
觀者或倚岩而立或蔭松而坐或穡女荷鏟或浣女停杵
而觀也行至十里許盘埴寺僧人曰過舡贈小牋其辭曰
使舡安穩関世音菩薩盖祝禳之意也又行七八十里水

中有小島其頂着孤松〻下立怪岩形似蹲犬故稱之曰犬島夕間到牛窓水邊閭閻之盛如韜浦二使次于本蓮寺制度亦甚宏麗余與白君平宿于水邊樓閣樓高水濶清氣逼人此地倭人其恭謹自異上官之出入下倭必跪有一倭前導辟人衢上衆倭皆俯伏是其謠俗之不同也夜深後霞沼芳洲引三士人来見出其詩求和遂把燭揮毫以答其號曰省齋者蒼顔白髮自言俺老於魚鱉之鄉閱見仙槎今三度矣顧此絶海之外邂逅東華文士非勝會乎彼二妙當有復覯之日俺則朝暮人其可再乎悵然久之幾乎墮淚問其年七十六歲耳目聰明燭下能細書也

辛未晴西北風巳時或帆或櫓曳纜而行〻可五十里北
岸上有白堞臨海峥嵘名曰赤穗城潘摩所属酉初到室
津始入港口山崖回翔至灣角而環湆舟捷如箭左右林
皐櫻樹亦從而馳往疾奔正似彩燈山影啚回〻之狀其
奇妙不可盡言下舡次于館所去舡港咫尺矣
壬申晴西風鷄鳴初鳴鼓吹行舡曉色曖〻不知後先舟
航但見燈光蔽海粘水流行其行稍遠者小如螢燐之
駭燈行而度舟之東西時見燈光如飛而去者知其過急
灘也行可三十里東方始明又行二十里過鹿窓又十里
有曰姬路城又四十里許北岸烟樹中人家稠密水邊城
堞連亘數十里是潘摩州太守所居也自茲以往水險則

青松白沙岸上則野稼如雲地名曰明石樹林之内粉墻
高甍參差隱約而中間五層飛閣直揷半空者有五而一
字羅立望之令人愕眙似非人間所有問之其守者自江
户差送也過明石松平左兵衛督以小舡載送糟漬鯛一
桶乾果子一箱石決明三十御樽酒二荷御者美好之稱
二荷二人之所貢荷也夕時泊兵庫湖山圍抱安穩無一
空缺大小舡彌滿浦漵蓋其民俗善賈以舟帆行貨海中
諸國也
癸酉晴發舡行十里村鷄始鳴掛帆行四十里達小河即
浪華江也沙洲委虵河流漸狹過六七十里村家益盛名
曰河口去大坂城二十里至此水淺倭人以彩舫來迎舡上

為層閣覆以板塗黃金牖戶欄楯錯金朱漆船首尾刻金
龍鱗甲蕩漾波中如活龍也三使及幕下正官皆乘焉及
近護者所乘龍船並九艘一船之直累巨萬金云有黃衣
倭唱歌搖櫓而行兩涯皆熟石其上棟宇連甍白土其墻
墻邊松竹棕櫚香檀浦港互與流通者百派其上飛虹橋
設曲欄長可六七十丈其柱出波上者五丈餘曳船其橋
下未數里又有橋蓋江流縱橫置虹橋凡三百三橋云是
日左右觀者如山如海乘舟艦者首尾相接或高樓或門
屏或松棚或簟席或蹲或立重重圍之或抱負孩兒或紫
帕黃帕或戴蒻笠者女娘也男子無老少貴賤皆佩長短
二劍四五歲兒亦佩尺二短劍或有黃耇扶杖或有緇徒

曳長衫雜於婦女少艾必紅粉濃粧婆媼或淡粧其藉紅
氈而圍金屛三四或六七爲群而坐者必皆明眸皓齒夭
冶婥娉其童子隨其齒而坐其長短齊男女老少着斑爛
衣或黃綠衫女少者或着茜紅腰間必有膊膝或持畫翣
或張雨傘蟻屯蜂聚而不聞言咲喧譁所過數十里左右
觀者皆若是而樓臺墻垣如之家家穴其墻爲水門必觧
舡其庭院其門傍有闌蔵彩舡者諸州太守之茶屋也以
金舡容裔而上凡過飛虹橋十數而後泊舟滄乃奉 國書
于龍亭前列旌旄戈戟鑼鼓裨將先道三使乘轎有健倭
二十擡之從官或小轎或騎馬自江頭至館可十餘里東
西二層樓閣相連游觀男女充溢閭以列鋪皆金銀貝珠

花磁瓶缸之屬光輝奪人眼目又有書肆黃虞三代墳籍諸子百家仙佛書唐宋人詩集無所不有又多唐刻是自蘇杭州来者也其館曰本願寺其堂宇可千有餘間皆槐木其柱大十圍有佛閣尨宏敞四壁古畫諸佛羅漢伽藍之像長皆丈餘對之竦然矣大板處水陸之交東海西海道舟帆所通山陽山陰道車馬相連此國中之都會也四時百物皆湊故其民商賈而巨富者半繁華甲於諸國也

自初四至十日留大板士人蘭溪南溟龍洲者来見終日唱和南溟見其從弟一童子年十二貌如玉能賦詩號青洲岳裕堂唐金興隆送詩求和其詩頗有格調屏山與其子十三歲童子来見秉燭唱酬夜深不綴童子能讀〻次

韻手不停筆其忩妙誠可愛也文士三四五六為伴連
日来訪酬應甚疲其名稱不可盡記也
十日己卯晴三行早飯奉國書〻往難波江乗金舡一舡
曳者用七十人中有一人持綵旂督役而両岸皆有曳之
者舡行南涯則南岸人曳之行北涯則北岸人曳之水浅
則揷竹以識之行三四里南有大板城〻外鑿濠以通江
水雉堞嵯峨間有三層譙樓粉壁玲瓏高出松樹閭閻里
之壯觀者之盛與前者一也是日天朗風恬水碧沙明往
往汀洲間楓菊參差余與成汝弼取壷酒自酌拈古人韻
迭唱至十餘篇可見其興之濃也過十里許遥望南岸有
木物團圓形如繅車其高丈餘問之是水車一名曰桔槔

能激水逾越數丈高城用之善灌漑故常不憂旱云須臾
月上湖先益奇黃衣者唱棹歌沿月而行泊淀浦天始曙
矣是日行一百二十里自釜山至淀浦水路并三千二百
餘里於是捨舟而始陸以轎馬行 國書儀仗及倭人延
護者連絡十餘里行十里許路左有曰東泰寺周廊數三
百間墻垣連亘七八十里墻内有四層樓閣屹立雲霄其
中央立銅塔高數丈自此爲倭京矣街衖相控閭閻人物之
盛亞於大板左右高樓垂竹簾〻内粉紅女娘隱約如花
云是仕宦家女也日暮挾路燈籠照耀十餘里聞倭皇宮
闕在倭京是日以微服隱在民家覌光倭皇姓源時年二
十一歲尊尚佛道每月前十五日不食魚肉齋處一室晝

夜端坐不寐後十五日始出户酒色遊獵恣意以樂國家政令官職除拜皆關白擅行而倭皇不與焉唯借玉璽即着受其供物云到館〻亦甚宏麗其夜有京兆大尹者来見三使出檻外迎接坐定島主跣足俯伏傳命辟咡而對禮甚恭其上下官體皃之儼截若是也

辛巳發行大道兩傍松竹蒼蔚人行其間終日清涼每至十里左右築土整高數丈其上樹雜檀為堠也行至大津宿自下陸所過支供益勝每入站以大筐盛諸品果錯柚柑柹梨其柹深紅肥大而帶青葉蓋沾濡霜露枝葉中自熟其味之甜爽異常青黑葡萄光潤如水晶皮極軟味極佳大異我國所種也

壬午晩晴穿過閶闔門幾三十里東北有大湖周回五百餘里漣漪如鏡光岸上人烟間以松篁宛然畵中景也暮至森山宿於上方庭畔喬木蒼翠僧徒焚香樓上鯨魚吼矣寺名東門院

癸未雨午火八幡專脩寺是近江州也暝宿佐化城宗安寺昧爽行望闕禮平明逾絶通嶺東去十餘里又登摺鉢嶺嶺上有望湖亭北臨琵琶湖盡其宏濶氣勢可洵仲洞庭與昨日所見逈異也凡所過室屋其制前窓八門無隙地堂後空廣有園林池塘嘉木異卉其墻圍必設金朱之輝椸凳椅錦綺之幄帟巾帨

乙酉早行四十里中火尾張州府中求詩酬唱者絡繹徹

曉不已又八十里暝抵名護屋自大津至名護屋二百餘
里左右閭里不絶往〻樓閣挻其華麗者是佛事神堂也
其觀光之盛亦不減大坂其綽約美色之多近江尾張二
州爲最也下官輩見路傍美者以餅果投之中其肢體或
有琅〻笑者或有正色不動者其涇渭可知矣二州西南
近江海中開沃野其民業農桑規陂池種柹栗其餘善鑄
冶利劒多産焉亦一都會也
丙戌早行三十里午火鳴海又六十里路平如礪左右松
竹交柯長皆十數丈仰不見天次官以下所騎有驕有黃
銀鞍金厄從者八九騎過野栢田畝皆方正無圭田梯田
其錢鏄銍鑣禾稟亦同我俗夜宿江崎登日島主及以酊

庵長老龍蒿長老来謁龍蒿即接伴使也關白又使周防
太守源忠慰問三使出迎對揖而源忠　使島主傳關白
之言三使離席俯伏聽之啜茶而罷午火赤坂暝宿悟真
寺
戊子陰行五十里中火荒井自此東折數十步有金田河
海之一曲為滙者也其廣十里汰渚艤漆黒四舡篛次發
棹中流而東北望有一白峯雄蟠雲霄特出諸山之巔如
長人立於短芭見其半身也驚問曰彼何山如是高大也
從倭曰是冨士山也於斯衆嶂擁遮只見山腰上三宿淂
其全體也四十里抵濱松近地也
己丑晴行至池田渡江水濶遠列小舡數百杈其上以大

棕索大鐵索交縛不動便成千餘丈大橋曰長艢人馬雜還而過如平陸後之以橋渡者若是四十里午火見浮村所過閭里閭以鋪肆花磁碗楪畫盎皆用回〃青畫人物花鳥極妙木器丹髹採者竹器漆五色如筐筥箸筅積之峙其制亦奇巧也

庚寅踰西崎嶺崎嶇行三十里午憇崎下大村〃名金谷所過往〃有藥店懸漆板以黃金大書不死藥不老草之鋪蓋日本人有惡疾服人蔘輒效故甚重之常號蔘不死藥也

辛卯踰羽津嶺涉阿部川午火駿河府寶泰寺堂之址聚蒼石爲假山引筧泉爲小瀑飛瀉其下作方池匝以奇卉

異木青翠可愛矣有老禪其容枯寂合掌乞詩
壬辰逾薩埵峴右遵海行四五十里渡富士川午火吉原
至是富士山在前蓋其山宏壯盤礴扶輿天中無別峰而
獨立高大其巔渾然白望之如積雪倭人言自山麓至上
頭百有餘里其頂有大穴其深無底常有雲氣自穴中直
上四時皆有雪亦載其國地誌然日東雖隆冬無霜雪則
春夏間山頂長雪不融似無理矣 皇明宋景濂詩曰萬
朶蓮花富士山其亦傳聞之誤也是獨山也烏在萬朶蓮
花也
癸巳早發逾大嶺名曰箱根嶺也行三十里其上有大澤
其周四十里湖色黝黒深不可測中有九頭龍靈異甚或白

日雷霆風雨云湖之岸有村閭館其南俯湖其樹多烏木
翔栝盖富士山横之爲嶺也東下嶺十里奔湍急泉喧豗
砰訇不聞傍人言語間有數百年長木爲風摽偃倒仄辟
北崖有二大竇吐玉瀑飛鳴而下是箱根湖潛穿山腹而
洩漏者也雙懸如乳故曰雙乳泉倭人言必齋沐入山而
如或不潔之人必有殃是故其性貪汚者心惕不敢往時
見山上有彩鶴盤旋其翼大如車輪似有仙人来往世之
稱蓬萊山不誣矣其言浮夸不信也然其山則亦不凡矣
馬上見富山累日輒有紫霞玲瓏山頭久而不散或有異
氣而然乎不可知也屈曲下嶺抵小田原夜深矣
甲午中火大礒村渡馬入川見路上有夫馬連續而過以

木牌書南海國貢金標插其上者十數駄於是諸州金銀
之餝蓋可見矣暮宿藤澤
館中饋諸白山肉招諸從者食于前日已昏夕仍篝燈而
談從倭一人曰嗚呼此州數十年前有異事有一太守賢
而愛士爲權奸構誣罪死葬于州治北山下人多寃之其
部曲有數三壯士陰謀復讐以書約其徒五十人指僻遠
地期會欲揣衆心及期來者至四十餘人壯士乃曰日晩
復與諸君退約至其日來者三十人時向午矣壯士曰再
而不早其志怠矣重爲諸君約後者罰期之日早朝有十
九人來集乃進酒飮畢壯士拔劍在手泣涕曰舊太守之
死寃乎不寃乎衆皆曰寃壯士曰欲爲主人雪其寃有能

從之者乎衆曰唯命雖死不辭遂爲誓夜五鼓直徃其權
貴家垣墉高共縋下至內堂貴人已起明燭將赴朝從者
森立堦下壯士突入斬其首而出從者家僮慴伏不敢前
諸壯士乃之太守之墳上置其首隧前酌酒而祭大哭良
久皆自刎而死一國人至今稱之余聞而嘆曰一聶政也
爲嚴仲子刺殺韓相天下服其勇今衆壯士皆有聶政之
勇而能爲主復讐其忠義又過之豈不異哉一人又曰其時
衆壯士斬仇人頭祭于太守墳山即詣關請罪関白義
之欲赦之臣多爭之乃誅其首謀者二人其餘十七人相
與言曰同心復仇固當一死下報主人公義不可獨生也
皆自刎二倭之言不知孰是也

乙未中火神奈州暮至品川玄性寺是夕地震館宇皆動搖僧徒悚慄曰日本近海之地屢因地震而陷沒人居至千餘戶或有一島全陷爲海者是故地震則人大懼也

二十七日丙申向西行二十五里至江戶其民物之盛又過大坂倭京城外鑿壕通海水城內鑿三重渠作板虹橋每五里立高柱里門是日三使金冠玉珮裨將緋錦天翼羽笠譯官書記亦花冠青衫其餘從官着絳袍或玄袍陪國書前行鼓吹儀仗蹌蹌濟濟左右觀者彌滿數十里時關白微行設幕而觀之其墻而漆門飛甍連雲者達官之家也至館乃本誓寺也爲使行新創千餘間江戶關白所都也有百官省府倉廩宮掖院曹又有六十州太守館閣

四時貢獻是以競趍附以覬其所利不貴農桑因緣啚食
者多故其俗羯羠不均慕豪强而凌貧弱矣
丁酉留江戶而執政来見三使出楹外迎接相揖而坐島
主跣足將命傳關白之言先問　聖體若何次慰跋涉勞
苦三使離席俯伏而聽啜茶而罷執政乃關白之相臣也
執政凡四人井上河內守源正岑也久世大和守藤重之
也戶田山城守源忠真也水野和泉守源忠之也兩人即
藤重之源忠真也容貌皆魁梧午間舘伴請宴三使出大
廳對席東西俱設朱紅大卓子其上置青絲花磁缸五六
揷五色假花光輝煌煌如坐百花園中進金畫漆盤所列
盃碟亦奇巧而餅品不甚佳矣三酌而罷夕時又宴行中

諸人其所設如之
戊戌己亥留江戶渡海初雨森東每言江戶有十學士乃
關白經幄之臣詞翰文學迴出凡倫其才固不可當也留
舘之日倭通詞走傳十學士請見東韓文士余同申成諸
君出延衆看道之相揖已對席其人皆白皙秀雅可知
其佳士也遂進硯筆談通姓名官銜叙語畢十學士先草
所作詩以示之吾輩即和其韻十學士又草三七律或絶句
授之吾輩又和如是者五彼此手不停筆揮灑如飛須臾
彩牋疊百片繽紛坐席間白戰方酣俱無退意是時左右
觀者莫不瞠焉自失也吾輩謀所以摧其鋒相和之際別
思强韵一首出之十學士思索始有逡巡之色日已晚矣

相笑而起其翌日大學士林信篤率其二子信充信智請
見即昨日十學士中人又與之唱和
庚子將傳命三使乘轎諸從官皆騎馬循大街北行又東
折十里許渡大虹橋三乃外八城門內城門兩門皆曲城
曲城又有門數里至宮外門周高陴其埤外鑿濠八幕三
門又鑿濠濠廣可數百步許通舟舡泛鳧鷺鸂鶒八幕八
門有殿即玄關也其濶大累千門莫知其端倪也從官下
馬幕三門使臣下轎幕七門至別堂暫歇時倭國大小百
官來集皆緋衣唯宗室黑袍也有頃請入三使奉　國書
進諸官從之使臣率諸官行四拜於殿上次官拜於中堦
中官拜於堦下關白坐殿北去拜處間兩席也衣玉色單

衣有三四侍臣不設樂又無儀仗也關白先執盃勸酒三使飲畢四拜獻幣物又四拜辭退又四拜禮畢引坐別堂使太守之子前進餅凡五次酒行三爵關白以紀伊州太守承統而倫素清淨不喜音樂遊佃好讀經傳常衣紬布見左右著綺縠者輒問之曰艷哉艷哉是何物也群臣畏之不敢服云

留江戶累日二池水庵有隣桂軒鷺洲東溪龍岩東里等八人請見各以詩求和又有河口皐者號鳳嶼年十七以詩來見其才敏速操筆立成方續綱目林祭酒門人也又一日廣陵武敬天野景胤並山孝先天水羽森明卿須溪秋以正雪溪井上有基諸人來酬唱或興之筆談以探其

所有其博覽諸家文藝富贍之士半矣其餘逐日來者甚衆其名多遺失或十歲十二三歲童子其容姿美如玉隨其父兄以其詩與筆來謁皆絶妙可愛也是時遠方數千里外人士聞有東槎競與嬴糧趍險阻而來者纏續不絶或所歷先期而候淹旬月者多有之盖其國士流平生願一見我東文士與之唱和如登龍門恐不能及得詩篇深藏之世傳爲寶云

島主設私宴於其第邀使副使與衆官赴焉宴時設雜戲始見青幔下天童蹈舞忽不見有一雙斑鳩跉踔又忽失之只見白蓮燈五六雙對明煒煌傍有一道士手持羽扇一吹之燈火滅矣而黃赤木葉散落飄洒滿庭宇閘觀者

惝怳莫知其然也島主於馬島一歧犬板江户皆有私第留其妻子於江户不得將焉蓋其國慮有不虞故耳正使問島主曰君家在於四處何處最樂乎答曰莫如馬島矣以其權在馬島也軽室家而重權何也是亦態嚴之已矣倭人以錦鷄雌雄白鵰一鸚鵡一獻于館所錦雞如小鷄肩項毛黃金色背文蒼黃腹深赤其尾長尺許黒點左右赤尾各四箇鵰之大如雄鷄白其質頭有烏羽其尾如雞尾灰白鸚鵡大如鸜鵒丹咮紺頭背綠毛胷腹赤黒斑皆馴於人不驚諸僚聚觀坐中一人聞之投筆急起雨森東曰何如是遽也或曰此老向在鷄林與妓鸚鵡者戲故今聞其名而驚喜耳雨森東拍手大噯曰有是哉相思之深也

十五日甲寅發江戶道路聚觀者如來時稠人中或有識者舉扇搖之是乃告別之意行者亦舉扇謝之小兒輩亦拜手謂之曰沙羅婆沙羅婆即其俗好歸去之辭也暮宿品川東海寺前開白願堂也寺基平廣長松萬餘株前後有潮音閣世尊殿法寶堂其制度極宏麗中有諸佛金身伽藍畫像鎖扃戶不開北有二池塘活水瀅澈多鯽魚游躍其色如銀其上有楓林霜葉向裏矣

晨發暮止歷伊豆信濃駿河等州踰三嶺至濵松村落相連阜陵間方是冬天木葉尚青冬白數十株始吐花丹葩爛然植細竹或杖沖爲葩籬枝葉蔥蒨橫數十間境甚清幽村人獻蹲鴟大如鵝卵皮白裡黃味甘如蜜食一箇足

以療飢蔬苟中仙品也夜對倭人問居民仍說昔有三郞、者居富士山下驍勇善擊劍其妻翡君有國色貴戚家聞其色以財賄誘其父計取翡君以壯軍圍三郞欲殺之三郞獨持寶劍迎戰盡殺十數人三郞度其終不免自刎翡君聞知亦自經死翡君有遺腹兒及翡君死其老婢襁褓而逃匿他郡其兒旣長學劍放蕩好游老婢涕泣言其父母冤死其兒聞之大哭卽日上京師候其貴戚之出大呼排騶從直以劍擊貴戚殺之關白義而原之後人爲其傳云

過鳴海護屋之間山水明麗多櫻臺榭向有時游覌卿宰之退休者多卜築云所過士人之請謁酬唱者塡滿庭戶

而多重逢或始見皆以詩贈別有悵然難旌之情雖異國風馬牛不相及而以文詞見愛如是其亦可尚也還至大津踰摺針嶺復登望湖亭俯見琵琶湖賦七律一首其辭上掛一障子南岡李文學筆也

已巳至伏見城本國寺平秀吉之所創建寺門外數十步有一丘秀吉所瘞我國人鼻塚不欲令使行見之遮以箄笆法堂屹然當中中有一大金佛其高十餘丈望之巍巍然佛之左右肩羅立金身羅漢十二其高皆丈餘堂之北西有長廊三百間列金佛一萬長各七尺許金彩奪目是故曰大佛寺或曰萬佛寺爲佛家費財力如是其侈可見蠱惑也顧華夏聖賢之鄉猶不得斥之況海外介鱗之俗

何哉暮至淀浦留一日余在館中無聊披閱古文雨森東
適至遂與之評論文章高下雨森東喜曰聞高論令人開
茅塞矣余仍問曰尒國製述始於何代曰昔在麗朝一文
士入日本始教製述其後賤隱萎沉留滯三年曉以性理
之學文章之述識賴東韓文華得聞述塗者多矣是以日
本人至今慕仰東韓也余又問曰尒國於風俗亦有所慕
也否雨森東曰豈不羨貴邦禮樂文憲也但拘其法而未
之學也有志者常以是慨然也
壬申鷄鳴復乘金樓舡四十里至平方中火又行五十里
度四五橋泊大极我舡泊格軍拜謁舡頭可喜也留大极
三日求詩者亦如前青衿童子以闌禁不得入送詩求和

童子有奇才來時一見愛憐而今者不復相見而別殊可
悵然遂和贈二篇
倭人獻三猿着兒童衣服雜戲或蹈舞或角觝或跳躍樹
枝或乞人烟竹而飮其伶俐之狀一人稍近前猢猻輒伸
其臂奪其笠飛身上高柯爲戲久之以笠颺風半空中飛
落外垣觀者皆大笑餽以山果猢猻輒跪膝向廳中叩頭
猢猻以小獸能學人所爲人而不能學人者愧猢猻多矣
島主私宴于其第正副使徃赴焉街巷間有粉黛女娘雜
于丈夫及汝門巷中嬋妍美色不添畫閭之是娼女也大
板之隖娼者并四千餘人云午間遂向舡滄以彩舡向河
口兩岸觀者如前是時我舡膠於淺渚衆舡人用力挽牵

不能動倭人以小艇十餘艘繫於我舡用竹竿柄長二三丈者搖取舡底泥土又令十餘轆轤於岸上以連繫舡索衆倭揖揖然撐起舡乃高泛遂發棹出港口星河未曙岸頭舡上燈火齊明上下光輝晃然數十里與玉繩參錯不可辨矣既明風順帆疾浪花江明石浦暫失於顧眄之間層城高樓隱映於松竹之間與諸僚高坐舡樓以手指點相難其前賞其浦其嶼朴濆候昌徵聰明最多記識也泊室津牛窓又泊韜浦是夕霞沼與文士數人見訪燈下酬唱夜深語及海中諸國曰南有小琉球國嵌多珍寶日本始以舟師往擊之波濤險惡輒不利而還其師者祭海神忽有一群大黿前道之水港平夷遂急渡而攻之其國人

乃服歲貢金銀寶貝不可毁此則通蝦夷國有廣漠之野
行六十日程不生五穀其人遍體長毛能逐捕禽獸食
其肉東南有曰八丈國古稱女人國有女豪驍勇善行波
上如陸挐往來舡刦人爲夫遂生産今則有男云
自鞱浦泊于忠海本非站而日暮風逆止宿其港内濶大
嶠嶼四圍十餘里湖水團圓如鏡子形是夜素月橫空波
光淡瀨照人使相不寐招余及成汝弼明燭聯句滿三十
韵而止忽聞舡右有物裂水驍然有聲者再諸人相視驚
怪篙工曰是魚也如鱸鮪鰍鰭之類其大如犂牛時或躍
水而過其聲若斯云岸上一聚千家高低不匹鱗田百餘頃
等陂瀦水東之岸側微有一條斜逕偶呼汝弼曰此間必

非尋常也始側足行數丈餘稍平得小庵襯崖根幽靜軒
窓可以矚波海有數三老衲迎客劝茶小和尚對爐煨筍
庭心冬白五六株交攅翠葉叢密間以丹葩大梅樹二株
屈曲横盤至十餘間素蕚方開落時有風吹雪花飄空香
氣馥郁令人恍然如入玉蘂宮殊非人世間所覩賦詩與
其僧既夕而下崟回林疊舟中諸人皆不知夜來聞磬鐸
辨怪之也
日出掛席而行至中洋遥見西南有大舡二隻懸複帆其
幅倍廣於我舡帆樣其行甚駛篙工望之曰是兩浙閒商
舡向長崎薩摩諸島者也晩泊鎭刈時微雪岸上女娘觀
光者手持小傘斯立松竹間依然數幅畫也越丙日泊

上關與諸君登上閑樓其高百仞俯臨海門萬帆簇列夕照金波漭沆無涯其光景奇絕難狀也下樓循仄逕而北少坐人家覌其林竹盆橘皐月木犀而還舡上次東溪圭益二見寄二篇芳洲霞沼來見以粟屋文蘭題花鳥畵詩示之走草五古一首贈之文蘭向日十二歲才女也

自上關過向浦猿山抵赤間關留宿日島主不肯發盖焉島奉行諸倭日供直至一錠銀其曰緣弁利者亦無筭矣故輒利其遲滯一行莫不憤惋尾崎民人來獻魚菜不受月心長老寄二律又贈二刀次韻謝之月心即以酊庵之一號也雪下終日落地即消不見一點時隆冬地暖而然也

辛亥東風鷄二鳴發舡申時泊一歧島忽聞浦漵間諠譁
聲問之有長鯨入內洋從鯨者以衆艇持器械飛奔出浦
頃之見港口數十漁艇團聚呼噪擁一大物而來其浮出
水面者如數十丈大岩是鯨魚之脊梁也衆倭手持斧斤
爭上其頂背亂斫椓聲振動一島須臾割下其膚肉被岸
余驚曰如斯大者何容易捉爲倭人曰見鯨則衆艇四圍
而長網縈之隨其所之投以戈弩揭刃左右擊刺鯨於是
窮斃矣余聞而嘆曰鯨嶀然大也竟不脫毒手是亦不知
其所止者乎阻風留數日羈懷鬱鬱與幕僚携酒登西巘
從者六七望見馬島一帶雲靄出波浪中沙工秋文尚遙
指天際數點青者曰是巨濟之山也諸君皆拭目而望之

良久頗以慰浣

巳未得順風黎明擧帆而行未時泊馬島三使下陸復館西山寺癸亥以軍官崔公蕃韓世元譯官韓重億乘飛舡先來状聞島主設宴于其第乃餞送也三使俱往焉一日朝仕畢三使坐一堂爲留幕佐呼主人設膾有間進二大盤魚膾堆如白雪又進一缸諸白使相先飮仍勸諸人曰是魚膾乃鯨魚也深入大海中斬長鯨爲膾是亦壯遊諸君其盡辭諸僚拜謝共大喫使相以鯨魚膾爲題賦七絶一首余與申成諸君和之

月心長老遣騎邀之余與成汝弼張弼文諸君乘夜往叩長老時居鍾碧山下一區幽僻松楠掩翳而屋宇亦甚瀟

酒長老欣笑出迎寒暄已進酒果芳洲桃浪松巖亦在座
矣壁間掛書畫簇子或寫置書幷積楞嚴經法華經古人
詩集殿秩其左黃玉瓶一隻揷梅花一枝水仙花殿承遂
剪燭賦詩俱言別意兩森東吟翫殿四絃然出游儀已小
童言水村鷄鳴矣相與握手而別
二十九日丁卯日晩乘舡未出洋口風勢不順下碇於久
田浦去府中僅五里島主長老乘舡舷送于虎崎相揖之
禮一如來時是夕乃除夕也浮家絶海與魚鼈爲隣把燭
逢臘而餞思鄕之念一倍耿結也與諸僚拈韻共賦
正月初一日戊辰晴三使臣曉起奏樂行望闕禮於舡上
星彩燈影照耀天海新正象魏之思自覺依依也卯時發

舡日暮泊舡頭浦八稍深崖回峒狹水通其闊劣容一舡其名曰瀨戶天明曳纜由瀨戶逶迤蒼壁間行七八里出其背達中洋沙工曰計海路可省三十餘里夕陽艤泊浦候風留三日與諸僚登山頂北望絶影島故思滔滔不可抑也俯見竹扉茅屋散在嵩林間而數三媼婆來往行餅酒想是元日相餽之俗也

癸酉掛帆而至鰐浦早潮始發怒濤彭湃狼石鋒稜可怕舟子相戒得過倭人護行者欲向佐須浦使行以小艇傳語相難風順可以直向釜山遂不聽倭人擊鼓催行六舡一齊北向倭舡亦不得已隨來半渡西日已沒風忽更寒雨霏霏人以辛丑事爲惧沙工秋文尚立舡頭高聲曰非

久雨霽不甚慮矣衆格努力操櫓百餘里西已星出風波
恬然頃之舟子曰已近絶影島矣又報釜山僉使崔振樞
乘兵舡來迎遥望北岸燈光下衣裳之人羅立喧嘩始覺
來我境矣其喜躍何也泊永嘉臺下村鷄鳴矣

蓋漢以前未聞有日本國也自隋唐間始通不知其立國
始於何代也倭人言夏禹之世有葺不合尊者以一劍一
璽一鏡降于日向州都焉後遷長門州之豊浦又遷山城
州今之倭京也其有民人亦遠矣蓋在大海之極東去中華
幾萬里不有鄰近相師無先王遺風而其能知君臣上下
之義享宴聘幣之事維持不覆千百載而能爲國者何也
聞者徐福入海以墳典經史徃世居熊野山下自相傳授

雖不變蠻夷然其紀綱法令不紊兵民田賦有統是豈不
稽古而粗得遺法以扶其國者乎不然烏可一日自安
也其地方數千里又連六十州其治可謂廣矣海居之倭
以舟舡通江漢兩浙南蠻大小琉球交貨以射利其俗慓
悍儇慧善怒輕死有荊楚之風嶠野之倭火耕而水耨種五
穀桑麻其俗亦俗亦差淳厚大抵其民皆祖佛法故閭里
之間寺刹相借有六畜而不食牛肉使馬不用鞭箠淫邪
無度卑濕有瘴丈夫早夭女色易衰也終古無兵火相殺
民物蕃殖競趨利以生訐纖奸黠固其風矣然或守廉直
奉公不欺或見義而捨生親上而死長是則亦不可少者
也如其爵祿率多世襲不有科選之用而爲士者多讀博

覽屬文賦詩又習洙泗濂洛之言其不華於己而右文若斯
亦可取焉在夷狄則進之不可以其地而棄其人也尚矣
山之富士一光湖之琵琶箱根著其雄丸也其餘又何可
以畫知也蓋聞東北多金銀銅鐵鉛狢連錫西南出珠璣
金銀皮革椒糖黑角丹木至於大村有橘柚千樹柿栗千
樹百畝漆百畝苗小村半之棕櫚檀杉梅竹冬向木辟
杜冲諸島同馬海港之間多鯨鯢惡魚阜陵樹茂而無虎
豹州邑之閒鷄犬相聞而牛馬不收外户不閉無盜賊之
憂大道旁植松竹長百年亘五六百里野火不及斧斤不
入其紀律法禁亦可見矣窃聞其治善守管籥又其水陸
財寶多出已自足用矣而其飲食衣服及公私之費簿少

男女冬夏一周衣朝夕飯一盂無羹無味蒯緱鼎鐺而炊所
居板房無突不買柴薪其婚嫁不知裝奩其喪葬不用棺
槨坐其尸小桶家〻埋籬落間覆廣石上下同然其來古
矣雖然其賦於民也輕其州縣靡有掊克之政又無征戍
雜徭民樂其業閭里晏然是豈不財饒而用儉國力舒
而民不困乃能國其國而至於〻久遠者歟略有所聞見於
道路者記之

東槎錄

鄭幕裨扶桑紀行 下

渡漢江

親戚依〻別終南看〻遥萬里從玆始徘徊漢上橈

良才驛道中

謾讀詩書白髮生人間事業竟何成此日揮鞭行萬里男兒本自有豪情

龍仁道中

駉騎趍官道輕風雨脚齇縱橫行白水黯淡辨孤村鷺下禾田緑牛鳴野樹帰孤雲向北首戀鄉園

竹山道中

山雨欲晴還不晴野蹊泥滑馬艱行數家烟火何村是隔
樹時聞杵碓聲

忠原客舍與申著作維翰成進士夢良張斯文應斗
姜進士栢沾韻共賦

官樓高敞小山西復有垂楊帶綠溪行路方愁千萬里幽
禽底意兩三啼棠花爛熳春餘色詩草縱橫醉裡題畫角
聲悲山日暮此時鄕思更難齊

又

快馬行芳登臨又大江客中無限意落日倚風窓宿延豊
安保驛

山齋寂歷客懷清淡月疎星欲二更峽裡村深草樹暗鄕

園歸夢未分明

又

暮投安保驛松火照柴荊夜久千林寂蕭〻旅馬鳴

暎湖樓謹次板上韻 時李註書以接慰官來共賦頸聯云

嶠南形勝此樓多佳日登臨興復加霧樹踈鍾山外寺夕田殘照水傍家到安東府方体馬逢漢陽人共看花早晩滄波弄輕棹直過銀漢逐仙槎

聞韶樓謹次圃隱先生韻

霽日高樓百尺微風燕子斜〻天邊雲峀何處原上桑麻幾家落〻長松似畫萋〻芳草如絨客裡還驚日月官庭芳葉方華

環碧亭謹次板上韻
泠〻不知暑臨水一樓虛玉節東行遠蒼山雨過初已看
新篁竹難得故鄉書忽自忘行役翛然此靜居
慶州府中有玉笛新羅時故物也令樂人試吹
一曲聲甚瀏亮
落日高臺上臨風玉笛清瀏〻鳴細澗梟〻雜新鶯曾是
千年物偏憐故國聲曲終山欲暮無限客中情
迎春軒謹次板上韻
霏微山雨裏疋馬故城來古木無情老流川自在回五陵
芳草合虛閣暝鍾哀繁華成一夢突兀但星臺
逢端陽書懷

高齋永日聽流鶯節序駸駸客意驚蒲酒新開端午感野
櫻初摘故園情滿村篁竹多漁戶旧俗鞦韆似洛城久滯
瘴鄉愁思集長風正欲放舡行

附次韻

節序天涯已變鶯客愁如海午夢驚殊方聯榻親朋會遠
遂傷離父子情窓外霧雲連絕島桃邊風浪撼孤城鶺鴒
詩句驚人在細和渾忘萬里行　汝弼

次成汝弼韵

客中佳節憶京華自覺離愁日以加驛馬屢更南國馬榴
花如對故園花三人旅榻多聯句一夢前宵蹔到家醉倚
官樓歌白苧陰陰槐柳日初斜

賜宴日感懷謹賦長律一首

聖王念玆滄海行餞宴高設水邊亭晩風密葉清軒牖遲日流鶯雜管笙次第簪花圍綿席依俙鳴玉拜彤庭賤臣亦自叅恩賜不覺臨杯感淚橫

次成汝弼　賜宴日三十三韻

王化於夷遠莫漸壬辰以後習安恬交憐自有金繒許專對特掄才德兼忠信可能行貊地安危何必待官占遙遙玉節臨蓬島苒苒天時當暑炎蜑雨蠻風有時晦天容水色與相粘艾人菖蒲酒逢新節容榻青燈歎久淹多愧陳琳倚馬草政思杜甫浣花苫夢中不識鄉山遠鏡裡還驚鬢雪添地近蓬瀛開寵餞天降雨露得均霑扶桑曉旭儼高

照 北闕龍顏似仰瞻綠醑如澠香泛甕飛花滿院雪飄簷
黃昌舞劍看尤妙白學歌詞聽不厭窗外羣峰眉掃黛
檻前澄碧鏡開奩風吹旗幔初排列日暎戈鋋更肅嚴楚
女吳娃月貌艷竹枝楊柳玉簫摻皇華赫赫俱玄鬢都督
桓桓即紫髯此日滿盤兼水陸平生若學嗜虀鹽醉深不
覺簪遺地樂極仍看月上簾彩服華冠幷輝座重髫戴白
叵窂闒人臣祇應忌虎險道理奚須諭巨纖感激 恩波
便欲死歌謠盛事更何媺來裝幕士明鵰羽授簡詞人弄
兎尖星斗初高鳴畫閣魚龍方睡靜飛簾八音齊奏群仙
下萬籟無聲百怪潛使相文章卓誠玉根書生膽氣亦珠鈴
會將定力觀滇海恨不工夫泝洛欲頌 聖明如繪雪吟

叅嘉宴設提轄衣巾齊整威儀肅拜揖雍容禮貌謙向戰
縱橫爭勝敗詡聲跌宕怕鮀鮚龍鼉回顧猶深恥蛟鰐安
能一掃殲海外空閑探瓊蘂樓頭政擬加銀蠟題詩欲獻
龍墀下明燭高遙醉筆枯

釜山歌十首

萊州之東有釜山滄海瀰〻通百蠻〻見檣舟若飛鳥千
里鯨波不日還
來坐釜山永嘉樓忽在東南地盡頭青天杳〻無際處一點
孤峯是馬州
壬辰之歲人盡魚幸覩百年復奠居　神宗皇帝樹恩地
一寸荒田皆得畬

島夷反覆類閩溪安知他日不鯨鯢守邊得似張文遠可
使吳兒夜不啼

青簾白舫何郡當五六島前棹歌長向晚飛波如噴雪爭
言鯨鬣掛前洋

曙色蒼茫海天濶扶桑紅日大如盤海雲臺上時鳴鼓帿
鵠高懸松樹間

長年鬢眉白如鶴一生多在滄海即已將舟楫爲家室每
看雲色知雨風

青雀樓舡繫海隈將軍暇日坐高臺佩劍官卒無事老時
向浦口捉魚來

十日陰曀一日晴客中何夜對月明淹留百憂集黃昏鼓

角閑孤城

浦人生涯似鳧鴨千仞浪中採鮮蛤却愁風雨採不得有

時官家見囚縶

贈昌原妓梅月

佳人歌白學虛館月團團相逢即相別疑是夢中看

又

樽前別佳人寂寂梅花月初爲慰客懷還須愁痛別

鸚鵡歌戲贈嘯軒 嘯軒成夢良之號 初得靈山歌妓鸚鵡 旋聞鸚鵡爲丹城倅所招去 意殊不快 作戲語寄之

靈山鸚鵡蓬山來飛飛欲棲芳洲樹翠毛彩翮何瑰奇向

人嘲啾能言語河上有客顏貌古烏鵲橋邊忽相遇愛惜

不異千金物畜之鵾籠良喞々月明半夜恐遠飛却望雲
霄振翮羽一去消息問何處丹丘蒼々俚烟霧辛欲見之
那可得日暮滄波淚如雨微禽忽忘主人恩不如黃雀啣
花償答字

謹次正使祭海神韻

肅々山壇靜襟々章服鮮馨香應有感誠禮自無愆不
虔孜閟意行看奉使賢雲陰忽辭駿星月皎中天

又

蒼茫海國遠倏爍翠旗鮮忠信曾無缺風雲亦豈愆誰言
鰐溪險賴有慱望賢眞感由誠敬人心即是天

謹次副使夜坐韵

天涵鬐鬟客懷孤唯伴蒼松與翠梧坐看談頭微月上欲
沽諸白滿瓊臺

樓上新秋月影孤鴈音忽憶故園梧年〻里社羣明集醉
後高吟打玉壺

次霞沼見寄韵

絶域聞名久相逢即好緣何須問蓬島早已得詩仙一語
人中識多情雨裡篇知音從古少聊以續新絃

附原韵

相逢滄海外把臂本前緣手采堪驚俗鬚眉恍是仙腰間
斗牛劒囊裡短長篇愧我非知曲謾邀流水絃

日本松平儀

又賦一律寄霞沼

男兒四方志今日十洲遊繫纜滄溟雨逢君碧樹秋知非
烟火界疑是葛翁流爲我吟新什天涯却忘悲

海岸寺贈速乱言上人

傳棹芳洲曉携笻古寺尋山圍金伏座日隱綠橙林凭
檻滄溟濶看松歲月深相逢遠公在一笑共幽吟

賦古松贈速乱言人

千年古松在長護老師壇弄月諸天寂吟風法界寒開
尊爽氣遍移席綠陰團應有鸞凰宿端宜靜者看

馬島中元夜與幕僚泛舟海港夜深而還

七月之望泛舟遊海上新逢白露秋明月初生東山上歌

笑舟中何處猶澄波萬頃堆琉璃桂槳搖曳下長洲橘柚
松杉高百尺篩月弄風影團團有客橫簫吹一曲餘音裊
裊凌碧瀾滿座聞之色凄凉相顧歔欷共長歎北斗闌干
南斗斜故國杳杳隔雲端男兒自有四方志何可老死蓬
蓽間會上銀河見天孫乘風直到若木灣具壯士張斯文
高歌赤壁氣如山呼兒洗勺更長飲所喜諸君同此歡君
不見瀛海之上有壯遊何似盧敖跨汗漫
中元後二日與幕僚諸君泛舟港內忽有小艇吹笛而
來者近視之乃崔康津具都事遂相與一笑終日沿
洄向晩下憩于滄浪亭令張弼文呼韵共賦
誰泛扁舟渡口遨秋風玉笛響迢迢新晴沙際鳧鷖亂

睆酌峯陰草樹搖山外羣烟知有寺海門斜月欲生潮停人莫唱江南曲客裡愁聞故國謡

港口

昨日今日天不風木蘭之枻西復東歌笑還忘在天末滿湖秋色畫圖中

吹嘯軒西果韵

止渴蘇醒宜暑天津〻爽氣得秋先蓀遊此夕蜜中見仙種何時海外傳生得西方仍有號品題千果最為賢摘來遥憶鄉園物却歎支離若〻病戎葵

月夜

秋色滄洲遠高歌興復新扁舟已載酒明月又隨人晩就

楓林晩時將鴈鶩隣呼覓更洗酌寧可負佳辰

次雨森芳洲韻

詩酒殷勤滄海湄殊方幸得此人奇聞名幾歲要相見握手今朝若舊知骨格昂〻下雲鶴詞源涌〻發春蛇他時吾儻西歸後可耐參商兩地思

次芳洲舟中所賦韻

南船有行侶並柁宿寒汀夜靜鳴風籟潮平動月星終難和白雪誰復辨丹青評所過多新詠相逢可得聽

又

尚道蜻州遠遲回又此汀七月愁炎海孤帆逐使星羈懷憐越鳥壯志寄青萍隣芳袁郎在高吟八夜聽

又

雨餘滄海濶秋早綠蘋汀未辨三山路唯看北斗星光陰
劇馳駟身世若浮萍誰奏峨洋曲能教遠客聽

舟中卽事

連天白浪隱蓬壺杉橘陰中一帆孤半日蓬窓夢鄕味
不知風雨滿滄湖

又

向晩西風浪未平時聞漁笛短長聲陂岸離離禾黍綠
數家烟火雨中明

舟泊一歧島幾旬餘忽有順風將向藍島而因飛
船寄家書又賦絶句四首寄舍弟與滋兒

領原日迢遞海樹鳴蟬初孤帆又藍島惆悵一封書

又

海上生明月遙應照我園汝兄猶作客誰與共深樽

右寄舍弟

又

天涯幾夜夢青〻庭上萱時寬客中念幸汝代晨昏

又

客帆猶天末秋風先到家且種籬下菊歸或趁開花

右寄孫兒

自一岐島向藍島

西風吹急浪花堆舟子長謠錦帆開徃〻青峯雲際出霏〻細雨日邊來洋中突兀鯨魚背蓬底從容竹葉盃千

里烟波瞥眼過知應今夜宿蓬萊

次可竹長老韻

客帆悠〻盞浦湄男兒偶作此遊奇虎溪一笑何曾料支
遁高名旧已知憐我形容如病鶴歎君骨格若神龜清
篇帶得青蓮色頻寄舟中慰客思

客館與成汝弼拈韻共賦示岑洲

自笑書生興亦豪西風短掉浪鯨濤月生孤嶼青冥濶
露下千林秋氣高杜子天涯悲錦樹潘郎鏡裡歎霜毛
孤舟絶域猶淹滯夜〻空教歸夢勞

附次韻

新知邂逅隴西豪痛飲螺盃酒起濤白日裁詩神鬼

逈清霄極翻斗牛高俗情雙眼冷於鐵王事一身輕似

毛瀛海此行嘗險阻蓮花幕下自賢勞

日本雨森東

次東谿見寄韵

清秋高浪拍舡樓小島滄茫數點浮鄉山杳杳知何處

滿目風烟摠是愁

次韵寄琴山梅峯

二客來相問虛堂笑語清烟雲含暮景榛竹迎秋聲

盡日成良晤令人忘遠行看君多道氣應是學無生

月夜次芳洲韵二首

扶桑萬里故園情欲盡秋歸計未成惆悵相隨天畔月中

流別我又西行
平生自有慕仙情試向烟霞閒處成来〻汀蘭欲盈手東
風不是阻余行

三疊前韻酧霞沼
君舡隨我後暮洲烟汀村遠時鳴杵天陰不見星幾何
同笑語終亦歎雲萍有誰吹玉笛愁深不可聽

夜宿舟中次張籍宿江店韻
西風連日起秋浪上蘋花殘磬林中寺疎燈水北家天
清鸛鶴唳海闊斗牛斜夜半漁舟返咿〻下浦沙

又
苒〻光陰速殊方見稻花古祠鳴賽鼓曉月上漁家殘夢

潮聲起孤帆樹影斜時逢太顛語口裡枕河沙

次張弼文韵

萬斛樓舡泛大瀛微茫驚島霧中生詭奇不是人間景惝怳還疑夢裡行堤上精忠傳古跡圃翁篇什誦高名烟波渺渺歸程遠愁絕蠻歌三兩聲

舟中聞笛

落日孤舟聞笛聲天涯此夕若爲情高音瀏瀏秋空闊潮打蘋花月欲生

次芳洲見贈韵

一棹東遊碧海隈新晴萬里霧雲開他鄉月出天邊樹故國秋深漢上臺岸橘成林村落晚烟波無際鴈鴻衆容監

今日登梨棗驚却殊方歲色催

待風艦島忽經一旬秋氣漸高容懷無聊與申製述

周伯成進士汝弼張斯文弼文姜進士子青聯步上

後峰遙望天際峯巒遂呼韻共賦

悲歌上高頂巾屢緩君偕風滿千章水潮侵萬古崖長

空舟帆小孤島橘林佳秋事吾鄉似尤難爲客懷

附同詠

偶携詩興去高島上山偕落日鋪明鏡歸雲柏羣崖

坐從幽草淨攀有古松佳故國秋天外蒼茫獨傲懷

周伯

殊方亦尋勝棕竹土人偕落日含孤島衝島穴恠崖

草除童女採山故國佳志士元秋感天涯可佐懷

次芳洲見贈韵 汝弼

滄海請秋月孤帆萬里程夜尋漁火宿曉趂早湖行

仲秋十日舟次慈島次老杜秋興八首

慈島之南橘樹林霸家臺北衆峯森虹霓下飲長空霽
鶺鴒悲鳴綠嶼陰近浦寒蘋驚旅夢滿船明月攪秋心
天涯已覺繁霜露庄上孤村響夜砧

其二

海天無際斗牛斜客子中宵感歲華玉露凄凄悲草樹
銀河渺渺泛星槎鄉書不見秋來鴈覊思難堪日暮笳
浦外漁歌稍稍起夜寒潮水入蘆花

其三

海村朝日淨暉〻浦淰蒼茫遠樹微白鳥無心傍舟立片
雲何意背人飛不堪歲色駸〻過但覺浮生事〻違應識
坡庄待余至秋醪方熟芋根肥

其四

人世真同一局碁光陰忽〻又堪悲健如黃犢懷前日眠
似春蠶歎老時客意翻驚黃葉墜鄉音無奈塞鴻遲
秋深異域還多病里社盃樽偏有思

其五

遙憶吾廬近華山數椽新構竹松間黃花開後兒斟酌酒
好月明時客扣關歲熟琴歌常樂志家貧親戚共怡顏

燈前暗筭敢期杳恐霰三冬讀馬班

其六

杵臼精忠絕信功當時堤上死蠻中扶桑萬里悲秋色
流水千年咽此風素月懸空長夜照汀花浥露幾枝
紅傷心往事憑誰問細雨扁舟有釣翁

其七

遊子悲歌滄浪頭蕭蕭木葉又清秋在家空憶班衣樂
出客難禁白髮愁敢思顧爲雲際鵠閑情多愧水中鳩
今宵無限天涯意月照扶桑六十州

其八

八月風高海路迴稻花秋色滿南陂滄洲石古生龍穴絕

壁松庵樓鸛枝村落鳴砧新月上舟人燃火暮潮移不知
何處望鄉國河漢西流北斗垂

謹次北谷相公庵樓望辰韵

已忘滄海舟攜庵眼中秋色政離披梵宮竹嶼題詩遍
漢水終南入夢疑開府當時窮措大泛瀛今日好男兒
晩移孤棹依沙岸月暎蘆花鷗睡遲

其二

西風淅淅滿舡櫻旅思悠悠坐水頭孤島或如蚕首立危
帆還思杳湖浮袩提隔岸寒鍾落客子無眠煮月流今
夕天涯逢 聖節遥將海筭祝 宸旒

其三

秋宿沙洲天氣凉隣舡燈火夜相望雲晴碧海星辰動露
滴空山橘柚香白鴈群飛来自北青楓葉赤未還鄉月高
潮落寒宵永旅夢依〻到北堂

其四

滄溟萬里一微臣天末叩頭望北辰老逐漢使爲幕客秋
陪玉節滯河濵海月偏憐今夜白蜀花還想故園新
殊方亦是琴樽在笑語同舟三兩人

赤関雨中追次芳洲韵

千峯臨赤水五日宿烟濤帆前秋色遠燈下雨聲寒孤客
愁無奈他鄉歳欲闌惟將流水曲時〻爲君彈

其二

日隱孤峰外蒼々傍遠洲容帆依淺閘霜葉落深湫佛
閣鳴秋雨漁村起晚謳逆風舟未發愁殺赤關秋

登覽阿彌陀寺

流水白雲秋色濃怱々佳節歎羈蹤繫舟來看諸天佚
有衲時鳴薄暮鍾黃葉忽驚三四落滄溟已度百千
重山川雖美非吾土何日相迎漢上峯

日暮下碇向浦港内舟中遣懷

孤帆隨潮去徘徊北斗傍避風移殘港尋火問他航夢
裡沙鴻叫醒餘水氣凉悄然蓬底宿明日更何鄉

向浦曉發

曉角鳴々起明星在帆前上關猶幾許去々向秋天

其二

人與沙禽起曈朧日未生烟林是何處還似畵中程

日晡泊上關

樓臺臨積水隱隱畵圖間只言滄海遠誰意有青山

朝發上關疊前韻

隣舟曉相喚辭纜霧雲間却在中流望依依宿處山

昏夜到鎌刈浦舟中次成汝弼韻

滿江燈火與星連秋氣蕭森雨後天西風吹惡寒潮漲絶壁燈林夜艤舡

過盤臺寺舟中仰視口占

蓬外聞清梵招提滄海邊層巖危欲墜孤閣泊如懸斜

對三山樹遥臨萬里天風灘舟往迅回首却茫然

夜坐牛窓次韻

夜氣澄明百尺樓蒼〻木葉滿江秋天邊孤客愁無寐獨
自開窓看斗牛

寔秦贈多賀谷諸人

老栢蒼〻橘柚黃粉墻盈璧是誰堂秋風客子輕停
棹落月簾前海州長

垂裕堂八詠

垂裕堂主人姓唐金名隆居明石難波之間有
林壑田園之勝且喜詩酒與兩森東華相好而
垂裕即其堂号也以其景爲八詠 又爲十二咏嘗

於辛卯信行時李東郭諸人皆題其景而今又
求詩於申成諸君及余遂賦而贈之

篤城峯

半空千朶碧芙蓉瑞霞祥雲重復重洞裡時聞笙鶴
過飇輪往々有仙蹤

淡路島

孤島蒼茫積水中當時開創有神功屹然海角爲門戶
來往帆檣朝暮風

茅渟海

萬頃琉璃碧海流天邊列峀見諸州雲林烟郭遥相對
薄暮村歌雜棹謳

武庫山

麥隴稲畦村落迤滋蕪變幻政堪悲忠臣一死傳奇蹟秋

日殘山卧古碑

日根野

黄雲滿野杵聲哀無須鑾車向此來怊悵昔時歌舞地

荒田寒日木花開

吉見里

江半烟樹有人家水碧石沙明細路斜秋晩孤村幽興足踈

籬處處見黄花

興津崎

長洲烟景晩依微水沒蘆花白鳥飛月出金波遠閃閃

夜深漁子蕩舟歸

佐野浦

烟波瀲瀲竹松蒼粉閣丹樓一水傍落日謳歌滿浦漵青簾白舫盡豪商

葛城山嶺韵 秉裕堂十二詠

天畔螺鬟翠時有白雲生卷舒朝又暮隱者自怡情

難波浦霞

丹霞横日脚綠水淨如羅宿鷺起沙際時聞水調歌

茅渟遠帆

淼淼烟波濶西風吹渡頭遠帆如鳧鴈日暮下長洲

淡路島雲

夜雪埋漁磯高低島嶼白天寒人跡稀野屋孤烟直

須磨漁火

日落舟帆遠依微岸上村渡頭漁火起時有水禽翻

明石朝霧

霏〻迷浦溆隱約三兩峰溪路行人少唯聞古寺鍾

日根暮雨

野徑荒苔沒笙歌昔此遊暮天寒雨過漠〻使人愁

武庫晴嵐

羃〻含殘月蒼〻復滿山地中埋寶氣夜射斗牛間

吉見秋月

野村秋夜靜翻〻月露光宿禽啼澗水墟落有人歸

炊飲夕照

村烟處〻起夕日半含山樵木歌相答牛羊亦自還

興津沙鳴

白沙白如雪白鳥亦明潔傍有扁舟翁相伴弄清月

佐野商客

雲帆何處落茫〻大海中來往無期限南風又北風

大板城走筆贈龜郎 十二歲兒

白玉仙家子相逢大板城此會真夢寐臨分空復情

燈下書贈出泉秀才 十二歲兒

燈前一笑對仙童燗似蓮花出水中容皃明朝又將發依
〻回首海雲東

大板城九日

秋空淨如洗虛閣鴈絲長九月猶殊域黃花似故鄉沽來

壺酒白愁對海山蒼迢遞社中伴相思鬢欲霜

九月十日自板城泛金樓舡向定浦與成進士汝弼

終日唱酬是日天朗風恬秋江澄碧左右園林粉墻

傑閣連亘七十里其繁華佳麗不可勝記

百里滄洲過雨痕滿舡朝日棹歌喧峩々粉堞天中起獵

々紅旗水上翻彩服明粧越溪女青棕綠橘貴人園同遊

幸得知心者笑語舟中共一樽

又

諸舡相後先江闊雨餘天故々沙翁近遲々錦纜牽參差

林外樹䆉稏中田昨已過重九臨盃却悵然

又

板城初解纜揉棹度秋陰一水青天遠數村黃葉深孤舟行百里殘月隱層岑囊裏沽諸白今宵且細斟

次汝弼韻

淸江朝日射金船黃菊鳴鴻九月天醉倚柁樓時一咏人應呼我作神仙

次杜詩

秋風遊子悲歌發大板城東百尺臺白髮偏從愁裏得黃花已見客中開一江秋水樽俱綠萬里長程鴈共來歲暮天涯旅思切如何鼓角更相催

又

秋江淸可愛薄暮又奇遊鴈宿蒹葭冷舟行浦溆幽寒燈
出遠樹孤月在中流天末猶詩酒何煩宋玉愁

又

客舡又東去秋深海外邦巖岑迎短棹落日下長江逆地
田禾熟有時舟鼓撞同遊有威子詩格更無雙

次汝弼韻

淀浦逶迤過秋山繞客帆近村多異樹幽處露奇岩庵菊
時簪髩告林飈又滿衫壯遊天下最風格亦殊凡

又

蓬窓相對醉暮色已隨帆鴟鷺沙邊草星河水北岩江渓

響村杵露氣上衣衫莫道行程苦茲遊亦不凡

次汝弼韻

已涉滄溟過五千扶桑秋色政堪憐晩來旗脚西風急夜坐舡頭北斗懸行路半從楓樹裏歸期恨不菊花先遥思故國方佳日白社風流誰得專

又

百里滄江放彩舡白雲流水逈秋天橘林沙嶼如圖畫道眼烏巾人是仙

又

佳辰又佳境遊事冠平生山寒千葉下月出一江明漸覺村居近微聞笑語聲蠻童時勸酒異俗亦顏情

又

行人貪遠涉野渡上燈初孤帆懸明月寒江漾碧虛沙邊
聞墜葉舡尾見跳魚故國音書隔今宵淚滿裾

舟中題倭人扇子

扁舟泛秋水霜菊兩岸開逶迤入深浦疑是畫中來

自淀浦向倭京馬上口占

昨日乘舡今騎馬江湖已遠野色寬萬頃霜稻黃雲遍千
竿脩竹清影閑鳴鷄吠犬接村巷扶老携幼交陌間異域
秋光同我土羈心處〻思鄉山

大津途中

驅馬荒山路蕭〻雨滿林蒼松挾路直黃稻抱村深野市

班爛貸蠻娘玳瑁簪偏憐秋景晩橘柚已垂金

登望湖亭望琵琶湖 湖在山下周回四百里云

客意憐秋色登樓一悵然山連數州遠野拆大湖圓朝日
明寒葉烟波静彩舡洞庭爲伯仲那得少陵篇

尾陵州途中

行〻渡野村日出蕎花白臨澗暫歇馬獨鳥鳴杉木

又

蒼〻松栢裏窕窈神堂是白石爲高門黃金書大字

又

野遠稻粱熟天寒鴻鴈哀村徑無人響黃花卧自開

寶泰寺書僧人扇子

萬里倦遊客秋風古寺深少坐丹葉裏閑聽澗水音

又

叙歷諸天曉緇衣對客談徘徊還惜別夕照半楓楠

曉過牛津嶺

逶遲踰峻嶺衣上曉霜繁纖月邊鴻叫空林鬼火翻馬行

驚墜葉人語有孤村歲晏扶桑外羈愁不可言

少魋羽津茶屋

淩晨過茶屋立馬一徘徊地迴星垂海秋深葉滿臺鴻聲

極浦至雲色廣山來難借黃花酒襟懷那可開

登官閣望箱根湖 嶺上有湖周回四十里

重嶺又東折平湖淨似羅孤雲過翠壁寒日隱青蘿烟水

鴎邉濶秋峯杉外多登臨有虛閣悵望一長歌

箱根嶺

何年能鑿五丁通嶺路鉤連蜀棧同真ゝ危峯出霄漢泠ゝ寒巢語天風蹈來澗瀑層林秋坐處雲烟亂望中造化於焉㝡費力鏡湖之勝劒門雄

路傍小庵書贈西上人

小庵坐何佛左右千林影老禪霜眉皓獨自敲寒磬

題海邉小店

秋原驅馬去林響一蕭騷紅日三竿上蒼松百尺高孤村依菩薩小市賣葡萄暫憩海邉店驚心又碧濤

自岡崎向赤坂

曉角催行李僕夫相與譁宿禽初起樹寒日欲生霞霜消
浮紅葉村蘿點碧花行將窮異域馬上惜年華

又

停驂待遊伴愛菊憩田家前店三十里仰覩山月斜

日暮到吉田見江頭層閣

秋江正如練粉閣出高林舟遠難鷺從蘆花近聽

自吉田向濱松

四月離家客霜天尚未還却羨雲北去應是到鄉園

又

朝日黃金勒松風肩大道傍平原看稻花迢遞憶吾庄

八路傍古菴

孤菴閑寂歷乞米僧未歸久坐對金像欲問空也非

又

堂深羅漢儼行容禱堦前世情何足歎佛亦不辭錢

佛前有木櫃行人投錢櫃之

八寶春寺

雨餘山色十分奇駐馬林間一詠詩紅葉蹀鍾孤寺晚白雲流斷鴻悲層龕多劫崖松老古佛無言露菊垂靈境既逢旋即別他時應且夢魂疑

次霞沼聞鴈韻

幾日難關北秋深過海城蘆花留晚影烟渚送寒鴈日落飛猶遠參橫喚更清嗟渠亦何意萬里共余征

太學士林鳳岡信篤父子邀余席上各示一絶走筆

次韻

滿坐春風和氣敷携來玉白二郎俱吾今願得龍眠手描

出荀家父子圖

又

黄菊堂前秋色新聯床詩話見精神東遊已喜逢山近況

復天倪得此人

又

落木飛鴻海外天一塲言笑共懽然應知非久還成别千

里相思匠月懸

附原韻

紙上分明字字數詞瀾浩蕩草書俱風雲龍虎分奇

正一筆描成八陣圖　　祭酒林信篤

遍覽江山處處新天開畫出妙傳神詩思高八風雲上身

世飄然物外人　　經筵講官林信允

白雲回首水如天萬里長風竟悵然詞法偏憐王粲興樓

頭落木夢魂懸　　經筵講官林信智

留江戶之一日翻白之十學士來過余與申周伯成汝

弼張承文諸君出見相揖而坐各以筆談通姓名彼

俱以詩示之輒走筆次韻答之

次龍嵒韻

扶桑萬里作奇遊秋望悠悠海上州却向樽前發長歎風

梢落葉八虛樓

附原韻

書劒天涯此壯遊仙郎邂逅滿滄洲無端夜〻還家夢風
雨蕭條吏驛樓

次素行韻 素行即祭酒林信篤之門生云

秋晩仙槎渡海來十洲元是隔塵埃昨拜林公今見子侯
芭亦自有奇才

附原韻

遠聞名山載筆來飄〻風彩出塵埃新知恰似舊相
識欲寫深情愧匪才 吉田泰朗

次有憐臺韻

赤水遙遙銀漢通仙槎杳杳海天窮對君聽得烟霞説却
忘身遊析木東

附原韻

萬水千山一路通心交不蘭思無窮此行可挾文章
美筆捲波瀾八海東　德洧隣

次東溪韻

歸夢迢迢漢上家嚴霜十月客天涯悵然滿座隣秋意斜
日樽前黃菊花

次桂軒韻

客帆初泊海雲東徙依高樓落木風富士奇峯戴積雲
扶桑秋色泛寒空諸賢聯榻文華盛兩國交隣信義通

把酒開懷俱跌宕醉中豪氣若長虹

附原韻

鵬際遙過海月東錦帆萬里倚長風呉中陸子才尤秀
洛下賈生名不空寒兩鴻辭雲路隔故山鶴夢月明通
詞場初值嵩陽客豪氣翩翩飄彩虹 樵軒

更賦一律贈諸君

良辰得佳士一榻動光輝向晩如何呼黄花不肯飛有緣
今月會知己古來稀釀酒留明月諸君且莫歸

次鷺洲韻

清都仙侶笑相迎把酒談文眉宇清慷慨悲歌菩提衆蹟
鐘淡靄殘峰晴

芳洲率一童子來見其年十二面如玉筆法甚妙善
草書余甚奇之走草一絕贈之
髫童神氣淸秋水白蓮生知是仙家子何時到玉京
又
翩翩揮彩筆滿地走龍蛇童年已至此他日更如何
寄一絕賀廣澤二子
長兒十二能作詩小兒九歲書大字知是仙家后棋麟不
數徐家有二子
次鳳湫韻
來度滄溟幾百重秋深丹木與君逢淸樽此日無窮意笑
對蓬壺白玉峯

原韻

鼇背烟沉碧幾重豈徒仙侶此相逢憑君若問海東勝
日輝芙蓉千朶峯

次湏溪韻

孤帆度滄海嚴風吹錦旌繫舟寒橘邑騎馬塞鴻群嵓
不仙緣重從教世慮輕嘗聞菜水淺初對雪峯明偶與
詞人會遂將樽酒傾㳂涯亦知已藝苑可尋盟

原韻

諸子本英傑風流騁彩旄千峯連朔氣萬岳動秋群門
外鷲端駛櫻頭疎霧輕箕邦文彩富絶域筆花明
白日看將墜青樽聊此傾大人才且武早已作詩盟

杉村奉行送紅白菊數朶又送牧丹一朶十月牧丹
花可異也遂吟二絶寄之

白菊皎如雪紅菊相暎開亭〻二處士慰我遠人來

又

牡丹花一朶灼〻霜後新不是仙家種焉能再得春

次鳳嶼韵

翩然玉皇郎自是萊山客相見珠樹下長歌海天碧

又

看君袖中詩慰我天涯客寒菊十月霜富山千里碧

又

孤帆自東韓扶桑久作客鄉關音信斷雲海幾層碧

雨森芳洲持一絕示余乃十二歲女兒鈴木氏文錦之所作而詩與筆法俱妙余甚奇之遂賦之贈

千古閨房裡蔡姬與蘇娘妙才出於天吐語爲瓊琚後來有誰繼宇宙久微茫有女曰文錦英名揭扶桑十二能爲詩音調逼漢唐筆法更逌勁銀鉤競煒煌豈徒女人當丈夫顚且僵歸來說我東永使播芬芳

次韵別鳳嶼

踈鍾鳴古寺新月上寒條可奈明朝別歸帆海路遥

又

滄海茫茫富山白秋懷黯黯高樓夕嫛枝寒菊亦多情照我清樽離別

寶泰寺題僧扇

滿樹黃金橘環堦碧玉流悃悵客中意殊方又送秋

又

晩鍾鳴古寺寒葉落清池老禪亦好事乞我菊花詩

東海寺遣興

倦客猶秋興來尋野寺荒寒花負石佛紅葉落禪房倚杖孤鴻度閑樽一水長題詩還自笑舊習更難忘

次竹田韵

歌詩慰遠客知君意氣豪才應陶謝匹術亦岐黃高當戶垂金橘登盤有碧葡差遲阻佳約悵望但烟濤

曉發濱松

村鷄兩三唱旅容冒寒行木葉衣前墜參星馬首橫野田
流水白酒肆小燈明可道風霜苦難堪歲暮情

泉水寺書贈寺僧

楓林古寺晩寂寂梵鍾淸老禪無心著前有一池明

蒲刈弘元寺謾題

斜日尋孤寺袈裟老釋迎庭前怪嵓立簾外大江明潮
濶群帆宿烟深一磬鳴凭欄仍小坐蕭瑟客懷清

謹次使相韵

平湖如練月如盘鬣纜漁村夜已闌驚却茲行天一畔
迢迢南極倚蓬看

多田海絕壁上有小菴縹緲名囯通菴與成汝弼步

往倭通事二人前導攀石磴而上少坐佛屋俯視滄海其形勝可與韜浦爭雄遂拈韻共賦贈寺僧

步屧過雲巘憑危有小菴歸帆帶殘靄寒月隱層嵒地逈踈鐘響湖明衆岫還憐氣候暖梅蕊滿衣衫

上關舟中次琴峯上人韻

萊山之下大瀛濱久滯孤舟萬里人羨子禪心如水定嘆余羈思若鴻賓

別芳洲霞沼

東遊已奇事幸又得斯人海外詩兼酒舟中秋復春聯床赤關夕並轡雪峯晨贈我諸篇在留作篋中珍

西泊浦徐福寺與成從事白君平共賦

孤舟泊西浦浦邊細路斜尋到寺金佛滿山冬白花

又

歸路歲已新春鳥鳴山谷坐來聽悦鍾日隱棕櫚竹

【영인자료】

扶桑紀行

부상기행

여기서부터 영인본을 인쇄한 부분입니다. 이 부분부터 보시기 바랍니다.

장진엽

연세대학교 국어국문학과를 졸업하고 동 대학원에서 석·박사 학위를 취득하였다. 주요 논저로 『계미통신사 필담의 동아시아적 의미』(보고사, 2017)가 있고, 역서로 『동도일사』(보고사, 2017), 『동사만록』(보고사, 2017)이 있다.
현재 고려대 한자한문연구소 연구교수, 연세대학교 강사로 재직 중이다.

통신사 사행록 번역총서 13

부상기행

2019년 4월 25일 초판 1쇄 펴냄

지은이 정후교
옮긴이 장진엽
펴낸이 김흥국
펴낸곳 보고사

책임편집 김하놀
표지디자인 손정자

등록 1990년 12월 13일 제6-0429호
주소 경기도 파주시 회동길 337-15 보고사 2층
전화 031-955-9797(대표), 02-922-5120~1(편집), 02-922-2246(영업)
팩스 02-922-6990
메일 kanapub3@naver.com / bogosabooks@naver.com
http://www.bogosabooks.co.kr

ISBN 979-11-5516-891-2 94810
979-11-5516-715-1 세트

정가 30,000원